글누림한국소설전집

날개
이상 단편선

비 오는 길
최명익 단편선

책임편집·해설 – 장수익
문학평론가. 한남대학교 국어국문학과 교수.
저서로는 『한국근대소설사의 탐색』, 『대화와 살림으로서의 소설 비평』, 『한국현대소설의 시각』 등이 있음.

일러스트 – 장순복
1965년 서울 출생.
다수의 단체전과 개인전(북내면 이야기, 들녘에서 만나다)을 열었으며, 2007년 김준태 詩人과 통일시화전을 열었다.
지금은 작품 활동에 전념하고 있다.

글누림한국소설전집 14
날개 이상 단편선
비 오는 길 최명익 단편선

초판발행 2008년 12월 24일

지 은 이 이상·최명익
펴 낸 이 최종숙
펴 낸 곳 글누림출판사

편집기획 홍동선
진   행 이태곤
디 자 인 이홍주
본문편집 김지향
편   집 권분옥 이소희
마 케 팅 문택주 안현진

주   소 서울시 서초구 반포4동 577-25 문창빌딩 2층(137-807)
전   화 02-3409-2055(대표), 2058(영업), 2060(편집)
팩   스 02-3409-2059
전자메일 nurim3888@hanmail.net
홈페이지 www.geulnurim.com
등록번호 제303-2005-000038호(2005. 10. 5)

값 9,900원
ISBN 978-89-91990-07-4-04810
ISBN 978-89-91990-67-8(세트)

출력·안문화사 **스캔**·삼평프로세스 **용지**·화인페이퍼 **인쇄**·한교인쇄 **제책**·동신제책

*이 책의 판권은 저작권자와 글누림출판사에 있습니다. 서면 동의 없는 무단 전재 및 복제를 금합니다.
*잘못된 책은 바꿔드립니다.

ⓒ 글누림출판사, 2008. Printed in Seoul, Korea

글누리림한국소설전집 14

날개
이상 단편선

비 오는 길
최명익 단편선

韓國現代小說

글누림

| 간행사 |

'글누림한국소설전집'을 새롭게 간행하며

　디지털 환경에 익숙해진 문학 독자들을 위해 '글누림한국소설전집'을 새롭게 간행한다.
　세계의 유수한 고전적 저작들의 목록 절반 이상이 소설이라는 것은 놀라운 일도 이상한 일도 아니다. 잘 짜인 한 편의 이야기인 소설은 사회가 지향하는 꿈과 소망을 고스란히 담고 있다. 소설을 언어로 직조한 시대의 세밀한 풍경화라고 하는 말은 그래서 가능하다. 소설이 그 짧은 역사에도 불구하고 인류 문화의 벗으로 자리 잡을 수 있었던 것도 이러한 특성과 무관하지 않다.
　시대의 격랑 속에 한치 앞도 전망할 수 없는 오늘날의 개인은 소설 속에 담긴 과거의 시공간과 만나면서 인간의 보편성을 확인하고 자신의 개별성을 확장하는 정서적 체험을 하게 된다. 소설과의 만남은 단지 즐거운 독서 체험에 그치는 것이 아니라, 가치의 기준과 삶의 저변을 확장하는 문화의 실천인 것이다.

　오늘날의 문학 환경은 과거에 비해 많이 변화되었다. 신세대를 위한 '글누림한국소설전집'은 시대의 디지털적 진화(?)를 고려하여 기획되었다. 무엇보다도 새로운 문화적 감수성으로 무장한 독자들에게 문자로 읽는 텍스트에 그치지 않고, 텍스트가 생산된 시대를 짐작하고 음미하며 즐길 수 있도록 배려한 것이 이 전집의 특징이다. 그 배려는 문학이 우리 삶에 기여하는 정서적·교육적 효과를 깊게 고려한 것이고, 동시에 역사가 주는 교훈과 달리 우리의 삶을 되비추는 거울과도 같은 성찰의 효과를 전제한 것이다.

'글누림한국소설전집'이 지향하는 기획 의도는 다음과 같다.

첫째, 이 기획은 문학교육 전문가들과 대학에서 문학을 강의하는 전공 교수들의 조언을 받아 이루어졌으며, 근대 초기로부터 한국전쟁 이전의 소설 중에서 특히 문학적 검증이 끝난, 이른바 정전(canon)에 해당하는 작품들을 중심으로 구성되었다. 정전이란 한 시대의 표준적 규범을 뜻하는 말로, 문학 정전이란 현대문학사에서 누구나 인정하는 성과와 질을 담보한 불후의 명작들을 의미한다. 이 전집을 통해서 근대 초기 이후 지금까지 삶의 이면을 관류하는 문학의 근원적 가치와 이념을 확인할 수 있을 것이다.

둘째, 이 전집은 디지털 환경에 익숙한 젊은 독자들의 취향을 고려한 편의성을 최대한 제고하고자 하였다. 이를 위해서 어려운 낱말에는 상세한 단어풀이를 붙여 이해를 돕고자 했고, 동시에 작품 속에 등장하는 인물들의 갈등과 내면세계를 삽화로 제시하는 한편 작품과 관계되는 당대의 풍속, 생활, 풍물 등의 사진을 본문과 함께 배치하여 다양한 볼거리를 제공하고자 했다. 아울러 작가의 산실이 된 생가와 집필 장소, 유품 등을 사진으로 수록하여 작가의 삶과 작품에 대한 총체적인 이해를 돕고자 했다.

셋째, 이 기획은 교양과목을 수강하는 대학생과 시험을 앞둔 수험생, 풍요로운 삶을 소망하는 일반 독자들에게 작가와 작품, 작품의 배경이 된 당대 현실에 대한 이해를 돕는 교양서로 기능하도록 배려하였다. 수록 작품들은 본래의 의미를 최대한 존중하면서 다양한 이본들을 발표 원문과 일일이 대조하면서 현대식으로 표기하였고, 박사과정 재학 이상의 국문학 전공자의 교정 및 교열 작업을 거쳐 모범적인 판본을 만들었다.

현재 우리 소설의 역사는 1백 년을 넘어서 새로운 전통을 쌓아가고 있다. 우리 소설들에는 우리의 선조들이 고심했던 역사와 풍속, 삶의 내밀한 관심과 즐거움이 한데 녹아 있다. 독자들은 소설과의 만남을 통해 우리의 문화가 이룩해온 정체성을 확인하고 상상하는 즐거움을 만끽할 수 있을 것이다.

'글누림한국소설전집'이 디지털 시대를 살아가는 21세기의 젊은 독자들에게 새로운 독서 체험을 제공해 주고 동시에 삶의 풍부한 자양분 역할을 하기를 희망한다.

글누림한국소설전집 간행위원회

목차

간행사 004

이상 단편소설
날개 009
봉별기 043
동해 054
종생기 084
환시기 111
실화 122
단발 139
김유정 151

최명익 단편소설
비 오는 길 160
무성격자 196
심문 233
장삼이사 289

작가 연보/이상 312
작가 연보/최명익 314
작품 해설 316

이상 단편소설

날개

횡배
거위배, 회충으로 인한 배앓이.

제행
인연(因緣)으로 말미암아 일어나는 온갖 현상.

이상 초상화

위트와 패러독스
위트(wit); 때로는 유머와 혼동해서 사용한다. 어떤 것을 표현하는 데 있어서 비범하고 신기하고 기발한 발상을 적절하게 표현할 수 있는 재빠른 지적 활동을 말한다.
역설(逆說, paradox); 참된 명제와 모순되는 결론을 낳는 추론. 배리(背理), 역리(逆理) 또는 이율배반이라고도 한다. 일반적으로는 모순을 야기하지 아니하나 특정한 경우에 논리적 모순을 일으키는 논증. 모순을 일으키기는 하지만 그 속에 중요한 진리가 함축되어 있는 것으로 간주한다.

경편
손쉽고 편리함.

'박제(剝製)가 되어 버린 천재'를 아시오? 나는 유쾌하오. 이런 때 연애까지가 유쾌하오.

육신이 흐느적흐느적하도록 피로했을 때만 정신이 은화(銀貨)처럼 맑소. 니코틴이 내 *횟배 앓는 뱃속으로 스미면 머릿속에 으레 백지가 준비되는 법이오. 그 위에다 나는 위트와 패러독스를 바둑 포석처럼 늘어놓소. 가증할 상식의 병이오.

나는 또 여인과 생활을 설계하오. 연애 기법에마저 서먹서먹해진 지성의 극치를 흘깃 좀 들여다본 일이 있는, 말하자면 일종의 정신분일자(精神奔逸者) 말이오. 이런 여인의 반(半)—그것은 온갖 것의 반이오—만을 영수(領受)하는 생활을 설계한다는 말이오. 그런 생활 속에 한 발만 들여놓고 흡사 두 개의 태양처럼 마주 쳐다보면서 낄낄거리는 것이오. 나는 아마 어지간히 인생의 *제행(諸行)이 싱거워서 견딜 수가 없게끔 되고 그만둔 모양이오. 굿바이.

굿바이, 그대는 이따금 그대가 제일 싫어하는 음식을 탐식(貪食)하는 아이러니를 실천해 보는 것도 좋을 것 같소. *위트와 패러독스와…….

그대 자신을 위조하는 것도 할 만한 일이오. 그대의 작품은 한 번도 본 일이 없는 기성품에 의하여 차라리 *경편(輕便)하고 고매(高邁)하리라.

십구 세기는 될 수 있거든 봉쇄하여 버리오. *도스토예프스키 정신이란 자칫하면 낭비인 것 같소. 위고를 불란서의 빵 한 조각이라고는 누가 그랬는지 *지언(至言)인 듯싶소. 그러나 인생 혹은 그 모형에 있어서 디테일 때문에 속는다거나 해서야 되겠소? 화(禍)를 보지 마오. 부디 그대께 고하는 것이니…….

테이프가 끊어지면 피가 나오.(생채기도 머지않아 완치될 줄 믿소. 굿바이.)

감정은 어떤 포즈(그 포즈의 *소(素)만을 지적하는 것이 아닌지나 모르겠소) 그 포즈가 부동자세에까지 고도화할 때 감정은 딱 공급을 정지합네다.

나는 내 비범한 발육을 회고하여 세상을 보는 안목을 규정하였소.
여왕봉(女王蜂)과 미망인―세상의 하고많은 여인이 본질적으로 이미 미망인 아닌 이가 있으리까? 아니! 여인의 전부가 그 일상에 있어서 개개 '미망인'이라는 내 논리가 뜻밖에도 여성에 대한 모독이 되오? 굿바이.

그 33번지라는 것이 구조가 흡사 유곽이라는 느낌이 없지 않다. 한 번지에 18가구가 죽― 어깨를 맞대고 늘어서서 창호가 똑같고 아궁이 모양이 똑같다. 게다가 각 가구에 사는 사람들이 송이송이 꽃과 같이 젊다. 해가 들지 않는다. 해가 드는 것을 그들이 모른 체하는 까닭이다. 턱살 밑에다 철줄을 매고 얼룩진 이부자리를 널어 말린다는 핑계로 미닫이에 해가 드는 것을 막아 버린다. 침침한 방 안에서 낮잠들을 잔다. 그들은 밤에는 잠을 자지 않나? 알 수 없다. 나는 밤이나 낮이나 잠만 자느라고 그런 것은 알 길이 없다. 33번지 18가구의 낮은 참 조용

도스토예프스키(Fyodor Mikhailovich-Dostoevskii, 1821~1881)
러시아의 소설가. 톨스토이와 함께 19세기 러시아 문학을 대표하는 세계적인 문호이다. '넋의 리얼리즘'이라 불리는 독자적인 방법으로 인간의 내면을 추구하여 근대소설의 새로운 가능성을 열어놓았다. 농노제적 구질서가 무너지고 자본주의적 제 관계가 대신 들어서려는 과도기의 러시아에서 시대의 모순에 고민하면서, 그 고민하는 자신의 모습을 전적으로 작품세계에 투영한 그의 문학세계는 현대성을 두드러지게 지니고 있으며, 20세기의 사상과 문학에 깊은 영향을 끼쳤다. 주요저서로는 『죄와 벌』, 『백치』, 『악령(惡靈)』이 있다.

도스토예프스키

지언
지극히 당연한 말.

소
요소 또는 원소.

하다.

조용한 것은 낮뿐이다. 어둑어둑하면 그들은 이부자리를 걷어 들인다. 전등불이 켜진 뒤의 18가구는 낮보다 훨씬 화려하다. 저물도록 미닫이 여닫는 소리가 잦다. 바빠진다. 여러가지 내음새가 나기 시작한다. *비웃 굽는 내, *탕고도란 내, 뜨물 내, 비눗 내…….

그러나 이런 것들보다도 그들의 문패가 제일로 고개를 끄덕이게 하는 것이다. 이 18가구를 대표하는 대문이라는 것이 일각이 져서 외따로 떨어지기는 했으나 있다. 그러나 그것은 한 번도 닫힌 일이 없는 한길이나 마찬가지 대문인 것이다. 온갖 장사아치들은 하루 가운데 어느 시간에라도 이 대문을 통하여 드나들 수 있는 것이다. 이네들은 문간에서 두부를 사는 것이 아니라 미닫이만 열고 방에서 두부를 사는 것이다. 이렇게 생긴 33번지 대문에 그들 18가구의 문패를 몰아다 붙이는 것은 의미가 없다. 그들은 어느 사이엔가 각 미닫이 위 백인당(百忍堂)이니 길상당(吉祥堂)이니 써붙인 한곁에다 문패를 붙이는 풍속을 가져 버렸다.

내 방 미닫이 위 한 곁에 *칼표딱지를 넷에다 낸 것만한 내, 아니! 내 아내의 명함이 붙어 있는 것도 이 풍속을 좇은 것이 아닐 수 없다.

나는 그러나 그들의 아무와도 놀지 않는다. 놀지 않을 뿐만 아니라 인사도 않는다. 나는 내 아내와 인사하는 외에 누구와도 인사하고 싶지 않았다.

내 아내 외의 다른 사람과 인사를 하거나 놀거나 하는 것은 내 아내 낯을 보아 좋지 않은 일인 것만 같이 생각이 들었기 때문이다. 나는 이

유곽(신마치 유곽)

비웃
'청어(青魚)'를 식료품으로 이르는 말.

탕고도란
식민지시대 때 많이 쓰던 화장품 이름. 오늘날의 파운데이션보다 빛깔이 더 짙은 것으로 고체이다.

칼표딱지
뜯어서 쓰는 딱지.

만큼까지 내 아내를 소중히 생각한 것이다.

　내가 이렇게까지 내 아내를 소중히 생각한 까닭은 이 33번지 18가구 가운데서 내 아내가 내 아내의 명함처럼 제일 작고 제일 아름다운 것을 안 까닭이다. 18가구에 각기 별러 든 송이송이 꽃들 가운데서도 내 아내가 특히 아름다운 한 떨기의 꽃으로 이 함석지붕 밑 볕 안 드는 지역에서 어디까지든지 찬란하였다. 따라서 그런 한 떨기 꽃을 지키고, 아니 그 꽃에 매달려 사는 나라는 존재가 도무지 형언할 수 없는 거북살스러운 존재가 아닐 수 없었던 것은 물론이다.

　나는 어디까지든지 내 방이—집이 아니다. 집은 없다—마음에 들었다. 방 안의 기온은 내 체온을 위하여 쾌적하였고, 방 안의 침침한 정도가 또한 내 안력을 위하여 쾌적하였다. 나는 내 방 이상의 서늘한 방도, 또 따뜻한 방도 희망하지 않았다. 이 이상으로 밝거나 이 이상으로 아늑한 방을 원하지 않았다. 내 방은 나 하나를 위하여 요만한 정도를 꾸준히 지키는 것 같아 늘 내 방에 감사하였고 나는 또 이런 방을 위하여 이 세상에 태어난 것만 같아서 즐거웠다.

　그러나 이것은 행복이라든가 불행이라든가 하는 것을 계산하는 것은 아니었다. 말하자면 나는 내가 행복되다고도 생각할 필요가 없었고, 그렇다고 불행하다고도 생각할 필요가 없었다. 그냥 그날그날을 그저 까닭 없이 펀둥펀둥 게으르고만 있으면 만사는 그만이었던 것이다.

　내 몸과 마음에 옷처럼 잘 맞는 방 속에서 뒹굴면서, 축 처져 있는 것은 행복이니 불행이니 하는 그런 세속적인 계산을 떠난, 가장 편리하고 안일한, 말하자면 절대적인 상태인 것이다. 나는 이런 상태가 좋았다.

이 절대적인 내 방은 대문간에서 세어서 똑 일곱째 칸이다. 럭키 세븐의 뜻이 없지 않다. 나는 이 일곱이라는 숫자를 훈장처럼 사랑하였다. 이런 이 방이 가운데 *장지로 말미암아 두 칸으로 나뉘어 있었다는 그것이 내 운명의 상징이었던 것을 누가 알랴?

아랫방은 그래도 해가 든다. 아침결에 책보만한 해가 들었다가 오후에 손수건만해지면서 나가 버린다. 해가 영영 들지 않는 윗방이 즉 내 방인 것은 말할 것도 없다. 이렇게 볕 드는 방이 아내 방이요, 볕 안 드는 방이 내 방이오 하고 아내와 나 둘 중에 누가 정했는지 나는 기억하지 못한다. 그러나 나에게는 불평이 없다.

아내가 외출만 하면 나는 얼른 아랫방으로 와서 그 동쪽으로 난 들창을 열어 놓고, 열어 놓으면 들이비치는 볕살이 아내의 화장대를 비

장지
방과 방 사이, 또는 방과 마루 사이에 칸을 막아 끼우는 문. 미닫이와 비슷하나 운두가 높고 문지방이 낮다.

쳐 가지각색 병들이 아롱이 지면서 찬란하게 빛나고 이렇게 빛나는 것을 보는 것은 다시없는 내 오락이다. 나는 쪼끄만 '돋보기'를 꺼내 가지고 아내만이 사용하는 지리가미(휴지)를 끄실려 가면서 불장난을 하고 논다. 평행 광선을 굴절시켜서 한 초점에 모아 가지고 그 초점이 따끈따끈해지다가, 마지막에는 종이를 끄실리기 시작하고 가느다란 연기를 내면서 드디어 구멍을 뚫어 놓는 데까지에 이르는 고 얼마 안 되는 동안의 초조한 맛이 죽고 싶을 만치 내게는 재미있었다.

이 장난이 싫증이 나면 나는 또 아내의 손잡이 거울을 가지고 여러 가지로 논다. 거울이란 제 얼굴을 비출 때만 실용품이다. 그 외의 경우에는 도무지 장난감인 것이다.

이 장난도 곧 싫증이 난다. 나의 유희심은 육체적인 데서 정신적인 데로 비약한다. 나는 거울을 내던지고 아내의 화장대 앞으로 가까이 가서 나란히 늘어 놓인 고 가지각색의 화장품 병들을 들여다본다. 고것들은 세상의 무엇보다도 매력적이다. 나는 그 중의 하나만을 골라서 가만히 마개를 빼고 병 구멍을 내 코에 가져다 대이고 숨죽이듯이 가벼운 호흡을 하여 본다. 이국적인 센슈얼한(관능적인) 향기가 폐로 스며들면 나는 저절로 스르르 감기는 내 눈을 느낀다. 확실히 아내의 체취의 파편이다. 나는 도로 병마개를 막고 생각해 본다. 아내의 어느 부분에서 요 내음새가 났던가를…… 그러나 그것은 분명치 않다. 왜? 아내의 체취는 여기 늘어 섰는 가지각색 향기의 합계일 것이니까.

아내의 방은 늘 화려하였다. 내 방이 벽에 못 한 개 꽂히지 않은 소박한 것인 반대로 아내 방에는 천장 밑으로 쫙 돌려 못이 박히고 못마다 화려한 아내의 치마와 저고리가 걸렸다. 여러가지 무늬가 보기 좋

동체
몸통. 사람이나 동물의 몸에서, 목·팔·다리·날개·꼬리 따위를 제외한 가운데 부분.

하이넥
목까지 높이 올린 옷깃. 또는 그런 옷.

다. 나는 그 여러 조각의 치마에서 늘 아내의 *동체(胴體)와 그 동체가 될 수 있는 여러 가지 포즈를 연상하고 연상하면서 내 마음은 늘 점잖지 못하다.

그렇건만 나에게는 옷이 없었다. 아내는 내게는 옷을 주지 않았다. 입고 있는 코르덴 양복 한 벌이 내 자리옷이었고 통상복과 나들이옷을 겸한 것이었다. 그리고 *하이넥의 스웨터가 한 조각 사철을 통한 내 내의다. 그것들은 하나같이 다 빛이 검다. 그것은 내 짐작 같아서는 즉 빨래를 될 수 있는 데까지 하지 않아도 보기 싫지 않도록 하기 위한 것이 아닌가 한다. 나는 허리와 두 가랑이 세 군데 다 고무 밴드가 끼어 있는 부드러운 사루마다를 입고 그리고 아무 소리 없이 잘 놀았다.

어느덧 손수건만 해졌던 볕이 나갔는데 아내는 외출에서 돌아오지 않는다. 나는 요만 일에도 좀 피곤하였고 또 아내가 돌아오기 전에 내 방으로 가 있어야 될 것을 생각하고 그만 내 방으로 건너간다. 내 방은 침침하다. 나는 이불을 뒤집어쓰고 낮잠을 잔다. 한 번도 걷은 일이 없는 내 이부자리는 내 몸뚱이의 일부분처럼 내게는 참 반갑다. 잠은 잘 오는 적도 있다. 그러나 또 전신이 까칫까칫하면서 영 잠이 오지 않는 적도 있다. 그런 때는 아무 제목으로나 제목을 하나 골라서 연구하였다. 나는 내 좀 축축한 이불 속에서 참 여러가지 발명도 하였고 논문도 많이 썼다. 시도 많이 지었다. 그러나 그것들은 내가 잠이 드는 것과 동시에 내 방에 담겨서 철철 넘치는 그 흐늑흐늑한 공기에 다 비누처럼 풀어져서 온데간데가 없고 한참 자고 깬 나는 속이 무명 헝겊이나 메밀껍질로 띵띵 찬 한 덩어리 베개와도 같은 한 벌 신경이었을 뿐이고 뿐이고 하였다.

그러기에 나는 *빈대가 무엇보다도 싫었다. 그러나 내 방에서는 겨울에도 몇 마리씩의 빈대가 끊이지 않고 나왔다. 내게 근심이 있었다면 오직 이 빈대를 미워하는 근심일 것이다. 나는 빈대에게 물려서 가려운 자리를 피가 나도록 긁었다. 쓰라리다. 그것은 그윽한 쾌감에 틀림없었다. 나는 혼곤히 잠이 든다.

나는 그러나 그런 이불 속의 사색 생활에서도 적극적인 것을 궁리하는 법이 없다. 내게는 그럴 필요가 대체 없었다. 만일 내가 그런 좀 적극적인 것을 궁리해 내었을 경우에 나는 반드시 내 아내와 의논하여야 할 것이고 그러면 반드시 나는 아내에게 꾸지람을 들을 것이고—나는 꾸지람이 무서웠다느니보다도 성가셨다. 내가 제법 한 사람의 사회인의 자격으로 일을 해보는 것도, 아내에게 사설 듣는 것도 나는 가장 게으른 동물처럼 게으른 것이 좋았다. 될 수만 있으면 이 무의미한 인간

빈대
빈댓과의 곤충. 몸의 길이는 5mm 정도이고 둥글납작하며, 갈색이다. 고약한 냄새를 풍기고 집 안에 살며, 밤에 활동하여 사람의 피를 빨아 먹는다.

의 탈을 벗어 버리고도 싶었다.

나에게는 인간 사회가 스스러웠다. 생활이 스스러웠다. 모두가 서먹서먹할 뿐이었다.

아내는 하루에 두 번 세수를 한다. 나는 하루 한 번도 세수를 하지 않는다. 나는 밤중 세 시나 네 시 해서 변소에 갔다 달이 밝은 밤에는 한참씩 마당에 우두커니 섰다가 들어오곤 한다. 그러니까 나는 이 18가구의 아무와도 얼굴이 마주치는 일이 거의 없다. 그러면서도 나는 이 18가구의 젊은 여인네 얼굴들을 거반 다 기억하고 있었다. 그들은 하나같이 내 아내만 못하였다.

열한 시쯤 해서 하는 아내의 첫 번 세수는 좀 간단하다. 그러나 저녁 일곱 시쯤 해서 하는 두 번째 세수는 손이 많이 간다. 아내는 낮에보다도 밤에 더 좋고 깨끗한 옷을 입는다. 그리고 낮에도 외출하고 밤에도 외출하였다.

아내에게 직업이 있었던가? 나는 아내의 직업이 무엇인지 알 수 없다. 만일 아내에게 직업이 없었다면, 같이 직업이 없는 나처럼 외출할 필요가 생기지 않을 것인데―아내는 외출한다. 외출할 뿐만 아니라 내객이 많다. 아내에게 *내객이 많은 날은 나는 온종일 내 방에서 이불을 쓰고 누워 있어야만 된다. 불장난도 못 한다. 화장품 내음새도 못 맡는다. 그런 날은 나는 의식적으로 우울해하였다. 그러면 아내는 나에게 돈을 준다. 오십 전짜리 은화다. 나는 그것이 좋았다. 그러나 그것을 무엇에 써야 옳을지 몰라서 늘 머리맡에 던져두고 두고 한 것이 어느 결에 모여서 꽤 많아졌다. 어느 날 이것을 본 아내는 금고처럼 생긴 *벙어리를 사다 준다. 나는 한 푼씩 한 푼씩 고 속에 넣고 열쇠는 아

내객
찾아온 손님.

벙어리
벙어리저금통을 뜻함.

내가 가져갔다. 그 후에도 나는 더러 은화를 그 벙어리에 넣은 것을 기억한다. 그리고 나는 게을렀다. 얼마 후 아내의 머리 쪽에 보지 못하던 *누깔잠이 하나 여드름처럼 돋았던 것은 바로 그 금고형 벙어리의 무게가 가벼워졌다는 증거일까. 그러나 나는 드디어 머리맡에 놓였던 그 벙어리에 손을 대지 않고 말았다. 내 게으름은 그런 것에 내 주의를 환기시키기도 싫었다.

누깔잠
누깔은 눈깔의 방언, 누깔 비녀. 비녀는 여자의 쪽 찐 머리가 풀어지지 않도록 꽂는 장신구.

비녀

아내에게 내객이 있는 날은 이불 속으로 암만 깊이 들어가도 비 오는 날만큼 잠이 잘 오지는 않았다. 나는 그런 때 아내에게는 왜 늘 돈이 있나 왜 돈이 많은가를 연구했다.

내객들은 장지 저쪽에 내가 있는 것을 모르나 보다. 내 아내와 나도 좀 하기 어려운 농을 아주 서슴지 않고 쉽게 해 내던지는 것이다. 그러나 아내의 내객 가운데 서너 사람의 내객들은 늘 비교적 점잖았다고 볼 수 있는 것이 자정이 좀 지나면 으레 돌아들 갔다. 그들 가운데는 퍽 교양이 옅은 자도 있는 듯싶었는데 그런 자는 보통 음식을 사다 먹고 논다. 그래서 보충을 하고 대체로 무사하였다.

나는 우선 내 아내의 직업이 무엇인가를 연구하기에 착수하였으나 좁은 시야와 부족한 지식으로는 이것을 알아내기 힘이 든다. 나는 끝끝내 내 아내의 직업이 무엇인가를 모르고 말려나 보다.

아내는 늘 *진솔버선만 신었다. 아내는 밥도 지었다. 아내가 밥 짓는 것을 나는 한 번도 구경한 일은 없으나 언제든지 끼니때면 내 방으로 내 조석밥을 날라다 주는 것이다. 우리집에는 나와 내 아내 외에 다른 사람은 아무도 없다. 이 밥은 분명히 아내가 손수 지었음에 틀림없다.

진솔버선
만든 다음 한 번도 빨지 않은 새 버선.

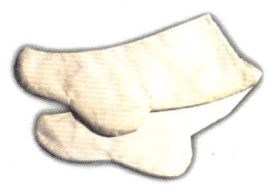

버선

그러나 아내는 한 번도 나를 자기 방으로 부른 일이 없다. 나는 늘 윗방에서 나 혼자서 밥을 먹고 잠을 잤다. 밥은 너무 맛이 없었다. 반찬이 너무 엉성하였다. 나는 닭이나 강아지처럼 말없이 주는 모이를 넙죽넙죽 받아먹기는 했으나 내심 야속하게 생각한 적도 더러 없지 않다. 나는 안색이 여지없이 창백해 가면서 말라들어 갔다. 나날이 눈에 보이듯이 기운이 줄어들었다. 영양 부족으로 하여 몸뚱이 곳곳이 뼈가 불쑥불쑥 내밀었다. 하룻밤 사이에도 수십 차를 돌쳐 눕지 않고는 여기저기가 배겨서 나는 배겨 낼 수가 없었다.

그렇기 때문에 나는 내 이불 속에서 아내가 늘 흔히 쓸 수 있는 저 돈의 출처를 탐색해 보는 일변 장지 틈으로 새어 나오는 아랫방의 음식은 무엇일까를 간단히 연구하였다. 나는 잠이 잘 안 왔다.

깨달았다. 아내가 쓰는 돈은 그, 내게는 다만 실없는 사람들로밖에 보이지 않는 까닭 모를 내객들이 놓고 가는 것에 틀림없으리라는 것을

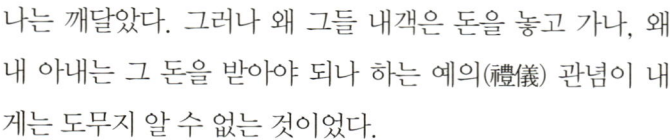

일제시대 화폐

나는 깨달았다. 그러나 왜 그들 내객은 돈을 놓고 가나, 왜 내 아내는 그 돈을 받아야 되나 하는 예의(禮儀) 관념이 내게는 도무지 알 수 없는 것이었다.

그것은 그저 예의에 지나지 않는 것일까 그렇지 않으면 혹 무슨 대가일까 보수일까. 내 아내가 그들의 눈에는 동정을 받아야만 할 가엾은 인물로 보였던가.

이런 것들을 생각하노라면 으레 내 머리는 그냥 혼란하여 버리곤 하였다. 잠들기 전에 획득했다는 결론이 오직 불쾌하다는 것뿐이었으면서도 나는 그런 것을 아내에게 물어 보거나 한 일이 참 한 번도 없다. 그것은 대체 귀찮기도 하려니와 한잠 자고 일어나면 나는 사뭇 딴사람

처럼 이것도 저것도 다 깨끗이 잊어버리고 그만두는 까닭이다.

　내객들이 돌아가고, 혹 밤 외출에서 돌아오고 하면 아내는 경편한 것으로 옷을 바꾸어 입고 내 방으로 나를 찾아온다. 그리고 이불을 들치고 내 귀에는 영 생동생동한 몇 마디 말로 나를 위로하려 든다. 나는 조소도 고소도 홍소도 아닌 웃음을 얼굴에 띠우고 아내의 아름다운 얼굴을 쳐다본다. 아내는 방그레 웃는다. 그러나 그 얼굴에 떠도는 일말의 애수를 나는 놓치지 않는다.

　아내는 능히 내가 배고파하는 것을 눈치 챌 것이다. 그러나 아랫방에서 먹고 남은 음식을 나에게 주려 들지는 않는다. 그것은 어디까지든지 나를 존경하는 마음일 것임에 틀림없다. 나는 배가 고프면서도 적이 마음이 든든한 것을 좋아했다. 아내가 무엇이라고 지껄이고 갔는지 귀에 남아 있을 리가 없다. 다만 내 머리맡에 아내가 놓고 간 은화가 전등불에 흐릿하게 빛나고 있을 뿐이다.

　고 금고형 벙어리 속에 고 은화가 얼마큼이나 모였을까. 나는 그러나 그것을 쳐들어 보지 않았다. 그저 아무런 의욕도 기원도 없이 그 단추 구멍처럼 생긴 *틈사구니로 은화를 떨어뜨려 둘 뿐이었다.

틈사구니
'틈바구니'의 방언(충청).

은화(1892)

　왜 아내의 내객들이 아내에게 돈을 놓고 가나 하는 것이 풀 수 없는 의문인 것같이 왜 아내는 나에게 돈을 놓고 가나 하는 것도 역시 나에게는 똑같이 풀 수 없는 의문이었다. 내 비록 아내가 내게 돈을 놓고 가는 것이 싫지 않았다 하더라도 그것은 다만 고것이 내 손가락에 닿는 순간에서부터 고 벙어리 주둥이에서 자취를 감추기까지의 하잘 것 없는 짧은 촉각이 좋았달 뿐이지 그 이상 아무 기쁨도 없다.

질풍신뢰(疾風迅雷)
심한 바람과 번개라는 뜻으로, 빠르고 심하게 변하는 상태를 이르는 말.

　어느 날 나는 고 벙어리를 변소에 갖다 넣어 버렸다. 그때 벙어리 속에는 몇 푼이나 되는지는 모르겠으나 고 은화들이 꽤 들어 있었다.
　나는 내가 지구 위에 살며 내가 이렇게 살고 있는 지구가 *질풍신뢰의 속력으로 광대무변의 공간을 달리고 있다는 것을 생각했을 때 참 허망하였다. 나는 이렇게 부지런한 지구 위에서는 현기증도 날 것 같고 해서 한시바삐 내려 버리고 싶었다.
　이불 속에서 이런 생각을 하고 난 뒤에는 나는 고 은화를 고 벙어리에 넣고 넣고 하는 것조차도 귀찮아졌다. 나는 아내가 손수 벙어리를 사용하였으면 하고 희망하였다. 벙어리도 돈도 사실에는 아내에게만 필요한 것이지 내게는 애초부터 의미가 전연 없는 것이었으니까 될 수만 있으면 그 벙어리를 아내는 아내 방으로 가져갔으면 하고 기다렸다. 그러나 아내는 가져가지 않는다. 나는 내가 아내 방으로 가져다 둘까 하고 생각하여 보았으나 그 즈음에는 아내의 내객이 원체 많아서 내가 아내 방에 가볼 기회가 도무지 없었다. 그래서 나는 하는 수 없이 변소에 갖다 집어넣어 버리고 만 것이다.
　나는 서글픈 마음으로 아내의 꾸지람을 기다렸다. 그러나 아내는 끝내 아무 말도 나에게 묻지도 하지도 않았다. 않았을 뿐 아니라 여전히 돈은 돈대로 내 머리맡에 놓고 가지 않나? 내 머리맡에는 어느덧 은화가 꽤 많이 모였다.

　내객이 아내에게 돈을 놓고 가는 것이나 아내가 내게 돈을 놓고 가는 것이나 일종의 쾌감―그 외의 다른 아무런 이유도 없는 것이 아닐까 하는 것을 나는 또 이불 속에서 연구하기 시작하였다. 쾌감이라면 어떤 종류의 쾌감일까를 계속하여 연구하였다. 그러나 그것은 이불 속의 연구로는 알 길이 없었다. 쾌감 쾌감, 하고 나는 뜻밖에도 이 문제에 대해서만 흥미를 느꼈다.

아내는 물론 나를 늘 감금하여 두다시피 하여 왔다. 내게 불평이 있을 리 없다. 그런 중에도 나는 그 쾌감이라는 것의 유무를 체험하고 싶었다.

나는 아내의 밤 외출 틈을 타서 밖으로 나왔다. 나는 거리에서 잊어버리지 않고 가지고 나온 은화를 지폐로 바꾼다. 오 원이나 된다. 그것을 주머니에 넣고 나는 목적을 잃어버리기 위하여 얼마든지 거리를 쏘다녔다. 오래간만에 보는 거리는 거의 경이에 가까울 만치 내 신경을 흥분시키지 않고는 마지않았다. 나는 금시에 피곤하여 버렸다. 그러나 나는 참았다. 그리고 밤이 이슥하도록 까닭을 잊어버린 채 이 거리 저

거리로 지향 없이 헤매었다. 돈은 물론 한 푼도 쓰지 않았다. 돈을 쓸 아무 엄두도 나서지 않았다. 나는 벌써 돈을 쓰는 기능을 완전히 상실한 것 같았다.

나는 과연 피로를 이 이상 견디기가 어려웠다. 나는 가까스로 내 집을 찾았다. 나는 내 방으로 가려면 아내 방을 통과하지 아니하면 안 될 것을 알고 아내에게 내객이 있나 없나를 걱정하면서 미닫이 앞에서 좀 거북살스럽게 기침을 한 번 했더니 이것은 참 또 너무 *암상스럽게 미닫이가 열리면서 아내의 얼굴과 그 등 뒤에 낯선 남자의 얼굴이 이쪽을 내다보는 것이다. 나는 별안간 내어쏟아지는 불빛에 눈이 부셔서 좀 머뭇머뭇했다.

나는 아내의 눈초리를 못 본 것은 아니다. 그러나 나는 모른 체하는 수밖에 없었다. 왜? 나는 어쨌든 아내의 방을 통과하지 아니하면 안 되니까…….

나는 이불을 뒤집어썼다. 무엇보다도 다리가 아파서 견딜 수가 없었다. 이불 속에서는 가슴이 울렁거리면서 암만해도 까무러칠 것만 같았다. 걸을 때는 몰랐더니 숨이 차다. 등에 식은땀이 쭉 내배인다. 나는 외출한 것을 후회하였다. 이런 피로를 잊고 어서 잠이 들었으면 좋겠다. 한잠 잘 자고 싶었다.

얼마 동안이나 비스듬히 엎드려 있었더니 차츰차츰 뚝딱거리는 가슴 *동기(動氣)가 가라앉는다. 그만해도 우선 살 것 같았다. 나는 몸을 돌쳐 반듯이 천장을 향하여 눕고 쭉 다리를 뻗었다.

그러나 나는 또다시 가슴의 동기를 피할 수 없게 되었다. 아랫방에서 아내와 그 남자의 내 귀에도 들리지 않을 만치 옅은 목소리로 소곤거리는 기척이 장지 틈으로 전하여 왔던 것이다. 청각을 더 예민하게

하기 위하여 나는 눈을 떴다. 그리고 숨을 죽였다. 그러나 그때는 벌써 아내와 남자는 앉았던 자리를 툭툭 털며 일어섰고 일어서면서 옷과 모자 쓰는 기척이 나는 듯하더니 이어 미닫이가 열리고 구두 뒤축 소리가 나고 그리고 뜰에 내려서는 소리가 쿵 하고 나면서 뒤를 따르는 아내의 고무신 소리가 두어 발자국 찍찍 나고 사뿐사뿐 나나 하는 사이에 두 사람의 발소리가 대문간 쪽으로 사라졌다.

　나는 아내의 이런 태도를 본 일이 없다. 아내는 어떤 사람과도 결코 소곤거리는 법이 없다. 나는 윗방에서 이불을 쓰고 누웠는 동안에도 혹 술이 취해서 혀가 잘 돌아가지 않는 내객들의 담화는 더러 놓치는 수가 있어도 아내의 높지도 얕지도 않은 말소리를 일찍이 한 마디도 놓쳐 본 일이 없다. 더러 내 귀에 거슬리는 소리가 있어도 나는 그것이 태연한 목소리로 내 귀에 들렸다는 이유로 충분히 안심이 되었다.

그렇던 아내의 이런 태도는 필시 그 속에 여간하지 않은 사정이 있는 듯싶이 생각이 되고 내 마음은 좀 서운했으나 그러나 그보다도 나는 좀 너무 피곤해서 오늘만은 이불 속에서 아무것도 연구치 않기로 굳게 결심하고 잠을 기다렸다. 잠은 좀처럼 오지 않았다. 대문간에 나간 아내도 좀처럼 들어오지 않았다. 그러는 동안에 흐지부지 나는 잠이 들어 버렸다. 꿈이 얼쑹덜쑹 종을 잡을 수 없는 거리의 풍경을 여전히 헤맸다.

나는 몹시 흔들렸다. 내객을 보내고 들어온 아내가 잠든 나를 잡아 흔드는 것이다. 나는 눈을 번쩍 뜨고 아내의 얼굴을 쳐다보았다. 아내의 얼굴에는 웃음이 없다. 나는 좀 눈을 비비고 아내의 얼굴을 자세히 보았다. 노기가 눈초리에 떠서 얇은 입술이 바르르 떨린다. 좀처럼 이 노기가 풀리기는 어려울 것 같았다. 나는 그대로 눈을 감아 버렸다. 벼락이 내리기를 기다린 것이다. 그러나 쌔근 하는 숨소리가 나면서 푸시시 아내의 치맛자락 소리가 나고 장지가 여닫히며 아내는 아내 방으로 돌아갔다. 나는 다시 몸을 돌쳐 이불을 뒤집어쓰고는 개구리처럼 엎드리고, 엎드려서 배가 고픈 가운데서도 오늘 밤의 외출을 또 한번 후회하였다.

나는 이불 속에서 아내에게 사죄하였다. 그것은 네 오해라고…….

나는 사실 밤이 퍽으나 이슥한 줄만 알았던 것이다. 그것이 네 말마따나 자정 전인 줄은 나는 정말이지 꿈에도 몰랐다. 나는 너무 피곤하였었다. 오래간만에 나는 너무 많이 걸은 것이 잘못이다. 내 잘못이라면 잘못은 그것밖에는 없다. 외출은 왜 하였느냐고?

나는 그 머리맡에 저절로 모인 오 원 돈을 아무에게라도 좋으니 주어 보고 싶었던 것이다. 그뿐이다. 그러나 그것도 내 잘못이라면 나는 그렇게 알겠다. 나는 후회하고 있지 않나?

내가 그 오 원 돈을 써 버릴 수가 있었던들 나는 자정 안에 집에 돌아올 수 없었을 것이다. 그러나 거리는 너무 복잡하였고 사람은 너무도 들끓었다. 나는 어느 사람을 붙들고 그 오 원 돈을 내주어야 할지 갈피를 잡을 수가 없었다. 그러는 동안에 나는 여지없이 피곤해 버리고 말았던 것이다.

나는 무엇보다도 좀 쉬고 싶었다. 눕고 싶었다. 그래서 나는 하는 수 없이 집으로 돌아온 것이다. 내 짐작 같아서는 밤이 어지간히 늦은 줄만 알았는데 그것이 불행히도 자정 전이었다는 것은 참 안된 일이다. 미안한 일이다. 나는 얼마든지 사죄하여도 좋다. 그러나 종시 아내의 오해를 풀지 못하였다 하면 내가 이렇게까지 사죄하는 보람은 그럼 어디 있나? 한심하였다.

한 시간 동안을 나는 이렇게 초조하게 굴지 않으면 안 되었다. 나는 이불을 확 젖혀 버리고 일어나서 장지를 열고 아내 방으로 비칠비칠 달려갔던 것이다. 내게는 거의 의식이라는 것이 없었다. 나는 아내 이불 위에 엎드러지면서 바지 포켓 속에서 그 돈 오 원을 꺼내 아내 손에 쥐어 준 것을 간신히 기억할 뿐이다.

이튿날 잠이 깨었을 때 나는 내 아내 방 아내 이불 속에 있었다. 이것이 이 33번지에서 살기 시작한 이래 내가 아내 방에서 잔 맨 처음이었다.

해가 들창에 훨씬 높았는데 아내는 이미 외출하고 벌써 내 곁에 있지는 않다. 아니! 아내는 엊저녁 내가 의식을 잃은 동안에 외출한 것인지도 모른다. 그러나 나는 그런 것을 조사하고 싶지 않았다. 다만 전신이 찌뿌드드한 것이 손가락 하나 꼼짝할 힘조차 없었다. *책보보다 좀 작은 면적의 볕이 눈이 부시다. 그 속에서 수없는 먼지가 흡사 미생물처럼 난무한다. 코가 칵 막히는 것 같다. 나는 다시 눈을 감고 이불을 푹 뒤집어쓰고 낮잠을 자기에 착수하였다. 그러나 코를 스치는 아내의 체취는 꽤 도발적이었다. 나는 몸을 여러 번 여러 번 비비 꼬면서 아내의 화장대에 늘어선 고 가지각색 화장품 병들과 고 병들의 마개를 뽑았을 때 풍기던 내음새를 더듬느라고 좀처럼 잠은 들지 않는 것을 나는 어찌하는 수도 없었다.

견디다 못하여 나는 그만 이불을 걷어차고 벌떡 일어나서 내 방으로 갔다. 내 방에는 다 식어 빠진 내 끼니가 가지런히 놓여 있는 것이다. 아내는 내 모이를 여기다 주고 나간 것이다. 나는 우선 배가 고팠다. 한 숟갈을 입에 떠넣었을 때 그 촉감은 참 너무도 냉회와 같이 써늘하였다. 나는 숟갈을 놓고 내 이불 속으로 들어갔다. 하룻밤을 비워 버린 내 이부자리는 여전히 반갑게 나를 맞아 준다. 나는 내 이불을 뒤집어쓰고 이번에는 참 늘어지게 한잠 잤다. 잘—

내가 잠을 깬 것은 전등이 켜진 뒤다. 그러나 아내는 아직도 돌아오지 않았나 보다. 아니! 들어왔다 또 나갔는지도 알 수 없다. 그러나 그

책보(册褓)
책을 싸는 보자기.

런 것을 *삼고(三考)하여 무엇 하나?

삼고
세 번 생각함. 또는 여러 번 생각함.

　정신이 한결 난다. 나는 지난 밤 일을 생각해 보았다. 그 돈 오 원을 아내 손에 쥐어 주고 넘어졌을 때에 느낄 수 있었던 쾌감을 나는 무엇이라고 설명할 수가 없었다. 그러니 내객들이 내 아내에게 돈 놓고 가는 심리며 내 아내가 내게 돈 놓고 가는 심리의 비밀을 나는 알아낸 것 같아서 여간 즐거운 것이 아니다. 나는 속으로 빙그레 웃어 보았다. 이런 것을 모르고 오늘까지 지내 온 나 자신이 어떻게 우스꽝스러워 보이는지 몰랐다. 나는 어깨춤이 났다.

　따라서 나는 또 오늘 밤에도 외출하고 싶었다. 그러나 돈이 없다. 나는 엊저녁에 그 돈 오 원을 한꺼번에 아내에게 주어 버린 것을 후회하였다. 또 고 벙어리를 변소에 갖다 처넣어 버린 것도 후회하였다. 나는 실없이 실망하면서 습관처럼 그 돈이 들어 있던 내 바지 포켓에 손을 넣어 한번 휘둘러보았다. 뜻밖에도 내 손에 쥐어지는 것이 있었다. 이 원밖에 없다. 그러나 많아야 맛은 아니다. 얼마간이고 있으면 된다. 나는 그만한 것이 여간 고마운 것이 아니었다.

　나는 기운을 얻었다. 나는 그 단벌 다 떨어진 코르덴 양복을 걸치고 배고픈 것도 주제 사나운 것도 다 잊어버리고 활갯짓을 하면서 또 거리로 나섰다. 나서면서 나는 제발 시간이 화살 닫듯 해서 자정이 어서 홱 지나 버렸으면 하고 조바심을 태웠다. 아내에게 돈을 주고 아내 방에서 자보는 것은 어디까지든지 좋았지만 만일 잘못해서 자정 전에 집에 들어갔다가 아내의 눈총을 맞는 것은 그것은 여간 무서운 일이 아니었다. 나는 저물도록 길가 시계를 들여다보고 들여다보고 하면서 또 지향없이 거리를 방황하였다. 그러나 이날은 좀처럼 피곤하지는 않았다. 다만 시간이 좀 너무 더디게 가는 것만 같아서 안타까웠다.

경성역

일각대문
대문간이 따로 없이 양쪽에 기둥을 하나씩 세워서 문짝을 단 대문.

　　경성역 시계가 확실히 자정을 지난 것을 본 뒤에 나는 집을 향하였다. 그날은 그 *일각대문에서 아내와 아내의 남자가 이야기하고 섰는 것을 만났다. 나는 모른 체하고 두 사람 곁을 지나서 내 방으로 들어갔다. 뒤이어 아내도 들어왔다. 와서는 이 밤중에 평생 안 하던 쓰레질을 하는 것이다. 조금 있다가 아내가 눕는 기척을 엿듣자마자 나는 또 장지를 열고 아내 방으로 가서 그 돈 이 원을 아내 손에 덥석 쥐어 주고 그리고―하여간 그 이 원을 오늘 밤에도 쓰지 않고 도로 가져온 것이 참 이상하다는 듯이 아내는 내 얼굴을 몇 번이고 엿보고―아내는 드디어 아무 말도 없이 나를 자기 방에 재워 주었다. 나는 이 기쁨을 세상의 무엇과도 바꾸고 싶지는 않았다. 나는 편히 잘 잤다.

　　이튿날도 내가 잠이 깨었을 때는 아내는 보이지 않았다. 나는 또 내 방으로 가서 피곤한 몸이 낮잠을 잤다.
　　내가 아내에게 흔들려 깨었을 때는 역시 불이 들어온 뒤였다. 아내는 자기 방으로 나를 오라는 것이다. 이런 일은 또 처음이다. 아내는 끊임없이 얼굴에 미소를 띠고 내 팔을 이끄는 것이다. 나는 이런 아내의 태도 이면에 엔간치 않은 음모가 숨어 있지나 않은가 하고 적이 불안을 느끼지 않을 수 없었다.
　　나는 아내의 하자는 대로 아내 방으로 끌려갔다. 아내 방에는 저녁 밥상이 조촐하게 차려져 있는 것이다. 생각하여 보면 나는 이틀을 굶었다. 나는 지금 배고픈 것까지도 긴가민가 잊어버리고 어름어름하던 차다.
　　나는 생각하였다. 이 최후의 만찬을 먹고 나자마자 벼락이 내려도 나는 차라리 후회하지 않을 것을. 사실 나는 인간 세상이 너무나 심심해서 못 견디겠던 차다. 모든 일이 성가시고 귀찮았으나 그러나 불의의 재난이라는 것은 즐겁다.

나는 마음을 턱 놓고 조용히 아내와 마주 이 해괴한 저녁밥을 먹었다. 우리 부부는 이야기하는 법이 없었다. 밥을 먹은 뒤에도 나는 말이 없이 그냥 부스스 일어나서 내 방으로 건너가 버렸다. 아내는 나를 붙잡지 않았다. 나는 벽에 기대어 앉아서 담배를 한 대 피워 물고 그리고 벼락이 떨어질 테거든 어서 떨어져라 하고 기다렸다.

오 분! 십 분!

그러나 벼락은 내리지 않았다. 긴장이 차츰 늘어지기 시작한다. 나는 어느덧 오늘 밤에도 외출할 것을 생각하고 있었다. 돈이 있었으면 하고 생각하고 있었다.

그러나 돈은 확실히 없다. 오늘은 외출하여도 나중에 올 무슨 기쁨이 있나. 나는 앞이 그냥 아뜩하였다. 나는 화가 나서 이불을 뒤집어쓰고 이리 뒹굴 저리 뒹굴 굴렀다. 금시 먹은 밥이 목으로 자꾸 치밀어 올라온다. 메스꺼웠다.

하늘에서 얼마라도 좋으니 왜 지폐가 소낙비처럼 퍼붓지 않나, 그것이 그저 한없이 야속하고 슬펐다. 나는 이렇게밖에 돈을 구하는 아무런 방법도 알지는 못했다. 나는 이불 속에서 좀 울었나 보다. 돈이 왜 없냐면서……

그랬더니 아내가 또 내 방에를 왔다. 나는 깜짝 놀라 아마 인제서야 벼락이 내리려나 보다 하고 숨을 죽이고 두꺼비 모양으로 엎디어 있었다. 그러나 떨어진 입을 새어 나오는 아내의 말소리는 참 부드러웠다.

정다웠다. 아내는 내가 왜 우는지를 안다는 것이다. 돈이 없어서 그러는 게 아니냐. 나는 실없이 깜짝 놀랐다. 어떻게 저렇게 사람의 속을 환—하게 들여다보는구 해서 나는 한편으로 슬그머니 겁도 안 나는 것은 아니었으나 저렇게 말하는 것을 보면 아마 내게 돈을 줄 생각이 있나 보다, 만일 그렇다면 오죽이나 좋은 일일까. 나는 이불 속에 둘둘 말린 채 고개도 들지 않고 아내의 다음 거동을 기다리고 있으니까, 옛소—하고 내 머리맡에 내려뜨리는 것은 그 가뿐한 음향으로 보아 지폐에 틀림없었다. 그리고 내 귀에다 대고, 오늘일랑 어제보다도 좀더 늦게 들어와도 좋다고 속삭이는 것이다. 그것은 어렵지 않다. 우선 그 돈이 무엇보다도 고맙고 반가웠다.

어쨌든 나섰다. 나는 좀 *야맹증이다. 그래서 될 수 있는 대로 밝은 거리를 골라서 돌아다니기로 했다. 그리고는 경성역 일 이등 대합실 한결 티룸에를 들렀다. 그것은 내게는 큰 발견이었다. 거기는 우선 아무도 아는 사람이 안 온다. 설사 왔다가도 곧 가니까 좋다. 나는 날마다 여기 와서 시간을 보내리라 속으로 생각하여 두었다.

제일 여기 시계가 어느 시계보다도 정확하리라는 것이 좋았다. 섣불리 서투른 시계를 보고 그것을 믿고 시간 전에 집에 돌아갔다가 큰코를 다쳐서는 안 된다.

나는 한 부스에 아무것도 없는 것과 마주 앉아서 잘 끓은 커피를 마셨다. 총총한 가운데 여객들은 그래도 한 잔 커피가 즐거운가 보다. 얼른얼른 마시고 무얼 좀 생각하는 것같이 담벼락도 좀 쳐다보고 하다가 곧 나가 버린다. 서글프다. 그러나 내게는 이 서글픈 분위기가 거리의 티룸들의 그 거추장스러운 분위기보다는 절실하고 마음에 들었다. 이따금 들리는 날카로운 혹은 우렁찬 기적 소리가 모차르트보다도 더 가

야맹증
눈이 밝은 데서 어두운 데로 빨리 적응하지 못해서 희미한 불빛 아래에서나 밤에 시력이 떨어지는 증상.

깝다. 나는 메뉴에 적힌 몇 가지 안 되는 음식 이름을 치읽고 내리읽고 여러 번 읽었다. 그것들은 아물아물한 것이 어딘가 내 어렸을 때 동무들 이름과 비슷한 데가 있었다.

거기서 얼마나 내가 오래 앉았는지 정신이 오락가락하는 중에, 객이 슬며시 뜸해지면서 이 구석 저 구석 걷어치우기 시작하는 것을 보면 아마 닫을 시간이 된 모양이다. 열한 시가 좀 지났구나, 여기도 결코 내 안주의 곳은 아니구나, 어디 가서 자정을 넘길까, 두루 걱정을 하면서 나는 밖으로 나섰다. 비가 온다. 빗발이 제법 굵은 것이 우비도 우산도 없는 나를 고생을 시킬 작정이다. 그렇다고 이런 괴이한 풍모를 차리고 이 홀에서 어물어물하는 수는 없고, 에이 비를 맞으면 맞았지 하고 나는 그냥 나서 버렸다.

대단히 선선해서 견딜 수가 없다. 코르덴 옷이 젖기 시작하더니 나중에는 속속들이 스며들면서 처근거린다. 비를 맞아 가면서라도 견딜 수 있는 데까지 거리를 돌아다녀서 시간을 보내려 하였으나 인제는 선선해서 이 이상은 더 견딜 수가 없다. 오한이 자꾸 일어나면서 이가 딱딱 맞부딪는다.

나는 걸음을 재우치면서 생각하였다. 오늘 같은 궂은 날도 아내에게 내객이 있을라구, 없겠지, 하는 생각이 드는 것이다. 집으로 가야겠다. 아내에게 불행히 내객이 있거든 내 사정을 하리라. 사정을 하면 이렇게 비가 오는 것을 눈으로 보고 알아주겠지.

부리나케 와보니까 그러나 아내에게는 내객이 있었다. 나는 그만 너무 춥고 척척해서 얼떨김에 노크하는 것을 잊었다. 그래서 나는 보면 아내가 좀 덜 좋아할 것을 그만 보았다. 나는 *감발 자국 같은 발자국을 내면서 덤벙덤벙 아내 방을 디디고 그리고 내 방으로 가서 쭉 빠진

감발
버선이나 양말 대신 발에 감는 좁고 긴 무명천.

옷을 활활 벗어 버리고 이불을 뒤썼다. 덜덜덜덜 떨린다. 오한이 점점 더 심해 들어온다. 여전 땅이 꺼져 들어가는 것만 같았다. 나는 그만 의식을 잃어버리고 말았다.

이튿날 내가 눈을 떴을 때 아내는 내 머리맡에 앉아서 제법 근심스러운 얼굴이다. 나는 감기가 들었다. 여전히 으스스 춥고 또 골치가 아프고 입에 군침이 도는 것이 씁쓸하면서 다리 팔이 척 늘어져서 노곤하다.

아내는 내 머리를 쓱 짚어 보더니 약을 먹어야 한다. 아내 손이 이마에 선뜩한 것을 보면 신열이 어지간한 모양인데, 약을 먹는다면 해열제를 먹어야지 하고 속생각을 하자니까 아내는 따뜻한 물에 하얀 정제약 네 개를 준다. 이것을 먹고 한잠 푹—자고 나면 괜찮다는 것이

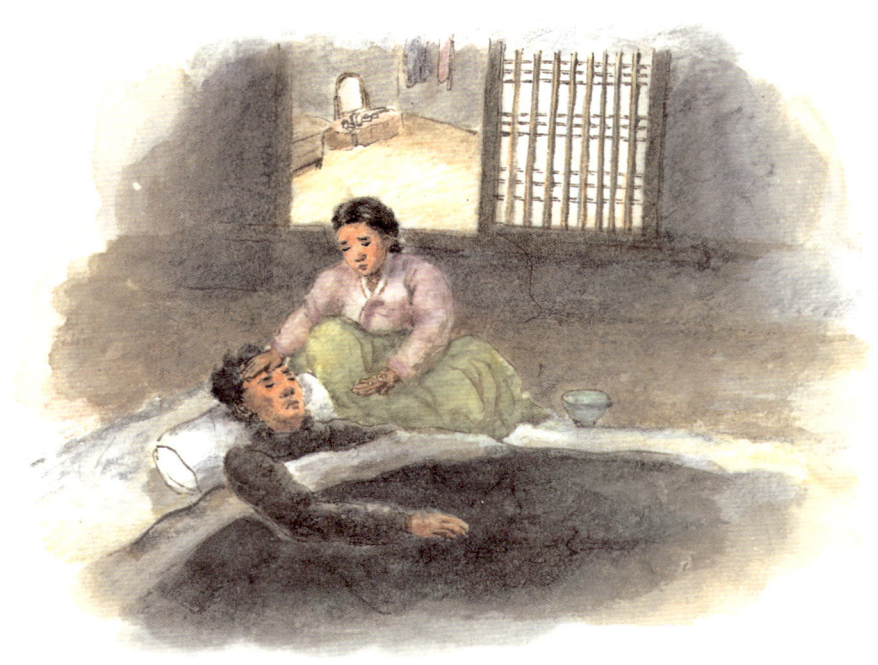

다. 나는 널름 받아먹었다. 쌉싸름한 것이 짐작 같아서는 아마 아스피린인가 싶다. 나는 다시 이불을 쓰고 단번에 그냥 죽은 것처럼 잠이 들어 버렸다.

나는 콧물을 훌쩍훌쩍하면서 여러 날을 앓았다. 앓는 동안에 끊이지 않고 그 정제약을 먹었다. 그러는 동안에 감기도 나았다. 그러나 입맛은 여전히 *소태처럼 썼다.

나는 차츰 또 외출하고 싶은 생각이 났다. 그러나 아내는 나더러 외출하지 말라고 이르는 것이다. 이 약을 날마다 먹고 그리고 가만히 누워 있으라는 것이다. 공연히 외출을 하다가 이렇게 감기가 들어서 저를 고생을 시키는 게 아니냐 한다. 그도 그렇다. 그럼 외출을 하지 않겠다고 맹세하고 그 약을 *연복(連服)하여 몸을 좀 보해 보리라고 나는 생각하였다.

나는 날마다 이불을 뒤집어쓰고 밤이나 낮이나 잤다. 유난스럽게 밤이나 낮이나 졸려서 견딜 수가 없는 것이다. 나는 이렇게 잠이 자꾸만 오는 것은 내가 몸이 훨씬 튼튼해진 증거라고 굳게 믿었다.

나는 아마 한 달이나 이렇게 지냈나 보다. 내 머리와 수염이 좀 너무 자라서 후후해서 견딜 수가 없어서 내 거울을 좀 보리라고 아내가 외출한 틈을 타서 나는 아내 방으로 가서 아내의 화장대 앞에 앉아 보았다. 상당하다. 수염과 머리가 참 산란하였다. 오늘은 이발을 좀 하리라 생각하고 겸사겸사 고 화장품 병들 마개를 뽑고 이것저것 맡아 보았다. 한동안 잊어버렸던 향기 가운데서는 몸이 배배 꼬일 것 같은 체취가 전해 나왔다. 나는 아내의 이름을 속으로만 한번 불러 보았다.

'*연심(蓮心)이'

하고…….

소태
소태껍질. 소태나무의 껍질. 약재로 쓰이는데 맛이 아주 쓰며, 매우 질겨서 미투리 따위의 뒷갱기, 또는 무엇을 동이는 데 쓰인다.

연복
약을 일정한 기간 동안 계속하여 복용함.

연심(蓮心)
금홍의 본명. 금홍은 이상이 만난 최초의 여인으로 동거생활을 했다.

오래간만에 돋보기 장난도 하였다. 거울 장난도 하였다. 창에 든 볕이 여간 따뜻한 것이 아니었다. 생각하면 오월이 아니냐.

나는 커다랗게 기지개를 한 번 켜보고 아내 베개를 내려 베고 벌떡 자빠져서는 이렇게도 편안하고도 즐거운 세월을 하느님께 흠씬 자랑하여 주고 싶었다. 나는 참 세상의 아무것과도 교섭을 가지지 않는다. 하느님도 아마 나를 칭찬할 수도 처벌할 수도 없는 것 같다.

그러나 다음 순간, 실로 세상에도 이상스러운 것이 눈에 띄었다. 그것은 최면약 아달린 갑이었다. 나는 그것을 아내의 화장대 밑에서 발견하고 그것이 흡사 아스피린처럼 생겼다고 느꼈다. 나는 그것을 열어 보았다. 똑 네 개가 비었다.

나는 오늘 아침에 네 개의 아스피린을 먹은 것을 기억하고 있었다. 나는 잤다. 어제도 그제도 그끄제도—나는 졸려서 견딜 수가 없었다. 나는 감기가 다 나았는데도 아내는 내게 아스피린을 주었다. 내가 잠이 든 동안에 이웃에 불이 난 일이 있다. 그때에도 나는 자느라고 몰랐다. 이렇게 나는 잤다. 나는 아스피린으로 알고 그럼 한 달 동안을 두고 아달린을 먹어 온 것이다. 이것은 좀 너무 심하다.

별안간 아뜩하더니 하마터면 나는 까무러칠 뻔하였다. 나는 그 아달린을 주머니에 넣고 집을 나섰다. 그리고 산을 찾아 올라갔다. 인간 세상의 아무것도 보기가 싫었던 것이다. 걸으면서 나는 아무쪼록 아내에 관계되는 일은 일체 생각하지 않도록 노력하였다. 길에서 까무러치기 쉬우니까. 나는 어디라도 양지가 바른 자리를 하나 골라서 자리를 잡아 가지고 서서히 아내에 관하여서 연구할 작정이었다. 나는 길가의 *돌창, 핀 구경도 못 한 진 개나리꽃, 종달새, 돌멩이도 새끼를 까는 이야기, 이런 것만 생각하였다. 다행히 길가에서 나는 졸도하지 않았다.

돌창
도랑창. 지저분하고 더러운 도랑.

거기는 벤치가 있었다. 나는 거기 정좌하고 그리고 그 아스피린과 아달린에 관하여 연구하였다. 그러나 머리가 도무지 혼란하여 생각이 체계를 이루지 않는다. 단 오 분이 못 가서 나는 그만 귀찮은 생각이 번쩍 들면서 심술이 났다. 나는 주머니에서 가지고 온 아달린을 꺼내 남은 여섯 개를 한꺼번에 질경질경 씹어 먹어 버렸다. 맛이 익살맞다. 그리고 나서 나는 그 벤치 위에 가로 기다랗게 누웠다. 무슨 생각으로 내가 그 따위 짓을 했나? 알 수가 없다. 그저 그러고 싶었다. 나는 게서 그냥 깊이 잠이 들었다. 잠결에도 바위틈을 흐르는 물소리가 졸졸 하고 귀에 언제까지나 어렴풋이 들려 왔다.

내가 잠을 깨었을 때는 날이 환—히 밝은 뒤다. 나는 거기서 일주야를 잔 것이다. 풍경이 그냥 노—랗게 보인다. 그 속에서도 나는 번개처럼 아스피린과 아달린이 생각났다.

아스피린, 아달린, 아스피린, 아달린, 맑스, *말사스, 마도로스, 아스피린, 아달린.

아내는 한 달 동안 아달린을 아스피린이라고 속이고 내게 먹였다. 그것은 아내 방에서 이 아달린 갑이 발견된 것으로 미루어 증거가 너무나 확실하다.

무슨 목적으로 아내는 나를 밤이나 낮이나 재웠어야 됐나?

나를 밤이나 낮이나 재워 놓고 그리고 아내는 내가 자는 동안에 무슨 짓을 했나?

나를 조금씩 조금씩 죽이려던 것일까?

그러나 또 생각하여 보면, 내가 한 달을 두고 먹어 온 것은 아스피린이었는지도 모른다. 아내는 무슨 근심되는 일이 있어서 밤이면 잠이 잘 오지 않아서 정작 아내가 아달린을 사용한 것이나 아닌지, 그렇다

말사스
『인구론』의 저자인 맬서스(Malthus).

맬서스

마르크스

면 나는 참 미안하다. 나는 아내에게 이렇게 큰 의혹을 가졌다는 것이 참 안됐다.

나는 그래서 부리나케 거기서 내려왔다. 아랫도리가 홰홰 내어저이면서 어찔어찔한 것을 나는 겨우 집을 향하여 걸었다. 여덟 시 가까이였다.

나는 내 잘못된 생각을 죄다 일러바치고 아내에게 사죄하려는 것이다. 나는 너무 급해서 그만 또 말을 잊어버렸다.

그랬더니 이건 참 너무 큰일났다. 나는 내 눈으로는 절대로 보아서 안 될 것을 그만 딱 보아 버리고 만 것이다. 나는 얼떨결에 그만 냉큼 미닫이를 닫고 그리고 현기증이 나는 것을 진정시키느라고 잠깐 고개를 숙이고 눈을 감고 기둥을 짚고 섰자니까 일 초 여유도 없이 홱 미닫이가 다시 열리더니 매무새를 풀어헤친 아내가 불쑥 내밀면서 내 멱살을 잡는 것이다. 나는 그만 어지러워서 게서 그냥 나동그라졌다. 그랬더니 아내는 넘어진 내 위에 덮치면서 내 살을 함부로 물어뜯는 것이다. 아파 죽겠다. 나는 사실 반항할 의사도 힘도 없어서 그냥 넙죽 엎디어 있으면서 어떻게 되나 보고 있자니까 뒤이어 남자가 나오는 것 같더니 아내를 한아름에 덥석 안아 가지고 방으로 들어가는 것이다. 아내는 아무 말 없이 다소곳이 그렇게 안겨 들어가는 것이 내 눈에 여간 미운 것이 아니다. 밉다.

아내는 너 밤새워 가면서 도둑질하러 다니느냐, 계집질하러 다니느냐고 발악이다. 이것은 참 너무 억울하다. 나는 어안이 벙벙하여 도무지 입이 떨어지지를 않았다.

너는 그야말로 나를 살해하려던 것이 아니냐고 소리를 한번 꽥 질러 보고도 싶었으나 그런 긴가민가한 소리를 섣불리 입 밖에 내었다가는 무슨 화를 볼는지 알 수 있나. 차라리 억울하지만 잠자코 있는 것이 우선 상책인 듯싶이 생각이 들길래 나는 이것은 또 무슨 생각으로 그랬는지 모르지만 툭툭 털고 일어나서 내 바지 포켓 속에 남은 돈 몇 원 몇 십 전을 가만히 꺼내서는 몰래 미닫이를 열고 살며시 문지방 밑에다 놓고 나서는 그냥 줄달음박질을 쳐서 나와 버렸다.

여러 번 자동차에 치일 뻔하면서 나는 그대로 경성역을 찾아갔다. 빈자리와 마주 앉아서 이 쓰디쓴 입맛을 거두기 위하여 무엇으로나 입

가심을 하고 싶었다.

　커피. 좋다. 그러나 경성역 홀에 한 걸음을 들여놓았을 때 나는 내 주머니에는 돈이 한 푼도 없는 것을, 그것을 깜빡 잊었던 것을 깨달았다. 또 아뜩하였다. 나는 어디선가 그저 맥없이 머뭇머뭇하면서 어쩔 줄을 모를 뿐이었다. 얼빠진 사람처럼 그저 이리 갔다 저리 갔다 하면서……

　나는 어디로 어디로 들입다 쏘다녔는지 하나도 모른다. 다만 몇 시간 후에 내가 미쓰꼬시 옥상에 있는 것을 깨달았을 때는 거의 대낮이었다.

　나는 거기 아무 데나 주저앉아서 내 자라 온 스물여섯 해를 회고하여 보았다. 몽롱한 기억 속에서는 이렇다는 아무 제목도 불그려져 나오지 않았다.

미쓰꼬시 백화점

　나는 또 나 자신에게 물어 보았다. 너는 인생에 무슨 욕심이 있느냐고. 그러나 있다고도 없다고도, 그런 대답은 하기가 싫었다. 나는 거의 나 자신의 존재를 인식하기조차도 어려웠다.

　허리를 굽혀서 나는 그저 금붕어나 들여다보고 있었다. 금붕어는 참 잘들도 생겼다. 작은 놈은 작은 놈대로 큰 놈은 큰 놈대로 다 싱싱하니 보기 좋았다. 내리비치는 오월 햇살에 금붕어들은 그릇 바탕에 그림자를 내려뜨렸다. 지느러미는 하늘하늘 손수건을 흔드는 흉내를 낸다. 나는 이 지느러미 수효를 헤어 보기도 하면서 굽힌 허리를 좀처럼 펴지 않았다. 등허리가 따뜻하다.

　나는 또 회탁의 거리를 내려다보았다. 거기서는 피곤한 생활이 똑 금붕어 지느러미처럼 흐늑흐늑 허비적거렸다. 눈에 보이지 않는 끈적끈적한 줄에 엉켜서 헤어나지들을 못한다. 나는 피로와 공복 때문에 무너져 들어가는 몸뚱이를 끌고 그 회탁의 거리 속으로 섞여 들어가지 않는 수도 없다 생각하였다.

나서서 나는 또 문득 생각하여 보았다. 이 발길이 지금 어디로 향하여 가는 것인가를······.

그때 내 눈앞에는 아내의 모가지가 벼락처럼 내려 떨어졌다. 아스피린과 아달린.

우리들은 서로 오해하고 있느니라. 설마 아내가 아스피린 대신에 아달린 정량을 나에게 먹여 왔을까? 나는 그것을 믿을 수가 없다. 아내가 대체 그럴 까닭이 없을 것이니 그러면 나는 날밤을 새면서 도적질을, 계집질을 하였나? 정말이지 아니다.

우리 부부는 숙명적으로 발이 맞지 않는 절름발이인 것이다. 내가 아내나 제 거동에 로직(논리)을 붙일 필요는 없다. *변해(辯解)할 필요도 없다. 사실은 사실대로 오해는 오해대로 그저 끝없이 발을 절뚝거리면서 세상을 걸어가면 되는 것이다. 그렇지 않을까?

변해
말로 풀어 자세히 밝힘.

그러나 나는 이 발길이 아내에게로 돌아가야 옳은가 이것만은 분간하기가 좀 어려웠다. 가야 하나? 그럼 어디로 가나?

이때 뚜―하고 정오 사이렌이 울렸다. 사람들은 모두 네 활개를 펴고 닭처럼 푸드덕거리는 것 같고 온갖 유리와 강철과 대리석과 지폐와 잉크가 부글부글 끓고 수선을 떨고 하는 것 같은 찰나, 그야말로 현란을 극한 정오다.

나는 불현듯이 겨드랑이가 가렵다. 아하 그것은 내 인공의 날개가 돋았던 자국이다. 오늘은 없는 이 날개, 머릿속에서는 희망과 야심의 말소된 페이지가 딕셔너리(사전) 넘어가듯 번뜩였다.

나는 걷던 걸음을 멈추고 그리고 어디 한 번 이렇게 외쳐 보고 싶었다.

날개야 다시 돋아라.
날자. 날자. 날자. 한 번만 더 날자꾸나.
한 번만 더 날아 보자꾸나.

『조광』, 1936. 9.

이상 단편소설

봉별기
(逢別記)

1

스물세 살이오—삼월이오—각혈이다. 여섯 달 잘 기른 수염을 하루 면도칼로 다듬어 코밑에 다만 나비만큼 남겨 가지고 약 한 제 지어 들고 B라는 *신개지(新開地) 한적한 온천으로 갔다. 게서 나는 죽어도 좋았다.

그러나 이내 아직 기를 펴지 못한 청춘이 약탕관을 붙들고 늘어져서는 날 살리라고 보채는 것은 어찌하는 수가 없다. 여관 *한등(寒燈) 아래 밤이면 나는 늘 억울해했다.

사흘을 못 참고 기어이 나는 여관 주인영감을 앞장세워 밤에 장고 소리 나는 집으로 찾아갔다. 게서 만난 것이 *금홍(錦紅)이다.

"몇 살인구?"

체대(體大)가 비록 풋고추만하나 깡그라진 계집이 제법 맛이 맵다. 열여섯 살? 많아야 열아홉 살이지 하고 있자니까,

"스물한 살이에요."

"그럼 내 나인 몇 살이나 돼뵈지?"

"글쎄 마흔? 서른아홉?"

나는 그저 흥! 그래 버렸다. 그리고 팔짱을 떡 끼고 앉아서는 더욱더욱 점잖은 체했다. 그냥 그날은 무사히 헤어졌건만.

이튿날 *화우(畵友) K군이 왔다. 이 사람인즉 나와 농(弄)하는 친구다. 나는 어쩌는 수 없이 그 나비 같다면서 달고 다니던 코밑수염을 아주 밀어

신개지(新開地)
새로 개간한 땅. 또는 새로 개설한 시가(市街).

한등(寒燈)
쓸쓸히 비치는 등불.

금홍
이상이 23세 때 황해도 배천 온천에서 만나 동거생활을 했던 술집 여자.

화우 K군
K군은 이상의 친구였던 서양화가 구본웅(具本雄, 1906~1953). 구본웅은 주로 도쿄에서 열린 이과전(二科展)과 독립전 등 전위적인 전람회에 출품하고, 귀국 후에는 서화협회 전람회에 출품했다. 작품 경향은 야수파의 표현주의적 영향을 받아 대담하다. 사고로 곱사등이가 되어 '한국의 로트레크'라고 불렸다.

영화 '금홍아 금홍아'의 한 장면

버렸다. 그리고 날이 저물기가 급하게 또 금홍이를 만나러 갔다.

"어디서 뵌 어른 겉은데."

"엊저녁에 왔던 수염 난 양반, 내가 바루 아들이지. 목소리꺼지 닮었지?"

하고 익살을 부렸다. 주석이 어느덧 파하고 마당에 내려서다가 K군의 귀에 대고 나는 이렇게 속삭였다.

"어때? 괜찮지? 자네 한번 얼러 보게."

"관두게, 자네나 얼러 보게."

"어쨌든 여관으로 껄구 가서 *짱껭뽕을 해서 정허기루 허세나."

"거 좋지."

그랬는데 K군은 측간에 가는 체하고 피해 버렸기 때문에 나는 부전승으로 금홍이를 이겼다. 그날 밤에 금홍이는 금홍이가 *경산부라는 것을 감추지 않았다.

"언제?"

"열여섯 살에 머리 얹어서 열일곱 살에 낳았지."

"아들?"

"딸."

"어딨나?"

"돌 만에 죽었어."

지어 가지고 온 약은 집어치우고 나는 전혀 금홍이를 사랑하는 데만 골몰했다. 못난 소린 듯하나 사랑의 힘으로 각혈이 다 멈췄으니까.

나는 금홍이에게 놀음채를 주지 않았다. 왜? 날마다 밤마다 금홍이가 내 방에 있거나 내가 금홍이 방에 있거나 했기 때문에—

그 대신—

짱껭뽕
가위 바위 보

경산부(經產婦)
아기를 낳은 경험이 있는 부인.

유야랑
주색에 빠진 방탕한 화류남자.

소상(小祥)
죽은 지 1년만에 지내는 제사.

복숭아꽃

석간수(石間水)
바위틈에서 나오는 샘물.

우(禹)라는 불란서 유학생의 *유야랑(遊冶郎)을 나는 금홍이에게 권하였다. 금홍이는 내 말대로 우씨와 더불어 '독탕'에 들어갔다. 이 '독탕'이라는 것은 좀 음란한 설비였다. 나는 이 음란한 설비 문간에 나란히 벗어 놓은 우씨와 금홍이 신발을 보고 언짢아하지 않았다.

나는 또 내 곁방에 와 묵고 있는 C라는 변호사에게도 금홍이를 권하였다. C는 내 열성에 감동되어 하는 수 없이 금홍이 방을 범했다.

그러나 사랑하는 금홍이는 늘 내 곁에 있었다. 그리고 우, C 등등에게서 받은 십 원 지폐를 여러 장 꺼내 놓고 어리광 섞어 내게 자랑도 하는 것이었다.

그러자 나는 백부님 *소상 때문에 귀경하지 않으면 안 되게 되었다. 복숭아꽃이 만발하고 정자 곁으로 *석간수가 졸졸 흐르는 좋은 터전을 한 군데 찾아가서 우리는 석별의 하루를 즐겼다. 정거

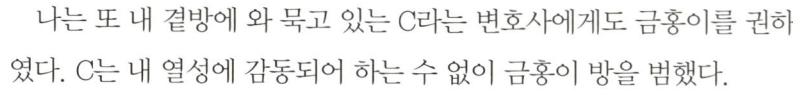

장에서 나는 금홍이에게 십 원 지폐 한 장을 쥐어 주었다. 금홍이는 이것으로 전당 잡힌 시계를 찾겠다고 그러면서 울었다.

2

금홍이가 내 아내가 되었으니까 우리 내외는 참 사랑했다. 서로 지나간 일은 묻지 않기로 하였다. 과거래야 내 과거가 무엇 있을 까닭이 없고 말하자면 내가 금홍이 과거를 묻지 않기로 한 약속이나 다름없다.

금홍이는 겨우 스물한 살인데 서른한 살 먹은 사람보다도 나았다. 서른한 살 먹은 사람보다도 나은 금홍이가 내 눈에는 열일곱 살 먹은 소녀로만 보이고 금홍이 눈에 마흔 살 먹은 사람으로 보인 나는 기실 스물세 살이요, 게다가 주책이 좀 없어서 똑 여남은 살 먹은 아이 같다. 우리 내외는 이렇게 세상에도 없이 *현란(絢爛)하고 아기자기하였다.

현란
눈이 부시도록 찬란함.

부질없는 세월이—일 년이 지나고 팔 월, 여름으로는 늦고 가을로는 이른 그 북새통에—금홍이에게는 예전 생활에 대한 향수가 왔다.

나는 밤이나 낮이나 누워 잠만 자니까 금홍이에게 대하여 심심하다. 그래서 금홍이는 밖에 나가 심심치 않은 사람들을 만나 심심치 않게 놀고 돌아오는—즉 금홍이의 *협착(狹窄)한 생활이 금홍이의 향수를 향하여 발전하고 비약하기 시작하였다는 데 지나지 않는 이야기다.

협착하다
차지하고 있는 자리가 매우 좁다.

그런데 이번에는 내게 자랑을 하지 않는다. 않을 뿐만 아니라 숨기는 것이다.

이것은 금홍이로서 금홍이답지 않은 일일 밖에 없다. 숨길 것이 있나? 숨기지 않아도 좋지. 자랑을 해도 좋지.

나는 아무 말도 하지 않는다. 나는 금홍이 오락의 편의를 돕기 위하여 가끔 P군 집에 가 잤다. P군은 나를 불쌍하다고 그랬던가싶이 지금 기억된다.

나는 또 이런 것을 생각하지 않았던 것도 아니다. 즉 남의 아내라는 것은 정조를 지켜야 하느니라고!

금홍이는 나를 내 나태한 생활에서 깨우치게 하기 위하여 우정 간음하였다고 나는 호의로 해석하고 싶다. 그러나 세상에 흔히 있는 아내다운 예의를 지키는 체해 본 것은 금홍이로서 말하자면 *천려(千慮)의 일실(一失)이 아닐 수 없다.

이런 실없는 정조를 간판 삼자니까 자연 나는 외출이 잦았고 금홍이 사업에 편의를 돕기 위하여 내 방까지도 개방하여 주었다. 그러는 중에도 세월은 흐르는 법이다.

하루 나는 제목(題目) 없이 금홍이에게 몹시 얻어맞았다. 나는 아파

천려일실
천 번 생각에 한 번 실수라는 뜻으로, 슬기로운 사람이라도 여러 가지 생각 가운데에는 잘못되는 것이 있을 수 있음을 이르는 말.

서 울고 나가서 사흘을 들어오지 못했다. 너무도 금홍이가 무서웠다.

나흘 만에 와보니까 금홍이는 때묻은 버선을 윗목에다 벗어 놓고 나가 버린 뒤였다.

이렇게도 못나게 홀아비가 된 내게 몇 사람의 친구가 금홍이에 관한 불미한 가십을 가지고 와서 나를 위로하는 것이었으나 종시 나는 그런 취미를 이해할 도리가 없었다.

버스를 타고 금홍이와 남자는 멀리 과천 관악산으로 가는 것을 보았다는데 정말 그렇다면 그 사람은 내가 쫓아가서 야단이나 칠까 봐 무서워서 그런 모양이니까 퍽 겁쟁이다.

3

인간이라는 것은 임시 거부하기로 한 내 생활이 기억력이라는 민첩한 작용을 하지 않았기 때문에 두 달 후에는 나는 금홍이라는 성명 삼 자까지도 말쑥하게 잊어버리고 말았다. 그런 두절된 세월 가운데 하루 길일을 복(卜)하여 금홍이가 왕복 엽서처럼 돌아왔다. 나는 그만 깜짝 놀랐다.

금홍이의 모양은 뜻밖에도 초췌하여 보이는 것이 참 슬펐다. 나는 꾸짖지 않고 맥주와 붕어 과자와 장국밥을 사 먹여 가면서 금홍이를 위로해 주었다. 그러나 금홍이는 좀처럼 화를 풀지 않고 울면서 나를 원망하는 것이었다. 할 수 없어서 나도 그만 울어 버렸다.

"그렇지만 너무 늦었다. 그만해두 두 달지간이나 되니 않니? 헤어지자, 응?"

영화 '금홍아 금홍아'의 한 장면

"그럼 난 어떻게 되우, 응?"

"마땅헌 데 있거든 가거라, 응."

"당신두 그럼 장가가나? 응?"

헤어지는 한에도 위로해 보낼지어다. 나는 이런 양식 아래 금홍이와 이별했더니라. 갈 때 금홍이는 선물로 내게 베개를 주고 갔다.

그런데 이 베개 말이다.

이 베개는 이인용(二人用)이다. 싫대도 자꾸 떠맡기고 간 이 베개를 나는 두 주일 동안 혼자 베어 보았다. 너무 길어서 안 됐다. 안됐을 뿐 아니라 내 머리에서는 나지 않는 묘한 머릿기름 땟내 때문에 안면(安眠)이 적이 방해된다.

나는 하루 금홍이에게 엽서를 띄웠다.

'중병에 걸려 누웠으니 얼른 오라'고.

금홍이는 와서 보니까 참 딱했다. 이대로 두었다가는 역시 며칠이 못 가서 굶어죽을 것같이만 보였던가 보다. 두 팔을 부르걷고 그날부터 나가서 벌어다가 나를 먹여 살린다는 것이다.

"오—케이."

인간 천국—그러나 날이 좀 추웠다. 그러나 나는 대단히 안일하였기 때문에 재채기도 하지 않았다.

이러기를 두 달? 아니 다섯 달이나 되나 보다. 금홍이는 홀연히 외출했다.

달포를 두고 금홍의 *홈식(향수)을 기대하다가 진력이 나서 나는 *기명집물(器皿什物)을 두들겨 팔아 버리고 이십일 년 만에 집으로 돌아갔다.

홈식
향수병.

기명집물(器皿什物)
그릇과 세간 등의 살림살이 도구.

와보니 우리 집은 노쇠했다. 이어 *불초 이상(李箱)은 이 노쇠한 가정을 아주 쑥밭을 만들어 버렸다. 그 동안 이태 가량—

어언간 나도 노쇠해 버렸다. 나는 스물일곱 살이나 먹어 버렸다.

천하의 여성은 다소간 매춘부의 요소를 품었느니라고 나 혼자는 굳이 신념한다. 그 대신 내가 매춘부에게 은화를 지불하면서는 한 번도 그네들을 매춘부라고 생각한 일이 없다. 이것은 내 금홍이와의 생활에서 얻은 체험만으로는 성립되지 않는 이론같이 생각되나 기실 내 진담이다.

불초(不肖)
아버지를 닮지 않았다는 뜻으로, 못나고 어리석은 사람을 이르는 말.

4

나는 몇 편의 소설과 몇 줄의 시를 써서 내 쇠망해 가는 심신 위에 치욕을 배가하였다. 이 이상 내가 이 땅에서의 생존을 계속하기가 자못 어려울 지경에까지 이르렀다. 나는 하여간 허울 좋게 말하자면 망명해야겠다.

어디로 갈까. 나는 만나는 사람마다 동경으로 가겠다고 호언했다. 그뿐 아니라 어느 친구에게는 전기 기술에 관한 전문 공부를 하러 간다는 둥, 학교 선생님을 만나서는 고급 단식 인쇄술을 연구하겠다는 둥, 친한 친구에게는 내 오 개 국어에 능통할 작정일세 어쩌구, 심하면 법률을 배우겠소까지 허담을 탕탕 하는 것이다. 웬만한 친구는

보통들 속나 보다. 그러나 이 헛선전을 안 믿는 사람도 더러는 있다. 하여간 이것은 영영 빈빈털털이가 되어 버린 이상의 마지막 공포에 지나지 않는 것만은 사실이겠다.

어느 날 나는 이렇게 여전히 공포(空砲)를 놓으면서 친구들과 술을 먹고 있자니까 내 어깨를 툭 치는 사람이 있다. '긴상'이라는 이다.

"*긴상(이상도 사실은 긴상이다), 참 오래간만이슈. 건데 긴상 꼭 긴상 한번 만나 뵙자는 사람이 하나 있는데 긴상 어떡허시려우."

"거 누군구. 남자야? 여자야?"

"여자니까 일이 재미있지 않느냐 그런 말야."

"여자라?"

"긴상 옛날 오쿠상(아내)."

금홍이가 서울에 나타났다는 이야기다. 나타났으면 나타났지 나를 왜 찾누?

나는 긴상에게서 금홍이의 숙소를 알아 가지고 어쩔 것인가 망설였다. 숙소는 동생 일심(一心)이 집이다.

드디어 나는 만나 보기로 결심하고 그리고 일심이 집을 찾아가서,

"언니가 왔다지?"

"어유―아제두, 돌아가신 줄 알았구려! 그래 자그만치 인제 온단 말씀유, 어서 들오슈."

금홍이는 역시 초췌하다. 생활 전선에서의 피로의 빛이 그 얼굴에 여실하였다.

"네놈 하나 보구져서 서울 왔지 내 서울 뭘 허려 왔다디?"

"그러게 또 난 이렇게 널 찾아오지 않었니?"

"너 장가갔다더구나."

긴상
'김씨'의 일본말. 이상의 본명은 김해경이므로 여기서 긴상은 이상을 지칭한다.

"얘 디끼 싫다. 기 육모초 겉은 소리."

"안 갔단 말이냐 그럼?"

"그럼."

당장에 목침이 내 면상을 향하여 날아 들어왔다. 나는 예나 다름이 없이 못나게 웃어 주었다.

술상을 보아 왔다. 나도 한 잔 먹고 금홍이도 한 잔 먹었다. 나는 *영변가를 한마디하고 금홍이는 *육자배기를 한마디했다.

밤은 이미 깊었고 우리 이야기는 이게 이 생(生)에서의 영이별이라는 결론으로 밀려갔다. 금홍이는 은수저로 *소반전을 딱딱 치면서 내가 한 번도 들은 일이 없는 구슬픈 창가를 한다.

"속아도 꿈결 속여도 꿈결 굽이굽이 뜨내기 세상 그늘진 심정에 불질러 버려라 운운."

『여성』, 1936. 12.

영변가
평안북도 지방의 민요.

육자배기
남도지방에서 불리는 잡가 중의 하나.

소반전
식기를 받치는 나무로 만든 상의 일종.

이상 단편소설

동해(童骸)

*촉각(觸角)

촉각이 이런 정경을 *도해(圖解)한다.

유구한 세월에서 눈뜨니 보자, 나는 교외 정건(淨乾)한 한 방에 누워 자급자족하고 있다. 눈을 둘러 방을 살피면 방은 추억처럼 착석한다. 또 창이 어둑어둑하다.

불원간 나는 굳이 지킬 한 개 *슈트케이스를 발견하고 놀라야 한다. 계속하여 그 슈트케이스 곁에 화초처럼 놓여 있는 한 젊은 여인도 발견한다.

나는 실없이 의아하기도 해서 좀 쳐다보면 각시가 방긋이 웃는 것이 아니냐. 하하, 이것은 기억에 있다. 내가 열심으로 연구한다. 누가 저 새악시를 사랑하던가! 연구 중에는,

"저게 새벽일까? 그럼 저묾일까?"

부러 이런 소리를 했다. 여인은 고개를 끄덕끄덕한다. 하더니 또 방긋이 웃고 부스스 오월 철에 맞는 치마저고리 소리를 내면서 슈트케이스를 열고 그 속에서 서슬이 퍼런 칼을 한 자루만 꺼낸다.

이런 경우에 내가 놀라는 빛을 보이거나 했다가는 *뒷갈망하기가 좀 어렵다. 반사적으로 그냥 손이 목을 눌렀다 놓았다 하면서 제법 천연스럽게,

"*님재는 자객입니까요?"

서투른 서도(西道) 사투리다. 얼굴이 더 깨끗해지면서 가느다랗게 잠시 웃더니, 그것은 또 언제 갖다 놓았던 것인지 내 머리맡에서 *나쓰미캉을 집어다가 그 칼로 싸각싸각 깎는다.

동해
원래는 동해(童孩, 어린아이)인데, 동해(童骸)로 바꾸어 쓰고 있다. '아이의 유해'라는 말로 섬뜩한 느낌을 주기 위한 의도.

촉각
(거미 이외의) 절지동물의 머리에 있는 감각 기관. 냄새를 맡고, 온도나 아픔 따위를 느끼며, 먹이를 찾거나 적을 막는 데도 씀.

도해(圖解)
글의 내용을 그림으로 풀이함. 또는 그렇게 한 풀이나 책자.

슈트케이스
옷 한 벌 넣을 만한 크기의 여행가방.

뒷갈망
뒷감당. 일의 뒤끝을 맡아서 처리함.

님재
'자네'의 방언(평안).

나쓰미캉
귤의 한 종류.

"요것 봐라!"

내 입 안으로 침이 쫘르르 돌더니 불현듯이 농담이 하고 싶어 죽겠다.

"가시내애요, 날 쭘 보이소, 나캉 결혼할낭기요? 맹서드나? 듸제?"

또,

"융(尹)이 날로 패아 주뭉 내사 고마 마자 주울란다. 그람 늬능 우앨랑가? 잉?"

우리들이 맛있게 먹었다. 시간은 분명히 밤에 쏟아져 들어온다. 손으로 손을 잡고,

"밤이 오지 않고는 결혼할 수 없으니까."

이렇게 탄식한다. 기대하지 않은 간지러운 경험이다.

낄낄낄낄 웃었으면 좋겠는데—아—결혼하면 무엇 하나, 나 따위가 생각해서 알 일이 되나? 그러나 재미있는 일이로다.

"밤이지요?"

"아—냐."

"왜—밤인데—애—우습다—밤인데 그러네."

"아—냐, 아—냐."

"그러지 마세요, 밤이에요."

"그럼 뭐, 결혼해야 허게."

"그럼요—"

"히히히히—"

결혼하면 나는 임(姙)이를 미워한다. 윤? 임이는 지금 윤한테서 오는 길이다. 윤이 내어대었단다. 그래 보는 거다. 그런데 임이가 채 오해했다. 정말 그러는 줄 알고 울고 왔다.

'애개—밤일세.'

"어떡허구 왔누."

"건 알아 뭐 허세요?"

"그래두."

"제가 버리구 왔에요."

"족히?"

"그럼요!"

"히히."

"절 모욕하지 마세요."

"그래라."

일어나더니—나는 지금 이러한 임이를 좀 묘사해야겠는데, 최소한도로 그 차림차림이라도 알아 두어야겠는데—임이 슈트케이스를 뒤집어엎는다. 왜 저러누—하면서 보자니까 야단이다. 죄다 파헤치고 무엇인지 찾는 모양인데 무엇을 찾는지 알아야 나도 조력을 하지, 저렇게 방정만 떠니 낸들 손을 대일 수가 있나, 내버려두었다가도 참다 못해서,

"거 뭘 찾누?"

"엉— 엉— 반지— 엉— 엉—"

"원 세상에, 반진 또 무슨 반진구."

"결혼반지지."

"옳아, 옳아, 옳아, 응, 결혼반지렷다."

"아이구 어딜 갔누, 요게, 어딜 갔을까."

결혼반지를 잊어버리고 온 신부, 라는 것이 있을까? 가소롭다. 그러나 모르는 말이다, 라는 것이 반지는 신랑이 준비하라는 것인데—그래서 아주 아는 척하고,

"그건 내 슈트케이스에 들어 있는 게 원칙적으로 옳지!"
"슈트케이스 어딨에요?"
"없지!"
"쯧, 쯧."
나는 신부 손을 붙잡고,
"이리 좀 와봐."
"아야, 아야, 아이, 그러지 마세요, 노세요."
하는 것을 잘 달래서 왼손 무명지에다 털붓으로 쌍줄 반지를 그려 주었다. 좋아한다. 아무것도 끼운 것은 아닌데 제법 간질간질한 게 천

연 반지 같단다.

전연 결혼하기 싫다. 트집을 잡아야겠기에,

"몇 번?"

"한 번."

"정말?"

"꼭."

이래도 안 되겠고 *간발(間髮)을 놓지 말고 다른 방법으로 고문을 하는 수밖에 없다.

> **간발**
> 아주 잠시 또는 아주 적음을 이르는 말.

"그럼 윤 이외에?"

"하나."

"예이!"

"정말 하나예요."

"말 마라."

"둘."

"잘 헌다."

"셋."

"잘 헌다, 잘 헌다."

"넷."

"잘 헌다, 잘 헌다, 잘 헌다."

"다섯."

속았다. 속아 넘어갔다. 밤은 왔다. 촛불을 켰다. 껐다. 즉 이런 가짜 반지는 탄로가 나기 쉬우니까 감춰야 하겠기에 꺼도 얼른 켰다. 밤이 오래 걸려서 밤이었다.

패배(敗北) 시작

　　이런 정경은 어떨까? 내가 이발소에서 이발을 하는 중에—
　　이발사는 낯익은 칼을 들고 내 수염 많이 난 턱을 치켜든다.
　　"님재는 자객입니까?"
하고 싶지만 이런 소리를 여기 이발사를 보고도 막 한다는 것은 어쩐지 아내라는 존재를 시인하기 시작한 나로서 좀 양심에 안된 일이 아닐까 한다.
　　싹둑, 싹둑, 싹둑, 싹둑.
　　나쓰미캉 두 개 외에는 또 무엇이 채용이 되었던가. 암만해도 생각이 나지 않는다. 무엇일까.
　　그러다가 유구한 세월에서 쫓겨나듯이 눈을 뜨면, 거기는 이발소도 아무 데도 아니고 신방이다. 나는 엊저녁에 결혼했단다.
　　창으로 기웃거리면서 참새가 그렇게 의젓스럽게 싹둑거리는 것이다. 내 수염은 조금도 없어지진 않았고.
　　그러나 큰일난 것이 하나 있다. 즉 내 곁에 누워서 보통 아침잠을 자고 있어야 할 신부가 온데간데가 없다. 하하, 그럼 아까 내가 이발소 걸상에 누워 있던 것이 그쪽이 아마 생시더구나, 하다가도 또 이렇게까지 역력한 꿈이라는 것도 없을 줄 믿고 싶다.
　　속았나 보다. 밑진 것은 없다고 하지만 그 동안에 원 세월은 얼마나 유구하게 흘렀을까 그렇게 생각을 하고 보니까 어저께 만난 윤이 만난 지가 바로 몇 해나 되는 것도 같아서 익살맞다. 이것은 한번 윤을 찾아가서 물어 보아야 알 일이 아닐까, 즉 내가 자네를 만난 것이 어제 같은데 실로 몇 해나 된 세음인가, 필시 내가 임이와 엊저녁에 결혼한 것 같은 착각이 있는데 그것도 다 허망된 일이럿다. 이렇게―

그러나 다음 순간 일은 더 커졌다. 신부가 홀연히 나타난다. 오월철로 치면 좀 더웁지나 않을까 싶은 양장으로 차렸다. 이런 임이와는 나는 면식이 없는 것이다.

그러나 그뿐인가 단발이다. 혹 이이는 딴 아낙네가 아닌지 모르겠다. 단발 양장의 임이란 내 친근(親近)에는 없는데, 그럼 이렇게 서슴지 않고 내 방으로 들어올 줄 아는 남이란 나와 어떤 악연(惡緣)일까?

가시내는 손을 톡톡 털더니,

"갖다 버렸지."

이렇다면 임이는 틀림없나 보니 안심하기로 하고,

"뭘?"

"입구 옹 거."

"입구 옹 거?"

"입고 옹 게 치마저고리지 뭐예요?"

"건 어째 내다버렸다능 거야."

가량
어떤 일에 대하여 확실한 계산은 아니나 얼마쯤이나 정도가 되리라고 짐작하여 봄.

석명
사실을 설명하여 내용을 밝힘.

모던 보이
근대적인 남성의 뜻으로, 일제시대 때 개화된 남성을 일컫는 말.

모던 보이 만화

십사 관
한 관은 3.75Kg, 그러므로 14관은 52.5Kg.

어차어피
어차피.

풍봉(風丰)
풍만하고 아름다운 자태.

"그게 바로 그거예요."

"그게 그거라니?"

"어이 참, 아, 그게 바로 그거라니까 그래."

초가을 옷이 늦은 봄옷과 비슷하렷다. 임의 말을 *가량(假量) 신용하기로 하고 임이가 단 한 번 윤에게—

가만있자, 나는 잠시 내 신세에 대해서 *석명(釋明)해야 할 것 같다. 나는 이를테면 적지않이 참혹하다. 나는 아마 이 숙명적 업원(業冤)을 짊어지고 한평생을 내리 번민해야 하려나 보다. 나는 형상 없는 *모던 보이다, 라는 것이 누구든지 내 꼴을 보면 돌아서고 싶을 것이다. 내가 이래봬도 체중이 *십사 관(貫)이나 있다고 일러 드리면 귀하는 알아차리시겠소? 즉 이 척신(瘠身)이 총알을 집어 먹었기로니 좀처럼 나기 어려운 동굴을 보이는 것은 말하자면 나는 전혀 뇌수에 무게가 있다. 이것이 귀하가 나를 겁낼 중요한 비밀이외다.

그러니까—

*어차어피(於此於彼)에 일은 운명에 파문이 없는 듯이 이렇게까지 전개하고 말았으니 내 목적이라는 것을 피력할 필요도 있는 것 같다. 그러면—

윤, 임이 그리고 나,

누가 제일 미운가, 즉 나는 누구 편이냐는 말이다.

어쩔까. 나는 한 번만 똑똑히 말하고 싶지만 또한 그만두는 것이 옳은가도 싶으니 그럼 내 예의와 *풍봉(風丰)을 확립해야겠다.

지난 가을 아니 늦은 여름 어느 날—그 역사적인 날짜는 임이 잘 기억하고 있을 것이다만—나는 윤의 사무실에서 이른 아침부터 와 앉아 있는 임이의 가련한 좌석을 발견한 것이다. 그러나 그것은 온 것이 아니라 가는 길인데 집의 아버지가 나가 잤다고 야단치실까 봐 무서워서 못 가고 그렇게 앉아 있는 것을 나는 일찌감치도 와 앉았구나 하고 문득 오해한 것이다. 그때 그 옷이다.

같은 *슈미즈, 같은 드로즈, 같은 머리쪽, 한 남자 또 한 남자.

이것은 안 된다. 너무나 어색해서 급히 내다버린 모양인데 나는 좀 엄청나다고 생각한다. 대체 나는 그런 부유한 이데올로기를 마음 놓고 양해하기 어렵다.

그뿐 아니다. 첫째 나의 태도 문제다. 그 시절에 나는 무엇을 하고 세월을 보냈더냐? 내게는 세월조차 없다. 나는 들창이 어둑어둑한 것을 드나드는 안집 어린애에게 일 전씩 주어 가면서 물었다.

"애, 아침이냐, 저녁이냐."

나는 또 무엇을 먹고 살았는지 생각이 나지 않는다. 이슬을 받아먹었나? 설마.

이런 나에게 임이는 부질없이 체면을 차리려 든 것이다. 가련하다.

그런데 이상한 것은 그 시절에 나는 제가 배가 고픈지 안 고픈지를 모르고 지냈다면 그것이 듣는 사람을 능히 속일 수 있나. 거짓부렁이리라. 나는 걷잡을 수 없이 피부로 거짓부렁이를 해버릇하느라고 인제는 저도 눈치 채지 못하는 틈을 타서 이렇게 허망한 거짓부렁이를 엉덩방아 찧듯이 해 넘기는 모양인데, 만일 그렇다면 나는 큰일났다.

그러기에 사실 오늘 아침에는 배가 고프다. 이것으로 미루면 아까 임이가 스커트, 슬립, 드로즈 등속을 모조리 내다버리고 들어왔더라는 소개조차가 필연 거짓말일 것이다. 그것은 내 인색(吝嗇)한 애정의 타산이 임이더러,

"너 왜 그러지 않았더냐."

슈미즈
여성의 양장용 속옷의 하나.

하고 암암리에 통명? 심술을 부려 본 것일 줄 나는 믿는다.

그러나 발음 안 되는 글자처럼 생동생동한 임이는 내 손톱을 열심으로 깎아 주고 있다.

'맹수가 가축이 되려면 이 흉악한 *독아(毒牙)를 *전단(剪斷)해 버려야 한다.'

는 미술적인 권유에 틀림없다. 이런 일방 나는 못났게도,

"아이 배고파."

하고 여지없이 소박한 얼굴을 임이에게 디밀면서 아침이냐 저녁이냐 과연 이것만은 묻지 않았다.

신부는 어디까지든지 귀엽다. 돋보기를 가지고 보아도 이 가련한 *일타화(一朶花)의 나이를 알아내기는 어려우리라. 나는 내 실망에 수비하기 위하여 열일곱이라고 넉넉잡아 준다. 그러나 내 귀에다 속삭이기를,

"스물두 살이라나요. 어림없이 그러지 마세요. 그만하면 알 텐데 부러 그러시지요?"

이 가련한 신부가 지금 *적수공권(赤手空拳)으로 나갔다. 내 짐작에 쌀과 나무와 숯과 반찬거리를 장만하러 나간 것일 것이다.

그 동안 나는 심심하다. 안집 어린 아기 불러서 같이 놀까. 하고 전에 없이 불렀더니 얼른 나와서 내 방 미닫이를 열고,

"아침이에요."

그런다. 오늘부터 일 전 안 준다. 나는 다시는 이 어린애와는 놀 수 없게 되었구나 하고 나는 할 수 없어서 덮어놓고 성이 잔뜩 난 얼굴을 해보이고는 뺨치듯이 방 미닫이를 딱 닫아 버렸다. 눈을 감고 가슴이 두근두근하자니까, 으아 하고 그 어린애 우는 소리가 안마당으로 멀어 가면서 들려 왔다. 나는 오랫동안을 혼자서 덜덜 떨었다. 임이가 돌아

독아
독니.

전단
자름. 끊음.

일타화
한 송이의 꽃.

적수공권
맨손과 맨주먹이란 뜻으로, 곧 아무 것도 가진 것이 없음.

오니까 몸에서 우윳내가 난다. 나는 서서히 내 활력을 정리하여 가면서 임이에게 주의한다. 똑 갓난아기 같아서 썩 좋다.

"목장까지 갔다 왔지요."

"그래서?"

카스텔라와 산양유(山羊乳)를 책보에 싸가지고 왔다. 집시족 아침 같다.

그리고 나서도 나는 내 본능 이외의 것을 지껄이지 않았나 보다.

"어이, 목말라 죽겠네."

대개 이렇다.

이 목장이 가까운 교외에는 전등도 수도도 없다. 수도 대신에 펌프.

물을 길러 갔다 오더니 운다. 우는 줄만 알았더니 웃는다. 조런—하고 보면 눈에 눈물이 글썽글썽하다. 그러고도 웃고 있다.

"고개 누우 집 아일까. 아, 쪼꾸망 게 나더러 너 담발했구나, 핵교 가니? 그리겠지, 고개 나알 제 동무루 아아나 봐, 참 내 어이가 없어서, 그래, 난 안 간단다 그랬더니, 요게 또 헌다는 소리가 나 발 씻게 물 좀 끼얹어 주려무나 애, 아주 이리겠지, 그래 내 물을 한 통 그냥 막 좍좍 끼얹어 주었지, 그랬더니 너두 발 씻으래, 난 이따가 씻는단다 그러구 왔어, 글쎄, 내 기가 맥혀."

누구나 속아서는 안 된다. 햇수로 여섯 해 전에 이 여인은 정말이지 처녀대로 있기는 성가셔서 말하자면 헐값에 즉 아무렇게나 내어 주신 분이시다. 그 동안 만 오 개년 이분은 휴게(休憩)라는 것을 모른다. 그런 줄 알아야 하고 또 알고 있어도 나는 때마침 변덕이 나서,

"가만있자, 거 얼마 들었더라?"

나쓰미캉이 두 개에 제아무리 비싸야 이십 전, 옳지 깜빡 잊어버렸

다. 초 한 가락에 이십 전, 카스텔라 이십 전, 산양유는 어떻게 해서 그런지 그저,

"사십삼 전인데."

"어이쿠."

"어이쿠는 뭐이 어이쿠예요."

"고놈이 아무 수루두 제해지질 않는군 그래."

"소수(素數)?"

옳다.

신통하다.

"신통해라!"

걸입 반대(乞入反對)

이런 정경마저 불쑥 내어놓는 날이면 이번 복수(復讐) 행위는 완벽으로 흐지부지하리라. 적어도 완벽에 가깝기는 하리라.

한 사람의 여인이 내게 그 숙명을 공개해 주었다면 그렇게 쉽사리 공개를 받은—참회를 듣는 신부 같은 지위에 있어서 보았다고 자랑해도 좋은—나는 비교적 행복스러웠을는지도 모른다. 그러나 나는 어디까지든지 약다. 약으니까 그렇게 거저먹게 내 행복을 얼굴에 나타내거나 하지는 않는다는 것이다.

이와 같은 로직을 *불언실행(不言實行)하기 위하여서만으로도 내가 그 구중중한 수염을 깎지 않은 것은 지당한 중에도 지당한 맵시일 것이다.

불언실행
말없이 실행함.

그래도 이 우둔한 여인은 내 얼굴에 더덕더덕 붙은 바 추(醜)를 지적하지 않는다. 그것은 두말할 것도 없이 그 숙명을 공개하던 구실도 헛되거니와 그 여인의 애정이 부족한 탓이리라. 아니 전혀 없다.

나는 바른 대로 말하면 애정 같은 것은 희망하지도 않는다. 그러니까 내가 결혼한 이튿날 신부를 데리고 외출했다가 다행히 길에서 그 신부를 잃어버렸다고 하자. 내가 그럼 밤잠을 못 자고 찾을까. 그때 가령 이런 엄청난 글발이 날아들어 왔다고 내가 은근히 희망한다.

'소생이 모월 모일 길에서 주운 바 소녀는 귀하의 신부임이 확실한 듯하기에 통지하오니 찾아가시오.'

그래도 나는 고집을 부리고 안 간다. 발이 있으면 오겠지, 하고 나의 염두에는 그저 *왕양(汪洋)한 자유가 있을 뿐이다.

돈지갑을 어느 포켓에다 넣었는지 모르는 사람만이 용이하게 돈지갑을 잃어버릴 수 있듯이, 나는 길을 걸으면서도 결코 신부 임이에 대하여 주의를 하지 않기로 주의한다. 또 사실 나는 좀 편두통이다. 오월의 교외 길은 좀 눈이 부셔서 실없이 어찔어찔하다.

*주마가편(走馬加鞭)

이런 느낌이다.

임이는 결코 결혼 이튿날 걷는 길을 앞서지 않으니 임이로 치면 이 날 사실 가볼 만한 데가 없다는 것일까. 임이는 그럼 뜻밖에도 고독하던가.

닫는 말에 한층 채찍을 내리우는 형상, 임이의 작은 보폭이 어디 어느 지점에서 졸도를 하나 보고 싶기도 해서 좀 심청맞으나 *자분참 걸었던 것인데—

아니나 다를까? 떡 없다.

왕양
바다가 끝이 없이 넓음. 미루어 헤아리기 어려움.

주마가편
달리는 말에 채찍질하기라는 속담. 형편이나 힘이 한창 좋을 때에 더욱 힘을 더한다는 말.

자분참
지체 없이 곧.

내 상식으로 하면 귀한 사람이 가축을 끌고 소요하려 할 때 으레 가축이 앞선다는 것이다.

앞서 가는 내가 놀라야 하나. 이 경우에 그러면 그렇지 하고 까딱도 하지 않아야 더 점잖은가.

아직은? 했건만도. 어언간 없어졌다.

나는 내 고독과 내 노년을 생각하고 거기는 은행 벽 모퉁이인 것도 채 인식하지도 못하는 중 서서 그래도 서너 번은 뒤 혹은 양 곁을 둘러보았다. 단발 양장의 소녀는 마침 드물다.

'이만하면 유실이군?'

닥쳐와야 할 일이 척 닥쳐왔을 때 나는 내 갈팡질팡하는 육신을 수습해야 한다. 그러나 임이는 은행 정문으로부터 마술처럼 나온다. 하이힐이 아까보다는 사뭇 무거워 보이기도 하는데, 이상스럽지는 않다.

"십 원째리를 죄다 십 전째리루 바꿨지, 이거 좀 봐, 이망큼이야, 주머니에다 느세요."

주마가편이라는 상쾌한 내 어휘에 드디어 슬럼프가 왔다는 것이다.

나는 기뻐하지 않는다. 그렇다고 대담하게 그럴 성싶은 표정을 이 소녀 앞에서 하는 수는 없다. 그래서 얼른,

*SEUVENIR!

균형된 보조가 똑같은 목적을 향하여 걸었다면 겉으로 보기에 친화하기도 하련만, 나는 내 마음에 인내를 명령하여 놓고 *패러독스에 의한 복수에 착수한다. 얼마나 요런 *암상은 참나? 계산은 말잔다.

애정은 애초부터 없었다는 증거!

그러나 내 입에서 복수라는 말이 떨어진 이상 나만은 내 임이에게 대한 애정을 있다고 우길 수 있는 것이다.

SEUVENIR
souvenir의 오식. 기억, 추억, 기념품, 비망록을 뜻함.

패러독스
역설(逆說). 어떤 주의나 주장에 반대되는 이론이나 말.

암상
남을 시기하고 샘을 잘 내는 마음. 또는 그런 행동.

보자! 얼마간 피곤한 내 두 발과 임이의 한 켤레 하이힐이 윤의 집 문간에 가 서게 되었는데도 깜찍스럽게 임이가 성을 안 낸다. *안차고 겸하여 *다라지기도 하다.

윤은 부재요, 그러면 내가 뜻하지 않고 임이의 안색을 살필 기회가 온 것이기에,

'P. M. 다섯 시까지 따이먼드로 오기를.'

이렇게 적어서 *안잠자기에게 전하고 흘낏 임을 노려보았더니—

얼떨결에 색소가 없는 혈액이라는 설명할 *수사학(修辭學)을 나는 내가 마치 임이 편인 것처럼 민첩하게 찾아 놓았다.

폭풍이 눈앞에 온 경우에도 얼굴빛이 변해지지 않는 그런 얼굴이야말로 인간고(人間苦)의 근원이리라. 실로 나는 울창한 삼림 속을 진종일 헤매고 끝끝내 한 나무의 인상을 훔쳐 오지 못한 환각의 인(人)이다. 무수한 표정의 말뚝이 공동묘지처럼 내게는 똑같아 보이기만 하니 멀리 이 분주한 초조를 어떻게 점잔을 빼서 구하느냐.

따이먼드 다방 문 앞에서 너무 머뭇머뭇하느라고 들어가지 못하고 말기는 처음이다. 윤이 오면—따이먼드 보이 녀석은 윤과 임이 여기서 그늘을 사랑하는 부부인 것까지도 알고, 하니까 나는 다시 내 필적을,

'P. M. 여섯 시까지 집으로 저녁을 *토식(討食)하러 가리로다. *물경(勿驚) 부처(夫妻).'

주고 나왔다. 나온 것은 나왔다 뿐이지,

DOUGHTY DOG(용감한 개)

이라는 가증(可憎)한 장난감을 살 의사는 없다. 그것은 다만 십 원짜리 체인지(환전)와 아울러 임이의 분간 못 할 *천후(天候)에서 나온 경증의 도박이리라.

안차다
겁이 없고 야무지다.

다라지다
여간한 일에 겁내지 아니할 만큼 사람됨이 야무지다.

안잠자기
여자가 남의 집에서 먹고 자며 그 집일을 도와주는 일. 또는 그런 여자.

수사학(修辭學)
사상이나 감정 따위를 효과적·미적으로 표현할 수 있도록 문장과 언어의 사용법을 연구하는 학문.

토식
음식을 강제로 청하여 먹음.

물경
'놀라지 마라' 또는 '놀랍게도'의 뜻으로 엄청난 것을 말할 때에 미리 내세우는 말.

천후
여기서 천후는 천기(天機)의 뜻으로 쓰인 듯. 타고난 성질이나 기지.

실각
실패하여 지위나 설자리를 잃음.

여섯 시에 일어난 사건에서 나는 완전히 *실각했다.

가령―(내가 윤더러)

"아아 있군그래, 따이먼드에 갔던가, 게다 여섯 시에 오께 밥 달라구 적어 놨는데 밥이라면 술이 붙엇다."

"갔지, 가구말구, 밥은 예펜네가 어딜 가서 아직 안 됐구, 술은 미리 먹구 왔구."

첫째 윤은 따이먼드까지 안 갔다. 고 안잠자기 말이 아이구 댕겨가신 지 오 분두 못 돼서 드로세서 여태 기대리셨는데요―P. M. 다섯 시는 즉 말하자면 나를 힘써 만날 것이 없다는 태도다.

"대단히 교만하다."

이러려다 그만두어야 했다. 나는 그 대신 배를 좀 불쑥 앞으로 내어밀고,

"내 아내를 소개허지, 이름은 임이."

"아내? 허―착각을 일으켰군 그래, 내 짐작 같애서는 그게 내 아내 비슷두 헌데!"

"내가 더 미안헌 말 한마디만 허까, 이 따위 서 푼째리 소설을 쓰느라고 내가 만년필을 쥐이지 않았겠나, 추억이라는 건 요컨대 이 만년필망큼두 손에 직접 잽히능 게 아니란 내 학설이지, 어때?"

"먹다 냉길 걸 몰르구 집어먹었네그려. 자넨 자고로 귀족 취미는 아니라니까, 아따 자네 위생이 부족헌 체허구 그저 그대루 견디게 그려, 내게 암만 퉁명을 부려야 낸들 또 한 번 줬다 버린 만년필을 인제 와서 어쩌겠나."

내 얼굴은 담박 잠잠하다. 할 말이 없다. 핑계삼아 내 포켓에서,

DOUGHTY DOG

을 꺼내 놓고 스프링을 감아 준다. 한 마리의 그레이하운드가 제 몸집만이나 한 구두 한 짝을 물고 늘어져서 흔든다. 죽도록 흔들어도 구두는 구두대로 개는 개대로 강철의 위치를 변경하는 수가 없는 것이 딱하기가 짝이 없고 또 내가 더럽다.

DOUGHTY

는 더럽다는 말인가. 초조하다는 말인가. 이 글자의 위압에 참 나는 견딜 수 없다.

"아닝게 아니라 나두 깜짝 놀랐네, 놀란 것이 지애가(안잠자기가) 내 댕겨 두로니까 헌다는 소리가, 한 마흔 댓 되는 이가 열 칠팔 되는 시액시를 데리구 날 찾어왔더라구, 딸 겉기두 헌데 또 첩 겉기두 허더라구, 종잇조각을 봐두 자네 이름을 안 썼으니 누군지 알 수 없구, 덮어 놓구 따이먼드루 찾어 갔다가 또 혹시 실수허지나 않을까 봐, 예끼 그만 내버려둬라 제눔이 누구등 간에 날 보구 싶으면 찾어오겠지 허구 기대리든 차에, 하하 이건 좀 일이 제대루 되질 않은 것 겉기두 허예 어째."

나는 좋은 기회에 임이를 한번 어디 돌아다보았다. 어족(魚族)이나 다름없이 뭉툭한 채 그 이 두 남자를 건드렸다 말았다 한 손을 솜씨 있게 놀려,

DOUGHTY DOG

스프링을 감아 주고 있다. 이것이 나로서 성화가 날 일이 아니면 죄(罪) 시인이다. 아― 아―

나는 아― 아― 하기를 면하고 싶어도 다음에 내 무너져 들어가는 육체를 지지(支持)할 수 있는 말을 할 수 있도록 공부하지 않고는 이 구중중한 아― 아―를 모른 체할 수는 없다.

명시(明示)

천혜
하늘이 베푼 은혜. 또는 자연의 은혜.

여자란 과연 *천혜(天惠)처럼 남자를 철두철미 쳐다보라는 의무를 사상의 선결조건으로 하는 탄성체던가.

다음 순간 내 최후의 취미가,

"가축은 인제는 싫다."

이렇게 쾌히 부르짖은 것이다.

나는 모든 것을 망각의 벌판에다 내다던지고 얄따란 취미 한풀만을 질질 끌고 다니는 자기 자신 문지방을 이제는 넘어 나오고 싶어졌다.

우환!

유리 속에서 웃는 그런 불길한 유령의 웃음은 싫다. 인제는 소리를 가장 쾌활하게 질러서 손으로 만지려면 만져지는 그런 웃음을 웃고 싶은 것이다. 우환이 있는 것도 아니요, 우환이 없는 것도 아니요, 나는 심야의 차도에 내려선 초연한 성격으로 이런 속된 혼탁에서 돌아 서 보았으면—

그러기에는 이번에 적잖이 기술을 요했다. 칼로 물을 베듯이,

"아차! 나는 T가 월급이군 그래, 잊어버렸구나(하건만 나는 덜 배알아 놓은 것이 혀에 미꾸라지처럼 걸려서 근질근질한다. 윤은 혹은 식물과 같이 인문(人文)을 떠난 방탄조끼를 입었나)! 그러나 윤! 들어 보게, 자네가 모조리 핥았다는 임이의 나체는 그건 임이가 목욕할 때 입는 비누 드레스나 마찬가질세! 지금 아니! 전무후무하게 임이 벌거숭이는 내게 독점된 걸세, 그리게 자넨 그만큼 해두구 그 병정 구두 겉은 교만을 좀 버리란 말일세, 알아듣겠나."

윤은 *낙조(落照)를 받은 것처럼 얼굴이 불쾌하다. 거기 조소가 지방처럼 윤이 나서 만연하는 것이 내 전투력을 재촉기시킨다.

윤은 내가 불쌍하다는 듯이,

"내가 이만큼꺼지 사양허는데 자네가 공연히 자꾸 그러면 또 모르네, 내 성가셔서 자네 따귀 한 대쯤 갈길는지두."

이런 어리석어 빠진 논쟁을 왜 내게 재판을 청하지 않느냐는 듯이 *그레이하운드가 구두를 기껏 흔들다가 그치는 것을 보아 임이는 무용의 어떤 포즈 같은 손짓으로,

"지이가 됴스의 여신입니다. 둘이 어디 모가질 한번 바꿔 붙여 보시지요. 안 되지요? 그러니 그만들 두시란 말입니다. 윤헌테 내어준 육체는 거기 해당한 정조가 법률처럼 붙어 갔던 거구요, 또 지이가 어저께 결혼했다구 여기두 여기 해당한 정조가 따라왔으니까 뽐낼 것두 없능 거구, 질투헐 것두 없능 거구, 그러지 말구 겉은 선수끼리 악수나 허시지요, 네?"

윤과 나는 악수하지 않았다. 악수 이상의 *통봉(痛棒)이 윤은 몰라도 적어도 내 위에는 내려앉았는 것이니까. 이것은 여기 앉았다가 밴댕이처럼 납작해질 징조가 아닌가. 겁이 차츰차츰 나서 나는 벌떡 일어나면서 들창 밖으로 침을 탁 배알을까 하다가 자분참,

"그렇지만 자네는 만금을 기울여두 이젠 임이 나체 스냅 하나 보기두 어려울 줄 알게. 조끔두 사양헐 게 없이 국으루 나허구 병행해서 온전한 정의를 유지허능 게 어떵가?"

하니까,

"이착(二着) 열 번 헌 눔이 아무래두 일착 단 한 번 헌 눔 앞에서 고

낙조
석양.

그레이하운드
Grayhound. 개의 한 품종. 주력이 좋아 사냥개로 쓰이기도 하고, 또 경주용으로 쓰이기도 한다.

통봉
좌선할 때 마음의 안정을 잡지 못하는 사람을 징벌하는 데 쓰는 방망이.

갤 못 드는 법일세, 자네두 그만헌 예의쯤 분간이 슬 듯헌데 왜 그리 바들짝바들짝허나 응? 그러구 그 만금이니 만만금이니 허능 건 또 다 뭔가? 나라는 사람은 말일세 자세 듣게, 여자가 날 싫여허면 헐수록 좋아허는 체허구 쫓아댕기다가두 그 여자가 섣불리 그럼 허구 좋아허는 낯을 단 한 번 허는 날에는, 즉 말허자면 마즈막 물건을 단 한 번 건드리구 난 다음엔 당장 눈앞에서 그 여자가 싫여지는 성질일세, 그건 자네가 아주 바루 정의가 어쩌니 허지만 이거야말루 내 정의에서 우러나오는 걸세. 대체 난 나버덤 낮은 인간이 싫으예. 여자가 한번 제 마즈

막 것을 구경시킨 다음엔 열이면 열 백이면 백, 밑으루 내려가서 그 남자를 쳐다보기 시작이거든, 난 이게 견딜 수 없게 싫단 그 말일세."

나는 그제는 사뭇 돌아섰다. 그만큼 정밀한 모욕에는 더 견디기 어려워서.

윤은 새로 담배에 불을 붙여 물더니 주머니를 뒤적뒤적한다. 나를 살해하기 위한 흉기를 찾는 것일까. 담뱃불은 이미 붙었는데—

"여기 십 원 있네. 가서 가난헌 T군 졸르지 말구 자네가 T군헌테 한잔 사주게나. 자넨 오늘 그 자네 서 푼째리 체면 때문에 꽤 우울해진 모양이니 자네 소위 신부허구 같이 있다가는 좀 위험헐걸, 그러니까 말일세 그 신부는 내 오늘 같이 키네마(시네마)루 모시구 갈 테니 안헐 말루 잠시 빌리게, 응? 왜 맘이 꺼림칙헝가?"

"너무 세밀허게 내 행동을 지정하지 말게, 하여간 난 혼자 좀 나가야겠으니 임이, 윤군허구 키네마 가지 응, 키네마 좋아허지 왜."
하고 말끝이 채 맺기 전에 임이 뾰루퉁하면서—

"임이 남편을 그렇게 맘대루 동정허거나 자선하거나 헐 권리는 남에겐 더군다나 없습니다. 자—그거 받아서는 안 됩니다. 여깄어요."
하고 내어놓은 무수한 십 전짜리.

"하 하 야 이것 봐라."

윤은 담뱃불을 재떨이에다 벌레 죽이듯이 꼭꼭 이기면서 좀처럼 웃음을 얼굴에서 걷지 않는다. 나도 사실 속으로,

'하 하 야 요것 봐라.'

안 한 것이 아니다. 그러나 나도 웃어 보였다. 그리고는 임의 등을 어루만져 주고 그 백동화를 한 움큼 주머니에 넣고 그리고 과연 윤의 집을 나서는 길이다.

"이따 파헐 임시 해서 내 키네마 문 밖에서 기다리지, 어디지?"

"*단성사. 헌데 말이 났으니 말이지 난 오늘 친구헌테 술값 꿔주는 권리를 완전히 구속당했능걸! 어! 쯧 쯧."

적어도 백보 가량은 앞이 매음을 돌았다. 무던히 어지러워서 비칠비칠하기까지 한 것을 나는 아무에게도 자랑할 수는 없다.

단성사
우리나라에서 가장 오래된 극장. 1907년에 개관하여 판소리와 창극을 공연하였으며, 1912년에 확장 개축한 이후 영화관으로 사용되었으나 적지 않은 신파극도 공연하였다.

TEXT(원본)

"불장난—정조 책임이 없는 불장난이면? 저는 즐겨 합니다. 저를 믿어 주시나요? 정조 책임이 생기는 나잘에 벌써 이 불장난의 기억을 저의 양심의 힘이 말살하는 것입니다. 믿으세요."

평(評)—이것은 분명히 다음에 서술되는 같은 임이의 서술 때문에 임이의 영리한 거짓부렁이가 되고 마는 일이다. 즉,

"정조 책임이 있을 때에도 다음 같은 방법에 의하여 불장난은—주관적으로 만이지만—용서될 줄 압니다. 즉 아내면 남편에게, 남편이면 아내에게, 무슨 특수한 전술로든지 감쪽같이 모르게 그렇게 스무드하게 불장난을 하는데 하고 나도 이렇달 형적을 꼭 남기지 말아야 한다는 것입니다. 네?

그러나 주관적으로 이것이 용납되지 않는 경우에 하였다면 그것은 죄요 고통일 줄 압니다. 저는 죄도 알고 고통도 알기 때문에 저로서는 어려울까 합니다. 믿으시나요? 믿어 주세요."

평—여기서도 끝으로 어렵다는 대문 부근이 분명히 거짓부렁이라는 것이다. 그것은 역시 같은 임이의 필적, 이런 잠재의식, 탄로 현상

에 의하여 확실하다.

"불장난을 못 하는 것과 안 하는 것과는 성질이 아주 다릅니다. 그것은 컨디션 여하에 좌우되지는 않겠지요. 그러니 어떻다는 말이냐고 그러십니까. 일러 드리지요. 기뻐해 주세요. 저는 못 하는 것이 아니라 안 하는 것입니다.

자각된 연애니까요.

안 하는 경우에 못 하는 것을 관망하고 있노라면 좋은 어휘가 생각납니다. 구토. 저는 이것은 견딜 수 없는 육체적 형벌이라고 생각합니다. 온갖 자연 발생적 자태가 저에게는 어째 *유취만년(乳臭萬年)의 넝맛조각 같습니다. 기뻐해 주세요. 저를 이런 원근법에 좇아서 사랑해 주시기 바랍니다."

평—나는 싫어도 요만큼 다가선 위치에서 임이를 *설유(設喩)하려 드는 대시의 자세를 취소해야 하겠다. 안 하는 것은 못 하는 것보다 교양, 지식 이런 척도로 따져서 높다. 그러나 안 한다는 것은 내가 빚어내는 기후 여하에 빙자해서 언제든지 아무 겸손이라든가 주저없이 불장난을 할 수 있다는 조건부 계약을 차도 복판에 안전지대 설치하듯이 강요하고 있는 징조에 틀림은 없다.

나 스스로도 불쾌할 에필로그로 귀하들을 인도하기 위하여 다음과 같은 박빙을 밟는 듯한 회화(會話)를 조직하마.

"너는 네 말마따나 두 사람의 남자 혹은 사실에 있어서는 그 이상 훨씬 더 많은 남자에게 내주었던 육체를 걸머지고 그렇게도 호기 있게 또 정정당당하게 내 성문을 틈입(闖入)할 수가 있는 것이 그래 철면피가 아니란 말이냐?"

"당신은 무수한 매춘부에게 당신의 그 당신 말마따나 고귀한 육체를

유취만년
더러운 이름을 후세에 오래도록 남김.

설유
말로써 타이름.

서장
'티베트'를 말함.

포유
어미가 제 젖으로 새끼를 먹여 기름.

염가로 구경시키셨습니다. 마찬가지지요."

"하하! 너는 이런 사회조직을 깜박 잊어버렸구나. 여기를 너는 *서장(西藏)으로 아느냐, 그렇지 않으면 남자도 *포유(哺乳)행위를 하던 피데칸트로푸스(직립원인) 시대로 아느냐. 가소롭구나. 미안하오나 남자에게는 육체라는 관념이 없다. 알아듣느냐?"

"미안하오나 당신이야말로 이런 사회조직을 어째 급속도로 역행하시는 것 같습니다. 정조라는 것은 일대일의 확립에 있습니다. 약탈 결혼이 지금도 있는 줄 아십니까?"

"육체에 대한 남자의 권한에서의 질투는 무슨 걸렛조각 같은 교양 나부랭이가 아니다. 본능이다. 너는 이 본능을 무시하거나 그 치기만 만한 교양의 장갑으로 정리하거나 하는 재주가 통용될 줄 아느냐?"

"그럼 저도 평등하고 온순하게 당신이 정의하시는 '본능'에 의해서 당신의 과거를 질투하겠습니다. 자— 우리 숫자로 따져 보실까요?"

평—여기서부터는 내 교재에는 없다.

신선한 도덕을 기대하면서 내 구태의연하다고 할 만도 한 관록을 버리겠노라.

다만 내가 이제부터 내 부족하나마나 노력에 의하여 획득해야 할 것은 내가 탈피할 수 있을 만한 지식의 구매다.

나는 내가 환갑을 지난 몇 해 후 내 무릎이 일어서는 날까지는 내 오크재로 만든 포도송이 같은 손자들을 거느리고 *끽다점(喫茶店)에 가고 싶다. 내 아라모드(멋)는 손자들의 그것과 태연히 맞서고 싶은 현재의 내 비애다.

끽다점
다방.

*전질(顚跌)

  이러다가는 내 중립지대로만 알고 있던 건강술이 자칫하면 붕괴할 것 같은 *위구(危懼)가 적지 않다. 나는 조심조심 내 앉은 자리에 혹 유해한 곤충이나 서식하지 않는가 보살펴야 한다.
  T군과 마주 앉아 싱거운 술을 마시고 있는 동안 내 눈이 여간 축축하지 않았단다. 그도 그럴밖에. 나는 시시각각으로 자살할 것을, 그것도 제 형편에 꼭 맞춰서 생각하고 있었으니—
  내가 받은 자결(自決)의 판결문 제목은,
  "피고는 일조에 인생을 낭비하였느니라. 하루 피고의 생명이 연장되는 것은 이 *건곤(乾坤)의 경상비를 구태여 *등귀(騰貴)시키는 것이거늘 피고가 들어가고자 하는 쥐구녕이 거기 있으니 피고는 모름지기 그리 가서 꽁무니 쪽을 돌아다보지는 말지어다."
  이렇다.
  나는 내 언어가 이미 이 황막한 지상에서 탕진된 것을 느끼지 않을 수 없을 만치 정신은 공동(空洞)이요, 사상은 당장 빈곤하였다. 그러나 나는 이 유구한 세월을 무사히 수면하기 위하여, 내가 몽상하는 정경을 합리화하기 위하여, 입을 다물고 꿀항아리처럼 잠자코 있을 수는 없는 일이다.
  "몽골피에 형제가 발명한 경기구(輕氣球)가 결과로 보아 공기보다 무거운 비행기의 발달을 훼방 놀 것이다. 그와 같이 또 공기보다 무거운 비행기 발명의 힌트의 출발점인 날개가 도리어 현재의 형태를 갖춘 비행기의 발달을 훼방 놀았다고 할 수도 있다. 즉 날개를 펄럭거려서

전질
굴러 넘어짐.

위구
염려하고 두려워함.

건곤
하늘과 땅.

등귀
물건 값이 뛰어오름.

콕토(Jean Cocteau, 1889~1963)
프랑스 시인·소설가·극작가. 다방면에 이른 활동을 겸하며 문단과 예술계에 물의를 일으키기도 하였다. 시집 『알라딘의 램프』, 극본 『에펠탑의 신랑 신부』, 소설 『Le Potomak』 등이 있다.

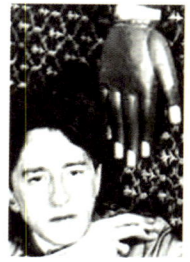
장 콕토

규수 작가
학예에 뛰어난 여성 작가.

저립
우두커니 섬.

삼첨
세 개의 탑이 한 번에 솟아나다.

비행기를 날게 하려는 노력이야말로 차륜을 발명하는 대신에 말의 보행을 본떠서 자동차를 만들 궁리로 바퀴 대신 기계장치의 네 발이 달린 자동차를 발명했다는 것이나 다름없다."

억양도 아무것도 없는 사어(死語)다. 그럴밖에. 이것은 장 *콕도의 말인 것도.

나는 그러나 내 말로는 그래도 내가 죽을 때까지의 단 하나의 절망, 아니 희망을 아마 텐스(시제)를 고쳐서 지껄여 버린 기색이 있다.

"나는 어떤 *규수(閨秀)작가를 비밀히 사랑하고 있소이다 그려!"

그 규수 작가는 원고 한 줄에 반드시 한 자씩의 오자를 삽입하는 쾌활한 태만성을 가진 사람이다. 나는 이 여인 앞에서는 내 추한 짓밖에는, 할 수 있는 거동의 심리적 여유가 없다. 이 여인은 다행히 경산부(經産婦)다.

그러나 곧이듣지 마라. 이것은 다음과 같은 내 면목을 유지하기 위해 발굴한 연장에 지나지 않는다.

"내가 결혼하고 싶어하는 여인과 결혼하지 못하는 것이 결이 나서 결혼하고 싶지도, 저쪽에서 결혼하고 싶어하지도 않는 여인과 결혼해 버린 탓으로 뜻밖에 나와 결혼하고 싶어하던 다른 여인이 그 또 결이 나서 다른 남자와 결혼해 버렸으니 그야말로—나는 지금 일조(一朝)에 파멸하는 결혼 위에 *저립(佇立)하고 있으니—일거에 *삼첨(三尖)일세그려."

즉 이것이다.

T군은 암만해도 내가 불쌍해 죽겠다는 듯이 나를 물끄러미 바라다보더니,

"자네, 그중 어려운 외국으로 가게, 가서 비로소 말두 배우구, 또 사

람두 처음으루 사귀구 그리구 다시 채국채국 살기 시작허게. 그럭허능게 자네 자살을 구할 수 있는 유일의 방도가 아닌가 그렇게 생각하는 내가 그럼 박정한가?"

자살? 그럼 T군이 눈치를 채었던가.

"이상스러워할 것도 없는 게 자네가 주머니에 칼을 넣고 댕기지 않는 것으로 보아 자네에게 자살하려는 의사가 있다는 걸 알 수 있지 않겠나. 물론 이것두 내게 아니구 남한테서 꿔온 에피그램(경구)이지만."

여기 더 앉았다가는 복어처럼 탁 터질 것 같다. 아슬아슬한 때 나는 T군과 함께 바를 나와 알맞추 단성사 문 앞으로 가서 삼 분쯤 기다렸다.

윤과 임이가 일조(一條) 이조(二條) 하는 문장(文章)처럼 나란히 나온다. 나는 T군과 같이 '만춘시사(晩春試寫)'를 보겠다. 윤은 우물쭈물 하는 것도 같더니,

"바통 가져가게."

한다. 나는 일없다. 나는 절을 하면서,

"*일착 선수(一着選手)여! 나를 열차가 연선(沿線)의 소역(小驛)을 잘 디잔 바둑돌 묵살하고 통과하듯이 무시하고 통과하여 주시기(를) 바라옵나이다."

순간 임이 얼굴에 독화(毒花)가 핀다. 응당 그러리로다. 나는 이착의 명예 같은 것은 요새쯤 내다버리는 것이 좋았다. 그래 얼른 릴레이를 기권했다. 이 경우에도 어휘를 탕진한 부랑자의 자격에서 공구(恐懼) *요코미쓰 리이치(横光利一) 씨의 출세를 사글세 내어온 것이다.

임이와 윤은 인파 속으로 숨어 버렸다.

갤러리(회랑) 어둠 속에 T군과 어깨를 나란히 앉아서 신발 바꿔 신은 인간 코미디를 내려다보고 있었다. 아랫배가 몹시 아프다. 손바닥

일착
첫 번째 도착.

요코미쓰 리이치
일본의 소설가.

으로 꽉 누르면 밀려 나가는 김이 입에서 홍소(哄笑)로 화해 터지려 든다. 나는 아편이 좀 생각났다. 나는 조심도 할 줄 모르는 야인(野人)이니까 반쯤 죽어야 껍적대지 않는다.

스크린에서는 죽어야 할 사람들은 안 죽으려 들고 죽지 않아도 좋은 사람들이 죽으려 야단인데 수염 난 사람이 수염을 혀로 핥듯이 만지작만지작하면서 이쪽을 향하더니 하는 소리다.

"우리 의사는 죽으려 드는 사람을 부득부득 살려 가면서도 살기 어려운 세상을 부득부득 살아가니 거 익살맞지 않소."

말하자면 굽 달린 자동차를 연구하는 사람들이 거기서 이리 뛰고 저리 뛰고 하고들 있다.

나는 차츰차츰 이 객(客) 다 빠진 텅빈 공기 속에 침몰하는 과실 씨가 내 허리띠에 달린 것 같은 공포에 지질리면서 정신이 점점 몽롱해 들어가는 벽두에 T군은 은근히 내 손에 한 자루 서슬 퍼런 칼을 쥐어 준다.

'복수하라는 말이렷다.'

'윤을 찔러야 하나? 내 결정적 패배가 아닐까? 윤은 찌르기 싫다.'

'임이를 찔러야 하지? 나는 그 독화 핀 눈초리를 망막에 영상한 채 왕생하다니.'

내 심장이 꽁꽁 얼어 들어온다. 빠드득빠드득 이가 갈린다.

'아하 그럼 자살을 권하는 모양이로군, 어려운데—어려워, 어려워, 어려워.'

내 비겁(卑怯)을 조소하듯이 다음 순간 내 손에 무엇인가 뭉클 뜨뜻한 덩어리가 쥐어졌다. 그것은 서먹서먹한 표정의 나쓰미캉, 어느 틈에 T군은 이것을 제 주머니에다 넣고 왔던구.

입에 침이 좌르르 돌기 전에 내 눈에는 식은 컵에 어리는 이슬처럼 방울지지 않는 눈물이 핑 돌기 시작하였다.

『조광』, 1937. 2.

이상 단편소설

종생기
(終生記)

*극유산호(郤遺珊瑚)—요 다섯 자 동안에 나는 두 자 이상의 오자를 범했는가 싶다. 이것은 나 스스로 하늘을 우러러 부끄러워할 일이겠으나 인지(人智)가 발달해 가는 면목이 실로 *약여(躍如)하다.

죽는 한이 있더라도 이 산호 채찍을랑 꽉 쥐고 죽으리라. 내 *폐포파립(廢袍破笠) 위에 퇴색한 *망해(亡骸) 위에 봉황이 와 앉으리라.

나는 내「종생기(終生記)」가 천하 눈 있는 선비들의 간담을 서늘하게 해놓기를 애틋이 바라는 일념 아래 이만큼 인색한 내 맵시의 절약법을 피력하여 보인다.

일발 포성에 부득이 영웅이 되고 만 희대의 군인 모(某)는 아흔에 귀를 단 황송한 일생을 끝막던 날 이렇다는 유언 한마디를 지껄이지 않고 그 임종의 장면을 곧잘 (무사히 후— 한숨이 나올 만큼) 넘겼다.

그런데 우리들의 레우오치카—애칭 톨스토이—는 괴나리봇짐을 짊어지고 나선 데까지는 기껏 그럴 성싶게 꾸며 가지고 마지막 오 분에 가서 그만 잡쳤다. 자지레한 유언 나부랭이로 말미암아 칠십 년 공든 탑을 무너뜨렸고 허울 좋은 일생에 가실 수 없는 흠집을 하나 내어놓고 말았다.

나는 일개 교활한 옵서버의 자격으로 그런 우매한 성인들의 생애를 방청하여 왔으니 내가 그런 따위의 실수를 알고도 재범할 리가 없는 것이다.

거울을 향하여 면도질을 한다. 잘못해서 나는 생채기를 내인다. 나는 골을 벌컥 내인다.

그러나 와글와글 들끓는 여러 '나'와 나는

극유산호
당나라 시인 최국보(崔國輔)의 「소년행(少年行)」이란 시에서 따온 것. '산호를 버린다'는 뜻.
遺却珊瑚鞭 산호 채찍을 잃고 나니
白馬驕不行 백마가 교만해져 가지 않는다.
章臺折楊柳 장대(지명, 유곽 있는 곳)에서 여인을 희롱하니
春日路傍情 봄날 길가의 정경이여.

약여
눈앞에 생생히 떠오르다.

폐포파립
해진 옷과 부서진 갓.

망해
유골.

정면으로 충돌하기 때문에 그들은 제각기 베스트를 다하여 제 자신만을 변호하는 때문에 나는 좀처럼 범인을 찾아내기는 어렵다는 것이다.

그러기에 대저 어리석은 민중들은 '원숭이가 사람 흉내를 내네' 하고 마음을 놓고 지내는 모양이지만 사실 사람이 원숭이 흉내를 내고 지내는 바 지당한 *전고(典故)를 이해하지 못하는 탓이리라.

오호라 일거수일투족이 이미 아담 이브의 그런 충동적 습관에서는 탈각한 지 오래다. 반사운동과 반사운동 틈바구니에 끼어서 잠시 실로 *전광석화만큼 손가락이 자의식의 포로가 되었을 때 나는 모처럼 내 허무한 세월 가운데 *한각(閑却)되어 있는 기암(奇岩) 내 콧잔등이를 좀 만지작만지작했다거나, 고귀한 대화와 대화 늘어선 쇠사슬 사이에도 정히 간발을 허용하는 들창이 있나니 그 서슬 퍼런 날〔刃〕이 자의식을 걷잡을 사이도 없이 양단하는 순간 나는 내 명경같이 맑아야 할 *지보(至寶) 두 눈에 혹시 눈곱이 끼지나 않았나 하는 듯이 적절하게 주름살 잡힌 손수건을 꺼내어서는 그 두 눈을 만지작만지작했다거나—

내 혼백과 *사대(四大)의 점잖은 태만성이 그런 사소한 연화(煙火)들을 일일이 따라다니면서(보고 와서) 내 통괄되는 처소에다 일러바쳐야만 하는 그런 압도적 *망쇄(忙殺)를 나는 이루 감당해 내는 수가 없다.

그러나 나는 내 지중(至重)한 산호편(珊瑚鞭)을 자랑하고 싶다.

'쓰레기.'

'우거지.'

이 구지레한 단자(單字)의 분위기를 *족하(足下)는 족히 이해하십니까.

족하는 족하가 기독교식으로 결혼하던 날 네이브 앤드 아일(교회 본당과 복도)에서 이 '쓰레기' '우거지'에 *근이(近邇)한 감흥을 맛보았으리라고 생각이 되는데 과연 그렇지는 않으십니까.

전고
전례(典例)와 고사(故事)를 아울러 이르는 말. 전거로 삼을 만한 옛일.

전광석화
번갯불이나 부싯돌의 불이 번쩍이는 것처럼, 극히 짧은 시간.

한각
무심하게 버리어 둠.

지보
귀한 보배.

사대
사람의 몸.

망쇄
몹시 바쁘다.

족하
동료에 대한 존칭.

근이하다
가깝다.

나는 그런 '쓰레기'나 '우거지' 같은 테이프를—내 종생기 처처에 다 가련히 심어 놓은 자자레한 치레를 위하여—뿌려 보려는 것인데— 다행히 박수(拍手)하다. 이상(以上).

'*치사(侈奢)한 소녀는', '해동기의 시냇가에 서서', '입술이 낙화(落花)지듯 좀 파래지면서', '박빙(薄氷) 밑으로는 무엇이 저리도 움직이는가', '고개를 갸웃거리는 듯이 숙이고 있는데', '봄 운기를 품은 훈풍이 불어와서', '스커트', 아니 아니, '너무나.' 아니 아니, '좀', '슬퍼 보이는 홍발(紅髮)을 건드리면' 그만. 더 아니다. 나는 한마디 가련한 어휘를 첨가할 성의를 보이자.

'나붓 나붓.'

이만하면 완비된 장치에 틀림없으리라. 나는 내 종생기의 서장을 꾸밀 그 소문 높은 산호편을 더 여실히 하기 위하여 위와 같은 실로 나로서는 너무나 *과람(過濫)이 치사스럽고 어마어마한 세간살이를 장만한 것이다.

그런데—

혹 지나치지나 않았나. 천하에 형안이 없지 않으니까 너무 금칠을 아니 했다가는 서툴리 들킬 염려가 있다. 하나—

그냥 어디 이대로 써[用] 보기로 하자.

치사
사치를 거꾸로 씀.

과람
분수에 넘치다.

나는 지금 가을바람이 자못 소슬(簫瑟)한 내 구중중한 방에 홀로 누워 종생하고 있다.

어머니 아버지의 충고에 의하면 나는 추호의 틀림도 없는 만 이십오 세와 십일 개월의 '홍안 미소년'이라는 것이다. 그렇건만 나는 확실히 노옹이다. 그날 하루하루가 '인생은 짧고 예술은 기다랗다' 하는 엄청난 평생이다.

나는 날마다 운명(殞命)하였다. 나는 자던 잠—이 잠이야말로 언제 시작한 잠이더냐—을 깨이면 내 통절한 생애가 개시되는데 청춘이 여지없이 탕진되는 것은 이불을 푹 뒤집어쓰고 누웠지만 역력히 목도한다.

나는 노래(老來)에 빈한한 식사를 한다. 열두 시간 이내에 종생을 맞이하고 그리고 할 수 없이 이리 궁리 저리 궁리 유언다운 유언이 어디 유실되어 있지 않나 하고 찾고, 찾아서는 그중 의젓스러운 놈으로 몇 추린다.

그러나 고독한 만년(晚年) 가운데 한 구의 *에피그램을 얻지 못하고 그대로 처참히 나는 물고(物故)하고 만다.

일생의 하루—

하루의 일생은 대체(위선) 이렇게 해서 끝나고 끝나고 하는 것이었다.

자—보아라.

이런 내 분장은 좀 과하게 치사스럽다는 느낌은 없을까, 없지 않다.

그러나 위풍당당 일세를 풍미할 만한 참신무비한 햄릿(*망언다사)을 하나 출세시키기 위하여는 이만한 출자는 아끼지 말아야 하지 않을까 하는 느낌도 없지 않다.

나는 가을. 소녀는 해동기.

에피그램
경구.

망언다사(妄言多謝)
자기가 한 말 속에 망언이 있으면 깊이 사과한다는 뜻으로, 편지나 비평문 따위의 글에서 자신의 글을 낮추어 이르는 말.

어느 제나 이 두 사람이 만나서 즐거운 소꿉장난을 한번 해보리까.

나는 그해 봄에도—

부질없는 세상이 스스러워서 상설(霜雪) 같은 위엄을 갖춘 몸으로 한심한 불우의 일월을 맞고 보내지 않으면 안 되었다.

미문(美文), 미문, *애아(曖呀)! 미문.

미문이라는 것은 적이 조처하기 위험한 수작이니라.

나는 내 감상의 꿀방구리 속에 청산 가던 나비처럼 마취혼사(痲醉昏死)하기 자칫 쉬운 것이다. 조심조심 나는 내 맵시를 고쳐야 할 것을 안다.

나는 그날 아침에 무슨 생각에서 그랬던지 이를 닦으면서 내 작성 중에 있는 유서 때문에 끙끙 앓았다.

열세 벌의 유서가 거의 완성해 가는 것이었다. 그러나 그 어느 것을 집어내 보아도 다 같이 서른여섯 살에 자수(自殊)한 어느 *천재'가 머리맡에 놓고 간 *개세(蓋世)의 일품의 아류에서 일보를 나서지 못했다. 내게 요만 재주밖에는 없느냐는 것이 다시없이 분하고 억울한 사정이었고 또 초조의 근원이었다. 미간을 찌푸리되 가장 고매한 얼굴은 지속해야 할 것을 잊어버리지 않고 그리고 계속하여 끙끙 앓고 있노라니까 (나는 일시일각을 허송하지는 않는다. 나는 없는 지혜를 끊이지 않고 쥐어짠다) 속달편지가 왔다. 소녀에게서다.

선생님! 어젯저녁 꿈에도 저는 선생님을 만나 뵈었습니다. 꿈 가운데 선생님은 참 다정하십니다. 저를 어린애처럼 귀여워해 주십니다.

애아
오오.

천재
일본의 작가 아쿠타가와 류노스케(芥川龍之介, 1892~1927)를 가리킨다. 합리주의와 예술지상주의를 바탕으로 쓴 작품이 많다. 대표작으로는 『나생문(羅生門)』(1915)이 있다. 매년 2회(1월·7월) 그를 기념하여 수여하는 아쿠타가와상이 있다.

아쿠타가와 류노스케

개세의 일품
세상을 뒤덮을 만큼 뛰어난 작품을 일컬음.

표표하다
떠돌아다니는 것이 정처 없다.

청절
맑고 깨끗한 절개.

나스르르하다
성기고 가지런해 보이다.

    그러나 백일(白日) 아래 *표표(飄飄)하신 선생님은 저를 부르시지 않습니다.
    비굴이라는 것이 무슨 빛으로 되어 있나 보시려거든 선생님은 거울을 한번 보아 보십시오. 거기 비치는 선생님의 얼굴빛이 바로 비굴이라는 것의 빛입니다.
    헤어진 부인과 삼 년을 동거하시는 동안에 너 가거라 소리를 한마디도 하신 일이 없다는 것이 선생님 유일의 자만이십니다그려! 그렇게까지 선생님은 인정에 구구(苟苟)하신가요.
    R와도 깨끗이 헤어졌습니다. S와도 절연한 지 벌써 다섯 달이나 된다는 것은 선생님께서도 믿어 주시는 바지요? 다섯 달 동안 저에게는 아무것도 없습니다. 저의 *청절(淸節)을 인정해 주시기 바랍니다. 저의 최후까지 더럽히지 않은 것을 선생님께 드리겠습니다. 저의 희멀건 살의 매력이 이렇게 다섯 달 동안이나 놀고 없는 것은 참 무엇이라고 말할 수 없이 아깝습니다. 저의 잔털 *나스르르한 목, 영(靈)한 온도가 선생님을 기다리고 있습니다. 선생님이여! 저를 부르십시오. 저더러 영영 오라는 말을 안 하시는 것은 그것 역시 가신 적 경우와 똑같은 이론에서 나온 구구한 인생 변호의 치사스러운 수법이신가요?
    영원히 선생님 '한 분'만을 사랑하지요. 어서어서 저를 전적으로 선생님만의 것을 만들어 주십시오. 선생님의 '전용'이 되게 하십시오.
    제가 아주 어수룩한 줄 오산하고 계신 모양인데 오산치고는 좀 어림없는 큰 오산이리다.
    네 딴은 제법 든든한 줄만 믿고 있는 네 그 안전지대라는 것을 너는 아마 하나 가진 모양인데 그까짓것쯤 내 말 한마디에 사태가 나고 말리라, 이렇게 일러 드리고 싶습니다. 또—
　예끼! 구역질나는 인생 같으니 이러고도 싶습니다.
　삼월 삼일날 오후 두시에 동소문 버스 정류장 앞으로 꼭 와야 되지 그렇지 않으면 큰일나요. 내 징벌을 안 받지 못하리다.
만 십구 세 이 개월을 맞이하는
정희(貞姬) 올림
이상 선생님께

　물론 이것은 죄다 거짓부렁이다. 그러나 그 일촉즉발의 아슬아슬한 용심법(用心法)이, 특히 그 중에도 결미(結尾)의 비견할 데 없는 청초함이 장히 질풍신뢰(疾風迅雷)를 품은 듯한 명문이다.
　나는 까무러칠 뻔하면서 혀를 내어둘렀다. 나는 깜빡 속기로 한다. 속고 만다.
　여기 이 이상 선생님이라는 허수아비 같은 나는 지난밤 사이에 내 평생을 경력(經歷)했다. 나는 드디어 쭈글쭈글하게 노쇠해 버렸던 차에 아침(이 온 것)을 보고 이키! 남들이 보는 데서는 나는 가급적 어쭙지 않게 (잠을) 자야 되는 것이거늘, 하고 늘 이를 닦고 그리고는 도로 얼른 자버릇하는 것이었다. 오늘도 또 그럴 셈이었다.
　사람들은 나를 보고 짐짓 기이하기도 해서 그러는지 경천동지의 육중한 경륜을 품은 사람인가 보다고들 속는다. 그러니까 그렇게 하는 것이 내 시시한 자세나마 유지시킬 수 있는 유일무이의 비결이었다. 즉 나는 남들 좀 보라고 낮에 잔다.
　그러나 그 편지를 받고 *흔희작약(欣喜雀躍), 나는 개세의 경륜과 유

흔희작약
참새가 날아오르듯이 춤춘다는 뜻으로, 크게 기뻐함을 이르는 말.

서의 고민을 깨끗이 씻어 버리기 위하여 바로 이발소로 갔다. 나는 여간 아니 호걸답게 입술에다 치분(齒粉)을 허옇게 묻혀 가지고는 그 현란한 거울 앞에 가앉아 이제 호화장려하게 개막하려 드는 내 종생을 유유히 즐기기로 거기 해당하게 내 맵시를 수습하는 것이었다.

우선 그 작소(鵲巢)라는 *뇌명(雷名)까지 있는 *봉발(蓬髮)을 썰어서 상고머리라는 것을 만들었다. 오각수(五角鬚)는 깨끗이 도태(淘汰)해 버렸다. 귀를 우비고 코털을 다듬었다. 안마도 했다. 그리고 비누세수를 한 다음 문득 거울을 들여다보니 품 있는 데라고는 한 귀퉁이도 없어 보이는 듯하면서 또한 태생을 어찌 어기리요, 좋도록 말해서 *라파엘 전파(前派) 일원같이 그렇게 청초한 백면서생이라고도 보아 줄 수 있지 하고 실없이 제 얼굴을 미남자거니 고집하고 싶어하는 구지레한 욕심을 내심 탄식하였다.

아차! 나에게도 모자가 있다. 겨우내 꾸겨 박질러 두었던 것을 부득부득 끄집어내어다 십오 분간 세탁소로 가지고 가서 멀쩡하게 만들었다. 그리고 흰 바지저고리에 고동색 대님을 다 치고 차림차림이 제법 이색(異色)이었다. 공단은 못 되나마 능직(綾織) 두루마기에 이만하면 고왕금래(古往今來) 모모한 천재의 풍모에 비겨도 조금도 손색이 없으리라. 나는 내 그런 여간 이만저만하지 않은 풍모를 더욱더욱 이만저만하지 않게 모디파이어(수식)하기 위하여 가늘지도 굵지도 않은 그다지 알맞은 단장(短杖)을 하나 내 손에 쥐어 주어야 할 것도 때마침 잊어버리지는 않았다.

별 수 없이—

오늘이 즉 삼월 삼일인 것이다.

나는 점잖게 한 삼십 분쯤 지각해서 *동소문 지

뇌명
세상에 널리 알려진 높은 명성.

봉발
텁수룩하게 흐트러진 머리털.

라파엘 전파(Raphael 前派)
19세기 중엽 영국에서 일어난 예술운동. 헌트(Hunt, W.H.), 로세티 등이 1848년에 그룹을 결성하여 라파엘로 이전의 르네상스 예술에서 겸허하게 배우는 사실적이고 소박한 화풍을 지향하였으나 십 년이 못 되어 활동을 중지하였다.

동소문
혜화문(惠化門). 서울 동소문의 정식 이름. 조선 중종 6년(1511)에 흥화문을 고친 것으로, 순조 16년(1816)에 중수하였으나 1930년에 일제가 헐어 버렸다.

정받은 자리에 도착하였다. 정희는 또 정희대로 아주 정희답게 한 삼십 분쯤 일찍 와서 있다.

정희의 입상(立像)은 제정 러시아적 우표딱지처럼 적잖이 슬프다. 이것은 아직도 얼음을 품은 바람이 *해토(解土)머리답게 싸늘해서 말하자면 정희의 모양을 얼마간 침통하게 해보인 탓이렷다.

나는 이런 경우에 천만뜻밖에도 눈물이 핑 눈에 그뜩 돌아야 하는 것이 꼭 맞는 원칙으로서의 의표가 아닐까 그렇게 생각하면서 저벅저벅 정희 앞으로 다가갔다.

우리 둘은 이 땅을 처음 찾아온 제비 한 쌍처럼 잘 앙증스럽게 만보(漫步)하기 시작했다. 걸어가면서도 나는 내 두루마기에 잡히는 주름살 하나에도, 단장을 한번 휘젓는 곡절에도 세세히 조심한다. 나는 말하자면 내 우연한 종생을 감쪽스럽도록 찬란하게 허식(虛飾)하기 위하여 내 박빙(薄氷)을 밟는 듯한 포즈를 아차 실수로 무너뜨리거나 해서는 절대로 안 된다는 것을 굳게굳게 명(銘)하고 있는 까닭이다.

그러면 맨 처음 발언으로는 나는 어떤 기절참절(奇絕慘絕)한 경구를 내어놓아야 할 것인가, 이것 때문에 또 잠깐 머뭇머뭇하지 않을 수도 없었지만 그렇다고 바로 대고 거 어쩌면 그렇게 똑 제정 러시아적 우표딱지같이 초초(楚楚)하니 어쩌니 하는 수는 차마 없다.

나는 선뜻,

"설마가 사람을 죽이느니."

하는 소리를 저 뱃속에서부터 우러나오는 듯한 그런 가라앉은 목소리에 꽤 명료한 발음을 얹어서 정희 귀 가까이다 대고 지껄여 버렸다. 이만하면 아마 그 경우의 최초의 발성으로는 무던히 성공한 편이리라. 뜻인즉, 네가 오라고 그랬다고 그렇게 내가 불쑥 올 줄은 너 꿈에도 생

해토
얼었던 땅이 녹아서 풀림.

각하지 못했으리라는 꼼꼼한 의도다.

나는 아침 반찬으로 콩나물을 삼 전 어치는 안 팔겠다는 것을 교묘히 무사히 삼 전 어치만 살 수 있는 것과 같은 미끈한 쾌감을 맛본다. 내 딴은 다행히 *노랑돈 한 푼도 참 용하게 낭비하지는 않은 듯싶었다.

그러나 그런 내 청천(晴天)에 벽력(霹靂)이 떨어진 것 같은 인사에 대하여 정희는 실로 대답이 없다. 이것은 참 큰일이다.

아이들이 고추 먹고 맴맴 담배 먹고 맴맴 하고 노는 그런 암팡진 수단으로 그냥 단번에 나를 어지러뜨려서는 넘어뜨려 버릴 작정인 모양이다.

정말 그렇다면!

이 상쾌한 정희의 확호(確乎) 부동자세야말로 엔간치 않은 출품(出品)이 아닐 수 없다. 내가 내어놓은 바 살인촌철(殺人寸鐵)은 그만 즉석에서 분쇄되어 가엾은 부작(不作)으로 내려 떨어지고 마는 것이다, 하고 나는 느꼈다.

나는 나로서 할 수 있는 가장 큰 규모의 손짓 발짓을 한번 해보이고 이윽고 낙담하였다는 것을 표시하였다. 일이 여기 이른 바에는 내 포즈 여부가 문제 아니다. 표정도 인제 더 써먹을 것이 남아 있을 성싶지도 않고 해서 나는 겸연쩍게 안색을 좀 고쳐 가지고 그리고 정희! 그럼 나는 가겠소, 하고 깍듯이 인사하고 그리고?

나는 발길을 돌려서 집을 향해 걷기 시작했다. 내 파란만장의 생애가 자지레한 말 한마디로 하여 그만 *회신(灰燼)으로 돌아가고 만 것이다. 나는 세상에도 참혹한 풍채 아래서 내 종생을 치른 것이다고 생각하면서 그렇다면 그럼 그럴 성싶기도 하게 단장도 한두 번 휘두르고 입도 좀 일기죽일기죽 해보기도 하고 하면서 행차하는 체해 보인다.

노랑돈
몹시 아끼는 많지 않은 돈을 낮잡아 이르는 말.

회신
재와 불탄 끄트러기.

오 초— 십 초— 이십 초— 삼십 초— 일 분—

결코 뒤를 돌아다보거나 해서는 못쓴다. 어디까지든지 사심 없이 패배한 체하고 걷는 체한다. 실심한 체한다.

나는 사실은 좀 어지럽다. 내 쇠약한 심장으로는 이런 자약(自若)한 체조를 그렇게 장시간 계속하기가 썩 어려운 것이다.

묘지명(墓誌名)이라. 일세의 귀재 이상은 그 통생(通生)의 대작 「종생기」 한 편을 남기고 서력 기원 후 일천구백삼십칠년 정축 삼월 삼일 미시(未時) 여기 백일 아래서 그 파란만장(?)의 생애를 끝막고 문득 졸(卒)하다. 향년 만 이십오 세와 십일 개월. 오호라! 상심 크다. 허탈이야 잔존하는 또 하나의 이상 구천을 우러러 호곡하고 이 한산(寒山) 일편석(一片石)을 세우노라. 애인 정희는 그대의 몰후(歿後) 수삼 인의 비첩(秘妾) 된 바 있고 오히려 장수하니 지하의 이상아! 바라건댄 명목(瞑目)하라.

그리 칠칠치는 못하나마 이만큼 해가지고 이꼴 저꼴 구지레한 흠집을 살짝 *도회(韜晦)하기로 하자. 고만 실수는 여상(如上)의 묘기로 겸사겸사 메우고 다시 나는 내 반생의 진용 후일에 관해 차근차근 고려하기로 한다. 이상(以上).

역대의 에피그램과 경국(傾國)의 철칙(鐵則)이 다 내게 있어서는 내 위선을 암장하는 한 스무드한 구실에 지나지 않는다. 실로 나는 내 낙

도회
숨기어 감춤.

코로(J.B.C. Corot, 1796~1875
프랑스의 화가. '팔레트를 든 자화상'(1835)의 그림이 유명하다.

코로의 '팔레트를 든 자화상'

적적
적자에서 적자로 대를 이어 받음. 정통의 혈통을 이른다.

무루
눈물 없이.

당목
놀라거나 괴이쩍게 여겨 눈을 휘둥그렇게 뜨고 바라봄.

명(落命)의 자리에서도 임종의 합리화를 위하여 *코로처럼 도색(桃色)의 팔레트를 볼 수도 없거니와 톨스토이처럼 탄식해 주고 싶은 쥐꼬리만한 금언의 추억도 가지지 않고 그냥 난데없이 다리를 삐어 넘어지듯이 스르르 죽어 가리라.

거룩하다는 칭호를 휴대하고 나를 찾아오는 '연애'라는 것을 응수하는 데 있어서도 어디서 어떤 노소간의 의뭉스러운 선인들이 발라 먹고 내어버린 그런 유훈(遺訓)을 나는 헐값에 거둬들이다가는 제련(製鍊) 재탕 다시 써먹는다는 줄로만 알았다가도 또 내게 혼나는 경우가 있으리라.

나는 찬밥 한술 냉수 한 모금을 먹고도 넉넉히 일세를 위압할 만한 '고언(苦言)'을 *적적(摘摘)할 수 있는 그런 지혜의 실력을 가졌다.

그러나 자의식의 절정 위에 발돋움을 하고 올라선 단말마의 비결을 보통 야시(夜市) 국수 버섯을 팔러 오신 시골 아주머니에게 서너 푼에 그냥 넘겨 주고 그만두는 그렇게까지 자신의 에티켓을 미화시키는 겸허의 방식도 또한 나는 *무루(無漏)히 터득하고 있는 것이다 *당목(瞠目)할지어다. 이상(以上).

난마(亂麻)와 같이 갈피를 잡을 수 없는 얼마간 비극적인 자기 탐구(自己探求).

이런 흙발 같은 남루한 주제는 문벌이 버젓한 나로서 채택할 신세가 아니거니와 나는 태서(泰西)의 에티켓으로 차 한 잔을 마실 적의 포즈에 대하여도 세심하고 세심한 용의가 필요하다.

휘파람 한번을 분다 치더라도 내 극비리에 정선(精選) 은닉된 절차를 온고(溫古)하여야만 한다. 그런 다음이 아니고는 나는 희망 잃은 황혼에서도 휘파람 한마디를 마음대로 불 수는 없는 것이다.

동물에 대한 고결한 지식?

사슴, 물오리, 이 밖의 어떤 종류의 동물도 내 애니멀 킹덤(동물 왕국)에서는 낙탈(落脫)되어 있어야 한다. 나는 이 수렵용으로 귀여히 가여히 되어 먹어 있는 동물 외의 동물에 언제든지 *무가내하(無可奈何)로 무지하다.

또—

그럼 풍경에 대한 오만한 처신법?

어떤 풍경을 묻지 않고 풍경의 근원, 중심, 초점이 말하자면 나 하나 '도련님' 다운 소행에 있어야 할 것을 *방약무인으로 강조한다. 나는 이 맹목적 신조를 두 눈을 그대로 딱 부르감고 믿어야 된다.

자진한 '우매', '몰각(歿覺)'이 참 어렵다.

보아라, 이 자득(自得)하는 우매의 절기(絕技)를! 몰각의 절기를.

백구(白鷗)는 의백사(宜白沙)하니 *막부춘초벽(莫赴春草碧)하라.

*이태백(李太白). 이 전후만고의 으리으리한 '화족(華族).' 나는 이태백을 닮기도 해야 한다. 그러기 위하여 오언절구 한 줄에서도 한 자 가량의 태연자약한 실수를 범해야만 한다. 현란한 문벌이 풍기는 가히 범할 수 없는 기품과 세도가 넉넉히 고시(古詩) 한 절쯤 서슴지 않고 생채기를 내어놓아도 다들 어수룩한 체들 하고 속느니 하는 교만한 미신이다.

곱게 빨아서 곱게 다리미질을 해놓은 한 벌 슈미즈에 꼬박 속는 청절(淸節)처럼 그렇게 아담하게 나는 어떠한 *질차(跌蹉)에서도 거뜬하게 얄미운 미소와 함께 일어나야만 하는 것이니까.

오늘날 내 한 씨족이 분명치 못한 소녀에게 설불리 딴죽을 걸려 넘어진다기로서니 이대로 내 숙망의 호화 유려한 종생을 한 방울 하잘것

무가내하
몹시 고집(固執)을 부려 어찌할 수가 없음.

방약무인
곁에 사람이 없는 것처럼 아무 거리낌 없이 함부로 말하고 행동하는 태도가 있음.

막부춘초벽
이백(李白)의 시구를 인용한 것으로 '백구는 흰 모래와 어울린다는 것, 따라서 봄풀의 푸름에 가지 말라'는 뜻이다.

이태백
이백(李白). 중국 당나라의 시인(701-762). 젊어서 여러 나라에 만유하고, 뒤에 출사하였으나 안사의 난으로 유배되는 등 불우한 만년을 보냈다. 칠언 절구에 특히 뛰어났으며, 이별과 자연을 제재로 한 작품을 많이 남겼다. 시성 두보(杜甫)에 대하여 시선(詩仙)으로 칭하여진다. 시문집에『이태백시집』30권이 있다.

질차
질차는 하던 일이 틀어진다는 뜻의 차질을 거꾸로 쓴 것이다.

투시
숟가락을 놓는다.
곧 죽는다는 뜻.

없는 오점을 내는 채 *투시(投匙)해서야 어찌 초지(初志)의 만일(萬一)에 응답할 수 있는 면목이 족히 서겠는가, 하는 허울 좋은 구실이 영일(永日) 밤보다도 오히려 한뼘 짧은 내 전정(前程)에 대두하기 시작하는 것이었다.

완만, 착실한 서술!

나는 과히 눈에 띌 성싶지 않은 한 지점을 재재바르게 붙들어서 거기서 공중 담배를 한 갑 사(주머니에 넣고) 피워 물고 정희의 뻔—한 걸음을 다시 뒤따랐다.

나는 그저 일상의 다반사를 간과하듯이 범연하게 휘파람을 불고, 내 구두 뒤축이 아스팔트를 디디는 템포 음향, 이런 것들의 귀찮은 조절에도 깔끔히 정신 차리면서 넉넉잡고 삼 분, 다시 돌친 걸음은 정희와 어깨를 나란히 걸을 수 있었다. 부질없는 세상에 제 심각하면, 침통하면 또 어쩌겠느냐는 듯싶은 서운한 눈의 위치를 동소문 밖 신개지 풍경 어디라고 정치 않은 한 점에 두어 두었으니 보라는 듯한 부득부득 지근거리는 자세면서도 또 그렇지도 않을 성싶은 내 묘기 중에도 묘기를 더한층 허겁지겁 연마하기에 골똘하는 것이었다.

일모(日暮) 청산—

날은 저물었다. 아차! 저물지 않은 것으로 하는 것이 좋을까 보다.

날은 아직 저물지 않았다.

그러면 아까 장만해 둔 세간 기구를 내세워 어디 차근차근 살림살이를 한번 치러 볼 천우의 호기가 내 앞으로 다다랐나 보다. 자—

모파상(Maupassant, Guy de, 1850~1893)
프랑스의 소설가. 플로베르와 졸라에게 배우고 단편 「비곗덩어리」를 발표하여 명성을 얻은 대표적인 사실주의 작가이다.

태생은 어길 수 없어 비천한 '티'를 감추지 못하는 딸— (전기(前記) 치사한 소녀 운운은 어디까지든지 이 바보 이상의 호의에서 나온 곡해다. *모파상의 「지방(脂肪) 덩어리」를 생각하자. 가족은 미만 십사 세의 딸에게 매음시켰다. 두 번째는 미만 십구 세의 딸이 자진했다. 아—
세 번째는 그 나이 스물두 살이 되던 해 봄에 얹은 *낭자를 내리우고
게다 다홍 댕기를 들여 늘어뜨려 *편발처자를 위조하여서는 대거(大
擧)하여 강행(强行)으로 *매끽(賣喫)하여 버렸다.)

  비천한 뉘 집 딸이 해빙기의 시냇가에 서서 입술이 낙화지듯 좀 파
래지면서 박빙 밑으로는 무엇이 저리도 움직이는가고 고개를 갸웃거
리는 듯이 숙이고 있는데 봄 방향(芳香)을 품은 훈풍이 불어와서 스커
트, 아니 너무나, 슬퍼 보이는, 아니, 좀 슬퍼 보이는 홍발을 건드리
면—

  좀 슬퍼 보이는 홍발을 나붓나붓 건드리면—

  여상(如上)이다. 이 개기름 도는 가소로운 무대를 앞에 두고 나는 나
대로 나다웁게 가문이라는 자지레한 '*투(套)'는 어떤 일이 있더라도
잊어버리지 않고 채석장 희멀건 단층을 건너다보면서 탄식 비슷이,

  "지구를 저며 내는 사람들은 역시 자연 파괴자리라."

는 둥,

  "개아미집이야말로 과연 정연하구나."

라는 둥,

  "비가 오면, 아— 천하에 비가 오면."

  "작년에 났던 초목이 올해에도 또 돋으려누, 귀불귀(歸不歸)란 무엇
인가."

라는 둥—

  치레 잘 하면 제법 의젓스러워도 보일만한 가장 한산한 과제로만 골
라서 점잖게 방심해 보여 놓는다.

  정말일까? 거짓말일까. 정희가 불쑥 말을 한다. 한 소리가 "봄이 이

낭자
결혼한 여자. 부인.

편발처자
미혼 여자. 처녀.

매끽
물건을 팔아먹음.

투
말이나 글, 행동 따위에서 버릇처럼 일정하게 굳어진 본새나 방식.

렇게 왔군요" 하고 윗니는 좀 사이가 벌어져서 보기 흉한 듯하니까 살짝 가리고 곱다고 자처하는 아랫니를 보이지 않으려고 했지만 부지불식간에 그렇게 내어다 보인 것을 또 어쩌니까 하는 듯싶이 가증하게 내어 보이면서 또 여간해서 어림이 서지 않는 어중간한 얼굴을 그 위에 얹어 내세우는 것이었다.

좋아, 좋아, 좋아. 그만하면 잘 되었어.

나는 고개 대신에 단장을 끄덕끄덕해 보이면서 창졸간에 그만 정희 어깨 위에다 손을 얹고 말았다.

그랬더니 정희는 적이 해괴해 하노라는 듯이 잠시는 묵묵하더니—

정희도 문벌이라든가 혹은 간단히 말해 에티켓이라든가 제법 배워서 짐작하노라고 속삭이는 것이 아닌가.

꿀꺽!

넘어가는 내 지지한 종생, 이렇게도 실수가 허(許)해서야 물질적 전 생애를 탕진해 가면서 사수하여 온 산호편(珊瑚鞭)의 본의가 대체 어디 있느냐? 내내 울화가 북받쳐 혼도(昏倒)할 것 같다.

흥천사(興天寺) 으슥한 구석방에 내 종생의 갈력(竭力)이 정희를 이끌어 들이기도 전에 나는 밤 쓸쓸히 거짓말깨나 해놓았나 보다.

천고불역
옛날부터 변하지 않는 것.

나는 내가 그윽이 음모한 바 *천고불역(千古不易)의 탕아, 이상의 자지레한 문학의 빈민굴을 교란시키고자 하던 가지가지 진기한 연장이 어느 겨를에 빼물르기 시작한 것을 여기서 깨달아야 되나 보다. 사회는 어떠쿵, 도덕이 어떠쿵, 내면적 성찰 추구 적발 징벌은 어떠쿵, 자의식 과잉이 어떠쿵, 제 깜냥에 번지레한 칠을 해내어 건 치사스러운 간판들이 미상불 우스꽝스럽기가 그지없다.

'독화(毒花).'

족하는 이 꼭두각시 같은 어휘 한마디를 잠시 맡아 가지고 계셔 보구려?

예술이라는 허망한 아궁지 근처에서 송장 근처에서보다도 한결 더 썰썰 기고 있는 그들 *해반주룩한 사도(死都)의 혈족(血族)들 땟국내 나는 틈에 가 끼기워서, 나는—

내 계집의 치마 단속곳을 갈가리 찢어 놓았고, 버선 켤레를 걸레를 만들어 놓았고, 검던 머리에 곱던 *양자(樣姿), 영악한 곰의 발자국이 질컥 디디고 지나간 것처럼 얼굴을 망가뜨려 놓았고, 지기(知己) 친척의 돈을 뭉청 떼어먹었고, 좌수터 유래 깊은 상호(商號)를 쑥밭을 만들어 놓았고, 겁쟁이 취리자(取利者)는 고랑떼를 먹여 놓았고, 대금업자의 수금인을 졸도시켰고, 사장과 *취체역(取締役)과 사돈과 아범과 아비와 처남과 처제와 또 아비와 아비의 딸과 딸이 허다(許多) 중생으로 하여금 서로서로 이간을 붙이고 붙이게 하고 얼버무려서 싸움질을 하게 해놓았고, 사글셋방 새 다다미에 잉크와 요강과 팥죽을 엎질렀고, 누구누구를 임포텐스를 만들어 놓았고—

'독화'라는 말의 콕 찌르는 맛을 그만하면 어렴풋이나마 어떻게 짐작이 서는가 싶소이까.

잘못 빚은 증편 같은 시 몇 줄 소설 서너 편을 꿰어차고 조촐하게 등장하는 것을 아 무엇인 줄 알고 깜빡 속고 섣불리 손뼉을 한두 번 쳤다는 죄로 제 계집 간음당한 것보다도 더 큰 망신을 일신에 짊어지고 그리고는 앙탈 비슷이 시치미를 떼지 않으면 안 되는 어디까지든지 치사스러운 예의절차—마귀(터주가)의 소행(덧났다)이라고 돌려 버리자?

'독화.'

해반주룩하다
'해반주그레하다'의 뜻. 얼굴이 해말쑥하고 반주그레하다.

양자
겉으로 나타난 모양이나 모습.

취체역
예전에, 주식회사의 이사(理事)를 이르던 말.

풍마우세
비와 바람에 갈리고 씻김.

물론 나는 내일 새벽에 내 길들은 노상에서 무려 내게 필적하는 한숨은 탕아를 해후할는지도 마치 모르나, 나는 신바람이 난 무당처럼 어깨를 치켰다 젖혔다 하면서라도 *풍마우세(風磨雨洗)의 고행을 얼른 그렇게 쉽사리 그만두지는 않는다.

아— 어쩐지 전신이 몹시 가렵다. 나는 무연(無緣)한 중생의 뭇 원한 탓으로 악역(惡疫)의 범함을 입나 보다. 나는 은근히 속으로 앓으면서 토일렛(화장실) 정한 대야에다 양손을 정하게 씻은 다음 내 자리로 돌아와 앉아 차근차근 나 자신을 반성 회오—쉬운 말로 자지레한 셈을 좀 놓아 보아야겠다.

에티켓? 문벌? 양식? 변신술(翻身術)?

그렇다고 내가 찔끔 정희 어깨 위에 얹었던 손을 뚝 떼인다든지 했다가는 큰 망발이다. 일을 잡치리라. 어디까지든지 내 뺨의 홍조만을 조심하면서 좋아, 좋아, 좋아, 그래만 주면 된다. 그리고 나서 피차 다 알아들었다는 듯이 어깨에 손을 얹은 채 어깨를 나란히 흥천사 경내로 들어갔다. 가서 길을 별안간 잃어버린 것처럼 자분참 산 위로 올라가 버린다. 산 위에서 이번에는 정말 포즈를 하릴없이 무너뜨렸다는 것처럼 정교하게 머뭇머뭇해 준다. 그러나 기실 말짱하다.

풍경 소리가 똑 알맞다. 이런 경우에는 제법 번듯한 식자(識字)가 있는 사람이면—

월사
다달이 내는 수업료.

추상열일
가을의 찬 서리와 여름의 뜨거운 햇살이라는 뜻으로, 긴 가을밤을 이르는 말.

유루
갖추어지지 아니하고 비거나 빠짐.

아— 나는 왜 늘 항례(恒例)에서 비켜서려 드는 것일까? 잊었느냐? 비싼 *월사(月謝)를 바치고 얻은 고매한 학문과 예절을.

현역 육군 중좌에게서 받은 *추상열일(秋霜烈日)의 훈육을 왜 나는 이 경우에 버젓하게 내세우지를 못하느냐?

창연한 고찰 *유루(遺漏)없는 장치에서 나는 정신차려야 한다. 나는 내 쟁쟁한 이력을 솔직하게 써먹어야 한다. 나는 고개를 숙이고 담배를 한 대 피워 물고 도장(屠場)에 들어가는 소, 죽기보다 싫은 서투르고 근질근질한 포즈 체모독주(體貌獨奏)에 어지간히 성공해야만 한다.

그랬더니 그만두잔다. 당신의 그 어림없는 몸치렐랑 그만두세요. 저는 어지간히 식상이 되었습니다 한다.

그렇다면?

내 꾸준한 노력도 일조일석에 수포로 돌아가는 것이 아닌가.

대체 정희라는 가련한 '석녀(石女)'가 제 어떤 재간으로 그런 음흉한 내 간계를 요만큼까지 간파했다는 것이다.

일시에 기진한다. 맥은 탁 풀리고 앞이 팽 돌다 아찔하는 것이 이러다가 까무러치려나 보다고 극력 단장을 의지하여 버텨 보노라니까 *희(噫)라! 내 기사회생의 종생도 이번만은 회춘하기 장히 어려울 듯싶다.

이상! 당신은 세상을 경영할 줄 모르는 말하자면 병신이오. 그다지도 '미혹(迷惑)'하단 말씀이오? 건너다보니 절터지요? 그렇다 하더라도 「카라마조프의 형제」나 *「사십 년」을 좀 구경삼아 들러 보시지요.

아니지! 정희! 그게 뭐냐 하면 나도 살고 있어야 하겠으니 너도 살자는 사기, 속임수, 일부러 만들어 내어놓은 미신 중에도 가장 우수한 무서운 주문이오.

이상! 그러지 말고 시험삼아 한 발만 한 발자국만 저 개흙밭에다 들여놓아 보시지요.

이 악보같이 스무드한 담소 속에서 비칠비칠하노라면 나는 내게 필적하는 천의무봉(天衣無縫)의 탕아가 이 *목첩(目睫)간에 있는 것을 느낀다. 누구나 제 내어놓았던 협수룩한 포즈를 걷어치우느라고 허겁지겁들 할 것이다. 나도 그때 내 슬하에 이렇게 유산되는 자손을 느끼면

희라
탄식의 어조사.

「사십 년」
고리키의 소설로, 「클림 사무긴의 생애」의 부제이다.
고리키(Maksim Gor'kii, 1868~1936), 러시아의 작가. 제정 러시아의 밑바닥에서 허덕이는 사람들의 생활을 묘사하여 프롤레타리아 문학의 선구가 되었다. 희곡 「밤 주막」이 특히 유명하며, 한때 볼셰비키당에 들어가 소설 「어머니」에서 혁명가의 전형을 창조하기도 하였다.

고리키

목첩
눈과 속눈썹을 아울러 이르는 말. 아주 가까운 때나 장소를 비유적으로 이르는 말.

낙백
넋을 잃음.

첨위
여러분. 제위(諸位).

서 만재에 드리우는 이 극흉극비(極凶極秘) 종가의 부(符)작을 앞에 놓고서 적이 불안하게 또 한편으로는 적이 안일하게 운명하는 마지막 *낙백(落魄)의 이 내 종생을 애오라지 방불(髣髴)히하는 것이었다.

나는 내 분묘 될 만한 조촐한 터전을 찾는 듯한 그런 서글픈 마음으로 정희를 재촉하여 그 언덕을 내려왔다. 등뒤에 들리는 풍경 소리는 진실로 내 심통(心痛)을 돕는 듯하다고 사자(寫字)하면 정경을 한층더 반듯하게 매만져 놓는 한 도움이 되리라. 그럼 진실로 풍경(風磬) 소리는 내 등뒤에서 내 마지막 심통함을 한층 더 들볶아 놓는 듯하더라.

미문(美文)에 견줄 만큼 위태위태한 것이 절승(絶勝)에 혹사(酷似)한 풍경이다. 절승에 혹사한 풍경을 미문으로 번안 모사해 놓았다면 자칫 실족 익사하기 쉬운 웅덩이나 다름없는 것이니 *첨위(僉位)는 아예 가까이 다가서서는 안 된다. 도스토예프스키나 고리키는 미문을 쓰는 버릇이 없는 체했고 또 황량 아담한 경치를 '취급' 하지 않았으되 이 의뭉스러운 어른들은 오직 미문은 쓸 듯 쓸 듯, 절승경개(絶勝景槪)는 나올 듯 나올 듯해만 보이고 끝끝내 아주 활짝 꼬랑지를 내보이지는 않고 그만둔 구렁이 같은 분들이기 때문에 그 기만술은 한층더 진보된 것이며, 그런 만큼 효과가 또 절대하여 천 년을 두고 만 년을 두고 내리내리 부질없는 위무(慰撫)를 바라는 중속(衆俗)들을 잘 속일 수 있는 것이다. 그러나—왜 나는 미끈하게 솟아 있는 근대 건축의 위용을 보면서 먼저 철근 철골, 시멘트와 세사(細沙), 이것부터 선뜩하니 감응하느냐는 말이다. 씻어 버릴 수 없는 숙명의 호곡(號哭), 몽고리안푸렉게(蒙古痣 : 몽고반점) 오뚝이처럼 쓰러져도 일어나고 쓰러져도 일어나고 하니 쓰러지나 섰으나 마찬가지 의지할 얄팍한 벽 한 조각 없는 고독, 고고(枯槁), 독개(獨介), 초초(楚楚).

나는 오늘 대오한 바 있어 미문을 피하고 절승의 풍광을 격하여 소조(蕭條)하게 왕생하는 것이며 숙명의 슬픈 투시벽은 깨끗이 벗어 놓고 온아종용(溫雅慫慂), 외로우나마 따뜻한 그늘 아래서 실명(失命)하는 것이다.

*의료(意料)하지 못한 이 훌훌한 '종생.' 나는 요절인가 보다. 아니 *중세최절(中世摧折)인가 보다. 이길 수 없는 육박, 눈먼 떼까마귀의 매리(罵詈) 속에서 탕아 중에도 탕아, 술객(術客) 중에도 술객 이 난공불락의 관문의 괴멸, 구세주의 최후연(最後然)히 방방곡곡이 독여는 삼투하는 장식 중에도 허식의 표백이다. 출색(出色)의 표백이다.

*내부(乃夫)가 있는 불의(不義). 내부가 없는 불의. 불의는 즐겁다. 불의의 주가낙락(酒價落落)한 풍미를 족하는 아시나이까. 윗니는 좀 잇새가 벌고 아랫니만이 고운 이 한경(漢鏡)같이 결함의 미를 갖춘 깜찍스럽게 시치미를 뗄 줄 아는 얼굴을 보라. 칠 세까지 옥잠화 속에 감춰 두었던 장분만을 바르고 그 후 분을 바른 일도 세수를 한 일도 없는 것이 유일의 자랑거리. 정희는 사팔뜨기다. 이것은 무엇으로도 대항하기 어렵다. 정희는 근시(近視) 육도다. 이것은 무엇으로도 대항할 수 없는 선천적 훈장이다. 좌난시(左亂視) 우색맹(右色盲) 아— 이는 실로 완벽이 아니면 무엇이랴.

속은 후에 또 속았다. 또 속은 후에 또 속았다. 미만 십사 세에 정희를 그 가족이 강행으로 매춘시켰다. 나는 그런 줄만 알았다. 한 방울 눈물—

그러나 가족이 강행하였을 때쯤은 정희는 이미 자진하여 매춘한 후 오래오래 후다. 다홍 댕기가 늘 정희 등에서 나부꼈다. 가족들은 불의에 올 재앙을 막아 줄 단 하나 값나가는 다홍 댕기를 기탄없이 믿었건만—

의료
생각하고 헤아림.

중세최절
최절(摧折)은 좌절(挫折).

내부
내부는 남편을 뜻하는 듯하다.

그러나—

불의는 귀인답고 참 즐겁다. 간음한 처녀—이는 불의 중에도 가장 즐겁지 않을 수 없는 영원의 밀림이다.

그럼 정희는 게서 멈추나?

나는 자기 소개를 한다. 나는 정희에게 분모(分毛)를 지기 싫기 때문에 잔인한 자기 소개를 하는 것이다.

나는 벼[稻]를 본 일이 없다. 자전거를 탈 줄 모른다. 생년월일을 가끔 잊어버린다. 구십 노조모가 이팔소부(二八少婦)로 어느 하늘에서 시집온 십대조의 고성(古城)을 내 손으로 헐었고 녹엽(綠葉) 천년의 호두나무 아름드리 근간을 내 손으로 베었다. 은행나무는 원통한 가문을 골수에 지니고 찍혀 넘어간 뒤 장장 사 년 해마다 봄만 되면 독시(毒矢) 같은 싹이 엄돋는 것이었다.

나는 그러나 이 모든 것에 견뎠다. 한번 석류나무를 휘어잡고 나는 폐허를 나섰다.

조숙 난숙(爛熟) 감[枾] 썩는 골머리 때리는 내. 생사의 기로에서 *완이이소(莞爾而笑), *표한무쌍(剽悍無雙)의 척구(瘠軀) 음지에 창백한 꽃이 피었다.

나는 미만 십사 세 적에 수채화를 그렸다. 수채화의 *파과(破瓜). 보아라 *목저(木箸)같이 야윈 팔목에서는 삼동에도 김이 무럭무럭 난다. 김 나는 팔목과 잔털 나 스르르한 매춘하면서 자라나는 회충같이 매혹적인 살결. 사팔뜨기와 내 흰자위 없는 짝짝이 눈. 옥잠화 속에서 나오는 기술(奇術) 같은 석일(昔日)의 화장과 화장 전폐, 이에 대항하는 내 자전거 탈 줄 모르는 아슬아슬한 천품. 다홍 댕기에 불의와 불의를 방임하는 속수무책의 내 나태.

완이이소
완이는 빙그레 웃는 모양을 뜻함.

표한무쌍
표한은 날쌔고 사납다는 뜻이고 무쌍은 견줄만한 짝이 없다는 것으로 매우 뛰어나다는 뜻.

파과
파과는 여자의 16세. 과(瓜)자를 종횡으로 해자(解字)하면 2개의 8이니까 2×8=16이 됨. 여자가 월경을 시작하는 나이를 이름.

목저
나무젓가락.

심판이여! 정희에 비교하여 내게 부족함이 너무나 많지 않소이까?

비등(比等) 비등? 나는 최후까지 싸워 보리라.

흥천사 으슥한 구석방 한 간 방석 두 개 화로 한 개. 밥상 술상—

접전 수십 합. 좌충우돌. 정희의 허전한 관문을 나는 노사(老死)의 힘으로 들이친다. 그러나 돌아오는 반발의 흉기는 갈 때보다도 몇 배나 더 큰 힘으로 나 자신의 손을 시켜 나 자신을 살상한다.

지느냐. 나는 그럼 지고 그만두느냐.

나는 내 마지막 무장을 이 전장에 내어세우기로 하였다. 그것은 즉 *주란(酒亂)이다.

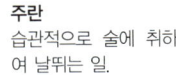

주란
습관적으로 술에 취하여 날뛰는 일.

한 몸을 건사하기조차 어려웠다. 나는 게울 것만 같았다. 나는 게웠다. 정희 스커트에다. 정희 스타킹에다.

그리고도 오히려 나는 부족했다. 나는 일어나 춤추었다. 그리고 그 방 뒤 쌍창 미닫이를 열어젖히고 나는 예서 떨어져 죽는다고 마지막 한 벌 힘만을 아껴 남기고는 나머지 있는 힘을 다하여 난간을 잡아 흔들었다. 정희는 나를 붙들고 말린다. 말리는데 안 말리는 것도 같았다. 나는 정희 스커트를 잡아 젖혔다. 무엇인가 철썩 떨어졌다. 편지다. 내가 집었다. 정희는 모른 체한다.

속달(S와도 절연한 지 벌써 다섯 달이나 된다는 것은 선생님께서도 믿어 주시는 바지요? 하던 S에게서다).

정희! 노하였소. 어젯밤 태서관(泰西舘) 별장의 일! 그것은 결코 내 본의는 아니었소. 나는 그 요구를 하러 정희를 그곳까지 데리고 갔던 것은 아니오. 내 불민을 용서하여 주기 바라오. 그러나 정희가 뜻밖에도 그렇게까지 다소곳한 태도를 보여 주었다는 것으로 적이 자위를 삼겠소.

정희를 하루라도 바삐 나 혼자만의 것을 만들어 달라는 정희의 열렬한 말을 물론 나는 잊어버리지는 않겠소. 그러나 지금 형편으로는 '아내'라는 저 추물을 처치하기가 정희가 생각하는 바와 같이 그렇게 쉬운 일은 아니오.

오늘(삼월 삼일) 오후 여덟시 정각에 금화장(金華莊) 주택지 그때 그 자리에서 기다리고 있겠소. 어제 일을 사과도 하고 싶고 달이 밝을 듯하니 송림(松林)을 거닙시다. 거닐면서 우리 두 사람만의 생활에 대한 설계도 의논하여 봅시다.

삼월 삼일 아침 S.

내게 속달을 띄우고 나서 곧 뒤이어 받은 속달이다.

모든 것은 끝났다. 어젯밤의 정희는—

그 낯으로 오늘 정희는 내게 이상 선생님께 드리는 속달을 띄우고 그 낯으로 또 나를 만났다. 공포에 가까운 변신술이다. 이 황홀한 전율을 즐기기 위하여 정희는 무고의 이상을 징발했다. 나는 속고 또 속고 또 또 속고 또 또 또 속았다.

나는 물론 그 자리에 *혼도(昏倒)하여 버렸다. 나는 죽었다. 나는 황천을 헤매었다. 명부에는 달이 밝다. 나는 또다시 눈을 감았다. 태허(太虛)에 소리 있어 가로되 너는 몇 살이뇨? 만 이십오 세와 십일 개월이올시다. 요사(夭死)로구나. 아니올시다. 노사(老死)올시다.

혼도
정신이 어지러워 쓰러짐.

눈을 다시 떴을 때에 거기 정희는 없다. 물론 여덟시가 지난 뒤였다. 정희는 그리 갔다. 이리하여 나의 종생은 끝났으되 나의 종생기는 끝나지 않는다. 왜?

정희는 지금도 어느 빌딩 걸상 위에서 드로즈의 끈을 푸는 중이요, 지금도 어느 태서관 별장 방석을 베고 드로즈의 끈을 푸는 중이요, 지금도 어느 송림 속 잔디 벗어 놓은 외투 위에서 드로즈의 끈을 성(盛)히 푸는 중이니까다.

이것은 물론 내가 가만히 있을 수 없는 재앙이다.

나는 이를 간다.

나는 걸핏하면 까무러친다.

나는 부글부글 끓는다.

그러나 지금 나는 이 철천의 원한에서 슬그머니 좀 비켜서고 싶다. 내 마음의 따뜻한 평화 따위가 다 그리워졌다.

즉 나는 시체다. 시체는 생존하여 계신 만물의 영장을 향하여 질투할 자격도 능력도 없는 것이리라는 것을 나는 깨닫는다.

정희, 간혹 정희의 후틋한 호흡이 내 묘비에 와 슬쩍 부딪는 수가 있다. 그런 때 내 시체는 홍당무처럼 화끈 달으면서 구천을 꿰뚫어 슬피 호곡한다.

그 동안에 정희는 여러 번 제(내 때꼽재기도 묻은) 이부자리를 찬란한 일광 아래 널어 말렸을 것이다. 누루한 이 내 혼수(昏睡) 덕으로 부디 이 내 시체에서도 생전의 슬픈 기억이 창궁(蒼穹) 높이 훨훨 날아가 나 버렸으면—

나는 지금 이런 불쌍한 생각도 한다. 그럼—

— 만 이십육 세와 삼 개월을 맞이하는 이상 선생님이여! 허수아비여!

자네는 노옹(老翁)일세. 무릎이 귀를 넘는 해골일세. 아니, 아니. 자네는 자네의 먼 조상일세. 이상(以上).

『조광』, 1937. 5.

이상 단편소설

환시기
(幻視記)

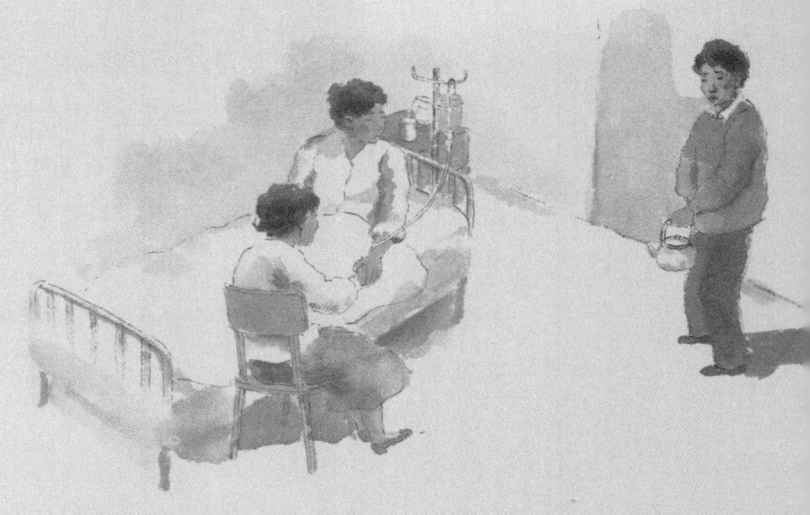

환시기(幻視記)
이 작품은 소설가 정인택과 권순옥의 결혼 전말을 다룬 작품으로 알려져 있다. 작중의 '송군'이 정인택이고, '순영'이 권순옥으로 표현되어 있다. 정인택(鄭人澤, 1909~1953); 무력한 지식인의 과잉된 의식세계를 추적하는 심리주의적 경향의 작품을 많이 쓴 소설가. 주요 작품으로 「여수」, 「시계」, 「촉루」 등이 있다.

태석(太昔)에 좌우(左右)를 난편(難辨)하는 천치(天痴) 있더니
그 불길(不吉)한 자손(子孫)이 백대(百代)를 겪으매
이에 가지가지 천형병자(天刑病者)를 낳았더라.

암만 봐두 여편네 얼굴이 왼쪽으로 좀 삐뚤어짐 거 같단 말야 싯?
결혼한 지 한 달쯤 해서.
처녀가 아닌 대신에 고리키 전집을 한 권도 빼놓지 않고 독파했다는 처녀 이상의 보배가 송(宋)군을 동(動)하게 하였고 지금 송군의 은근한 자랑거리리라.
결혼하였으니 자연 송군의 서가와 부인 순영 씨(이 순영이라는 이름자 밑에다 씨자를 붙이지 않으면 안 되는 지금 내 가엾은 처지가 말하자면 이 소설을 쓰는 동기지)의 서가가 합병할밖에—합병을 하고 보니 송군의 최근에 받은 고리키 전집과 순영 씨의 고색창연한 고리키 전집이 얼렸다.
결혼한 지 한 달쯤 해서 송군은 드디어 자기가 받은 신판 고리키 전집 한 질을 내다 팔았다.
반만 먹세—
반은?
반은 여편네 갖다 주어야지—지난달에 그 지경을 해놓아서 이달엔 아주 죽을 지경일세—
난 또 마누라 화장품이나 사다 주는 줄 알았네그려—
화장품? 암만 봐두 여편네 얼굴이라능 게 왼쪽으로 '약간' 비뚤어졌다는 감이 없지 않단 말야—자네 사 년 동안이나 쫓아댕겼다니 삐뚤어짐 거 알구두 그랬나? 끝끝내 모르구 그만두었나?

좋은 하늘에 별까지 똑똑히 잘 박힌 밤이 사 년 전 첫여름 어느 날이었던지? 방송국 넘어가는 길 성벽에 가 기대 선 순영의 얼굴은 월광 속에 있는 것처럼 아름다웠다. *항라적삼 성긴 구멍으로 순영의 소맷빛 호흡이 드나드는 것을 나는 내 가장 인색한 원근법에 의하여서도 썩 가쁘게 느꼈다. 어떻게 하면 가장 민첩하게 그러면서도 가장 자연스럽게 순영의 입술을 건드리나—

나는 약 삼분 가량의 지도(地圖)를 설계하였다. 우선 나는 순영의 정면으로 다가서 보는 수밖에—

항라
명주, 모시, 무명실 따위로 짠 피륙의 하나.

모시적삼

그때 나는 참 이상한 것을 느꼈다. 월광 속에 있는 것처럼 아름다운 순영의 얼굴이 웬일인지 왼쪽으로 좀 삐뚤어져 보이는 것이다.

나는 큰 범죄나 한 사람처럼 냉큼 바른편으로 비켜섰다. 나의 그런 불손한 시각을 정정하기 위하여—

(그리하여) 위치의 불리로 말미암아서도 나는 순영의 입술을 건드리지 못하고 그만두었다. (실로 사 년 전 첫여름 어느 별빛 좋은 밤)경관이 무엇 하러 왔는지 왔다. 나는 삼천포읍에 사는 사람이라고 그러니까 순영은 회령읍에 사는 사람이라고 그런다. 내 그 인색한 원근법이 *일사천리지세로 남북 이천오백 리라는 거리를 급조하여 나와 순영 사이에다 펴놓는다. 순영의 얼굴에서 순간 월광이 사라졌다.

> **일사천리(一瀉千里)**
> 강물이 빨리 흘러 천리를 간다는 뜻으로, 어떤 일이 거침없이 빨리 진행됨을 이르는 말.

아내가 삼천포에서 편지를 했다. 곧 돌아가게 될는지 좀 지체가 될는지 지금 같아서는 도무지 짐작이 서지 않는단다.

내 승낙 없이 한 아내의 외출이다. 고물장수를 불러다가 아내가 벗어 놓고 간 버선짝까지 모조리 팔아먹으려다가—

아내가 십 중의 다섯은 돌아올 것 같았고 십 중의 다섯은 안 돌아올 것 같았고 해서 사실 또 가랬댔자 갈 데가 있는 바 아니고 에라 자빠져서 어디 오나 안 오나 기다려 보자꾸나—

싶어서 나는 저녁이면 윤(尹)군을 이용해서는 순영이 있는 바 모로코에를 부리나케 드나들었다.

아내가 달아났다는 궁상이 술 먹는 남자에게는 술 먹기 좋은 구실이다. 십 중 다섯은 아내가 돌아올 가능성이 있다는 눈치를 눈곱만치라도 거죽에 나타내어서는 안 된다. 나는 내 조금도 슬프지 않은 슬픔을 재주껏 과장해서 순영의 동정심을 끌기에 노력했다. 그러나 이런 *던

> **던적스럽다**
> 하는 짓이 보기에 매우 치사하고 더러운 데가 있다.

적스러운 청승이 결국 순영을 어찌할 수도 없었다.

그 후 얼마 되지 않아 순영은 광주로 갔다. 가던 날 순영은 내게 술을 먹였다. 나는 그의 치맛자락을 잡아 찢고 싶었다. 나는 울었다. 인생은 허무하외다 그러면서— 그랬더니 순영은 이것은 아마 술이 부족해서 그러나 보다고 여기고 맥주 한 병을 더 청하는 것이었다.

반 년 동안 나는 순영을 잊을 수가 없었다. 그 동안에 십 중 다섯으로 아내가 돌아왔다. 나는 이 아내를 맞을 수밖에 없었다. 사랑하지 않는 아내를 나는 전의 열 갑절이나 사랑할 수 있었다. 내 순영에게 향하여 잔뜩 곪은 애정이 이에 순영이 돌아오기 전에 터져버린 것이다. 아내는 이런 나를 넘보기 시작했다.

반년 만에 돌아온 순영이 돌아서서 침을 탁 배앝는다. 반년 동안 외출했던 아내를 말 한마디 없이 도로 맞는 내 얼굴 위에다—

부질없는 세월이 사 년 흘렀다. 아내의 두 번째 외출은 십 중 다섯은 돌아오지 않는 것이었다. 나는 내 고독을 일급 일 원 사십 전과 바꾸었다. 인쇄공장 우중

충한 속에서 활자처럼 오늘도 내일도 모레도 똑같은 생활을 찍어 내었다. 그러면서도 나는 순영이 그의 일터를 옮기는 대로 어디까지든지 쫓아다니지 않을 수 없었다. 일급 일 원 사십 전에 팔아 버린 내 생활에 그래도 얼마간 기꺼운 시간이 있었다면 그것은 오직 순영 앞에서 술잔을 주무르는 동안뿐이었다. 그러나 한번 돌아선 순영의 마음은— 아니 한 번도 나를 향하지 않은 순영의 마음은 남북 이천오백 리와 같이 차디찬 거리 저편의 것이었다. 그 차디찬 거리 이편에는 늘 나와 나처럼 고독한 송(宋)군이 오들오들 떨고 있었다.

나는 이미 순영 앞에서 내 고독을 호소할 수조차 없어졌다. 나는 송군의 고독을 빌려다가 순영 앞에서 울었다. 송군의 직업은 송군의 양심이 증발해 버린 뒤의 것이었다. 그 때문에 그는 몹시 고민한다. 얼굴이 종이처럼 창백하다. 나는 이런 송군의 불행을 이용하여 내 슬픔을 입증시켜 보느라고 실로 천만 어의 단자를 허비했다. 순영의 얼굴에는 봄다운 홍조가 돌기 시작하는 것 같았다. 나는 어느 틈엔지 나 자신의 위치를 그만 잃어버리고 말았다. 필사의 노력으로 겨우 내 위치를 다시 탈환했을 때에는 이미,

송선생님이세요? 이상(李箱) 씨하구 같이(이것은 과연 객쩍은 덧붙이개였다) 오늘 밤에 좀 놀러 오세요— 네?

이런 전화가 끝난 뒤였다. 송군은 상반기 상여금을 받았노라고 한잔 먹잔다.

먹었다.

취했다.

몽롱한 가운데서 나는 이 땅을 떠나리라 생각했다. 머얼리 동경으로

가버리리라.

갈 테야 갈 테야. 가버릴 테야(동경으로).

아이 더 놀다 가세요. 벌써 가시면 주무시나요? 네? 송선생님—

송선생님은 점을 쳐보나 보다. 괘(卦)는 이상에게 '고기'를 대접하라 이렇게 나온 모양이다. 그래서 송군은 나보다도 먼저 일어섰다. 자동차를 타자는 것이다. 나는 한사코 말렸다. 그의 재정을 생각해서도 나는 그를 그의 하숙까지 데려다주는 데 그칠 수밖에 없었다. 하숙 이층 그의 방에서 그는 몹시 게웠다. 말간 맥주만이 올라왔다. 나는 송군을 청결하기 위하여 한 시간을 진땀을 흘렸다. 그를 눕히고 밖으로 나왔을 때에는 유월의 밤바람이 아카시아의 향기를 가지고 내 피곤한 피부를 간지르는 것이었다. 나는 멕시코에서 커피를 마시면서 토하면서 울고 울다가 잠이 든 송군을 생각했다.

순영에게 전화나 걸어 볼까.

순영이? 나 상(箱)이야—송군 집에 잘 갖다 두었으니 안심혈 일—

오늘은 어쩐지 그냥 울적해서 견딜 수가 없단다. 집으로 가 일찍 잠이나 자리라 했는데 멕시코에—

와두 좋지—헐 이얘기두 좀 있구—

조용히 마주 보는 순영의 얼굴에는 사 년 동안에 확실히 피로의 자취가 늘어 보였다. 직업에 대한 극도의 염증을 순영은 나지막한 목소리로 호소한다. 나는 정색하고,

송군과 결혼하지 응? 그야말루 송군은 지금 절벽에 매달린 사람이오—송군이 가진 양심, 그와 배치되는 현실의 박해로 말미암은 갈등, 자살하고 싶은 고민을 누가 알아주나—

송선생님이 불현듯이 만나 뵙구 싶군요.

십 분 후 나와 순영이 송군 방 미닫이를 열었을 때 자살하고 싶은 송군의 고민은 사실화하여 우리들 눈앞에 놓여 있었다.

*아로날 서른여섯 개의 공동(空洞) 곁에 이상의 주소와 순영의 주소가 적힌 종잇조각

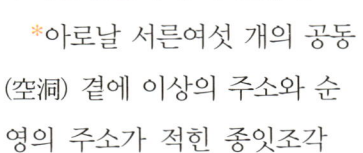
아로날
수면제나 진정제로 사용된 약품 이름.

이 한 자루 칼보다도 더 냉담한 촉각을 내쏘으면서 무엇을 재촉하는 듯이 놓여 있었다.

나는 밤 깊은 거리를 무릎이 척척 접히도록 쏘다녀 보았다. 그러나 한 사람의 생명은 병원을 가진 의사에게 있어서 마작의 패 한 조각, 한 컵의 맥주보다도 우스꽝스러운 것이었다. 한 시간 만에 나는 그냥 돌아왔다. 순영은 쩡쩡 천장이 울리도록 코를 골며 인사불성된 송군 위에 엎더 입술이 파르스레하다.

어쨌든 나는 코고는 '사체(死體)'를 업어 내려 자동차에 실었다. 그리고 단숨에 의전병원으로 달렸다. 한 마리의 세퍼드와 두 사람의 간호부와 한 분의 의사가 세 사람(?)의 환자를 맞아 주었다.

독약은 위에서 아직 얼마밖에 흡수되지 않았다. 생명에는 '별조'가 없으나 한 시간에 한 번씩 강심제 주사를 맞아야겠고 또 이 밤중에 별달리 어찌는 도리도 없고 해서 입원했다.

시계를 들고 송군의 어지러운 손목을 잡아 맥박을 계산하면서 한밤을 새라는 의사의 명령이다. 맥박은 '130'을 드나들면서 곤두박질을 친다. 순영은 자기도 밤을 새우겠다는 것을 나는 굳이 보냈다.

　가서 자고 아침에 일찍 와요. 그래야 아침에 내가 좀 자지 둘이 다 지쳐 버리면 큰일 아냐?

　동이 훤—히 터왔다. 복도로 유령 같은 입원 환자의 발자취 소리가 잦아 간다. 수도는 쏴— 기침은 쿨룩쿨룩— 어린애는 으아—

　거기는 완연 석탄산수 냄새 나는 활지옥에 틀림없었다. 맥박은 '100'을 조금 넘나 보다.

　병원 문이 열리면서 순영은 왔다. 조그만 보따리 속에는 송군을 위한 깨끗한 내의 한 벌이 들어 있었다. 나는 소태같이 써들어 오는 입을 수도에 가서 양치질했다.

　내가 밥을 먹고 와도 송군은 역시 깨지 않은 채다. 오전 중에 송군 회사에 전화를 걸고 입원 수속도 끝내고 내가 있는 공장에도 전화를 걸고 하느라고 나는 병실에 없었다. 오후 두시쯤 해서야 겨우 병실로 돌아와 보니 두 사람은 손을 맞붙들고 낮은 목소리로 이야기를 하고 있다. 나는 당장에 눈에서 불이 번쩍 나면서,

　망신—아니 나는 대체 지금 무슨 '역할'을 하고 있는 것이냐. 순

간 나 자신이 한없이 미워졌다. 얼마든지 나 자신에 매질하고 싶었고 침 뱉으며 조소하여 주고 싶었다.

나는 커다란 목소리로,

자네는 미친놈인가? 그럼 천친가? 그럼 극악무도한 사기한인가? 부처님 허리토막인가?

이렇게 부르짖는 외에 나는 내 맵시를 수습하는 도리가 없지 않은가. 울음이 곧 터질 것 같았다. 지난밤에 풀린 아랫도리가 덜덜 떨려 들어왔다.

태산이 무너지는 줄만 알구 나는 십년감수를 하다시피 했네―그래 이 병실 어느 구석에 쥐 한 마리나 있단 말인가 없단 말인가?

순영은 창백한 얼굴을 푹 숙이고 있다. 송군은 우는 것도 같은 얼굴로 나를 쳐다보면서,

미안허이―

나는 이 이상 더 이 방 안에 머무를 의무도 필요도 없어진 것을 느꼈다. 병실 뒤 종친부로 통하는 곳에 무성한 화단이 있다. 슬리퍼를 이끈 채 나는 그 화단 있는 곳으로 나갔다. 이름 모를 가지가지 서양 화초가 유월 볕 아래 피어 어우러졌다. 하나같이 향기 없는 색채만의 꽃들― 그러나 그 남국적인 정열이 애타게 목말라서 벌들과 몇 사람의 환자가 화단 속을 초조히 거니는 것이었다.

어째서 나는 하는 족족 이 따위 못난 짓밖에 못 하나―그렇지만 이 허리가 부러질 희극두 인제 아마 어떻게 종막이 되었나 보다.

잔디 위에 앉아서 볕을 쬐었다. 피로가 일시에 쏟아지는 것 같다. 눈이 스르르 저절로 감기면서 사지가 노곤해 들어온다. 다리를 쭉 뻗고,

이번에야말루 동경으루 가버리리라―

잔디 위에는 곳곳이 가제와 붕대 끄트러기가 널려 있었다. 순간 먹은 것을 당장에라도 게우지 않고는 견디기 어려울 것 같은 극도의 오예감(汚穢感)이 오관(五官)을 스쳤다. 동시에 그 불붙는 듯한 열대성 식물들의 풍염한 화판조차가 무서운 독을 품은 *요화(妖花)로 변해 보였다. 건드리기만 하면 그 자리에서 손가락이 썩어 문드러져서 뭉청뭉청 떨어져 나갈 것만 같았다.

마누라 얼굴이 왼쪽으루 삐뚤어져 보이거든 슬쩍 바른쪽으루 한번 비켜 서 보게나―

흥―

자네 마누라가 회령서 났다능 건 거 정말이든가―

요샌 또 블라디보스톡에서 났다구 그러데―내 무슨 수작인지 모르지―그래 난 동경서 났다구 그랬지―좀더 멀찌감치 해둘 걸 그랬나 봐―

블라디보스톡허구 동경이면 남북이 일만 리로구나 굉장한 거리다―

자꾸 삐뚤어졌다구 그랬더니 요샌 곧 화를 내데―

아까 바른쪽으루 비켜서란 소리는 괜헌 소리구 비켜서기 전에 자네 시각을 정정―그 때문에 다른 물건이 죄다 바른 쪽으루 비뚤어져 보이더래두 사랑하는 아내 얼굴이 똑바루만 보인다면 시각의 직능은 그만 아닌가―그러면 자연 그 블라디보스톡 동경 사이 남북 만 리 거리두 *베제처럼 바싹 맞다가서구 말 테니.

요화
요사스러운 아름다움을 간직한 꽃이라는 뜻으로, 사람을 호릴 만큼 요염한 여자를 이르는 말.

베제
불어로 키스의 뜻.

『청색지』, 1938. 6.

이상 단편소설

실화(失花)

1

사람이
비밀이 없다는 것은 재산 없는 것처럼 가난하고 허전한 일이다.

2

꿈—꿈이면 좋겠다. 그러나 나는 자는 것이 아니다. 누운 것도 아니다.
앉아서 나는 듣는다. (12월 23일)
"언더 더 워치—시계 아래서 말이에요, 파이브 타운스—다섯 개의 동리란 말이지요. 이 청년은 요 세상에서 담배를 제일 좋아합니다—기다랗게 꾸부러진 파이프에다가 향기가 아주 높은 담배를 피워 빽— 빽— 연기를 풍기고 앉았는 것이 무엇보다도 낙이었답니다."
(내야말로 동경 와서 쓸데없이 담배만 늘었지. 울화가 푹— 치밀을 때 저— 폐까지 쭉— 연기나 들이켜지 않고 이 발광할 것 같은 심정을 억제하는 도리가 없다.)
"연애를 했어요! 고상한 취미—우아한 성격—이런 것이 좋았다는 여자의 유서예요—죽기는 왜 죽어—선생님—저 같으면 죽지 않겠습니다. 죽도록 사랑할 수 있나요—있다지요. 그렇지만 저는 모르겠어요."
(나는 일찍이 어리석었더니라. 모르고 연(姸)이와 죽기를 약속했더니라. 죽도록 사랑했건만 면회가 끝난 뒤 대략 이십 분이나 삼십 분만

지나면 연이는 내가 '설마' 하고만 여기던 S의 품안에 있었다.)

"그렇지만 선생님—그 남자의 성격이 참 좋아요. 담배도 좋고 목소리도 좋고—이 소설을 읽으면 그 남자의 음성이 꼭—웅얼웅얼 들려오는 것 같아요. 이 남자가 같이 죽자면 그때 당해서는 또 모르겠지만 지금 생각 같아서는 저도 죽을 수 있을 것 같아요. 선생님 사람이 정말 죽을 수 있도록 사랑할 수 있나요? 있다면 저도 그런 연애 한번 해보고 싶어요."

(그러나 철부지 C양이여. 연이는 약속한 지 두 주일 되는 날 죽지 말고 우리 살자고 그럽디다. 속았다. 속기 시작한 것은 그때부터다. 나는 어리석게도 살 수 있을 것을 믿었지. 그뿐인가. 연이는 나를 사랑하노라고까지.)

"공과(功課)는 여기까지밖에 안 했어요—청년이 마지막에는—멀리 여행을 간다나 봐요. 모든 것을 잊어버리려고."

(여기는 동경이다. 나는 어쩔 작정으로 여기 왔나? 적빈(赤貧)이 *여세(如洗)—콕토가 그랬느니라—재주 없는 예술가야 부질없이 네 빈곤을 내세우지 말라고. 아—내게 빈곤을 팔아먹는 재주 외에 무슨 기능이 남아 있누. 여기는 *간다쿠 진보초(神田區 神保町), 내가 어려서 *제전(帝展) 이과(二科)에 하가키(엽서) 주문하던 바로 게가 예다. 나는 여기서 지금 앓는다.)

"선생님! 이 여자를 좋아하십니까—좋아하시지요—좋아요—아름다운 죽음이라고 생각해요—그렇게까지 사랑을 받는—남자는 행복되지요—네—선생님—선생님 선생님."

(선생님 이상(李箱) 턱에 입 언저리에 아—수염이 숱하게도 났다. 좋게도 자랐다.)

여세
적빈이 여세. 찢어지게 가난함을 뜻함.

간다쿠 진보초
동경의 행정구역 이름 중 하나.

제전
제국미술전람회의 약자.

"선생님—뭘—그렇게 생각하십니까—네—담배가 다 탔는데—아이—파이프에 불이 붙으면 어떻게 합니까—눈을 좀—뜨세요. 이야기는 끝났습니다. 네—무슨 생각 그렇게 하셨나요."

(아— 참 고운 목소리도 다 있지. 십 리나 먼—밖에서 들려오는—값비싼 시계 소리처럼 부드럽고 정확하게 윤택이 있고—*피아니시모—꿈인가. 한 시간 동안이나 나는 스토리보다는 목소리를 들었다. 한 시간—한 시간같이 길었지만 십 분—나는 졸았나? 아니 나는 스토리를 다 외운다. 나는 자지 않았다. 그 흐르는 듯한 연연한 목소리가 내 감관(感官)을 얼싸안고 목소리가 잤다.)

꿈—꿈이면 좋겠다. 그러나 나는 잔 것도 아니요 또 누웠던 것도 아니다.

피아니시모
악보에서 셈, 여림을 나타내는 말로 '아주 여리게'의 뜻.

3

파이프에 불이 붙으면?

끄면 그만이지. 그러나 S는 껄껄—아니 빙그레 웃으면서 나를 타이른다.

"상(箱)! 연이와 헤어지게. 헤어지는 게 좋을 것 같으니. 상이 연이와 부부? 라는 것이 내 눈에는 똑 부러 그러는 것 같아서 못 보겠네."

"거 어째서 그렇다는 건가."

이 S는, 아니 연이는 일찍이 S의 것이었다. 오늘 나는 S와 더불어 담배를 피우면서 마주 앉아 담소할 수 있었다. 그러면 S와 나 두 사람은 친우였던가.

"상! 자네 「EPIGRAM(경구)」이라는 글 내 읽었지. 한 번—허허—한 번. 상! 상의 서푼짜리 우월감이 내게는 우쉬 죽겠다는 걸세. 한 번? 한 번—허허—한 번."

"그러면(나는 실신할 만치 놀란다) 한 번 이상—몇 번. S! 몇 번인가."

"그저 한 번 이상이라고만 알아 두게나그려."

꿈—꿈이면 좋겠다. 그러나 10월 23일부터 10월 24일까지 나는 자지 않았다. 꿈은 없다.

(천사는—어디를 가도 천사는 없다. 천사들은 다 결혼해 버렸기 때문에다.)

23일 밤 열 시부터 나는 가지가지 재주를 다 피워 가면서 연이를 고문했다.

24일 동이 훤—하게 터올 때쯤에야 연이는 겨우 입을 열었다. 아! 장구한 시간!

"첫 번—말해라."

"인천 어느 여관."

"그건 안다. 둘째 번—말해라."

"……."

"말해라."

"N빌딩 S의 사무실."

"셋째 번—말해라."

"……."

"말해라."

"동소문 밖 음벽정."

"넷째 번—말해라."

"……."

"말해라."

"……."

"말해라."

머리맡 책상 서랍 속에는 서슬이 퍼런 내 면도칼이 있다. 경동맥을 따면—요물은 선혈이 댓줄기 뻗치듯 하면서 급사하리라. 그러나—

나는 일찌감치 면도를 하고 손톱을 깎고 옷을 갈아입고 그리고 예년 10월 24일경에는 사체가 며칠 만이면 썩기 시작하는지 곰곰 생각하면서 모자를 쓰고 인사하듯 다시 벗어 들고 그리고 방—연이와 반년 침식을 같이 하던 냄새나는 방을 휘—둘러 살피자니까 하나 사다 놓네 놓네 하고 기어이 뜻을 이루지 못한 금붕어도—이 방에는 가을이 이렇게 짙었건만 국화 한 송이 장식이 없다.

4

그러나 C양의 방에는 지금—고향에서는 스케이트를 지친다는데—국화 두 송이가 참 싱싱하다.

이 방에는 C군과 C양이 산다. 나는 C양더러 '부인'이라고 그랬더니 C양은 성을 냈다. 그러나 C군에게 물어 보면 C양은 '아내'란다. 나는 이 두 사람 중의 누구라고 정하지 않고 내 동경 생활이 하도 적막해서 지금 이 방에 놀러 왔다.

언더 더 워치—시계 아래서의 렉처(강의)는 끝났는데 C군은 조선 *곰방대를 피우고 나는 눈을 뜨지 않는다. C양의 목소리는 꿈같다. *인토네이션이 없다. 흐르는 것같이 끊임없으면서 아주 조용하다.

나는 그만 가야겠다.

"선생님(이것은 실로 이상 옹을 지적하는 참담한 인칭대명사다) 왜 그러세요—이 방이 기분이 나쁘세요?(기분? 기분이란 말은 필시 조선말은 아니리라) 더 놀다 가세요—아직 주무실 시간도 멀었는데 가서 뭐 하세요? 네? 얘기나 하세요."

나는 잠시 그 *계간유수(溪間流水) 같은 목소리의 주인 C양의 얼굴을 들여다본다. C군이 범과 같이 건강하니까 C양은 혈색이 없이 입술조차 파르스레하다. 이 *오사게라는 머리를 한 소녀는 내일 학교에 간다. 가서 언더 더 워치의 계속을 배운다.

사람이—비밀이 없다는 것은 재산 없는 것처럼 가난하고 허전한 일이다.

곰방대
살담배를 피우는 데에 쓰는 짧은 담뱃대.

인토네이션(intonation)
음의 높이의 변화. 억양.

계간유수
'산골짜기에 흐르는 시냇물'을 뜻한다.

오사게
땋아 늘인 머리.

강사는 C양의 입술이 C양이 좀 횟배를 앓는다는 이유 외에 또 무슨 이유로 조렇게 파르스레한가를 아마 모르리라.

강사는 맹랑한 질문 때문에 잠깐 얼굴을 붉혔다가 다시 제 지위의 현격히 높은 것을 느끼고 그리고 외쳤다.

"쪼꾸만 것들이 무얼 안다고—"

그러나 연이는 히힝 하고 코웃음을 쳤다. 모르기는 왜 몰라—연이는 지금 방년이 이십, 열여섯 살 때 즉 연이가 여고 때 수신과 체조를 배우는 여가에 간단한 속옷을 찢었다. 그리고 나서 수신과 체조는 여가에 가끔 하였다.

여섯—일곱—여덟—아홉—열

다섯 해—개꼬리도 삼 년만 묻어 두면 *황모(黃毛)가 된다든가 안 된다든가 원—

수신 시간에는 학감선생님, *할팽(割烹) 시간에는 올드미스 선생님, 국문 시간에는 곰보딱지 선생님.

"선생님 선생님—이 귀염성스럽게 생긴 연이가 엊저녁에 무엇을 했는지 알아내면 용하지."

흑판 위에는 '요조숙녀'라는 액(額)의 흑색이 임리(淋漓)하다.

"선생님 선생님—제 입술이 왜 요렇게 파르스레한지 알아맞히신다면 참 용하지."

연이는 음벽정(飮碧亭)에 가던 날도 R영문과에 재학 중이다. 전날 밤에는 나와 만나서 사랑과 장래를 맹세하고 그 이튿날 낮에는 *기싱과 *호손을 배우고 밤에는 S와 같이 음벽정에 가서 옷을 벗었고 그 이튿날은 월요일이기 때문에 나와 같이 같은 동소문 밖으로 놀러 가서 베제(키스)했다. S도 K교수도 나도 연이가 엊저녁에 무엇을 했는지 모

황모
쪽제비의 꼬리털. 뻣뻣한 세필의 붓을 만드는 데 쓴다.

할팽
베고 삶는다는 뜻으로, 음식을 조리함을 이르는 말. 또는 그 음식.

기싱
깃싱(G.R. Gissing, 1857~1903), 영국의 소설가, 수필가.

호손
호손(N. Hawthorne, 1804~1864), 미국의 소설가. 대표작으로 『주홍글씨』가 있음.

른다. S도 K교수도 나도 바보요, 연이만이 홀로 눈 가리고 야웅 하는데 희대의 천재다.

연이는 N빌딩에서 나오기 전에 WC라는 데를 잠깐 들르지 않으면 안 되었다. 나오면 남대문통 십오 간 대로 GO STOP의 인파.

"여보시오 여보시오, 이 연이가 저 이층 바른편에서부터 둘째 S씨의 사무실 안에서 지금 무엇을 하고 나왔는지 알아맞히면 용하지."

그때에도 연이의 살결에서는 능금과 같은 신선한 생광(生光)이 나는 법이다. 그러나 불쌍한 이상 선생님에게는 이 복잡한 교통을 향하여 빈정거릴 아무런 비밀의 재료도 없으니 내가 재산 없는 것보다도 더 가난하고 싱겁다.

"C양! 내일도 학교에 가셔야 할 테니까 일찍 주무셔야지요."

나는 부득부득 가야겠다고 우긴다. C양은 그럼 이 꽃 한 송이 가져다가 방에다 꽂아 놓으란다.

"선생님 방은 아주 살풍경이라지요?"

내 방에는 화병도 없다. 그러나 나는 두 송이 가운데 흰 것을 달래서 왼편 깃에다가 꽂았다. 꽂고 나는 밖으로 나왔다.

5

국화 한 송이도 없는 방 안을 휘—한번 둘러보았다. 잘—하면 나는 이 추악한 방을 다시 보지 않아도 좋을 수도 있을까 싶었기 때문에 내 눈에는 눈물도 괼밖에. 나는 썼다 벗은 모자를 다시 쓰고 나니까 그만하면 내 연이에게 대한 인사도 별로 *유루(遺漏)없이 다 된 것 같았다.

연이는 내 뒤를 서너 발자국 따라왔던가 싶다. 그러나, 나는 예년 10월 24일경에는 사체(死體)가 며칠 만이면 상하기 시작하는지 그것이 더 급했다.

"상! 어디 가세요?"

나는 얼떨결에 되는 대로,

"동경."

물론 이것은 허담이다. 그러나 연이는 나를 만류하지 않는다. 나는 밖으로 나갔다.

나왔으니, 자—어디로 어떻게 가서 무엇을 해야 되누.

해가 서산에 지기 전에 나는 이삼 일 내로는 반드시 썩기 시작해야 할 한 개 '사체(死體)'가 되어야만 하겠는데, 도리는?

도리는 막연하다. 나는 십 년 긴—세월을 두고 세수할 때마다 자살을 생각하여 왔다. 그러나 나는 결심하는 방법도 결행하는 방법도 아무것도 모르는 채다.

나는 온갖 유행약을 암송하여 보았다.

그리고 나서는 인도교, 변전소, 화신상회 옥상, 경원선 이런 것들도 생각해 보았다.

나는 그렇다고—정말 이 온갖 명사의 나열은 가소롭다—아직 웃을 수는 없다.

웃을 수는 없다. 해가 저물었다. 급하다. 나는 어딘지도 모를 교외에 있다. 나는 어쨌든 시내로 들어가야만 할 것 같았다. 시내—사람들은 여전히 그 알아볼 수 없는 낯짝들을 쳐들고 와글와글 야단이다. 가등이 안개 속에서 축축해한다. *영경(英京) *윤돈(倫敦)이 이렇다지—

유루
필요한 것이 비거나 빠짐. 유탈.

영경(英京)
영국의 서울이라는 뜻에서, '런던'을 달리 이르는 이름.

윤돈
윤돈은 런던의 한자 표기.

6

진동야
영화관.

소고
작은 북.

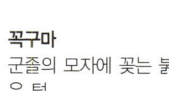

꼭구마
군졸의 모자에 꽂는 붉은 털.

NAUKA사가 있는 진보초 스즈란도(神保町 鈴蘭洞)에는 고본(古本) 야시가 선다. 섣달 대목—이 스즈란도도 곱게 장식되었다. 이슬비에 젖은 아스팔트를 이리 디디고 저리 디디고 저녁 안 먹은 내 발길은 자못 창량(蹌踉)하였다. 그러나 나는 최후의 이십 전을 던져 타임스판 상용영어 사천 자라는 서적을 샀다. 사천 자—

사천 자면 많은 수효다. 이 해양(海洋)만한 외국어를 겨드랑에 낀 나는 섣불리 배고파할 수도 없다. 아— 나는 배부르다.

진따—(옛날 활동사진 상설관에서 사용하던 취주악대) *진동야의 진따가 슬프다.

진따는 전원 네 사람으로 조직되었다. 대목의 한몫을 보려는 소백화점의 번영을 위하여 이 네 사람은 클라리넷과 코넷과 북과 *소고(小鼓)를 가지고 선조 유신 당초에 부르던 유행가를 연주한다. 그것은 슬프다 못해 기가 막히는 가각풍경(街角風景)이다. 왜? 이 네 사람은 네 사람이 다 묘령의 여성들이더니라. 그들은 똑같이 진홍색 군복과 군모와 *꼭구마를 장식하였더니라.

아스팔트는 젖었다. 스즈란도 좌우에 매달린 그 은방울꽃[鈴蘭] 모양 가등(街燈)도 젖었다. 클라리넷 소리도—눈물에—젖었다. 그리고 내 머리에는 안개가 자욱이 끼었다.

영국 윤돈이 이렇다지?

"이상! 은 무슨 생각을 그렇게 하십니까?"

남자의 목소리가 내 어깨를 쳤다. 법정대학 Y군, 인생보다는 연극이 더 재미있다는 이다. 왜? 인생은 귀찮고 연극은 실없으니까.

"집에 갔더니 안 계시길래!"

"죄송합니다."

"*엠프레스에 가십시다."

"좋—지요."

*ADVENTURE IN MANHATTAN에서 *진 아서가 커피 한잔 맛있게 먹더라. 크림을 타 먹으면 소설가 *구보(仇甫) 씨가 그랬다—쥐 오줌 내가 난다고. 그러나 나는 *조엘 마크리만큼은 맛있게 먹을 수 있었으니—

MOZART의 41번은 '목성'이다. 나는 몰래 모차르트의 환술(幻術)을 투시하려고 애를 쓰지만 공복으로 하여 적이 어지럽다.

"신주쿠(新宿) 가십시다."

"신주쿠라?"

"*NOVA에 가십시다."

"가십시다 가십시다."

마담은 *루바슈카. 노바는 에스페란토. 헌팅을 얹은 놈의 심장을 아까부터 벌레가 연해 파먹어 들어간다. 그러면 시인 지용(芝鎔)이여! 이상은 물론 자작의 아들도 아무것도 아니겠습니다그려!

12월의 맥주는 선뜩선뜩하다. 밤이나 낮이나 감방은 어둡다는 이것은 고리키의 「나드네」 구슬픈 노래, 이 노래를 나는 모른다.

엠프레스
커피숍 이름.

ADVENTURE IN MANHATTAN
〈맨하탄에서의 모험〉 영화제목이다.

진 아서(Jean Arthur 1900~1991)
뉴욕 태생의 여자배우.

구보
이상과 친했던 소설가 박태원의 호다. 「소설가 구보 씨의 일일」과 『천변풍경』이 대표작.

조엘 마크리
미국의 영화배우. 'Adventure in Manhattan'에서 주연을 맡았다.

NOVA
동경 신주쿠에 있었던 맥주홀의 이름.

루바슈카
러시아인들이 입는 겨울용 웃옷.

나드네
고리끼의 희곡 「밤 주막」.

7

밤이나 낮이나 그의 마음은 한없이 어두우리라. 그러나 *유정(俞政) 아! 너무 슬퍼 마라. 너에게는 따로 할 일이 있느니라.

이런 지비(紙碑)가 붙어 있는 책상 앞이 유정에게 있어서는 생사의 기로다. 이 칼날같이 선 한 지점에 그는 앉지도 서지도 못하면서 오직 내가 오기를 기다렸다고 울고 있다.

"각혈이 여전하십니까?"

"네―그저 그날이 그날 같습니다."

"치질이 여전하십니까?"

"네―그저 그날이 그날 같습니다."

안개 속을 헤매던 내가 불현듯이 나를 위하여는 마코―두 갑, 그를 위하여는 배 십 전 어치를, 사가지고 여기 유정을 찾은 것이다. 그러나 그의 유령 같은 풍모를 *도회(韜晦)하기 위하여 장식된 무성한 화병에서까지 석탄산 내음새가 나는 것을 지각하였을 때는 나는 내가 무엇 하러 여기 왔나를 추억해 볼 기력조차도 없어진 뒤였다.

"신념을 빼앗긴 것은 건강이 없어진 것처럼 죽음의 꼬임을 받기 마치 쉬운 경우더군요."

"이상 형! 형은 오늘이야 그것을 빼앗기셨습니까! 인제― 겨우― 오늘이야― 겨우― 인제."

유정! 유정만 싫다지 않으면 나는 오늘 밤으로 치러 버리고 말 작정이었다. 한 개 요물에게 부상해서 죽는 것이 아니라 이십칠 세를 일기로 하는 불우의 천재가 되기 위하여 죽는 것이다.

유정
소설가 김유정을 지칭함.

도회
숨기어 감춤.

　유정과 이상— 이 신성불가침의 찬란한 정사(情死)—이 너무나 엄청난 거짓을 어떻게 다 주체를 할 작정인지.
　"그렇지만 나는 임종할 때 유언까지도 거짓말을 해줄 결심입니다."
　"이것 좀 보십시오."
하고 풀어헤치는 유정의 젖가슴은 초롱(草籠)보다도 앙상하다. 그 앙상한 가슴이 부풀었다 구겼다 하면서 단말마의 호흡이 서글프다.
　"명일의 희망이 이글이글 끓습니다."
　유정은 운다. 울 수 있는 외의 그는 온갖 표정을 다 망각하여 버렸기 때문이다.
　"유형! 저는 내일 아침차로 동경 가겠습니다."

"……."

"또 뵈옵기 어려울걸요."

"…….'

그를 찾은 것을 몇 번이고 후회하면서 나는 유정을 하직하였다. 거리는 늦었다. 방에서는 연이가 나 대신 내 밥상을 지키고 앉아서 아직도 수없이 지니고 있는 비밀을 만지작만지작하고 있었다. 내 손은 연이 뺨을 때리지는 않고 내일 아침을 위하여 짐을 꾸렸다.

"연이! 연이는 야옹의 천재요. 나는 오늘 불우의 천재라는 것이 되려다가 그나마도 못 되고 도로 돌아왔소. 이렇게 이렇게! 응?"

8

나는 버티다 못해 조그만 종잇조각에다 이렇게 적어 그놈에게 주었다.

"자네도 야옹의 천재인가? 암만해도 천재인가 싶으이. 나는 졌네. 이렇게 내가 먼저 지껄였다는 것부터가 패배를 의미하지."

*일고 휘장(一高徽章)이다. HANDSOME BOY—*해협 오전 2시의 망토를 두르고 내 곁에 가 버티고 앉아서 동(動)치 않기를 한 시간 (이상?)

나는 그 동안 풍선처럼 잠자코 있었다. 온갖 재주를 다 피워서 이 *미목수려(眉目秀麗)한 천재로 하여금 먼저 입을 열도록 갈팡질팡했건만 급기야 나는 졌다. 지고 말았다.

"당신의 텁석부리는 말을 연상시키는구려. 그러면 *말아! 다락 같은

일고
수재들만 들어가던 명문교. 제일 고등보통학교를 지칭함.

해협 오전 2시의 망토를 두르고
정지용의 시 「해협」에 나오는 구절.

정지용

미목수려
얼굴이 아주 아름다움.

말아!
말아! ~슬퍼 보이오? 정지용의 시 「말」에서 따온 구절.

말아! 귀하는 점잖기도 하다마는 또 귀하는 왜 그리 슬퍼 보이오? 네?"
(이놈은 무례한 놈이다.)

"슬퍼? 응―슬플밖에―20세기를 생활하는데 19세기의 도덕성밖에는 없으니 나는 영원한 절름발이로다. 슬퍼야지―만일 슬프지 않다면―나는 억지로라도 슬퍼해야지―슬픈 포즈라도 해보여야지―왜 안 죽느냐고? 헤헹! 내게는 남에게 자살을 권유하는 버릇밖에 없다. 나는 안 죽지. 이따가 죽을 것만같이 그렇게 중속(衆俗)을 속여 주기만 하는 거야. 아―그러나 인제는 다 틀렸다. 봐라. 내 팔. 피골이 상접. 아야아야. 웃어야 할 터인데 근육이 없다. 울려야 근육이 없다. 나는 형해(形骸)다. 나―라는 정체는 누가 잉크 짓는 약으로 지워 버렸다. 나는 오직 내―흔적일 따름이다."

NOVA의 웨이트리스 나미코는 아부라에(유화)라는 재주를 가진 노라의 따님 *코론타이의 누이동생이시다. 미술가 나미코 씨와 극작가 Y군은 4차원 세계의 테마를 불란서 말로 회화한다.

불란서 말의 리듬은 C양의 언더 더 워치 강의처럼 애매하다. 나는 하도 답답해서 그만 울어 버리기로 했다. 눈물이 좔좔 쏟아진다. 나미코가 나를 달랜다.

"너는 뭐냐? 나미코? 너는 엊저녁에 어떤 마치아이(요릿집)에서 방석을 베고 19분 동안―아니 아니 어떤 빌딩에서 아까 너는 걸상에 포개 앉았었느냐. 말해라―헤헤―음벽정? N빌딩 바른편에서부터 둘째 S의 사무실? (아―이 주책없는 이상아 동경에는 그런 것은 없습네.) 계집의 얼굴이란 다마네기다. 암만 벗기어 보려무나. 마지막에 아주 없어질지언정 정체는 안 내놓느니."

신주쿠의 오전 1시―나는 연애보다도 우선 담배를 피우고 싶었다.

코론타이
콜론타이(A.M. Kollontai, 1872~1952), 러시아의 여성 정치가로 세계 최초의 여성외교관이다. 노르웨이와 멕시코 공사, 스웨덴 공사와 대사를 역임하였고, 『붉은 사랑』 등 여성해방에 관한 많은 저서를 남겼다.

*9

⁹ 이 부문은 동경 C양의 방을 방문하기 전 아침 이야기로 9번의 첫 대목은 2번 앞부분이 이야기가 된다.

12월 23일 아침 나는 진보초 누옥(陋屋) 속에서 공복으로 하여 발열하였다. 발열로 하여 기침하면서 두 벌 편지는 받았다.

저를 진정으로 사랑하시거든 오늘로라도 돌아와 주십시오. 밤에도 자지 않고 저는 형을 기다리고 있습니다. 유정.

이 편지 받는 대로 곧 돌아오세요. 서울에서는 따뜻한 방과 당신의 사랑하는 연이가 기다리고 있습니다. 연 서(書).

이날 저녁에 부질없는 향수를 꾸짖는 것처럼 C양은 나에게 백국(白菊) 한 송이를 주었느니라. 그러나, 오전 1시 신주쿠역 폼에서 비칠거리는 이상의 옷깃에 백국은 간데없다. 어느 장화가 짓밟았을까. 그러나—검정 외투에 조화를 단, 댄서—한 사람. 나는 이국종 강아지올시다. 그러면 당신께서는 또 무슨 방석과 걸상의 비밀을 그 농화장(濃化粧) 그늘에 지니고 계시나이까?

사람이—비밀 하나도 없다는 것이 참 재산 없는 것보다도 더 가난하외다그려! 나를 좀 보시지요?

『문장』, 1939. 3.

이상 단편소설

단발(斷髮)

거자
명령을 전하는 심부름꾼.

그는 쓸데없이 자기가 애정의 *거자(遽者)인 것을 자랑하려 들었고 또 그러지 않고 그냥 있을 수가 없었다.

공연히 그는 서먹서먹하게 굴었다. 이렇게 함으로 자기의 불행에 고귀한 탈을 씌워 놓고 늘 인생에 한눈을 팔자는 것이었다.

이런 그가 한 소녀와 천변(川邊)을 걸어가다가 그만 잘못해서 그의 소녀에게 대한 애욕을 지껄여 버리고 말았다.

여기는 분명히 그의 음란한 충동 외에 다른 아무런 이유도 없다. 그러나 소녀는 그의 강렬한 체취와 악의의 태만에 역설적인 흥미를 느끼느라고 그냥 그저 흐리멍텅하게 그의 애정을 용납하였다는 자세를 취하여 두었다. 이것을 본 그는 곧 후회하였다. 그래서 그는 이중의 역어를 구사하여 동물적인 애정의 말을 거침없이 소녀 앞에 쏟고 쏟고 하였다. 그러면서도 그의 육체와 그 부속품은 이상스러울 만치 게을렀다.

소녀는 조금 왔다가 이 드문 애정의 형식에 그만 갈팡질팡하기 시작하였다. 그리고는 내심 이 남자를 어디까지든지 천하게 대접했다. 그랬더니 또 그는 옳지 하고 카멜레온처럼 태도를 바꾸어서 소녀에게 하루라도 얼른 애인이 생기기를 희망한다는 둥 하여 가면서 스스럽게 구는 것이었다.

투시
막힌 물체를 환히 꿰뚫어 봄. 또는 대상의 내포된 의미까지 봄.

교심하다
교만하다.

소녀의 눈은 이번 허위가 그대로 무사히 지나갈 수가 없었다. *투시(透視)한 소녀의 눈이 오만을 장치하기 시작하였다. 그러기 위한 세상의 '*교심(驕心)한 여인'으로서의 구실을 찾아 놓고 소녀는 빙그레 웃었다.

"세상 사람들이 모두 연(衍)씨를 욕허니까 어디 제가 고쳐 디리지요. 연씨는 정말 악인인지두 모르니까요."

이런 소녀의 말버릇에 그는 가슴이 뜨끔했다. 그냥 코웃음으로 대접

할 일이 못 된다. 왜? 사실 그는 무슨 그렇게 세상 사람들에게 욕을 먹고 있는 것도 아닐 뿐만 아니라 악인일 것도 없었다. 말하자면 애호하는 가면을 도적을 맞는 위에 그 가면을 뒤집어 이용당하면서 놀림감이 되고 말 것밖에 없다.

그러나 그리고 해서 소녀에게 자그마한 욕구가 없는 바는 아니었다. 아니 차라리 이것은 한 무적 '에고이스트'가 할 수 있는 최대 욕구이었는지도 모른다.

그는 결코 고독 가운데서 제법 *하수(下手)할 수 있는 진짜 염세주의자는 아니었다. 그의 체취처럼 그의 몸뚱이에 붙어다니는 염세주의라는 것은 어디까지든지 게으른 성격이요 게다가 남의 염세주의는 어느 때나 우습게 알려 드는 참 고약한 아리 아욕(我利我慾)의 *염세주의였다.

죽음은 식전의 담배 한 모금보다도 쉽다. 그렇건만 죽음은 결코 그의 창호(窓戶)를 두드릴 리가 없으리라고 미리 넘겨짚고 있는 그였다. 그러나 다만 하나 이 예외가 있는 것을 인정한다.

*A double suicide.

그것은 그러나 결코 애정의 방해를 받아서는 안 된다는 조건이 붙는다. 다만 아무것도 이해하지 말고 서로서로 *스프링보드' 노릇만 하는 것으로 충분히 이용할 것을 희망한다. 그들은 또 유서를 쓰겠지. 그것은 아마 힘써 화려한 애정과 염세의 문자로 가득 차도록 하는 것인가 보다.

이렇게 세상을 속이고 일부러 자기를 속임으로 하여 본연의 자기를, 얼른 보기에 고귀하게 꾸미자는 것이다. 그러나 가뜩이나 애정이라는 것에 서먹서먹하게 굴며 생활하여 오고 또 오는 그에게 고런 마침 기

하수
자살을 뜻함.

염세주의
세계나 인생을 불행하고 비참한 것으로 보며, 개혁이나 진보는 불가능하다고 보는 경향이나 태도. 페시미즘.

A double suicide
남녀가 같이 죽는 정사(情死)를 의미함.

스프링보드
spring board, 도약판.

회가 올까 싶지도 않다.

　당연히 오지 않을 것인데도 뜻밖에 그가 소녀에게 가지는 감정 가운데 좀 세속적인 애정에 가까운 요소가 섞인 것을 알아차리자 그 때문에 몹시 자존심이 상하지나 않았나 하고 위구(危懼)하고 또 쩔쩔매었다. 이것이 엔간치 않은 힘으로 그의 정신 생활을 섣불리 건드리기 전에 다른 가장 유효한 결과를 예기하는 처벌을 감행치 않으면 안 될 것을 생각하고 좀 무리인 줄은 알면서 노름하는 셈치고 소녀에게 double suicide를 프로포즈하여 본 것이었다.

　되어도 그만 안 되어도 그만 편리한 도박이다. 되면 식전의 담배 한 모금이요, 안 되면 소녀를 회피하는 구실을 내외에 선고할 수 있지 않느냐는 것이다.

거기는 좀 너무 어두운 그런 속에서 그것은 조인된 일이라 소녀가 어떤 표정을 하나 자세히 볼 수는 없으나 그의 이런 도박적 심리는 그의 앞에서 늘 태연한 이 소녀를 어디 한번 마음껏 놀려먹을 수 있었대서 속으로 시원해하였다. 그런데 나온 패(牌)는 역시 '노'였다. 그는 후— 한번 한숨을 쉬어 보고 말은 없이 몸짓으로만,

"혼자 죽을 수 있는 수양을 허지."

이렇게 한번 배를 퉁겨 보았다. 그러나 이것 역시 빨간 거짓인 것은 물론이다.

황량한 방풍림(防風林) 가운데 저녁노을을 멀거니 바라다 보고 섰는 소녀의 모양이 퍽 아팠다.

저녁놀

늦은 가을이라기보다 첫겨울 저물게 강을 건너서 부첩(符牒)과 같은 검은빛 새들이 떼를 지어 날았다. 그러나 발 아래 낙엽 속에서 거의 생물이랄 만한 생물을 찾아볼 수조차 없는 참 적멸의 인외경(人外境)이었다.

"싫습니다. 불행을 짊어지고 살아가는 것이 제게는 더없는 매력입니다. 그렇게 내어버리구 싶은 생명이거든 제게 좀 빌려주시지요."

연애보다도 한 구(句) 위티시즘(경구)을 더 좋아하는 그였다. 그런 그가 이때만은 풍경에 자칫하면 패배할 것 같기만 해서 갈팡질팡 그 자리를 피해 보았다.

소녀는 그때부터 그를 경멸하였다느니보다는 차라리 염오하는 편이었다. 그의 틈바구니 투성이의 점잖으려는 재능을 향하여 소녀의 침착한 재능의 창(槍) 끝이 걸핏하면 침략하여 왔다.

오월이 되어서 한 돌발사건이 이들에게 있었다. 소녀의 단 하나의 동지 소녀의 오빠가 소녀로부터 이반(離反)하였다는 것이다. 오빠에게 소녀보다 세속적으로 훨씬 아름다운 애인이 생긴 것이다. 이 새 소녀는 그 오빠를 위하여 애정에 빛나는 눈동자를 가졌다. 이 소녀는 소녀의 가까운 동무였다.
오빠에게 하루라도 빨리 애인이 생겼으면 하고 바랐고 그래서 동무가 오빠를 사랑하였다고 오빠가 동생과의 굳은 약속을 저버려야 되나?
소녀는 비로소 '세월'이라는 것을 느꼈다. 소녀의 방심을 어느 결에 통과해 버린 '세월'이 소녀로서는 차라리 자신에게 고소하였다.
고독—그런 어느 날 밤 소녀는 고독 가운데서 그만 별안간 혼자 울었다. 깜짝 놀라 얼른 울음을 끊쳤으나 이것을 소녀는 자기의 어휘로 설명할 수 없었다.

이튿날 소녀는 그가 하자는 대로 교외 조용한 방에 그와 대좌하여 보았다. 그는 또 그의 그 *위티시즘과 '아이러니'를 아무렇게나 휘두르며 *산비(酸鼻)할 연막을 펴는 것이었다. 또 가장 이 소녀가 싫어하는 몸맵시로 넙죽 드러누워서 그냥 사정없이 지껄여 대는 것이다. 이런 그 앞에서 소녀도 인제는 어지간히 피곤하였던지 이런 소용없는 감정의 시합은 여기쯤서 그만두어야겠다고 절실히 생각하는 모양 같았다. 그러나 이런 경우에 소녀는 그에게보다도 자기 자신에게 이기고

위티시즘
위트는 말이나 글을 즐겁고 재치 있고 능란하게 구사하는 능력. 기지, 재치.

산비
몹시 슬프고 애통함.

싶었다.

"인제 또 만나 뵙기 어려워요. 저는 내일 E하구 같이 동경으루 가요."

이렇게 아주 순량하게 도전하여 보았다. 그때 그는 아마 이 도전의 상대가 분명히 그 자신인 줄만 잘못 알고 얼른 모가지 털을 불끈 일으키고 맞선다.

"그래? 그건 섭섭하군. 그럼 내 오늘 밤에 기념 스탬프를 하나 찍기루 허지."

소녀는 가벼이 흥분하였고 고개를 아래위로 흔들어 보이기만 하였다. 얼굴이 소녀가 상기한 탓도 있었겠지만 암만 보아도 이것은 가장 동물적인 동물 이외의 아무것도 아니었다.

마지막 승부를 가릴 때가 되었나 보다. 소녀는 도리어 초조해하면서 기다렸다. 즉 도박적인 '성미'로!

(도박은 타기(唾棄)와 모멸(侮蔑)! 뿐이려나 보다.)

(그가 과연 그의 훈련된 동물성을 가지고 소녀 위에 스탬프를 찍거든 소녀는 그가 보는 데서 그 스탬프와 얼굴 위에 침을 뱉는다.

그가 초조하면서도 결백한 체하고 말거든 소녀는 그의 비겁한 정도와 추악한 가면을 알알이 폭로한 후에 소인으로 천대해 준다.)

그러나 아마 그가 좀더 웃길 가는 배우였던지 혹 가련한 불감증이었던지 오전 한시가 훨씬 지난 산길을 달빛을 받으며 그들은 내려왔다. 내려오면서—

어느 날 그는 이 길을 이렇게 내려오면서 소녀의 삼 전 우표처럼 얄팍한 입술에 그의 입술을 건드려 본 일이 있었건만 생각하여 보면 그것은 그저 입술이 서로 닿았었다 뿐이지—아니 역시 서로 음모를 내포한 암중모색이었다. 두 사람은 서로 그리 부드럽지도 않은 피부를 느끼고 공기와 입술과의 따끈한 맛은 이렇게 다르고나를 시험한 데 지나지 않았다.

이 밤 소녀는 그의 거친 행동이 몹시 기다려졌다. 이것은 거의 역설적이었다. 안 만나기는 누가 안 만나—하고 조심조심 걷는 사이에 그만 산길은 시가에 끝나고 시가도 그의 이런 행동에 과히 적당치 않다.

소녀는 골목 밖으로 지나가는 자동차의 '헤드라이트'를 보고 경칠 나 쪽에서 서둘러 볼까지 생각하여도 보았으나 그는 그렇게 초조한 듯한데 그때만은 웬일인지 바늘귀만한 틈을 소녀에게 엿보이지 않는다. 그러느라고 그랬는지 걸으면서 그는 참 잔소리를 퍽 하였다.

"가령 자기가 제일 싫어하는 음식물을 상 찌푸리지 않고 먹어 보는 거 그래서 거기두 있는 '맛'인 '맛'을 찾아내구야 마는 거, 이게 말하자면 '패러독스'지. 요컨대 우리들은 숙명적으로 사상, 즉 중심이 있는 사상 생활을 할 수가 없도록 돼먹었거든. 지성—흥 지성의 힘으로 세상을 조롱할 수야 얼마든지 있지, 있지만 그게 그 사람의 생활을 '리드'할 수 있는 근본에 있을 힘이 되지 않는 걸 어떡허나? 그러니까 선(仙)이나 내나 큰소리는 말아야 해. 일체 맹세하지 말자—허는 게 즉 우리가 해야 할 맹세지."

소녀는 그만 속이 발끈 뒤집혔다. 이 씨름은 결코 여기서 그만둘 것이 아니라고 내심 분연하였다. 이 따위 연막에 대항하기 위하여는 새롭고 효과적인 엔간치 않은 무기를 장만하지 않을 수 없다 생각해 두었다.

또 그 이튿날 밤은 질척질척 비가 내렸다. 그 빗속을 그는 소녀의 오빠와 걷고 있었다.

"연! 인제 내 힘으로는 손을 대일 수가 없게 되구 말았으니까 자넨 뒷갈망이나 좀 잘해 주게. 선이가 대단히 흥분한 모양인데—"

"그건 왜 또."

"그건 왜 또 딴청을 허는 거야."

"딴청을 허다니 내가 어떻게 딴청을 했단 말인가?"

"정말 모르나?"

"뭐를?"

"내가 E허구 같이 동경 간다는 걸."

"그걸 자네 입에서 듣기 전에 내가 어떻게 안단 말인가?"

"선이는 그러니까 갈 수가 없게 된 거지. 선이허구 E허구 헌 약속이 나 때문에 깨어졌으니까."

"그래서."

"게서버텀은 자네 책임이지."

"흥."

"내가 동생버덤 애인을 더 사랑했다구 그렇게 선이가 생각할까 봐서 걱정이야."

"하는 수 없지."

선이—오빠에게서 모든 이야기를 듣고 나는 참 깜짝 놀랐소. 오빠도 그럽디다—운명에 억지로 거역하려 들어서는 못쓴다고. 나도 그렇게 생각하오.

나는 오랫동안 '세월'이라는 관념을 망각해 왔소. 이번에 참 한참만에 느끼는 '세월'이 퍽 슬펐소. 모든 일이 '세월'의 마음으로부터의 접대에 늘 우리들은 다 조신하게 제 부서에 나아가야 하지 않나 생각하오. 흥분하지 말아요.

괄목
발전 속도가 놀라울 만큼 빨라서 눈을 비비고 다시 봄.

아무쪼록 이제부터는 내게 *괄목(刮目)하면서 나를 믿어 주기 바라오. 그 맨 처음 선물로 우리 같이 동경 가기를 내가 '프로포즈' 할까? 아니 약속하지. 선이 안 기뻐하여 준다면 나는 나 혼자 힘으로 이것을 실현해 보이리다.

그럼 선이의 승낙서를 기다리기로 하오.

협기
호방하고 의협심이 강한 기상.

그는 좀 겸연쩍은 것을 참고 어쨌든 이 편지를 포스트에 넣었다. 저로서도 이런 *협기(俠氣)가 우스꽝스러웠다. 이 소녀를 건사한다?—당분간만 내게 의지하도록 해?—이렇게 수작을 해가지고 소녀가 듣나 안 듣나 보자는 것이었다. 더 그에게 발악을 하려 들지 않을 만하거든, 그는 소녀를 한 마리 '카나리아'를 놓아 주듯이 그의 '위티시즘'의 지옥에서 석방—아니 제풀에 나가나? 어쨌든 소녀는 길게 그의 길에 같이 있을 것은 아니니까. 답장이 왔다.

카나리아

처음부터 이렇게 되었어야 하지 않았나요? 저는 지금 조금도 흥분하거나 하지는 않았습니다. 이런 제가 연께 감사하다고 말씀드린다면 연께서는 역정을 내이시나요? 그럼 감사한다는 기분만은 제 기분에서 삭제하기로 하지요.

　연을 마음에 드는 좋은 교수로 하고 저는 연의 유쾌한 강의를 듣기로 하렵니다. 이 교실에서는 한 표독한 교수가 사나운 목소리로 무엇인가를 강의하고 있다는 것을 안 지는 오래지만 그 문간에서 머뭇머뭇하면서 때때로 창틈으로 새어 나오는 교수의 '위티시즘'을 귓결에 들었다 뿐이지, 차마 쑥 들어가지 못하고 오늘까지 왔습니다. 그렇지만 지금은 벌써 들어와 앉았습니다. 자— 무서운 강의를 어서 시작해 주시지요. 강의의 제목은 '애정의 문제'인가요. 그렇지 않으면 '지성의 극치를 흘낏 들여다보는 이야기'를 하여 주시나요.
　엊그제 연을 속였다고 너무 꾸지람은 말아 주세요. 오빠의 비장한 출발을 같이 축복하여 주어야겠지요. 저는 결코 오빠를 야속하게 여긴다거나 하지 않아요. 애정을 계산하는 버릇은 미움받을 버릇이라고 생각하니까요. '세월'이오? 연께서 가르쳐 주셔서 참 비로소 이 '세월'을 느꼈습니다. '세월'! 좋군요—교수—제가 제 맘대로 교수를 사랑해도 좋지요? 안 되나요? 괜찮지요? 괜찮겠지요 뭐?

　단발(斷髮)했습니다. 이렇게도 흥분하지 않는 제 자신이 그냥 미워서 그랬습니다.

　단발? 그는 또 한번 가슴이 뜨끔했다. 이 편지는 필시 소녀의 패배를 의미하는 것인데 그에게 의논 없이 소녀는 머리를 잘랐으니, 이것은 새로워진 소녀의 새로운 힘을 상징하는 것일 것이라고 간파하였다. 그러면서도 그는 눈물났다. 왜?

　머리를 자를 때의 소녀의 마음이 필시 제 마음 가운데 제 손으로 제 애인을 하나 만들어 놓고 그 애인으로 하여금 저에게 머리를 자르도록 명령하게 한, 말하자면 소녀의 끝없는 고독이 소녀에게 1인 2역을 시킨 것에 틀림없었다.

　소녀의 고독!

　혹은 이 시합은 승부 없이 언제까지라도 계속하려나—이렇게도 생각이 들었고—그것보다도 싹둑 자르고 난 소녀의 얼굴—몸 전체에서 오는 인상은 어떠할까 하는 것이 차라리 더 그에게는 흥미 깊은 우선 유혹이었다.

「조선문학」, 1939. 4.

이상 단편소설

김유정
−소설체로 쓴 김유정론

김기림(1908~?)
시인·문학평론가. 1933년 구인회에 가담, 주지주의에 근거한 모더니즘의 새로운 경향을 소개하였다. 광복 후 조선문학가동맹에 가담하여 정치주의적 시를 주장하였다. 시집 「기상도」, 「태양의 풍속」이 있다.

별마구니
뺨의 사투리.

김유정(1908~1937)
소설가. 1935년 소설 「소낙비」가 《조선일보》 신춘문예에, 「노다지」가 《중외일보》에 각각 당선됨으로써 문단에 데뷔하였다. 「봄봄」, 「동백꽃」, 「따라지」 등의 작품을 남기고 29살에 요절하였다.

즐만
매우 교만함.

　암만해도 성을 안 낼 뿐만 아니라 누구를 대할 때든지 늘 좋은 낯으로 해야 쓰느니 하는 타입의 우수한 견본이 *김기림(金起林)이라.

　좋은 낯을 하기는 해도 적이 비례를 했다거나 끔찍이 못난 소리를 했다거나 하면 잠자코 속으로만 꿀꺽 업신여기고 그만두는, 그러기 때문에 근시안경을 쓴 위험 인물이 박태원(朴泰遠)이다.

　업신여겨야 할 경우에 "이놈! 네까진 놈이 뭘 아느냐"라든가 성을 내면 "여! 어디 뎀벼 봐라"쯤 할 줄 아는, 하되, 그저 그럴 줄 알다뿐이지 그만큼 해두고 주저앉는 파(派)에, 고만 이유로 코밑에 수염을 저축한 정지용(鄭芝溶)이 있다.

　모자를 획 벗어던지고 두루마기도 마고자도 민첩하게 턱 벗어던지고 두 팔 훌떡 부르걷고 주먹으로는 적의 *벌마구니를, 발길로는 적의 사타구니를 격파하고도 오히려 행유여력(行有餘力)에 엉덩방아를 찧고야 그치는 희유(稀有)의 투사가 있으니 *김유정(金裕貞)이다.

　누구든지 속지 마라. 이 시인 가운데 쌍벽과 소설가 중 쌍벽은 약속하고 분만(分娩)된 듯이 교만하다. 이들이 무슨 경우에 어떤 얼굴을 했댔자 기실은 그 *즐만(鷙慢)에서 산출(算出)된 표정의 데포르마시옹(변형) 외의 아무것도 아니니까 참 위험하기 짝이 없는 분들이라는 것이다.

　이분들을 설복할 아무런 학설도 이 천하에는 없다. 이렇게들 또 고집이 세다.

　나는 자고로 이렇게 교만하고 고집센 예술가를 좋아한다. 큰 예술가는 그저 누구보다도 교만해야 한다는 일이 내 지론이다.

　다행히 이 네 분은 서로들 친하다. 서로 친한 이분들과 친한 나 불초(不肖) 이상(李箱)이 보니까 여상(如上)의 성격의 순차적 차이가 있는 것은 재미있다. 이것은 혹 불행히 나 혼자의 재미에 그칠지는 우려지만 그래도 좀 재미있어야 되겠다.

작품 이외의 이분들의 일을 적확히 묘파해서 써내 비교 교우학(比較交友學)을 결정적으로 여실히 하겠다는 비장(悲壯)한 복안(腹案)이거늘,

소설을 쓸 작정이다. 네 분을 각각 주인으로 하는 네 편의 소설이다.

그런데 족보에 없는 비평가 김문집(金文輯) 선생이 내 소설에 오십구 점이라는 좀 참담한 채점을 해놓으셨다. 오십구 점이면 낙제다. 한 끝만 더 했더면—그러니까 서울말로 '낙째 첫찌'다. 나는 참 참담했습니다. 다시는 소설을 안 쓸 작정입니다—는 즉 거짓말이고, 이 경우에 내 어쭙잖은 글이 네 분의 심사를 건드린다거나 읽는 이들의 조소를 산다거나 하지나 않을까 생각을 하니 아닌게 아니라 등어리가 꽤 서늘하다.

그렇거든 오십구 점짜리가 그럼 그렇지 하고 그저 눌러 덮어 주어야겠고 뜻밖에 제법 되었거든 네 분이 선봉을 서서 김문집 선생께 좀 잘 좀 말해 주셔서 부디 급제 좀 시켜 주시기 바랍니다.

김유정 편(篇)

이 유정은 겨울이면 모자를 쓰지 않는다. 그러면 탈몬가? 그의 그 더벅머리 위에는 참 우글쭈글한 벙거지가 얹혀 있는 것이다. 나는 걸핏하면,

"김형! 그 김형이 쓰신 모자는 모자가 아닙니다."

"김형! (이 김형이라는 호칭인즉슨 이상을 가리키는 말이다) 거 어떡허시는 말씀입니까."

"거 벙거지, 벙거지지요."

"벙거지! 벙거지! 옳습니다."

태원도 *회남(懷南)도 유정의 모자 자격을 인정하지 않는다. 벙거지라고밖에!

엔간해서 술이 잘 안 취하는데 취하기만 하면 딴사람이 되고 만다. 그것은 무엇을 보고 아느냐 하면—

보통으로 주먹을 쥐이고 쓱 둘째손가락만 쪽 펴면 사람 가리키는 신호가 되는데 이래 가지고는 그 벙거지 차양 밑을 우벼파면서 나사못 박는 흉내를 내는 것이다. 하릴없이 젖먹이 곤지곤지 형용에 틀림없다.

창문사(彰文社)에서 내가 집무랍시고 하는 중에 떠억 나를 찾아온다. 와서는 내 집무 책상 앞에 마주 앉는다. 앉아서는 바윗덩어리처럼 말이 없다. 낸들 또 무슨 그리 신통한 이야기가 있으리요. 그저 서로 벙벙히 앉았는 동안에 나는 나대로 교정 등속 일을 한다. 가지가지 부호를 써서 내가 교정을 보고 있노라면 그는 불쑥,

"김형! 거 지금 그 표는 어떡허라는 표구요."

이런다. 그럼 나는 기가 막혀서,

"이거요, 글자가 곤두섰으니 바루 놓으란 표지요."

하고 나서는 또 그만이다. 이렇게 평소의 유정은 뚱보다. 이런 양반이 그 곤지곤지만 시작되면 통성(通姓) 다시 해야 한다.

그날 나도 초저녁에 술을 좀 먹고 곤해서 한참 자는데 별안간 대문

안회남(安懷南 1909~?)

소설가. 서울 출생. 본명은 필승(必承). 신소설 작가인 안국선(安國善)의 아들이다. 휘문고보에서 수학하였으며, 《개벽》지에 입사하여 10여 년 간 창작활동에 몰두하였다. 1931년 《조선일보》 신춘문예에 단편 《발(髮)》이 입선하여 등단하였다. 전기에는 작가의 신변이나 가정사를 소재로 심리추구를 주조로 한 《연기(煙氣)》, 《명상》 등을 발표하였으나, 후기에는 완전히 개인적인 신변사의 세계에만 몰두하였다. 광복 직후 조선문학가동맹의 소설부위원장을 지냈고 실제체험에 바탕하여 역사와 현실을 폭넓게 수용한 작품을 발표하였다. 1946년 무렵 월북한 것으로 보인다.

을 뚜드리는 소리가 요란하다.

한 시나 가까웠는데―하고 눈을 비비며 나가 보니까 유정이 B군과 S군과 작반(作伴)해 와서 이 야단이 아닌가. 유정은 연해 성히 곤지곤지 중이다. 나는 일견에 '익키! 이건 곤지곤지구나' 하고 내심 벌써 각오한 바가 있자니까 나가잔다.

"김형! 이 유정이가 오늘 술, 좀, 먹었습니다. 김형! 우리 또 한잔 허십시다."

"아따 그러십시다그려."

이래서 나도 내 벙거지를 쓰고 나섰다.

나는 단박에 취해 버려서 역시 그 비장의 가요를 기탄없이 내뽑은가 싶다. 이렇게 밤이 늦었는데 가무음곡(歌舞音曲)으로써 *가구(街衢)를 소란케 하는 것은 법규상 안 된다. 그래 *주파(酒婆)가 이러니저러니 좀 했더니 S군과 B군은 불온하기 짝이 없는 언사로 주파를 탄압하면,

가구
길거리.

주파
술을 파는 늙은 여자.

유정은 또 주파를 의미 깊게 흘낏, 한번 흘겨보더니,

"김형! 우리 소리합시다."

하고 그 척척 붙어 올라올 것 같은 끈적끈적한 목소리로 강원도 아리랑 팔만구암자(八萬九庵子)를 내뽑는다. 이 유정의 강원도 아리랑은 바야흐로 천하일품의 경지다.

나는 소독 젓가락으로 사기 *추탕(鰍湯) 보시깃전을 갈기면서 장단을 맞춰 좋아하는데 가만히 보니까 한쪽에서 S군과 B군이 불화다. 취중 문학담(文學談)이 자연 아마 그리 된 모양인데 *부전부전하게 유정이 또 거기 가 한몫 끼이는 것이다. 나는 술들이나 먹지 저 왜들 저러누, 하고 서서보고만 있자니까 유정이 예의 그 벙거지를 떡 벗어던지더니 두루마기 마고자 저고리를 차례로 벗어젖히고는 S군과 맞달라붙는 것이 아닌가.

싸움의 테마는 아마 *춘원의 문학적 가치 운운이던 모양인데 어쨌든 피차 어지간히들 취중이라 문학은 저리 집어치우고 인제 문제는 체력이다. 뺨도 치고 제법 태껸도들 한다. S군은 이리 비철 저리 비철 하면서 유정의 착의일식(着衣一式)을 주워 들고 바—로 뜯어말린답시고 한가운데 가 끼어서 꾸기적꾸기적하는데 가는 발길 오는 발길에 이래저래 피해가 많은 꼴이다.

놀란 것은 주파와 나다.

주파는 술은 더 못 팔아도 좋으니 이분들을 좀 밖으로 모셔 내라는 애원이다. 나는 B군과 협력해서 가까스로 용사들을 밖으로 끌고 나오기는 나왔으나 이번에는 자동차가 줄대서 왕래하는 대로 한복판에서들 활약이다. 구경꾼이 금시로 모여든다. 용사들의 사기는 *백열화(白熱化)한다.

추탕
추어탕.

부전부전하다
남의 사정은 돌보지 아니하고 자기가 하고 싶은 일에만 서두르는 모양.

춘원
춘원 이광수. 1917년에 장편 소설 『무정』을 《매일신보》에 연재하여 근대 문학의 개척자가 되었다. 1919년에 중국 상하이로 가서 임시 정부에서 활동하였으나, 일제 강점기 말기에 친일 행위를 하여 많은 사람의 지탄을 받기도 하였으며, 6·25 전쟁 때 납북되었다.

이광수

백열화
상황이 매우 열띤 상태로 되어 감.

나는 섣불리 좀 뜯어말리는 체하다가 얼떨결에 벙거지 벗어진 것이 당장 용사들의 군용화(軍用靴)에 유린을 당하고 말았다. 그만 나는 어이가 없어서 전선주에 가 기대 서서 이 만화를 서서히 감상하자니까—

B군은 이건 또 언제 어디서 획득했는지 모를 오합(五合)들이 술병을 거꾸로 쥐고 육모방망이 내휘두르듯 하면서 중재중인데 여전히 피해가 많다. B군은 이윽고 그 술병을 한번 허공에 한층 높이 내휘두르더니 그 우렁찬 목소리로 *산명곡응(山鳴谷應)하라고 최후의 대갈 일성(大喝一聲)을 시험해도 전황은 여전하다.

B군은 그만 화가 벌컥 난 모양이다. 그 술병을 지면 위에다 내던지고 가로대,

"네놈들을 내 한꺼번에 죽이겠다."

고 결의의 빛을 표시하더니 좌충우돌로 동에 번쩍 서에 번쩍 S군, 유정의 분간이 없이 막 구타하기 시작이다.

이 광경을 본 나도 놀랐거니와 더욱 놀란 것은 전사 두 사람이다. 여태껏 싸움 말리는 역할을 하느라고 하던 B군이 별안간 이처럼 태도를 표변하니 교전하던 양인이 놀라지 않을 수가 없다.

B군은 우선 유정의 턱밑을 주먹으로 공격했다. 경악한 유정은 방어의 자세를 취하면서 한쪽으로 비키니까 B군은 이번에는 S군을 걷어찼다. S군은 눈이 똥그래서 이 역 한켠으로 비키면서 이건 또 무슨 생각으로,

"너! 유정이! 덤벼라."

"오냐! S! 너! 나헌테 좀 맞어 봐라."

하면서 원래의 적이 다시금 달라붙으니까 B군은 그냥 두 사람을 얼러

산명곡응
산이 울면 골이 응한다는 뜻으로, 메아리가 산에서 골짜기까지 진동한다는 말.

주먹비
쏟아지는 비 같은 매우 심한 주먹질.

활연
환하게 터져 시원한 모양. 의문을 밝게 깨달은 모양.

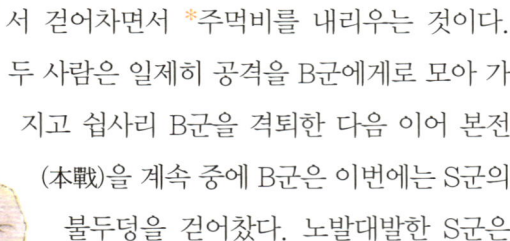

서 걸어차면서 *주먹비를 내리우는 것이다. 두 사람은 일제히 공격을 B군에게로 모아 가지고 쉽사리 B군을 격퇴한 다음 이어 본전(本戰)을 계속 중에 B군은 이번에는 S군의 불두덩을 걸어찼다. 노발대발한 S군은 B군을 향하여 맹렬한 일축(一蹴)을 수행하니까 이 틈을 타서 유정은 S군에게 이 또한 그만 못지않은 일축을 결행한다. 이러면 B군은 또 선수를 돌려 유정을 겨누어 거룩한 일축을 발사한다. 유정은 S군을, S군은 B군을, B군은 유정을, 유정은 S군을, S군은ㅡ

이것은 그냥 상상만으로도 족히 포복절도할 절경임에 틀림없다. 나는 그만 내 벙거지가 여지없이 파멸한 것은 *활연(豁然)히 잊어버리고 웃음보가 곧 터질 지경인 것을 억지로 참고 있자니까 사람은 점점 꼬여드는데 이 진무류(珍無類)의 혼전은 언제나 끝날는지 자못 행연하다.

이때 옆 골목으로부터 순행하던 경관이 칼소리를 내면서 나왔다. 나와서 가만히 보니까 이건 싸움은 싸움인 모양인데 대체 누가 누구하고 싸우는 것인지 종을 잡을 수가 없는 것이다.

경관도 기가 막혀서,

"이게 날이 너무 춥더니 *실진(失眞)들을 한 게로군."

하는 모양으로 뒷짐을 지고 서서 한참이나 원망한 끝에 대갈일성,

"가에렛(돌아가라)!"

나는 이 추운 날 유치장에를 들어갔다가는 큰일이겠으므로,

"곧 집으로 데리구 가겠습니다. 용서하십쇼. 술들이 몹시 취해 그렇습니다."

하고 *고두백배(叩頭百拜)한 것이다.

경관의 두 번째 '가아렛' 소리에 겨우 이 삼국지(三國誌)는 아마 종식하였던가 한다.

이 이야기를 듣고 태원이,

"거 *요코미쓰 리이치(橫光利一)의 기계 같소그려."

하였다. (물론 이 세 동무는 그 이튿날은 언제 그런 일 있었더냐는 듯이 계속하여 정다웠다.)

유정은 폐가 거의 결딴이 나다시피 못쓰게 되었다. 그가 웃통 벗은 것을 보았는데 기구한 유신(庾身)이 나와 비슷하다. 늘,

"김형이 그저 두 달만 약주를 끊었으면 건강해지실 텐데."

해도 막 *무가내하(無可奈何)더니 지난 칠월 달부터 마음을 돌려 정릉리(貞陵里) 어느 절간에 숨어 정양중(靜養中)이라니, 추풍이 점기(漸起)에 건강한 유정을 맞을 생각을 하면 나도 독자도 함께 기쁘다.

「이상문학전집」, 문학사상사, 1991.

실진
실성.

고두백배
머리를 조아리며 몇 번이고 거듭 절함.

요코미쓰 리이치 (1898~1947)
일본의 소설가. 가와바타 야스나리(川端康成)와 더불어 신감각파 운동을 전개한 후 신심리주의 문학으로 옮아감. 「기계」, 「문장」, 「일륜」 등을 씀.

무가내하
막무가내.

최명익 단편소설

비 오는 길

성 밖 한끝에 사는 병일(丙一)이가 봉직하고 있는 공장은 역시 맞은편 성 밖 한끝에 있었다. 맞은편이지만 사변형의 대각(對角)은 채 아니므로 30분쯤 걷는 그 길은 중로에서 성안 시가지의 한 모퉁이를 약간 스칠 뿐이다.

성곽

집을 나서면 부행정 구역도에 있는 좁은 비탈길을 10여 분간 걸어야 한다.

그 길은 여름날 새벽에 바자게 뜨는 햇빛도 서편 집 추녀 밑에 간신히 한 뼘 넓이나 비칠까말까 하게 좁은 길을 사이에 두고 작은 집들이, 서로 등을 부빌 듯이 총총히 들어박힌 골목이다.

이 골목은 언제나 그렇듯 한산한 탓인지, 아침저녁 어두워서만 이 길을 오고 가게 되는 병일은, 동편 집들의 뒷담 꽁무니에 열려 있는, 변소 구멍에서 어정거리는 개들과, 서편 집들의 부엌에서 행길로 뜨물

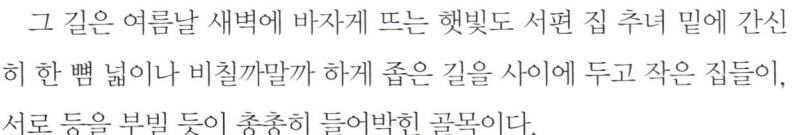

안질
'눈병'을 전문적으로
이르는 말.

을 내쏟는 *안질 난 여인들밖에는, 별로 내왕하는 사람을 볼 수 없었다.

일찍이 각기병으로 기운이 빠진 병일이의 다리는, 길을 좀 돌더라도 평탄한 큰 거리로 다니기를 원하였다. 사실 걷기 힘든 길이었다.

봄이면 얼음 풀린 물에 길이 질었다. 여름이면 장맛물이 그 좁은 길을 개천 삼아 흘렀다. 겨울에는 아이들이 첫눈 때부터 길을 닦아 놓고, 얼음을 지치었다.

병일이는 부드러운 다리에 실린 몸의 중심을 잡기 위하여 외나무다리나 건너듯이, 두 팔을 허우적거리며 걷는 것이었다.

봄의 눈 녹은 물과 여름 장마를 치르고 나면 이 길을 걷는 병일이가 아끼는 그의 구두 콧등을 여지없이 망쳐 버리는 것이었다.

비록 대낮에라도 비행기 소리에 눈이 팔리거나, 머리를 수그렸더라도 무슨 생각에 정신이 팔리면, 반드시 영양 불량상인 아이들의 똥을 밟을 것이다.

봄이 되면 그 음침한 담 밑에도 작은 풀잎새가 한 떨기씩 돋아나기도 하였다.

이 골목에 간혹 들어박힌 고가(古家)의 기왓장에 버즘같이 돋친 이끼가 아침 이슬에 젖어서 초록빛을 보이는 때가 있지만, 한줌 한줌씩 아껴가며 구차하나마 이 돌짝 길의 기슭을 치장하여 놓은 어린 풀떨기는 이 빈민굴도 역시 봄을 맞이한 대지의 한끝이라는 느낌을 새롭게 하였다.

문등
대문이나 현관문 따위
에 다는 등.

밤이면 행길로 문을 낸 서편 집들 중에 간혹 *문등을 단 집이 있었다. 그것은 토지·가옥·인사 소개업이라는 간판을 붙인 집이었다.

그것도 같은 집에 늘 있는 것이 아니다. 이 모퉁이를 지나면 있으려니 하였던 문등이 없어지기도 하고 저 모퉁이는 어두우려니 하고 가면 의외의 새 문등이 켜 있기도 하였다.

요사이 문등이 또 한 개 새로이 켜지었다.

새 문등이 달리자 초롱을 든 인력거꾼이 그 집 문 밖에서 기다리는 것을 보게 되었다.

그리고 이 여름에는 초저녁부터 그 집 안방에 가득 차게 쳐놓은 생초 모기장을 볼 수 있었다.

다른 집들은 이 여름에도 여전히 *모기쑥을 피우고 있다.

그 집도 작년까지는 모기쑥을 피웠던 것이다. 저녁마다 집으로 돌아올 때에 모기쑥 내에 잠긴 이 골목에서, 붉은 *도련을 친 그 초록 모기장을 볼 때마다, 병일이는 위 꼭지를 척 도려 놓은 수박을 연상하였다.

이 골목을 지나가면 새로운 시구 계획으로 갓 닦아 놓은 넓은 길에 나서게 된다.

옛 성벽 한 모퉁이를 무찌르고 나갈 그 거리는 아직 시가다운 시가를 이루지 못하였다.

헐리운 옛 성 밑에는 낮고 작은 고가들이, 들추어 놓은 고분 속같이 침울하게 벌려져 있고 그것을 가리우기 위한 *차면(遮面)같이 회담에 함석 영을 덮은 새 집들이 단벌 줄로 나란히 서 있을 뿐이다.

이러한 바로크식 외짝 거리의 맞은편은, 아직도 집들이 들어서지 않았다. *시탄 장사, 장목 장사, 옹기 노점, 시멘트로 만드는 토관 제조장 등, 성 밖에 빈 땅을 이용하는 장사터가 그저 남아 있었다.

도시의 발전은 옛 성벽을 깨뜨리고, 아직도 *초평(草坪)이 남아 있는 이 성 밖으로 뛰어 나오기 시작한 것이었다.

그리하여 아직도 자리잡히지 않은 이 거리의 누렇던 길이 매연과 발

인력거꾼

모기쑥
모깃불을 피우는 데에 쓰는 쑥.

도련
저고리나 두루마기 자락의 끝 둘레.

차면
얼굴을 가림, 또는 그런 물건.

시탄(柴炭)
땔나무와 숯, 또는 석탄 따위를 이르는 말.

초평
풀이 무성하게 자란 넓은 벌판.

걸음에 나날이 짙어서 꺼멓게 멍들기 시작한 이 거리를 지나면, 얼마 안 가서 옛 성문이 있었다. 그 성문을 통하여 이 신작로의 수직선으로 뚫린 시가가 바라보이는 것이었다.

그 성문 밖을 지나치면 신흥 상공도시라는 이 도시의 공장지대에 들어서게 된다. 병일이가 봉직하고 있는 공장도 그곳에 있었다.

병일이는 이 길을 이 년간이나 걸었다. 아침에는 집에서 공장으로, 저녁에는 공장에서 집으로 가는 가장 가까운 길이므로 이 길을 걷는 것이었다.

*

병일이는 취직한 지 이 년이 되도록 신원보증인을 얻지 못하였다.

매일 저녁마다 병일이가 장부의 *시재를 적어 놓으면, 주인은 금고의 현금을 세었다. 병일이가 장부에 적어 놓은 숫자와 주인이 센 현금이 *맞맞아 떨어진 후에야, 그날 하루의 일이 끝나는 것이었다.

주인이 금고 문을 잠근 후에, 병일이는 모자를 집어 들고 사무실 문밖에 나선다. 한 걸음 앞서 나섰던 주인은, 곧 사무실 문을 잠가 버리는 것이었다.

사무실 마루를 쓸고, 훔치고, 손님에게 차와 점심 그릇을 나르고, 수십 장의 편지를 쓰고, 장부를 정리하는 등 소사와 급사와 서사의 일을 한몸으로 치르고 난 뒤에, 하숙으로 돌아가는 병일이의 다리와 머리는 물병과 같이 무거웠다.

주인에게 작별인사를 하고 공장 문밖을 나서면 하루의 고역에서 벗

시재(時在)
당장에 가지고 있는 돈이나 곡식.

맞맞다
맞비기다. 서로 맞다 (북한어)

어났다는 시원한 느낌보다도 작은 별들이 반짝이는 하늘 아래 말할 수 없이 호젓하여짐을 금할 수 없었다.

그는 주인 앞에서 참고 있었던 담배를 가슴속 깊이 빨아 들이켜며, 이 년 내로 구하여도 얻지 못하는 신원보증인을 다시금 궁리하여 보는 것이었다.

현금에 손을 대지 못하고, 금고에 들어 있는 서류에 참견을 못 하는 것이 책임 문제로 보아서 무한히 간편한 것이지만 취직한 첫날부터 지금까지 하루도 변함없이 자기를 감시하는 주인의 꾸준한 태도에 병일이도 꾸준히 불쾌한 감을 느껴 온 것이었다.

주인의 이러한 감시에 처음 얼마 동안은 신원보증이 없어서 그같이 못 미더운 자기를 그래도 써주는 주인의 호의를 한없이 감사하고 미안하게 여겼었다.

그 다음 얼마 동안은 병일이가 스스로 믿고 사는 자기의 담박한 정성을 그리도 못 미더워하는 주인의 태도에 원망과 반감을 가지게 되었었다.

그러다가 최근에는 유독 병일이 말을 못 믿는 것이 아니요, 자기(주인)의 아내까지 누구나 사람을 믿지 않는 것이 이 주인의 심술인 것을 알게 되자 병일이는 이러한 종류의 사람을 경멸할 수 있는 쾌감을 맛보았던 것이었다.

자기에게서 떠나지 않는 주인의 이 경멸할 감시적 태도를 병일이는 할 수 있는 대로 묵살하고 관심하지 않으려고 하였다.

그러나 맨 처음 감사하고 미안하게 생각하였을 때나, 그 다음 원망과 반감을 가졌을 때나 경멸하고 묵살하려는 지금이나 매일반으로 아직까지 계속하는 주인의 꾸준한 감시적 태도에 대하여 참을 수 없이 떠오르는 자기의 불쾌감까지는 묵살할 수 없는 것이었다.

지금도 장부를 다시 한번 훑어보고 있는 주인의 커다란 손가락에서 금고의 자물쇠 소리가 절거럭거리던 것을 생각할 때에는 시장하여 나른히 피곤하여진 병일이의 신경에 헛구역의 충동을 일으키는 것이었다. 그러다가 눈앞에 커다란 그림자같이 솟아 있는 옛 성문을 쳐다보았다. 침침한 허공으로 솟아 날 듯이 들려 있는 누각 추녀의 검은 윤곽을 쳐다보고 다시 그 성문 구멍으로 휘황한 전등의 시가를 바라보며 10만! 20만! 이라는 놀라운 인구의 숫자를 눈앞에 그리어 보았다.

"그들은 모두 자기네 일에 분망한 사람들이다."

이러한 생각에 다시 허공을 향하는 병일이의 눈에는 어둠 속을 날아 헤매는 박쥐들이 보였다. 박쥐들은 캄캄한 누각 속에서 날아갔다가 다시 누각 속으로 사라지는 것이었다. 그것은 마치 옛 성문 누각이 지니고 있는 오랜 역사의 혼이 아직 살아서 밤을 타서 떠도는 듯이 생각되는 것이었다.

대개가 어두운 때이었으므로 신작로에도 사람의 내왕이 드물었다. 설혹 매일같이 길을 어기는 사람이 있어도 언제나 그들은 *노방의 타인이었다.

외짝 거리 점포의 유리창 안에 앉아 있는 노인의 얼굴이나 그 곁에 쌓여 있는 능금알이나 병일이에게는 다를 것이 없었다.

*

비가 부슬부슬 떨어지기 시작하였다. 비안개를 격하여 보이는 옛 성

노방(路傍)
길가.

문은 그 윤곽이 어둠 속에 잠겨서 영겁의 비를 머금고 있는 검은 구름 속으로 녹아들고 말듯이 보였다.

그러나 성냥 위에 높이 달아 놓은 광대의 전등이 누각 한편 추녀 끝에 불빛을 던지고 있었다.

이끼에 덮이고 남은 기왓장이 빛나 보이고, 그 틈서리에 길어난 긴 풀대가 비껴 오는 빗발에 떨리는 것이 보였다.

외짝 거리까지 온 병일이는 어느 집 처마 아래로 들어섰다. 그것은 문등이 달린 조그만 현관이었다.

현관 옆에는 회 바른 담을 네모나게 도려내고 유리를 넣어서 만들어 놓은 쇼윈도가 있었다.

"하아, 여기 사진관이 있었던가!"

하고 병일이는 아직껏 몰라보았던 것이 우스웠다. 그 작은 쇼윈도 안에는 값없는 16촉 전구가 켜 있었다. 그리고 파란 판에 금박으로 무늬를 놓은 *반자지를 바른 그 안에는 중판쯤 되는 결혼사진을 중심으로 명함판의 작은 사진들이 가득히 붙어 있었다. 대개가 고무공장이나 정미소의 여공인 듯한 소녀들의 사진이었다.

사진의 인물들은 모두 먹칠이나 한 듯이 시꺼멓고 구멍이 들여다보이었다.

"압정으로 사진의 윗머리만을 눌러 놓아서 얼굴들이 반쯤 젖혀진 탓이겠지."

하고 병일이는 웃고 있는 자기에게 농담을 건네어 보았다.

그들의 *후죽은 이마 아래 눌리어 있는 정기 없는 눈과, 두드러진 관골 틈에 기를 펴지 못하고 있는 나지막한 코를 바라보면서 병일이는 그들의 무릎 위에 얹혀 있을 거친 손을 상상하였다.

당시의 사진관 모습

반자지
반자를 바르는 종이. 흔히 여러 가지 색깔과 무늬가 박혀 있다. 반자는 지붕 밑이나 위층 바닥 밑을 편평하게 하여 치장한 각 방의 천장.

후주근
낮고 처진.

　병일이는 담배를 붙여 물고 돌아서서 발 앞에 쏟아지는 낙숫물 소리를 들으며 맞은편 빈터의 캄캄한 공간을 바라보았다. 거기서 간간이 불어오는 바람결마다 빗발은 병일이의 옷자락으로 풍겨들었다.
　옆집 유리창 안에는 닦아 놓은 푸른 능금알들이 불빛에 기름이나 바른 듯이 윤나 보였다. 그 가운데 주인 노파가 장죽을 물고 앉아 있었다. 피어오르는 담배 연기를 바라보며 졸고 있는 것이었다.
　푸른 연기는 유리창 안에서 천장을 향하여 가늘게 떠오르고 있었다. 노파의 손에 들린 *삿부채가 그 한편에 깃든 검은 그림자를 이편저편 뒤칠 때마다, 가는 연기 줄은 흩어져서 능금알의 반질반질한 뺨으로 스며 사라졌다.
　그때마다 병일이는 강철 바늘 같은 모기 소리를 느끼고 몸서리를

삿부채
갈대 따위를 쪼개어 결어 만든 부채.

쳤다.

　빗소리 밖에는, 고요한 저녁이었다.

　병일이는 다시 쇼윈도 앞으로 돌아서서 연하여 하품을 하면서 사진을 보고 있었다. 그때에 갑자기 사진이 붙어 있는 뒤 판장이 젖혀지며 커다란 얼굴이 쑤욱 나타났다.

　병일이의 얼굴과 마주친 그 눈은 한 겹 유리창을 격하여 잠시 동안 병일이를 바라보다가, 붉은 손에 잡힌 비로 쇼윈도 안을 쓸어 내고 전등알까지 쓰다듬었다.

　전등알에는 천장과 연하여 풀솜오리 같은 거미줄이 얽혀 있었다.

　비를 놓고 부채로 쇼윈도 안의 하루살이와 파리를 쫓아내는 그의 혈색 좋은 커다란 얼굴은 직사되는 광선에 번질번질 빛나 보이었다. 그리고 그의 미간에 칼자국같이 깊이 잡힌 한 줄기의 주름살과, 구둣솔을 잘라 붙인 듯한 거친 눈썹, 인중에 먹물같이 흐른 커다란 코 그림자는 산 사람의 얼굴이라기보다, 얼굴의 윤곽을 도려 낸 백지판에 모필로 한 획씩 먹물을 칠한 것같이 보이었다.

　병일이는 지금 보고 있는 이 얼굴이나 아까 보던 사진의 그것은 모두 조화되지 않은 광선의 장난이라고 생각하였다. 그리고 암흑한 적막 속에 잠겨들고, 마른 옛 성문 누각의 한편 추녀 끝만을 적시는 듯이 보이는 빗발이 다시 한번 병일이의 머릿속에 떠올랐다.

　이렇게 서서 의식의 문 밖에 쏟아지는 낙숫물 소리에 귀를 기울이며 있는 병일이는, 광선이 *희화화(戱畵化)한 쇼윈도 안의 초상이 한 겹 유리창을 격하여 흘금흘금 자기를 바라보고 있는 충혈된 눈을 마주 보았다.

　변한 바람세에 휘어진 빗발이 그들이 격하여 서로 바라보고 있는 유

희화화
어떤 인물의 외모나 성격 따위를 익살스럽게 묘사함.

리창에 뿌려져 빗방울은 금시에 미끄러져서 길게 흘러내렸다.

"희화된 초상화에서 흐르는 땀방울!"

병일이는 의식적으로 이러한 착각을 꾸며 보았다. 지금껏 자기를 흘금흘금 바라보는 그 충혈된 눈에 작은 반감을 가졌던 것이었다.

비에 놀란 듯한 얼굴은 쇼윈도에서 사라졌다. 그리고 현관문이 열리었다.

현관문을 열어 잡고 하늘을 쳐다보던 그는,

"비가 대단하구먼요. 이리로 들어와서 비를 그으시지요, 자 들어오세요."

하고 역시 하늘을 쳐다보고 있는 병일이에게 말하였다.

그의 적삼 아래로는 뚱뚱한 배가 드러나 보였다.

가차 없이 비를 쏟고 있는 *푸렁덩한 하늘같이 그의 내민 배가 병일이의 조급한 신경을 거슬리었으나, 처음 보는 사람에게 이같이 친절한 것은 둥실한 그 배의 성격이거니 생각하여 전하는 대로 현관문 안에 들어섰다.

그는 병일이에게 의자를 권하고 이어서 휘파람을 불면서 조금 전에 떼어들였던 판장에서 사진들을 떼기 시작하였다.

함석지붕에 떨어지는 빗소리는 어수선한 좁은 방 안을 침울하게 하였다.

구둣솔을 잘라 붙인 듯한 눈썹을 찌푸려서 미간의 외줄기 주름살은 더욱 깊어지고, 두드러진 입술에서 새어 나오는 휘파람 소리는 날카롭게 들리었다.

병일이는 빗소리에 섞여 오는 휘파람 소리를 들으며 테이블 위에 놓인 앨범을 뒤적이고 있었다.

푸렁덩하다
푸르뎅뎅하다.

"금년에는 비가 많이 올걸요."

휘파람을 불다 말고 사진사는 이렇게 말을 건네며 병일이를 쳐다보았다.

"글쎄요……?"

"두고 보시우. 정녕코 금년에는 *탕수가 나고야 맙네다."

"……글쎄요?"

병일이는 역시 이렇게 대답할밖에 없었다.

"서문의 문지기 구렁이가 현신을 했답니다."

"……?"

말없이 쳐다만 보고 있는 병일이에게 어떤 커다란 사변의 전말이나 설명하듯이 그는 일손을 멈추고,

"어젯저녁에 비가 부슬부슬 오실 때—"

하고 말을 시작하였다.

어떤 사람이 우산을 받고 성문 안으로 들어갈 때에 누각 기왓장이 우산을 스치고 발 앞에 철석철석 떨어졌다. 그래 쳐다본즉 그 넓은 기왓골에 십여 골이나 걸친 큰 구렁이가 박죽 같은 머리를 내두르고 있었다고 한다. 사람들은 모여들었다. 그 중에 날쌘 젊은이가 올라가서 잡으려고 하였다. 노인들은 성 문지기 구렁이를 해하면 재변이 난다고 야단쳤다. 갈기려는 채찍을 피하여 달아나는 구렁이를 여기 간다 저기 간다 하며 잡지 말라는 노인들을 둘러싼 젊은이들은 문 위에 올라간 사람을 지휘하며 웃고 떠들었다. 마침내 구렁이는 수많은 기왓골 틈으로 들어가 숨고 말았다. 안심한 노인들은 분한 것 놓쳤다고 떠드는 젊은이들 틈에서 이 여름에는 무서운 홍수가 나리라고 걱정하였다고 한다.

"노인들의 *증험이 틀리지 않습니다."

탕수
여기서 탕수는 홍수를 의미함.

증험
실지로 사실을 경험함. 또는 증거로 삼을 만한 경험.

하고 그의 말은 끝났다.

"글쎄요?"

병일이는 이렇게 꼭 같은 대답을 세 번이나 하기가 미안하였다. 그렇다고 '설마 그럴라구요' 하였다가 이 완고한 젊은이의 무지와 충돌하여 부질없는 얘기가 벌어지게 되면, 귀찮은 일이다. 그때에 현관문으로 작은 식함이 들어왔다. 오늘 만든 듯한 새 사진을 붙이고 있던 주인은 일감을 밀어 치우고 식함에 놓인 술병과 음식 그릇을 테이블 위에 받아 놓고 의자를 당겨 앉으며,

"자 우리, 같이 먹읍시다. 이미 청하였던 것이지만."
하고 술을 따라서 병일이에게 건네었다.

병일이는 코끝에 닿을 듯한 술잔을 피하여 물러앉으며,

"미안합니다만 나는 술을 먹지 않습니다."
하고 거절하였다.

"그러지 마시구 자, 한잔 드시우. 자, 이미 권하던 잔이니 한 잔만—"

아직 인사도 안 한 그가 이렇게 치근스럽게 술을 권하는 것이 불쾌하였다. 그래서 여러 번 거절하여 보았다. 그러나 이렇게 굳이 권하는 것은 이런 사람들의 호의로 생각할밖에 없었고 더구나 돌아가는 잔이라든가, 권하던 잔이라든가 하는 술꾼들의 미신적 습관을 짐작하는 병일이는 끝끝내 거절할 수가 없었다.

마지못해서 받아 마시고는 잔을 그이 앞에 놓았다. 술을 따라서 잔을 건네면 이 *술추렴에 한몫 드는 셈이 되겠는 고로 빈 잔을 놓은 것이었다.

"자아, 이걸 좀 드시우. 이미 청하였던 음식이라 도리어 미안하웨다

술추렴
술값을 여러 사람이 분담하고 술을 마심. 차례로 돌아가며 내는 술. 또는 그 술을 마심.

만—"

이렇게 말하며 일변 손수 술을 따라 마시면서 *초계탕 그릇을 병일이에게로 밀어 놓는다.

"자, 좀 드시우."

이렇게 다지고 그는 안으로 들어가서 은수저 한 벌을 더 가지고 나와서 자기가 마침 떠 먹으며,

"어어 시원해. 하루 종일 밥벌이하느라고 꾸벅꾸벅 일하다가 이렇게 한잔 먹는 것이 제일이거든요."

이러한 주인의 말에 병일이는 한 번 더 '글쎄요' 하는 말이 나오려는 것을 누르고,

"피곤한 것을 잊게 되니깐 좋을 것입니다."

이렇게 동정하는 병일이의 대답에, 사진사는,

"참 좋아요. 아시다시피 사진 영업이라는 것은 기술이니만치 뼈가 쏘게 힘드는 일은 아니지만 매일 암실에서 눈과 뇌를 씁니다그려. 그러다가 이렇게 한잔."

하며 그는 손수 술을 따라 마시고 나서,

"일이 그렇게 많습니까?"

하고 묻는 병일이에게 잔을 건네며,

"그저 심심치 않지요. 또 혹시 일이 없어서 돈벌이를 못 할 날이면 술을 안 먹고 자고 마니까요, 하하."

이렇게 쾌하게 웃으며 연하여 술을 마시는 오늘은 돈벌이가 많았던 모양이었다.

병일이도 그가 권하는 대로 술잔을 받아 마시었다.

다소 취기가 돈 듯한 사진사는 병일이의 잔에 술을 따르며,

초계탕(醋鷄湯)
여름에 먹는 음식의 하나. 뼈째 토막 친 닭고기를 잘게 썬 쇠고기와 함께 끓여서 식힌 다음, 오이, 석이(石耳), 표고 따위를 볶은 것과 달걀로 고명을 만들어 얹어 초를 쳐서 먹는다.

"참 하시는 사업은 무엇이신가요? 하긴 우리—피차에 인사도 안 했겠다. 그러나 나는 선생이 늘 이 앞으로 지나시는 것을 보았지요. 이렇게 합석하기는 처음이지만. 나는 저어 이칠성이라고 불러 주시우. 그리구 앞으로 많이 사랑해 주시우."

이같이 기다란 인사가 끝난 후에 사진사는 병일이를 긴상이라고 불러 가며 더욱 친절히 술을 권하면서,

"긴상두 독립적으로 사업을 시작하시우. 나두 어려서부터 요 몇 해 전까지 월급생활을 했지만."

하고 자기의 내력을 말하기 시작하였다.

병일이는 방금 말한 자기의 직업적 지위와 대조하여 사진사가 이같이 갑자기 선배연하는 태도로 말하는 것이 역하였다.

그래서 그의 내력담에 경의를 가지기보다도, 그와 이렇게 마주 앉게 된 것을 후회하면서 일종의 경멸과 불쾌감으로 들었다.

그가 삼 년 전에 비로소 이 사진관을 시작하기까지 열세 살부터 십여 년 동안 그의 적공은 그의 사진술(?)과, 지금 병일이의 눈앞에 보이는 이 독립적 사업으로 나타났다는 것이었다.

내력담을 마친 그는 등뒤의 장지문을 열어젖히며,

"여기가 *사장(寫場)입니다."

하고 병일이를 돌아보며 일어서서 안내하였다.

사장 안의 둔각으로 꺾인 천장의 한 면은 유리를 넣었다. 유리 천장 밖으로 보이는 하늘은 캄캄하였다. 그리고 거기 내리는 빗소리는 여운이 없이 무겁게 들리었다.

맞은 벽에는 배경이 걸려 있었다. 이편 방 전등빛에 배경 앞에 놓인 소파의 진한 그림자가 회색으로 그린 배경 속 나무 위에 기대어졌다.

사장
사진관(寫眞館). 일정한 시설을 갖추고 사진 찍는 일을 영업으로 하는 집.

그리고 그 소파 앞에 작은 탁자가 서 있고, 그 위에는 커다란 양서 한 권과 수선화 한 분이 정물화같이 놓여 있었다.

사진사는 사장 안의 전등을 켜고 들어가서 검은 보자기를 씌운 사진기를 만지며,

"설비라야 별것 없지요. 이것이 제일 값가는 것인데 지금 살라면 삼백 오륙십 원은 줘야 할 겝니다. 그때도 월부로 샀으니깐 그 돈은 다 준 셈이지만."

하고 자기가 소사로부터 조수가 되기까지 십여 년간이나 섬긴 주인이 고맙게도 보증을 해주어서 그 사진기를 월부로 살 수가 있었다는 것과, 지난봄까지 대금을 다 치렀으므로, 이제는 완전히 자기 것이 되었다는 것을 가장 만족한 듯이 설명하였다.

그리고 전등을 끄고 나오려던 사진사는, 다시 어두워진 사장 안에 묵화 같은 수선화를 보고 섰는 병일이의 어깨를 치며,

수선화

"참 여기만 해도 어수룩합네다. 배경이라고는 저것밖에 없는데 여기 손님들은 저 산수 배경 아래에 걸터앉아서 수선화를 앞에 놓고 넌지시 책을 펴들고 백이거든요."

하고 큰 소리로 웃었다. 자리에 돌아온 그가,

"차차 배경도 마련하여야겠습니다."

하는 것으로 보아서 결코 그는 자기의 직업적 안목으로 손님들을 웃어 주는 것이 아니요, 이것저것 모든 것이 만족하여서 견딜 수가 없다는 웃음으로 병일이는 들었다.

부채로 식히고 있는 그 얼굴의 칼자국 같은 미간의 주름살도 거의 펴진 듯이 보이었다.

사진사는 더욱더욱 유쾌하여지는 모양이었다. 그것이 술 취한 그의

버릇인지, 그는 아까부터 바른손으로 자기의 바른편 귓속을 잡아 훑으며 수다스럽게 얘기를 벌이고 있었다.

병일이는 작은 굴쪽같이 빨개진 사진사의 바른편 귀를 바라보면서 하품을 하며 듣고 있었다.

사진사는 다시 한 번 귓속을 잡아 훑으며,

"긴상은 몸이 강해서 그다지 더운 줄을 모르겠군요. 나는 술살인지 작년부터 몸이 나기 시작해서—제기 더웁기라니—노인들의 말씀같이 부해져서 돈이나 많이 모으면 몰라도 밤에—"

하고 그는 적삼 아래 드러난 배를 쓸면서 병일이에게는 아직 경험이 없는 침실의 내막을 얘기하고 큰 소리로 웃었다. 그리고 얼굴이 붉어진 병일이를 건너다보며, 어서 장사를 시작하고 하루바삐 장가를 들어서 사람 사는 재미를 보도록 하라고 타이르는 듯이 말하였다.

병일이는 '사람 사는 재미라니? 어떻게 살아야 재미나게 살 수 있느냐?'고 사진사에게 물어 보고 싶기도 하였으나 들어야 땀내 나는 그 말이려니 생각되어 다시 한 번 '글쎄요' 하고 기지개를 켜면서 시계를 쳐다보았다.

열 시가 지난 여름밤에, 어느덧 빗소리도 가늘어졌다.

비가 멎기를 기다려서 가라고 붙잡는 사진사에게 내일 다시 오기를 약조하고 우산을 빌려 가지고 나섰다.

몇 걸음 안 가서 돌아볼 때에는 쇼윈도 안의 불은 이미 꺼지었다. 캄캄한 외짝 거리의 점포들은 모두 판장문이 닫혀 있었다. 문틈으로 가늘게 새어 나오는 불빛에 은사실 같은 빗발이 *지우산 위에서 소리를 낼 뿐이었다.

얼굴을 스치는 밤기운과 손등을 때리는 물방울에 지금까지 흐려졌

지우산(紙雨傘)
대오리로 만든 살에 기름 먹인 종이를 발라 만든 우산.

던 모든 감각이 일시에 정신을 차리는 것 같았다.

빈터 *초평에서 한두 마리의 청개구리 소리가 들려 왔다. 병일이는 걸음을 멈추고 귀를 기울였다. 얼마 기다려서야 맹꽁맹꽁 우는 소리를 한두 마디 들을 수가 있었다.

때리는 빗방울에 눈을 껌벅이면서 맹꽁맹꽁 울 적마다 물에 잠긴 흰 뱃가죽이 흐물거리는 청개구리를 눈앞에 그리어 보았다.

청개구리의 뱃가죽 같은 놈! 문득 이런 말이 나오며 병일이는 자기도 모를 사진사에게 대한 경멸감이 떠올랐다.

선뜩선뜩하고 번질번질한 청개구리의 흰 뱃가죽을 핥은 듯이 입 안에 *께끔한 침이 돌아서 발걸음마다 침을 뱉었다. 그리고 숨결마다 코 앞에 서리는 술내가 역하여서 이리저리 얼굴을 돌리는 바람에 그의 발걸음은 비틀거리었다.

내가 취하였는가? 하는 생각에 그는 정신을 차리었으나 떼어놓는 발걸음마다 철벅철벅 하는 진흙물 소리가 자기 외에 다른 누가 따라오는 듯하여 자주 뒤를 돌아보기도 하였다.

청개구리의 뱃가죽 같은 놈! 하는 생각에 그는 자주 침을 뱉으며 좁은 골목에 들어섰다.

거기는 빗소리보다도 좌우편 집들의 처마에서 떨어지는 낙숫물 소리가 어지럽게 들리었다.

동편 집들의 뒷담은 무덤과 같이 답답하게 돌아앉아 있었다. 문을 열어 놓은 서편 집들의 어두운 방 안에서는 후끈한 김이 코를 스치고, 아이들의 울음소리와 여인들의 잠꼬대 소리가 들리었다.

그리고 간혹 작은 칸델라(휴대용 석유등)를 켜놓은 방 안에는 마른 지렁이 같은 늙은이의 팔다리가 더러운 이불 밖에서 움직이며 가래 걸

초평
풀이 무성하게 자란 넓은 벌판.

께끔하다
메스껍고 역겹다.

린 말소리와 코고는 소리가 들리기도 하였다.

병일이는 아침에나 초저녁에는 볼 수 없던 한층 더 침울한 이 골목에 들어서 좌우편 담에 우산을 부딪치며,

'이것이 사람 사는 재미냐? 흥, 청개구리의 뱃가죽 같은 놈!'

이렇게 중얼거리며 다시 침을 뱉으며 걸었다.

뒤에서 찔릉찔릉 하는 종소리가 들리었다. 누렇게 비치는 초롱을 단 인력거가 오고 있었다.

병일이는 비틀거리는 걸음으로 앞서기가 싫어서, 한편으로 길을 비키고 섰다. 가까이 온 인력거의 초롱은 작은 갓모 같은 우비 아래서 덜덜 떨고 있었다. 반쯤 기운 병일이의 우산 끝을 스치고 지나가는 인력거 안에서,

"아이 참 골목두 이렇게 좁아서야."

하고 두세 번 혀를 차는 소리가 들리었다.

"아씨두, 아랫거리에 큰 집이나 한 채 사시구 가셔야지요."

인력거꾼이 숨찬 말소리로 이렇게 말하자,

"아이 어느새 머어."

하는 기생의 말소리가 그치었으나 캄캄한 호로(포장) 안에서 그 대꾸를 들으려고 귀를 기웃하고 기다리는 양이 상상되는 음성이었다.

"왜요, 아씨만하구서야—"

이렇게 하려던 말을 채 마치지 못하고 숨이 찬 인력거꾼은 한 손으로 코를 풀었다.

"그렇지만 큰 집 한 채에 돈이 얼마기—"

이렇게 혼자말같이 하는 기생의 말소리는 금시에 호적한 맛이 있었다. 인력거꾼은,

"아씨 같이 잘 불리면 삼사 년이면 그것쯤이야—"
하고 기생을 위로하듯이 아까 하던 말을 이었다. 그러나 호로 안에서는 잠깐 잠잠하였다가,
"수다 식구가 먹고, 입고, 사는 것만 해두 여간이 아닌데."
하는 기생의 말소리는 더욱 호적하였다. 인력거꾼도 말을 끊었다. 초롱불에 희미하게 비치는 진흙물에 떼어놓는 발걸음 소리만이 무겁게 들리었다.

인력거는 작은 대문 앞에 멎었다. 컴컴한 처마 끝에는 빗물이 맺혀서 뜨고 있는 동그란 문등이 흰 포도알같이 작게 비치고 있었다.

인력거에서 내린 기생은 낙숫물을 피하여 날쌔게 대문 안으로 들어갔다. 그리고 다시 대문 밖을 내다보며 인력거꾼에게,
"잘 가오."
하고 어린애와 같이 웃는 얼굴로 사라졌다.

병일이는 늙은 인력거꾼이 잡고 선 초롱불에 기생의 작은 손등을 반쯤 가린 남길솜과 동그란 허리에 감싸 올린 옥색 치마 위에 늘어진 붉은 저고리 고름을 보았다. 그것이 어린애와 같이 웃는 기생의 흰 얼굴과 어울려서 더욱 어리게 보이었다.

그러나 이제 인력거꾼과 하던 말과 그 짧은 대화의 끝을 콤비한 생활고의 독백으로 마치던 그 호적한 말씨는 결코 어린애의 말이라고 들을 수는 없었다.

대문 안에 사라진, 미상불 갓 깬 병아리 같은 솜털이 있을 기생의 얼굴을 눈앞에 그리며 그의 애깃소리가 귓가에 남아 있는 병일이의 머릿속에는 어릴 때 손가락을 베었던 *의액이 풀잎이 생각난다.

연하면서도 날카로운 의액이의 파란 풀잎이 머릿속을 스치고 사라

의액
억새.

지자 병일이의 신경은 술에서 깨어나는 듯하였다.

돌아가는 초롱불에 자기의 양복바지가 말 못 되게 더러운 것을 발견하고 병일이는 하염없는 웃음이 떠오름을 깨달았다.

하숙방에 돌아온 병일이는 머리맡에 널려 있는 책을 둑여서 베고 누웠다.

그는 천장을 쳐다보며 이 년 내로 매일 걸어다니는 자기의 변화 없는 생활의 코스인 '오늘 밤 비 오는' 길에서 보고 들은 생활면을 다시 한 번 바라보았다.

그것은 새로운 것도 아니었다. 물론 진기한 것도 아니었다. 오히려 그 같은 것을 머릿속에 담아 두고서 생각하는 자기가 이상하리만큼 평범하고 속된 것이었다. 그러나 그같이 음산하게 벌어져 있는 현실은 산문적이면서도, 그 산문적 현실 속에는 일관하여 흐르고 있는 어떤 힘찬 리듬이 보이는 듯하였다. 그리고 그 리듬은 엄숙한 비관의 힘으로 변하여 병일이의 가슴을 답답하게 누르는 듯하였다.

*

'내게는 청개구리의 뱃가죽만한 탄력도 없고, 의액이 풀잎 같은 청기도 날카로움도 없지 않은가?'

이러한 반성이 머릿속에 가득 찬 병일이는 용이히 올 것 같지 않은 잠을 청하려고 눈을 감았다.

우울한 장마는 계속이 되었다. 그것은 태양의 얼굴과 창공과 대지를 씻어낼 패기 있는 폭풍우를 그립게 하는 궂은비였다.

이 며칠 동안에는 얼굴을 편 태양을 볼 수가 없었다. 혹시 비가 개는 때라도 열에 뜬 태양은 병신같이 마음이 궂었다.

오래간만에 맞은편 하늘에 비낀 무지개를 반겨서 나왔던 아이들은 수목 없는 거리의 처마 아래로 다시 쫓겨 갈 밖에 없었다.

밤하늘에는 별들도 대개는 불을 켜지 않았다. 쉴 새 없이 야수떼 같은 검은 구름이 달리었다. 그러고는 또 비가 구질구질 내리었다. 빗물 괸 웅덩이에는 수없는 장구벌레들이 끊어 낸 신경줄기같이 꼬불거리고 있었다.

병일이는 요즈음 독서력을 전혀 잃고 말았다.

어느 날 밤엔가 늦도록 『백치(白痴)』를 읽다가 잠이 들었을 때에 *도스토예프스키가 속 궁군 기침을 깃던 끝에 혈담을 뱉는 꿈을 꾸었다. 침과 혈담의 *비말을 수염 끝에 묻힌 채 그는 혼몽해져서 의자에 기대고 눈을 감았다. 그의 검은 눈자위와 우므러진 뺨과 검은 정맥이 늘어선, 벗어진 이마 위에 솟은 땀방울을 보고 그의 기진한 숨소리를 들으며 눈을 떴다. 그때에 방 안에는 네 시를 치려는 목종의 기름 마른 기계 소리만이 섞여 들릴 뿐이었다.

이렇게 잠을 잃은 병일이는 『백치』 권두에 있는 작자의 전기를 다시 한 번 훑어보았다. 전기에는 역시 병일이가 기억하고 있는 대로 이 문호의 숙환으로 간질의 기록만이 있을 뿐이었다.

도스토예프스키의 동양인 같은 수염에 맺혔던 혈담은 어릴 적 기억에 남아 있는 자기 아버지의 죽음의 연상으로 생기는 환상이라고 생각하였다.

근자에 병일이는 사무실에서 장부 정리를 할 때에도 혹시, 후원에서 성난 소와 같이 거닐고 있던 *니체가 푸른 이끼 돋친 바위를 안고 이마

도스토옙스키(F.M. Dostoevskii, 1821~1881)
톨스토이와 함께 19세기 러시아 문학을 대표하는 세계적인 문인.

비말
날아 흩어지거나 튀어 오르는 물방울.

니체(F.W.Nietzsche, 1844~1900)
독일의 시인이자 철학자. 쇼펜하우어의 의지 철학을 계승하는 '생의 철학'의 기수이며, 키르케고르와 함께 실존주의의 선구자로 지칭된다. 대표적인 저서로 『반시대적 고찰』, 『차라투스트라는 이렇게 말하였다』가 있다.

를 부딪치는 것을 상상하고 작은 신음 소리가 나오려는 것을 깨닫고는 몸서리를 치기도 하였다.

그럴 때마다 곁에서 담배를 피우며 신문을 뒤적이고 있는 주인을 바라볼 때 신문 외에는 활자와 인연이 없이 살아갈 수 있는 그들의 생활이 부럽도록 경쾌한 것 같았다. 사실 월급에서 하숙비를 제하고 몇 푼 안 남는 돈으로 탐내어 사들인 책들이 요즘에는 무거운 짐같이 겨웠다.

활자로 박힌 말의 퇴전이 발호하여서 풍겨 오는 문학의 자극에, 자기의 신경은 확실히 피곤하여졌다고 병일이는 생각하였다.

피곤한 병일이는 사무실에서 돌아올 때마다, 이 지리한 장마는 언제까지나 계속할 셈인가고 중얼거리었다.

지금부터는 마음대로 할 수 있는 '나의 시간'이라고 생각하며 돌아가는 길에 언제나 발을 멈추고 바라보는 성문을 요즈음에는 우산 속에 숨어서 그저 지나치는 때가 많았다. 혹시 생각나서 돌아볼 때에는 수 없는 빗발에 씻기우며 서 있는 누각을 박쥐조차 나들지 않았다. 전날 큰 구렁이가 기왓장을 떨어치었다는 말이 병일이에게는 육친의 시체를 보는 듯한 침울한 인상을 주는 것이었다.

모기 소리에 빈대 냄새와 반들거리다가 새촘히 뛰어오르는 벼룩이가 기다릴 뿐인 바람 한 점 없는 하숙방에서 활자로 시꺼멓게 메인 책과 마주 앉을 용기가 없어진 병일이는 어떤 유혹에 끌린 듯이 사진관으로 찾아가게 되었다.

사진사도 병일이를 환영하였다. 그리고 술과 한담이 있었다.

아직껏 취흥을 향락해 본 경험이 없던 병일이는 자기도 적지 않게 마시고 제법 사진사와 같이 한담을 주고받을 수 있다는 것이 만족하게 생각되기도 하였다.

사진사가 수다스럽게 주워섬기는 얘기를 듣고 있는 동안에 병일이는 문득 자기를 기다릴 듯한 어젯밤 펴놓은 대로 있을 책을 생각하고 시계를 쳐다보기도 하였으나 문밖의 빗소리를 듣고는 누구에게 대한 것인지도 모른 송구한 마음을 가라앉히는 것이었다.

그럴 때마다 그는 얘기에 신이 나서 잊고 있는 사진사의 잔을 집어서 거푸 마시었다.

밤 열두시가 거의 되어서 하숙으로 돌아가는 병일이는 비를 맞는 것이 오히려 마음이 편하였다. '이것이 무슨 집이냐!' 하는 반성은 가려진 검은 구름 밖으로 보이는 별 밑에 한층 더하므로 '이 생활은 일시적이다. 장마의 탓이다' 하는 생각을, 오는 비에 핑계하기가 편하였던 것이다.

책상 앞에 돌아온 병일이는 '내 마음대로 할 수 있는 시간'이 모두 없어진 것을 새삼스럽게 느끼고 있는 자기를 발견하는 것이었다.

이른 아침 시간을 위하여 자야 할 병일이는 벌써 깊이 잠들었을 사진사의 코고는 소리가 들리는 듯하여 잠이 오지 않았다.

요즈음 사진사는 술을 사양하는 때가 있었다. 손이 떨려서 사진 수정에 실수가 많으므로 얼마 동안 술을 끊어 볼 의사가 있다는 것이었다. 이 장마에 손님이 없어서 그이 역시 우울하게 지내는 모양이었다. 그러나 병일이가 술을 사서 권하면 서너 잔 후에는 이내 유쾌해지는 것이었다.

오늘도 유쾌해진 사진사가 병일이에게 잔을 건네며,

"긴상, 밤에는 무엇으로 소일하시우—"

하고 물었다.

전에는 사진사가 주워섬기는 화제는 대부분이 사진사 자신의 내력과 생활에 관한 얘기요, 자랑이었다. 혹시 도를 지나치는 그의 살림 내정 얘기에 간혹 미안히 생각되는 때가 있었으나 마음놓고 들으며 웃을 수 있었던 것이다.

그렇던 것이 이 며칠은 병일이의 술을 마시는 탓인지 사진사는 병일이의 생활을 화제로 삼으려는 것이 현저하였다.

병일이가 월급을 얼마나 받느냐고 물은 것이 벌써 그저께였다.

어젯밤에는 하숙비는 얼마나 내느냐고 물은 다음에—흐지부지 허튼 돈을 안 쓰는 '긴상'이라 봉처로 한 달에 기껏 육 원을 쓴다 치고라도 한 달에 칠팔 원은 저금하였을 터이니 이태 동안에 *소불하 이백 원은 앞세웠으리라고 계산하였다. 그 말에 병일이는 웃으며, 글쎄 그랬더라면 좋았을 걸 아직 한 푼도 저축한 것이 없다고 하였더니, 내가 긴상에게 돈 꾸려고 할 사람이 아니니 거짓말할 필요는 없다고 서둘다가—정말 돈을 앞세우지 못하였다면 그 돈을 무엇에다 다 썼을까고 대단히 궁금해 하는 모양이었다.

사진사가 오늘 이렇게 묻는 것도 그러한 궁금증에서 나오는 말인 것을 짐작하는 병일이는 하기 싫은 대답을 간신히,

"갑갑하니까 그저 책이나 보지요."

하고 담배 연기를 핑계로 찡그린 얼굴을 돌리었다. 사진사는 서슴지 않고 여전히 병일이를 바라보며,

"책? 법률 공부 하시우? 책이나 보시기야 무슨 돈을 그렇게…… 나를 속이시는 말인지는 모르지만 혼자서 적지 않은 돈을 저금도 안하고 다 쓴다니 말이 되오?"

이렇게 말하며 충혈된 눈을 더욱 크게 뜨고 병일을 마주 보는 것이었다.

소불하(少不下) 적게 잡아도.

술이 반쯤 취한 때마다 '사람이란 것은……' 하고 흥분한 어조로 자기의 신념을 말하거나 설교를 하려 드는 것이 사진사의 버릇임을 이미 아는 바요, 또한 그 설교를 무심중 귀를 기울이고 들은 적도 있었지만 오늘같이 병일이의 생활을 들추어서 설교하려 드는 것은 대단히 불쾌한 것이다.

술에 흥분된 병일이는 '그래 댁이 무슨 상관이요' 하는 말이 생각나기는 하였으나 이런 경우에 잘 맞지 않는 남의 말을 빌리는 것 같아서 용기가 없었다.

그렇다고 '돈을 아껴서 책까지 안 산다면 내 생활은 무엇이 됩니까? 지금 나에게는 도서관에 갈 시간도 없지 않소? 그러면 그렇게 책은 읽어서 무엇 하느냐고 묻겠지만 나 역시 무슨 목적이 있어서 보는 것은 아닙니다, 하고는 어떻게 살아야 후회 없는 일생을 살 수 있는가 하는 즉 사람에게는 사람이란 무엇인가? 하는 의문이 있다는 것을 알고 나도 그것을 알아보려고 한 적도 있었지만 지금은 고학도 할 수 없이 된 병약한 몸과 이 년래로 주인에게 모욕을 받고 있는 나의 인격의 울분한 반항이―말하자면 모두 자기네 일에 분망한 세상에서 나도 내 생활을 위하여 몰두하는 시간을 가져 보겠다는 것이 나의 독서요' 하고 이렇게 말한다면 말하는 자기의 음성이 떨릴 것이요, 그 말을 듣는 사진사는 반드시 하품을 할 것이라고 생각한 병일이는 하염없는 웃음을 웃고 나서,

"그럼 나도 책 사는 돈으로 저금이나 할까? 책 대신에 매달 조금씩 늘어 가는 저금통장을 들여다보는 것으로 낙을 삼구……."

"아무렴, 그것이 재미지―*적소성대라니."

이렇게 하는 사진사의 말을 가로채어서,

적소성대(積小成大)
작은 것도 쌓이면 많아짐.

"하하, 시간을 거꾸루 보아서 십 년 후의 천 원을 미리 기뻐하며, 하하."

하고 웃고 난 병일이는 아까부터 놓여 있는 술잔을 꿀꺽 마시고 사진사의 말을 막으려는 듯이 곧 술을 따라 건네었다.

술잔을 받아 든 사진사는 치가 있는 듯한 병일이의 말에 찔린 마음이 병일이의 공손한 웃음 소리에 중화되려는 쓸개 빠진 얼굴로 병일이를 바라보다가 채신을 차리려고 호기 있게 눈을 굴리며,

"십 년도 잠깐이오. 돈을 모으며 살아도 십 년, 허투루 살아도 십 년인데, 같은 값이면 우리두 돈 모아서 남과 같이 살아야지……."

하는 사진사의 말을 받아서,

"누구와 같이? 어떻게?"

하고 대들듯이 묻는 병일이의 눈은 한순간 빛났었다.

들어야 그 말이지, 하고 생각하여 온 병일이는 이때에 발작적으로 사진사가 꿈꾸는 행복이 어떤 것인가를 듣고 싶었던 것이다.

"아니 누구 같이라니! 자, 긴상 내 말 들어 보소. 자, 다른 말 할 것 있소. 셋집이나 아니구 자그마하게나마 자기 집에다 장사면 장사를 벌이구 앉아서 먹구 남는 것을 착착 모아 가는 살림이 세상에 상재미란 말이오."

하고 그는 목을 축이듯이 술을 마시고 병일이에게 잔을 건네며,

"이제 두구 보시우. 내가 이대루 삼 년만 잘 하면 집 한 채를 마련할 자신이 꼭 있는데, 그때쯤 되면 내 맏아들 놈이 학교에 가게 된단 말이오. 살림집은 *유축이라도 좋으니 학교가에다 벌이고 앉으면 보란 말이오. 그렇게만 되면 머어 창학이 누구누구 다 부러울 것이 없단 말이오."

유축
외따로 떨어진 구석진 곳.(평안방언)

하고 가장 쾌하게 웃었다. 쾌하게 웃던 사진사는 잔을 든 채로 멀거니 자기를 바라보고 있는 병일이의 눈과 마주치자 멋쩍게 웃음을 끊었다가, 그럴 것 없다는 듯이 다시 웃음을 지어 웃으며,

"어떻소? 긴상 내 말이 옳소? 긇소? 하하하."
하며 병일이가 들고 있는 술잔이 쏟아지도록 그의 어깨를 잡아 흔들었다.

병일이는 잔 밑에 조금 남은 술방울을 혓바닥에 처뜨려서 쓴맛을 맛보듯이 마시고 잔 밑굽으로 테이블에 작은 소리를 내며,

"글쎄요."
하고 얼굴을 수그리며 대답하였다.

사진사는,
"글쎄요라니?"
하니 병일이의 대답이 하도 시들함을 나무라는 모양으로,

"긴상은 도무지 남의 말을 곧이 안 듣는 것이 병이거든. 그리고 내가 보기엔 긴상은 돈 모으고 세상살이 할 생각은 많은 것 같단 말이야."

이렇게 말하는 사진사는 자기의 말을 스스로 긍정하는 태도로 병일

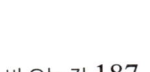

건득거리다
졸음이 와서 고개를 힘없이 앞으로 자꾸 숙였다 들었다 하다.

이를 건너다보며 머리를 *건득이었다.

병일이도 사진사의 말을 긍정할밖에 없었다.

사진사의 설교가 아니라도 이러한 희망과 목표는 이러한 사회층(물론 병일이 자신도 운명적으로 예속된 사회층)에 관념화한 행복의 목표라는 것을 모르는 바가 아니었다.

이러한 사회층의 일평생의 노력은 이러한 행복을 잡기 위한 것임을 어느 때 어느 곳에서나 늘 보고 듣는 것이었다. 그렇다고 나의 희망과 목표는 무엇인가고 생각할 때에는 병일이의 뇌장(腦漿)은 얼어붙은 듯이 대답이 없었다. 이와 같이 별다른 희망과 목표를 찾을 수 없으면서도 자기가 처하여 있는 사회층의 누구나 희망하는 행복을 행복이라고 믿지 못하는 이유도 알 수 없는 것이었다.

희망과 목표를 향하여 분투하고 노력하는 사람의 물결 가운데서 오직 병일이 자기만이 지향 없이 주저하는 고독감을 느낄 뿐이었다. 다만 일생의 목표를 그리 소홀하게 결정할 것이 아니라고 간신히 자기에게 귓속말을 하여 보는 것이었다.

이러한 귓속말에 비하여 사진사의 자신 있는 말은 얼마나 사진사 자신을 힘 있게 격려할 것인가? 더욱이 누구나 자기의 희망과 포부를 말로나 글로나 자라나고 있을 때보다 훨씬 빈약해 보이는 것이요, 대개는 정열과 매력을 잃고 마는 것인데, 이 사진사는 그 반대로 자기 말에 더욱더욱 신념과 행복감을 갖는 것을 볼 때 그는 참으로 행복스러운 사람이라고 생각할밖에 없었다.

이렇게 사진사를 행복자라고 생각하는 병일이는 그러한 행복 관념 앞에 여지없이 굴복하는 듯하였다. 그러나 진심으로 그 행복 관념에 복종할 수 없었다. 그러면 자기는 *마바리 역하는 노예와 같이 운명이

마바리
짐을 실은 말. 또는 그 짐.

내리는 고역과 매가 자기에게는 한층 더 심할 것이라고 생각되었다.

병일이는 이렇듯이 발걸음 하나나마 자신 있게 내짚을 수 있는 명일의 계획도 세우지 못하고 오직 가혹한 운명의 채찍 아래서 생명의 노예가 되어 언제까지 살지도 모를 일생을 생각할 때 깨어날 수 없는 악몽에서 신음하듯이 전신에 땀이 흐르는 것이었다. 이러한 강박 관념에 짓눌리어서 멀거니 앉아 있는 병일이에게,

"참말 나 긴상한테 긴히 부탁할 말이 있는데."

하고 사진사는 병일이를 마주 보는 것이었다. 사진사의 말과 시선에 부딪친 병일이는 한 장 벌꺽 뒤치어 새 그림을 대한 듯한 기름기 있는 큰 얼굴에 빙그레 흘린 웃음을 바라보았다.

"긴상, 여기 신문사 양반 아는 이 있소?"

하며 전에 없이 긴한 표정으로 사진사는 물었다.

"없어요."

하고 대답하는 병일이가 얘기한 이상으로 사진사는 재미없다는 입맛을 다시고 나서,

"사람이라는 것은 할 수만 있으면 교제를 널리 할 필요가 있어."

하고 병일이를 쳐다보며,

"긴상도 누구만 못지않게 꽁생원이거든!"

이렇게 말하고 이어서 하하 웃었다.

웃고 난 사진사는 말마다 '신문사 양반'이라고 불러 가며 여기 유력한 신문 지국의 '지정 사진관'이라는 간판을 얻기만 하면 수입도 상당하거니와 사진관으로서는 큰 명예가 된다고 기다랗게 설명을 하였다. 일전에 지방 잡신으로 성문 위에 길이 석 자 가량 되는 구렁이가 나타나서 작은 넌센스 소동을 일으켰다는 기사를 보고 작은 것을 크게 보

도하는 것이 신문 기자의 책임이거늘 옛날부터 있는 성문지기 구렁이를 석 자밖에 안 된다고 한 것은 무슨 얼빠진 수작이냐고 사진사는 대단히 분개하였던 것이었다.

"전부터 별러 온 것이지만 왜 지금 갑자기 이런 말을 하는가 하면, 기회가—"

하고 사진사는 의논성 있게 한층 말소리를 낮추며,

"××사진관 주인이 (전에 말한 이전에 자기가 섬기던 주인이라고 그는 주를 달았다) 오랜 해소병으로 오늘내일 하는 판인데 그 자리가 성안 사진관 치고도 그만한 곳이 없고 게다가 완전한 설비도 있는 터이라 이 기회에 유력한 신문 지국의 지정 간판만 얻어 가지고 가게 되면 남부러울 것이 없거든요."

하고 말을 이어서,

"자, 그러니 이 기회에 긴상이 한번 수고를 아끼지 않고 지정 간판을 얻도록 활동해 주시면……."

하는 사진사의 말에, 병일이는,

"이 기회라니—그 사진관 주인이 딱 언제 죽는대요?"

하고 빙그레 웃었다.

"아이 긴상두 원, 그러게 내가 긴상은 남의 말을 곧이 안 듣는다고 하는 게요. 오늘내일 하는 판이라고 안 그러우, 설사 날래 끝장이 안 난대도 지정 간판은 지금 여기다 걸어도 좋으니깐 달리 생각하지 마시고 좀 힘을 써주시구려."

하고 사진사는 마시는 술잔 너머로 병일이를 슬쩍 훑어보았다. 병일이는 그러한 눈치가 싫었다. 그는 사진사의 눈치를 피하며 담배 내를 천장으로 길게 뽑으며,

"천만에 달리 생각하는 게 아니지. 나도 학생시대에 테니스를 할 때에 세컨드 플레이가 되어서 남이 하는 게임이 속히 끝나기를 초조하게 기다린 경험이 있으니까요, 하하하."
하고 과장한 웃음을 웃었다.

"아무렴! 세상 일이 다 그렇구말구."
하고 사진사는 유쾌하게 껄껄 웃었다. 그리고 병일이의 손목을 잡아 흔들며—친구로 다리를 놓아서라도 '신문사 양반'에게 부탁하여 '지정 간판'을 얻도록 하여 달라고 신신부탁하는 것이었다.

내일도 또 오라는 사진사의 인사를 들으며 행길에 나선 병일이는 머리가 아프고 말할 수 없이 우울하였다.

병일이가 돌아볼 때에는 사진관 쇼윈도의 불은 이미 꺼지었다. 사진사를 처음 만났던 밤에 우연히 돌아보았을 때 꺼졌던 불은 청개구리 소리를 듣던 곳까지 와서 돌아보면 언제나 꺼지던 것이었다. 병일이가 하숙으로 돌아가는 시간도 거의 같은 때였지만, 쇼윈도의 불은 병일이의 발걸음을 몇 걸음까지 세듯이 일정한 시간 거리를 두고 꺼지는 것이었다.

병일이는 으레 꺼졌을 줄 알면서도 돌아볼 때마다 그 불은 이미 꺼졌던 것이었다.

어떤 때, 유쾌하게 취한 병일이는 미리 발걸음을 멈추고 이제 쇼윈도의 불이 꺼지려니 하고 기다리다가 정말 꺼지는 불을 보고는 '아니나 다를까' 하고 웃은 적도 있었다.

오늘따라 심히 아픈 병일이의 머릿속에는 '사진사는 벌써 잘 것이다' 하는 생각만이 자꾸자꾸 뒤대어 반복되었다. 자기도 모르게 그 생각을 입 속으로 중얼거리고 있는 것을 알았다.

어느덧 좁은 골목에 들어섰을 때에 빗물이 몇 치 들고 있는 동그란 문등이 달린 대문을 두들기며, '낭홍이 낭홍이' 하고 부르는 사람이 보였다.

처마 그림자 밖으로 보이는 고무장화가 전등빛에 기다랗게 빛나며 나란히 서서 움직이지 않았다. 그리고 조심스럽게 대문을 두세 번 통통 두들기고는 역시 조심스러운 목소리로 '낭홍이 낭홍이' 하고 불렀다. 그때마다 병일이도 귀를 기울이었다. 그리고 웬 까닭인지 마음이 두근거림을 깨달았다.

대문을 두드리고 '낭홍이'를 부르고 귀를 재우고 기다리기를 몇 차례나 하였으나 종내 소식이 없었다. 할 수 없이 단념하고 돌아선 그와 마주 서게 된 병일은 멍하니 서 있는 자기의 얼굴을 가로 베듯이 날카로운 시선이 번쩍 스칠 때 아득하여져 겨우 그 사람의 코 아래 팔자수염을 보았을 뿐이었다. 머리를 숙이고 도망하듯이 하숙으로 달아온 병일이는 이불을 뒤쓰고 누웠다. 신열이 나고 전신이 떨리었다.

신열로 며칠 앓고 난 병일이는 여전히 그 길을 걸으면서도 한 번도 사진사를 찾지 않았다. 한때는 자기가 사진사를 찾아가는 것은 마치 땀 흘린 말이 누워서 뒹굴 수 있는 *몽당판을 찾아가는 듯한 것이라고 생각한 적도 있었다. 그러나 그곳도 마음 놓고 뒹굴 수 있는 곳은 아니었다.

피부면에까지 노출된 듯한 병일이의 신경으로는 문어의 *흡반같이 억센 생활의 기능으로서의 신경을 가진 사진사의 생활면은 도리어 아픈 곳이었다.

이같이 사진사를 찾지 않으려고 생각한 병일이는 매일 오고 가는 길에 사진관 앞을 지날 때마다 마음이 불안하였다. 그렇게 매일같이 찾

몽당판
'몽당'은 '먼지'의 뜻.

흡반
다른 동물이나 물체에 달라붙기 위한 기관. 둘레 벽의 근육을 수축시켜 빈 곳을 만들고 내부의 우묵한 부분의 압력을 낮추어 흡착하는데 접시 모양, 혹 모양, 쟁반 모양 따위가 있다. 촌충, 낙지나 오징어의 발, 도마뱀붙이의 발가락 따위에서 볼 수 있다.

아가던 자기가 갑자기 발을 끊은 것을 사진사는 나무랍게 생각할 것 같았다. 그보다도 병일이 자신이 미안하였다. 자기를 사랑하던(?) 사진사의 호의를 무시하는 행동같이도 생각되었다. 자기가 그를 찾지 않은 이유를 모르는 사진사는 그가 부탁하였던 '지정 간판'이 짐스러워서 오지 않은 것같이 오해하지나 않을까? 그렇다고 자기가 사진사를 피하는 진정한 심정을 소설 중의 주인공이 아닌 자기로서 그 역시 소설 중의 인물이 아니 사진사에게 어떻다고 말할 수도 없는 것이었다. 이같이 생각하던 병일이는 마침내 이렇듯 짐스러운 관심 때문에 자기 생활 중에서 얻기 힘든 사색의 기회를 주는 이 길 중도에 무신경하게 앉아 있는 사진사의 존재를 귀찮게 생각하기도 하였다. 아침에는 물론 사진관 문이 닫혀 있었다. 어젯밤에도 혼자서 술을 먹고 아직 자고 있는가? 하긴 새벽부터 가게 문을 열 필요는 없는 영업이니까! 하고 생각하였다. 그러나 저녁에는 열린 문 안에 혹시 사람의 흰 그림자가 보일 때마다 길에 걸쳐 놓인 뱀의 시체나 뛰어넘듯이 머리 밑이 쭈빗하였다.

무슨 까닭인지 근자에 며칠 동안은 아침이나 저녁이나 사진관의 문은 닫혀 있었다.

이렇게 연 며칠을 두고 더운 여름밤에 문을 닫고 있는 사진사의 소식이 궁금하기도 하였다. 한번 찾아 들어가서 만나보고 싶기도 하였으나 그리 신통치도 않았던 과거를 되풀이하여서는 무엇 하리—하는 생각에 닫힌 문을 요행으로 알고 달리었다.

이렇게 지나기를 한 주일이나 지나친 어느 날이었다. 오래간만에 비 갠 아침에 병일이는 사무실 책상 앞에서 신문을 보고 있었다.

*

　평양에 장질부사가 유행하여 사망자 다수라는 커다란 제목이 붙은 기사를 읽어 내려가다가 부립 피병원에 수용되었다가 죽었다는 사람의 씨명 중에 이칠성이라는 세 글자를 보았다. 병일이는 자기의 눈을 의심하였으나 주소 직업으로 보아서 그것은 칠성 사진관 주인인 이씨임에 틀리지 않았다.

　병일이는 지금껏 자기 앞에서 얘기를 하여 들려주던 사람이 하던 이야기를 마치지 않고 슬쩍 나가 버린 듯이 허전함을 느끼었다. 그 얘기는 영원히 중단된 얘기로 자기의 기억에 남을 것이라고 생각되었다. 병일이는 뒤대어 오는 전화의 수화기를 떼어 들고 메모에 연필을 달리면서도 대체 사람이란 그런 것인가 하는 생각에 받던 전화의 말을 잊게 되어, "미안하시지만 다시 한 번" 하고 물었다.

　병일이는 사진사를 *조상할 길이 없었다. 다만 멀리 북쪽으로 바라

조상(弔喪)
조문.

보이는 광산 화장장에서 떠오르는 검은 연기를 바라보았을 뿐이었다.

그 이튿날 아침에 사진관 앞에서 이삿짐을 실은 구루마가 떠나가는 것을 보았다.

계집애인 듯한 어린것을 등에 업고 오륙 세 된 사내아이 손목을 잡은 젊은 여인이 짐 실은 구루마의 뒤를 따라가고 있는 것을 보았다. 병일이는 그것이 사진사의 유족인 것을 짐작하였다.

병일이는 뒤로 따라가다가 그들이 서문동 안으로 사라질 때까지 바라보고 있었다.

그들이 보이지 않게 되었을 때 병일이는 공장으로 가면서 '산 사람은 아무렇게라도 죽을 때까지는 살 수 있는 것이니까' 이렇게 중얼거리며 그는 자기가 어렸을 때 부모상을 당하고 못 살 듯이 서러워하였던 생각을 하였다.

저녁에 돌아갈 때에는 현관의 문등은 이미 없어졌다. 그리고 역시 불이 꺼진 쇼윈도 안에는 사진 대신에 '셋집'이라고 크게 씌어진 백지가 비스듬히 붙어 있었다.

어느덧 장질부사의 흉스럽던 소식도 가라앉고 말았다. 홍수도 나지 않고 지리하던 장마도 이럭저럭 끝날 모양이었다. 병일이는 혹시 늦은 장맛비를 맞게 되는 때가 있어도 어느 집 처마로 들어가서 비를 그으려고 하지 않았다. 노방의 타인은 언제까지나 노방의 타인이기를 바랐다.

그리고 지금부터는 더욱 독서에 강행군을 하리라고 계획하며 그 길을 걸었다.

『장삼이사』, 을유문화사, 1947.

최명익 단편소설

무성격자
(無性格者)

십여 일 전부터 아버지가 종시 자리에 눕게 되었다는 편지를 받은 지 이틀 되던 날 아침에 또 속히 내려오라는 전보를 받은 정일(丁一)이는 문주(紋珠)와 작별하기 위하여 병원으로 찾아갔다. 전보가 없더라도 속히 가려고 작정하였고 문주도 그런 줄 알고 있지만 입원실에 외로이 누워 있는 문주를 볼 때 정일이는 지금 곧 떠난다는 말을 하기가 주저되었다. 흰 병실에 흰 침대에 흰 요에 싸여 있는 탓인지 흰 베개 위에 놓인 문주의 얼굴은 어제 아침 입원할 때보다 더 여위고 창백하게 병상이 난 듯이 보였다. 종시 입원하게 되었다는 생각만으로도 저렇게 원기를 잃을 문주였다는 생각에, 문주가 싫다는 것을 달래고 강권하여 이렇게 입원시킨 것이 후회되기도 하였다. 마침 전보를 보이고 곧 떠나야겠다고 말하는 정일이는 이렇게 전보를 친 집에서는 자기가 반드시 이번 급행으로 올 것을 믿고 기다릴 모양이라고 설명할밖에 없었다. 문주는 고개를 끄떡이고 자기 걱정은 하지 말고 다녀오라고 말하며 요 위에 놓인 자기 손을 잡는 정일이에게 웃어 보이려는 노력까지 보였다. 문주의 손을 만지며 실심한 사람같이 앉아 있는 정일이에게 차 시간이 급하지 않느냐고 재촉하는 문주는 기침을 핑계하여 저편으로 얼굴을 돌리었다. 그러한 문주의 눈물을 보기가 겁나서 역시 얼굴을 돌리며 속히 다녀온다는 말을 남기고 병실을 나선 정일이는 문밖까지 따라 나온 쓰키소이(간병인) 노파에게, 문주는 절대 안정이 필요하다는 것과 그러면서도 적적하고 쓸쓸하게 하여서는 안 될 것이므로 좋은 이야기 동무가 되어 주라는 부탁을 하였다. 기다리게 하였던 택시로 역에 닿았을 때에는 발차 시각까지는 아직 삼십 분의 여유가 있었다. 정일이는 공중전화로 티룸

1930년대의 택시

알리사에 걸어 문주의 사촌 오빠인 운학을 찾았으나 없었다. 할 수 없이 전화 받는 보이에게 자기가 지금 떠난다는 것과 운학군이 어련하련만 할 수 있는 대로 자주 문주를 찾아보도록 전하라는 부탁을 하고 바삐 차에 올랐다. 비교적 승객이 적은 이등 차실 한 모퉁이에 몸을 던지듯이 앉은 정일이는 심신의 피곤이 일시에 머리로 끓어오르는 듯한 현기에 차창에 비스듬히 머리를 의지하고 눈을 감았다. 자연히 찌푸려지는 눈과 미간을 누가 볼 것이 싫은 생각에 손수건으로 얼굴을 가린 정일이는 잠들 수는 없더라도 머리를 좀 쉬어 보고 싶었다. 그러나 눈을 감고 있는 머릿속에는 차바퀴 소리를 따라 흔들리는 몸과 같이 순서 없이 떠오르는 생각조차 흔들리고 뒤섞이는 듯하였다. 싫다는 문주를 억지로 입원시킨 것이 잘못이었다고 초조하게 후회되었다. 그러나 할 수 없는 일이 아니었던가? 이틀 전에 편지를 받았을 때 정일이는 홀로 남아 있을 문주를 어떻게 할까 하는 것이 걱정이었다. 집으로 한시바삐 내려가야 할 정일이는 '할 수 있는 대로 속히 내려오라'고 한 '할 수 있는 대로'라는 편지 문구를 할 수 있는 대로 여유 있게 해석하고 자기가 떠나기 전에 먼저 문주를 *전지(轉地)시키든가 입원을 시키려고 하였다. 문주를 그냥 하숙에 두고 간다면 자기가 없는 동안 절대 안정이 필요한 문주가 적적함을 못 이기어 나다닐 것이 분명하였다. 그뿐 아니라 자기 병에 자포자기하는 문주는 누가 채근하기 전에는 제때에 약도 먹으려고 않는 형편이었다. 그러한 문주가 저 혼자만이 또 전지를 한댔자 무의미할 것이므로 결국 입원시킬밖에 없었던 것이다. 그러나 본디 적막을 두려워하는 문주는 일상생활과는 차단된 병실에 혼자 있게 될 것이 싫고, 평생 본 적도 없고 아무런 인연도 없던 의사와 간호부들의 무표정한 신세를 지고 싶지 않다고 하였다. 그렇지만 그냥 두

전지
있던 곳을 바꾸어 다른 곳으로 옮김.

고는 자기가 마음 놓고 갈 수가 없지 않느냐고 정일이는 애원하듯이 문주를 달래고 권하여 입원시켰던 것이다. 마침내 입원을 승낙한 문주는 당신이 이번 가면 짐스러운 나를 영 버릴 것이 아니냐 하며 언제나 7도 5부 내외의 신열을 가지고 있는 몸을 정일이의 품에 던지고 울면서, 정일이의 아버지가 돌아가시면 어머니를 모셔야 하고 따라서 처와도 같이 있게 될 정일이의 경우를 일일이 설명하듯이 말하고 나서, 정일이의 부담으로 입원하고 있다는 사실만이 정일이와 자기의 인연이 끊기지 않은 오직 한 증거로 믿고 지내려고 입원하는 것이라고 말하였던 것이다. 두어 달 전에 정일이의 아버지가 위암으로 진단되었다는 소식을 받고 정일이가 집으로 가던 때부터 문주는 언제 당신은 나를 버리느냐고 혹은 웃으며 혹은 울며 말하였

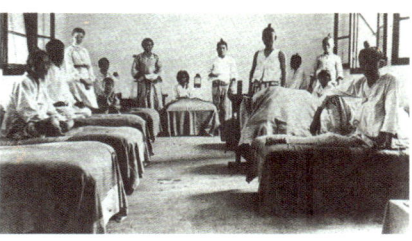

1930년대 병실과 환자들

던 것이다. 어젯밤까지도 그런 말을 하던 문주가 지금 떠날 때 오히려 쓸쓸한 웃음일망정 웃어 보려고 하고 속히 오라는 말도 없이 얼굴을 돌려서 눈물을 숨기는 것을 본 정일이는 자기가 돌아오기 전에 문주가 외로이 죽지나 않을까? 그렇게 된다면 문주의 말대로 자기는 문주를 버리고 도망하는 셈이 아닌가고도 생각되었다. 그리고 아무래도 회복할 여망이 없는 문주인 바에 구태여 적적한 병실에 몰아넣은 자기가 마음놓으려는 자기 생각만 한 것같이도 생각되는 것이었다.

    모두 자리가 잡힌 모양으로 차 안의 *훤화도 가라앉고 차바퀴 소리의 반향도 차차 작아 갔다. *애연의 도시를 벗어난 차는 푸른 산 푸른 들 사이를 달리기 시작한 것이다. 창 밖으로 보이는 밀보리는 기름이 흐르는 듯이 자라서 흐늑흐늑 푸른 물결을 치고 있다. 오래간만에 보는 교외 풍경에 머릿속으로 시끄러운 바람이 불어드는 듯이 가벼워짐

훤화
시끄럽게 지껄이어서 떠듦.

애연
구슬픈 꼴.

침퇴
가라앉아 쌓여 있음.

발호
제 마음대로 날뛰며 행동하는 것을 뜻함.

을 느낀 정일이는 담배를 붙여 물었다. 그러나 두어 모금 속 깊이 빨아들인 연기에 또 현기가 나고 아찔해진 정일이는 담배를 창 밖으로 던지고 다시 눈을 감을 수밖에 없었다.

다시 눈을 감은 정일이는 자기의 피폐하고 *침퇴한 뇌에로 폐물이 *발호하는 현상이라고밖에 할 수 없는 생각이 마치 여름날 썩은 물에 북질북질 끓어오르는 투명치 못한 물거품같이 자꾸 떠오르는 것이 괴로웠다. 한나절 후에 보게 될 임종이 가까운 아버지의 신음 소리, 오래 앓은 늙은이의 몸 냄새, 눈물 괸 어머니의 눈과 마음 놓고 울 기회라는 듯이 자기의 설움을 쏟아 놓을 미운 처의 울음소리, 불결한 요강…… 그리고 문주의 각혈, 그 히스테릭한 웃음과 울음소리…… 이렇게 주검의 그림자로 그늘진 병실의 침울한 광경과 이그러진 인정의 소리가 들리고 보이었다. 혹시 아버지의 죽음이라는 생각이 한순간 머릿속의 훤화를 누르고 떠오르기도 하였으나 마음에 반향을 일으키는 아무런 여운도 없이 사라지거나 임종이 가까운 아버지—이렇게 입 속으로 중얼거리며 그 말에 감상적 여운을 들여서 감정 유희를 해보려는 자기를 빙그레 웃게 되기도 하였다. 그때마다 이렇게 아버지의 죽음을 슬퍼할 수 없는 것은 삼십이 가까운 자기의 나이 탓이 아닐까? 이렇게 생각하여 보는 정일이는 두들겨도 소리 안 나는 벙어리 질그릇같이 맥맥한 자기 마음이 더욱 무겁고 어둡게 생각되었다.

특급 열차

자박지
조각.

외각
다각형에서, 한 변과 그 이웃 변의 연장선 사이에 이루어진 각.

이 급행차가 머무르지 않는 차창 밖으로 지나갈 뿐인 작은 역들은 오직 한 빛으로 청청한 신록이 흐르는 산과 들 사이에 붉은 질그릇 *자박지같이 메마르게 보인다.

늦은 봄빛을 함빡 쓰고 있는 붉은 정거장 지붕의 진한 그림자가 *외각으로 비껴 있는 처마 아래는 연으로 만든 인형 같은 역부들이 보이고 천장 없는 빈 플랫폼 저편에 빛나는 궤도가 몇 번인가 흘러갔다. 승객 중에는 가까워 오는 K역에서 내릴 준비를 하는 사람도 있었다.

두어 달 전에, 피를 토한 아버지가 위암으로 진단되었다는 편지를 받고 내려갈 때, 문주가 K역까지 따라왔던 것이다. 그때—문주는 지금같이 자기 건강에 전연 자신을 잃거나 아직 그렇게 자포자기하지도 않았던 때였다. 떠나는 전날 밤 이 기회에 짐스러운 자기를 영 버리고 가는 길이 아니냐고 울던 문주는 집에서 정양하라는 말을 듣지 않고 정일이가 가는 중도에서 어긋나는 차로 돌아갈 수 있는 K역까지 정일이를 바래다준다고 기어이 따라 나섰던 것이다. 여기까지 오는 동안에 별로 말도 하지 않고 시름없이 창밖을 내다보고 있던 문주는 갑자기 생각난 듯이 이미 떠난 김에 전지하는 셈치고 정일이의 고향까지 같이 가 있다가 정일이가 올 때 따라올까 보다고 말하고, 사실은 농담이라는 듯이 웃었던 것이다. 그러나 그 말을 들은 정일이는 무엇에 찔린 듯이 놀랐었다. 놀라면서도 놀란 얼굴을 할 수 없으리만큼 정일이는 난처하였다. 문주가 간혹 이런 농담을 할 때 정일이가 단순히 농담으로 돌리는 태도를 보이면 문주는 금시에 정색을 하고 도리어 정일이가 제 말을 놓쳐 버린다고 짜증을 내며 농담으로 했던 자기 말을 기어이 실행하자고 조르는 때가 있었다. 그런 버릇이 있는 문주다. 그때도 문주의 그 농담을 실없는 말이라고 하면 문주가 또 그 야릇한 고집을 세울는지도 모를 것이요, 더욱이 그 농담에는 문주의 진정한 의사가 전연 없을 것도 아닐 것이므로 다른 때 같으면 그래 볼까 하고 서로 웃어 버릴 수도 있겠지만 지금 섣불리 그런 말을 하였다가 정말 문주를 고향까지 데리고 가게 될는지도 모르는 일이었다. 그렇다고 처음부터 정색하고, 아버지의 병환으로 가는 고향에 문주를 데리고 갈 형편이 못 되지 않느냐고, 아직까지는 농담에 지나지 않는 문주의 말에 미리부터 양해를 구할 수도 없는 일이었다. 난처한 정일이는 자기의 눈을 확실히 엿보고 있는 문주의 시선을 얼굴에 느끼며 어떻게 무사히 문주를 K역에서 돌려보낼 수가 없을까 하고 궁리하는 동안에 제 생각에도 별로 꺼뻑이는 듯한 자기 눈에 보이는 창밖의 풍경이 차차 K역에 가까워짐을 따라 정일이는 더욱 초조하였던 것이다. 그러한 정일이의 눈을 보고 있던 문주는 말라붙은 듯한 정일이의 얼굴과 대조되는 *구으는 듯한 웃음을 웃고 나서 '이보세요, 저를 간호부로 꾸며서 댁에 데리고 가세요. 그러면—' 자기 부모는 얼굴조차 기억에 남기지 못한 문주는 정일이의 아버지를 친아버지같이 간호해 보고 싶다고 말하며 자기가 의학을 일 년밖에 못 배웠지만 정성만으로도 *도향당 간호부보다는 낫게 간호할 자신이 있다고 말하고 또 웃었던 것이다. 문주의 말이 이렇게 길어 갈수록 차차 웃음의 말로 번지어 가는 것을 들을 때 정일이는 비로소 안심하고 같이 웃을 수가 있었던 것이다. 문주가 자기의 농담을 이렇게 확실히 농담으로 웃고 있는 이 무렵에—하고 그때 정일이가 초조하게 기다렸던 K역에 차는 들어섰다.

지금 정일이가 차창으로 내다보는 플랫폼에 그때 문주를 따라 내렸던 정일이는 여기서 문주가 돌아갈 어긋나는 차를 기다리는 삼 분도 안 되는 동안에 여러 번 시계를 꺼내 본 모양이었다. 몇 번째인가 또 시계를 꺼냈을 때 히스테릭한 문주의 웃음소리에 머엉하니 바라보는 정일이가 더욱 우습다는 듯이, 시계 그만 보시고 어서 차에 오르세요. 저 혼자 기다릴게요, 하는 문주의 말에 비로소 문주가 웃는 까닭을 알고 정일이는 몇 분이 남았다고 채 따지지도 못한 시계를 집어넣으며,

구으다
구우다. 우기다.

도향당(道鄕堂)
시골.

자연 마음이 급해서 하였던 것이다. 그때도 지금같이 이 분밖에 남지 않은 시간이었지만, 그때 정일이는 자기의 마음과 시선을 한순간도 놓치지 않고 감시하는 문주의 곁을 일각이라도 속히 떠나고 싶은 생각에 자주 시계를 꺼내게 되었던 것이다. 그러한 정일이의 눈을 바라보고 있던 문주의 눈에는 금시에 눈물이 괴어, 급하시겠지만 제가 미안해할 것도 좀 생각하세요, 하고 돌아서서 그때 막 들이닿는 차 안으로 들어갔던 것이다. 차창을 격하여 말도 없이 찬 물그릇같이 무표정한 얼굴을 마주 보고 있을 때에 발차 신호가 났다. 문주에게 마음 놓고 *정양하라는 말을 하고 정일이는 차에 뛰어올랐던 것이다. 달리기 시작한

정양(靜養)
몸과 마음을 안정하여 휴양함.

지치
깃.

뇌장(腦漿)
수액. 지주막 하강, 뇌실 및 척추의 중심관을 채우고 있는 액체. 외부 충격으로부터 뇌 척수를 보호하는 역할을 한다.

맥고모
맥고로 만든 모자. 개화기에 젊은 남자들이 주로 썼다. '밀짚모자'로 순화.

차창으로 내다볼 때에는 문주가 탄 차도 역시 그들이 왔던 궤도를 거슬러 달리기 시작하였다. 벌써 차창을 볼 수 없이 성벽이 흐른다면 그같이 달리는 검은 차체에 붙어 있는 흰 아비의 *지치와 같이 흔들리는 손수건이 보였다. 또 저런 말괄량이 짓을! 하고 속으로 혀를 차던 정일이는 그러한 문주의 창백한 입술에 눈물이 핑 도는 웃음이 떠돌음을 깨달았던 것이다. 마침내 문주가 탄 기차는 산모퉁이로 꼬리를 감추었다. 바라보던 초점을 잃은 정일이의 눈에는 들이 새삼스럽게 넓어 보이는 듯하였다. 이렇게 문주를 보내고 난 정일이는 문주의 기억까지도 보낸 것같이 머릿속은 터엉 빈 듯하였다. 그러나 터엉 빈 듯한 머리는 지금까지의 생각이 잠들어서 갑자기 게을러진 자기의 *뇌장의 무게를 느끼게 되는 듯이 무거웠던 것이다.

정일이는 창밖으로 무거운 머리를 내밀고 얼굴에 거슬리는 바람을 받으며 눈을 감았다. 달리는 차체에 찢기운 대기의 단면(斷面)이라는 생각에 머리카락으로 귀밑을 때리는 바람은 더욱 새롭고 싸늘하게 느껴졌다. 대학시대인 어느 때 지금같이 창밖을 내다보던 머리에서 새 *맥고모가 휘 날아 버린 생각이 난다. 그때는 지금같이 눈을 감고 지나치기에는 모든 것이 아까운 시절이었다. 날아가는 모자도, 탐내어 바라보던, 쉴 새 없이 바뀌는 새 풍경의 한 여흥이었던 것이다. 그리고 그 한여름을 무모(無帽)로 지낸 것이 삼사 년 전 일이 아닌가. 불과 삼사 년 전인 학생시대를 감상적으로 추억하기는 아직 자존심이 선뜻 허락하지 않는 듯도 하지만 이 이삼 년간의 생활을, 더욱이 문주와의 관계를 생각하면 자존심도 날아 버린 맥고모같이 썩을 대로 썩었다고 생각함이 솔직하지 않을까? 문주와의 관계! 문주를 중축으로 한 지금의 생활! 외아들이라는 것이 큰 자세나 같이 나이 삼십에 응석을 피우다시피 하여 어머니가 아버지에게 큰소리를 들어가며 타내 주는 어엿지 못한 돈으로 이렇듯 퇴폐적 생활을 하는 지금, 전날의 자존심이 남아 있을 리도 없을 것이다.

  교원생활을 시작한 첫 일 년 간은 학생생활의 연장이나 다름없었지만 차차 서재에서 매력을 잃게 되자부터 분필가루를 털며 교문을 나선 때마다 언제나 갈 방향이 작정된 발걸음은 내딛지 못하게 되었던 것이다. 방황하던 거리에서 피곤한 다리를 쉬고 할 일 없는 시간을 보내기 위하여 늦도록 티룸에 앉아 있는 때도 있었다. 희미한 전등에 벽에 그려진 바위 같은 자기네의 그림자 밑에 앉아서 턱을 괸 손끝에서 피어오르는 담배 연기를 바라보며 하품으로 시간을 보내는 젊은이들의 우울한 포즈, 비치는 전등의 각도를 따라 우람하게 보이는 자기의 그림자를 정신없이 쳐다보다가 어느덧 지방이 오른 손에 들린 커피의 자극만으로는 만족지 못하여 술을 먹고 싶어하는 자기를 깨닫게 되었다. 점점 뚱뚱해져서 장래를 생각하고 걱정할 만한 기력조차도 없어졌다고 한 졸라의 말을 생각하며 바카페로, 혹시는 먹어도 좋은 술이지만 안 먹은 이튿날이 더 좋아, 이렇게 스스로 타이르는 때도 있었지만 안 먹어 좋은 이튿날이 며칠만 계속되면 우울한 날로 변하는 것이었다. 그런 때 물론 또 술을 먹는 것이지만 권태를 잊기 위한 술이라든가 취하여서라도 잊어야 할 우울이라든가 하여 자기가 마시는 술을 변호하기보다도 이러한 권태와 우울은 오히려 술에 목마른 현상인 듯이 생각되어 어느덧 알코올 중독자가 되지나 않았는가? 그래서 술잔을 들 때마다 조금 먹고 말리라고 시작하는 것이지만 종시 취하고 마는 것이다. 취하였던 이튿날 겨우 일과를 치르고 나서는 혼탁한 머리와 떨리는 다리로 번잡한 거리를 망령과 같이 방황하는 것이었다. 방황하던 길에 혹시 서점으로 들어가기도 한다. 그것은 학생생활의 습관 중에 오직 남은 한 가지일 것이다. 그러나 지금의 그 습관, 회고적 감상으로 물들어진 것이다. 연구의 체계와 독서의 플랜을 흐트러 버린 지 오랜 지금은 전과 같이 어떤 필요한 책을 찾으러 가는 것이 아니었다. 그저 막연히 들어선 시선은 높고 넓은 서가(書架)에 비줏이 들어찬 책 뒷등에 클래식한 명조체의 활자와 금시에 혹시 그전에 존경하고 사랑하던 반가운 사람의 *신장(新裝)한 전집이 보이면 한때 매혹하였던 계집의 체온 같은 감각적 회상을 느끼기도 하였다. 혹시 전에 본 문헌에서 저자의 이름만을 기억하던 신간을 뽑아 들고 목차를 내려 보기도 하였으나 자기와 그 책 사이를 이어 가기에는 너무나 큰 미싱 링크가 있음을 발견할 뿐이었다. 그 책을 다시 제자리에 채우고 서가를 쳐다볼 때에는 술에 부른 지방 덩어리인 몸으로 아무리 부딪쳐도 도저히 무너뜨릴 수 없는 장벽을 대한 듯이 답답함을 느끼었다. 그러나 한 걸음 물러서서 다시 바라보는 서가는 땀과 피의 입체인 피라미드나 만리장성의 *위관을 보는 듯한 숭엄감과 기쁨을 느끼기도 하였다. 그리고 자기도 이 문화탑에 한 돌을 쌓아 보겠다는 야심을 가졌던 것이 먼 옛날 일같이 회상되었다. 그러한 전날의 야심은 한순간 찬란한 빛으로 밤하늘에 금 그었던 별불같이 사라지고 만 듯하였다. 밤하늘에 금빛으로 그려졌던 별의 흐른 자취가 사라지면 우리의 눈은 그 자리에 검은 선을 보게 되고 그 검은 선마저 사라지면 부지중 한숨을 쉬게 되는 것이다. 이러한 생활면에 나타난 문주! 문주는 자기가 같이 죽어 달라고 조르면 언제든지 들어줄 것 같아서 좋다고 하였다. 그러한 문주의 말을 처음 들었을 때 독사의 송곳을 가슴에 느끼며 센티는 벌써 지나쳤다고 생각하였던 자기가 문주의 그 여윈 가슴에 얼굴을 묻고 울었던 것이 아닌가? 동

신장
새로이 꾸밈.

위관(偉觀)
훌륭하고 장엄한 광경.

경 있을 때, 운학 군이 사촌동생이라고 문주를 소개하며 의학에서 무용 예술로 일대 비약을 한 소녀라고 웃었을 때 저렇게 인상적으로 빛나는 눈은 역시 여의사의 눈이 아니었을 것이라고 생각하였던 자기가 삼 년 후인 지난 가을에 티룸 알리사의 마담으로 나타난 문주를 다시 보게 될 때 문주의 그 창백한 얼굴과, 투명한 듯이 희고 가느다란 손가락과, 연지도 안 바른 조개인 입술과, 언제나 피곤해 보이는, 초점이 없이 빛나는 그 눈은 잊지 못하는 *제롬의 이름을 부르며 황혼이 짙은 옛날의 정원을 배회하던 알리사가 저렇지 않았을까고 상상되었던 것이다. 그러나 검은 상복과 베일에 싸인 *알리사의 빛나는 눈은 이 세상 사람이라기보다 천사의 아름다움이라고 하였지만 흐르는 듯한 곡선이 어느 한 곳 구김살도 없이 가냘픈 몸에 초록빛 양장을 한 문주의 눈은 달 아래 빛나는 독한 버섯같이 요기로웠다. 늦은 가을 어느 날 내가 문주와 친하여도 괜찮은가고 물었을 때 운학은 유심히 바라보다가 웃으며 그야 자네 소견대로 할 일이지만 외딴 맑은 물에서 헴칠 수 없이 된 고기가 잘 뜬다는 *사해(死海)로 찾아가려는 셈인가? 그러나 교양 없이 데카당(퇴폐적)인 문주의 히스테리는 좀 거북할 걸 하였던 것이다. 그같이 말하던 운학의 소개로 사귀게 된 문주는 자기가 조르기만 하면 같이 죽어 줄 사람이라고 하면서 어떤 때는 그것이 좋다고 기뻐하고 어떤 때는 그것이 싫다고 하며 그때마다 설혹 자기가 같이 죽자고 하더라도 왜 당신은 애써 살아 보자고 나를 힘 있게 붙들어 줄 위인이 못 되느냐고 몸부림을 하며 우는 것이다. 그러한 울음 끝에는 반드시 심한 기침이 발작되고 그러한 기침 끝에 각혈을 하는 것이다. 그럴 때마다 문주를 안아 눕히고 찬 물수건으로 문주의 이마 가슴을 식혀 주며 일변 그 피를 훔쳐 내면서 진정하라는 말밖에는 위로할

제롬
앙드레 지드의 「좁은 문」의 주인공. 지드(1869~1951), 문학의 여러 가능성을 실험한 프랑스 소설가. 프랑스 문단에 새로운 기풍을 불어넣어 20세기 문학의 진전에 지대한 공헌을 하였다. 주요 저서에는 「좁은 문」이 있으며, 노벨 문학상을 수상했다.

앙드레 지드

알리사
앙드레 지드의 「좁은 문」의 여자 주인공.

사해(死海)
아라비아 반도의 북서쪽에 있는 호수. 호수의 수면이 해수의 수면보다 392미터 낮아 세계의 호수 가운데 가장 낮다. 요르단 강이 흘러 들어오지만 나가는 데가 없고 증발이 심한 까닭에 염분 농도가 바닷물의 약 다섯 배에 달해 생물이 살 수 없다.

말이 없었다. 그런 일을 여러 번 치르고 난 후에는 문주가 나를 같이 죽어 줄 사람이므로 좋다고 할 때는 문주의 건강이 좀 나아서 자기 생명에 자신이 생긴 때에 하는 말이요, 왜 같이 살자는 말을 못 하는 위인이냐고 발악을 할 때는 건강이 좋지 못한 때이거나, 당장 그렇지는 않더라도 무섭게 발달한 그의 예감으로 자기 건강에 불안을 느끼게 되는 때이라고 짐작을 할 수가 있었다. 그러나 그 시기가 언제 올는지 미리 알 수는 없었다. 다만 억측으로 그때가 혹시 월경기가 아닐까고 생각하여 보았으나 아내가 아닌 문주의 그 시기를 알 리 없으므로 혼자 속 궁리로 어느 달 초순에 각혈을 하였으니 그 다음 달 초순을 유의하여 보고 요행 그 달에 그런 일이 없더라도 또 그 다음 달 초순은 하고 유의하여 보았으나 도무지 대중을 잡을 수가 없었다. 초순에 각혈을 하고 중지하는 때도 있었고 한 달 혹은 두서너 달 건너서 하순에 심한 때가 오기도 하였다. 그렇다면 상순이니 하순이니 가릴 것 없이 언제나 의지적으로 살아 보자고 문주를 위로하여 주는 것이 좋지 않느냐고도 하겠지만 오히려 문주는 그의 건강이 가장 좋고 자기 생명에 자신을 가지는 때에 자기가 같이 죽어 줄 사람인 것을 기뻐하는 것이었다. 문주가 그 말을 할 때에는 그런 말을 하기 위하여 한다거나 자신이 그 말을 하고 싶은 것을 의식하면서 하는 말이 아니요 마음에 사무쳐서 나오는 말이 분명하다고 할밖에 없었다. 그 말을 하는 문주의 눈이 그렇게 빛나고 그 조개인 입술이 떨리고 무서운 힘으로 껴안으며 하는 말이라 그때마다 문주와 같이 감격할밖에 없고 그때 만일 문주가 같이 죽어 달라면 죽었을 것이다. 그러한 때 만일 반성할 여유가 있어서 왜 그런 생각을 하느냐고 위로의 말을 한다면 문주의 실망은 말할 수 없을 것이다.

물론 그런 때에 그러한 마음의 여유가 있을 수도 없었지만.

이러한 문주와 자기의 생활에 자연히 눈살을 찌푸리게 되면서도 퇴폐적 도취가 그리워 패잔한 자기의 영상을 눈앞에 바라보며 아편굴로 찾아가는 중독자와 같이 교문을 나선 발걸음은 어느덧 문주의 처소로 찾아가는 것이다.

이러한 생활을 반성하며 한나절 후에 집에 닿았을 때 병석에서 신음하리라고 생각하였던 정일이의 아버지는 전보다 좀더 수척하였을 뿐 여전히 사랑에서 그의 채무자와 거간과 대서인들을 상대하고 있었다. 벌써 수술할 시기를 지난 위암 2기의 진단한 의사는 암종이 위의 분문(噴門)이나 유문(幽門)이 아니요 소만(小灣)에 생긴 것이므로 아직 음식물을 섭취하는 탓도 있겠지만 그러나 그만큼 진행된 증상으로도 환자의 원기가 꺾이지 않는 것은 그의 강인성이 과인한 탓이라고 하였다. 본디 환갑이 지나도록 약 맛을 모르고 살았다는 것이 자랑이던 만수 노인은 병으로 여기지도 않던 자기의 체증을 중하게 보는 듯한 의사에게 도리어 반감을 가지는 모양으로 신식 의사라는 놈들이 *종처(腫處)를 째는 것밖에야 뭘 아나 하며 다시는 의사에게 보이거나 병원 약을 쓰려고 하지 않았다. 그 대신 그의 병을 여전히 담적이니 회적이니 하며 쉽고 간단하게 집증하는 늙은 한방의에게 맥을 보이고 그나마 약그릇을 받을 때마다 무슨 약을 또 먹어! 하는 것이었다. 이러한 아버지의 병을 근본적 치료는 물론 바랄 수 없지만 병세의 진행을 조금이라도 더디게 하기 위하여서만이라도 하는 생각에 입원하여 정양하기를 정

종처
부스럼이 나고 있는 자리.

탐센
욕심 많다.

작시
풍화된 돌층에서 깨져 나오는 돌 부스러기.

일이가 권하였을 때 핑계같이 들리는 그의 말꼬리를 잡아서, 집안일이야 정일이가 어련히 잘 볼라고 한 정일이의 어머니의 말꼬리를 이번에는 그가 가로채 가지고 그 자식이 제법 세상살이를 해? 하고 벌컥 화를 내었던 것이다. 만수 노인이 이렇게 화를 내어 아들을 책망하는 이유는 정일이가 조강지처를 소박할 뿐 아니라 귀한 돈을 써가며 일껏 '대학 공부'까지 시켜 놓은 아들이 가문을 빛낼 벼슬도 못 하고 돈벌이 잘 되는 변호사나 의사도 못 된 바에는 명예랄 것도 없고 돈벌이도 안 되는 교사 노릇을 그만두고 집에서 자기를 도우며 장사 물리를 배우라는 자기의 말을 듣지 않고 초라하게 객지를 떠돌아다니며 돈까지 가져다 쓴다는 것이다. 늘 하는 말이지만 네 매부 용팔이를 좀 봐라! 이렇게 시작되는 그의 책망은 언제나 무능한 정일이와 대조하여 그의 사위인 용팔이를 칭찬하는 것이었다. 그같이 신임을 받는 용팔이는 본디 만수 노인의 서사였다. 서사는 비서 겸 고문 격으로 만수 노인의 신임이 두터워 감을 따라 본디 무식하고 인색하고 *탐세인 수전노라는 시비를 들어오던 만수 노인은 뚱뚱한 그 체통에 어울리지 않게 교활하고 강박하다는 새로운 시비를 겸하여 듣게 되었던 것이다. 교활하고 강박한 그의 인상으로 처음부터 싫어하던 용팔이가 누이동생과 결혼한다는 소식을 동경서 들었을 때 정일이는 한 쌍의 아담한 신혼부부를 상상하거나 축복할 수가 없이 도리어 불쾌하고 우울하였던 것이다. 자기의 누이동생이지만 잔인성을 띤 눈이 아니고는 그 얼굴을 정면으로 바라볼 수 없으리만큼 누이의 바른편 눈은 *작시돌같이 투명하지가 못하였다. 세상의 빛과는 인연이 없고 또한 자기의 마음을 비출 수 없는 그 눈은 사랑의 눈으로는 차마 바라볼 수 없는 눈이었다. 그러한 눈 때문에 꽃다운 청춘과는 외면하고 부엌구석에서 살아온 누이를 아내로 맞아 준다는 용팔이가 고맙게 생각되기보다 오히려 그의 마음이 누이의 바른편 눈보다 더욱 투명하지 못한 것같이 생각되었던 것이다. 그러나 어머니가 된 누이가 처녀 때에는 그렇게도 부끄러워하던 얼굴을 어엿이 들고 사람을 대하여 웃고 말하는 것을 볼 때마다 자기의 신경질적 결벽성을 비웃는 마음속에 용팔이에게 대한 감사의 정을 느끼어 온 것이다. 그러나 정일이의 집 내정 살림까지 간섭하고 견제하게 된 용팔이는 '장인의 말을 본받아서' 초라하게 교사 노릇을 할망정 적지 않은 월급을 타는 정일이가 자기의 낯빛을 살펴 가며까지 장모가 타내 주는 돈을 남용하는, 말하자면 돈의 가치를 모르는 사람이라는 점만으로도 역력히 정일이를 경멸할 자신이 있는 사람이었다. 그러한 용팔이가 그 때 정일이의 아버지에게 무슨 일을 의논하러 들어와서 한자리에 있는 정일이에게 장사의 기밀을 꺼리듯이 말의 토를 띄지 않고 윗머리만 따서 말하고 일어서며, 형님 오래간만에 오셨어두 갑갑하시겠군요, 하고 살기 웃음을 치고 나갔다.

정일이를 책망하던 만수 노인은 무릎을 모으고 앉아 있는 아들을 보는 자기의 눈이 무겁게 노려지고 스스로 듣기에도 자기의 말이 너무 지나치는 것같이 생각되었다. 나는 지금 왜 이렇게 심화가 날까? 단순히 아들이 미운 생각보다도 이렇게 심화를 내지 않을 수 없는 어떤

무성격자 211

장죽
긴 담뱃대.

불길한 예감이 자기 마음속에 숨어 있는 듯하여 말할 수 없이 초조하고 성가시었다. 그래서 더욱 심화가 끓어오른 그는, 에이 아무짝에도 못 쓸 놈아, 하고 쥐었던 *장죽으로 방바닥을 두들기고 있는 자기를 깨닫자 맥이 탁 풀리었던 것이다. 책망을 듣고 있던 정일이는, 아무짝에도 못 쓸 위인이라는 말씀은 참 명답이십니다, 저도 그렇게 생각하는데요, 이렇게 농담처럼 싱글싱글 웃으며 말하고 싶은 충동이 일어나는 것을 깨달았던 것이다.

그때 정일이는 이삼 일 후에 다시 집을 떠났던 것이다. 교사를 그만두고 여생이 멀지 않은 아버지를 모시고 집에 있어 달라는 어머니에게 정일이는 책임상 갑자기 사직할 수 없다는 것과 아버지의 병세는 부자연한 자극만 없으면 그리 급할 것도 아니라는 의사의 말을 내세우고, 집안일은 매부가 어련히 잘 볼라구요, 하고 상경하였던 것이다.

그때 저녁차로 돌아온 정일이가 내리는 길로 찾아간 문주의 하숙에는 운학이가 와 있었다. 들어오는 정일이를 본 그들은 의외라는 얼굴로 문주는 아무 말도 없이 쳐다만 볼 뿐이요, 운학이는 어떻게 이같이 속히 오느냐고 묻고 나서, 이왕 내려간 바에야 그렇게 달아올 법이 있느냐고 하였다. 쫓겨서 달아온 지도 모르지, 이렇게 말하고 담배를 붙여 문 정일이는 공연히 싱글싱글 웃어지는 것이었다. 그러한 정일이를 물끄러미 보고 있던 운학이는 호걸풍의 웃음을 공소하게 웃었다. 그때까지 아무 말이 없던 문주는 자욱한 연기에 기침이 난다고 하며 곧 잘 터이니 나가 달라고 하였다.

며칠 후인 일요일에 문주를 데리고 나갔던 교외에서 비를 만나 농가에서 비를 그으며 늦은 저녁에야 마주 온 자동차를 만나 돌아온 때였다. 자동차 한 모퉁이에 몸을 기댄 문주는 자는 듯이 눈을 감고 곁에 앉은 정일이를 잊은 듯이 말이 없었다. 봄이었지만 비안개로 캄캄한 교외의 빗소리와 유리창에 줄줄이 흐르는 물줄기에 좁은 차 안도 냉랭한 바람이 휭 도는 것같이 으슥으슥하였다. 눈을 감고 자는 듯한 문주는 이따금 기침을 *기쳤다. 정일이는 뜻밖의 비로 할 수 없는 일이지만 미안한 생각에 할 말도 없는 듯하여 기침 소리가 날 때마다 문주를 바라볼 뿐이었다. 눈을 감아서 빛을 감춘 눈에 푸른 살눈썹이 더한층 그늘진 문주의 얼굴은 더욱 창백하였다. 이렇게 잠자는 듯한 문주를 쳐다보는 정일이는 떨어진 흰 꽃잎 같은 얼굴과 풀잎 같은 문주의 몸에는 사람다운 체온이 있을 것 같지도 않게 생각되었다. 또 기침을 깃고 난 문주가 눈을 떠서 자기를 바라보는 정일이의 눈을 보자 역시 초점이 없는 듯하면서도 빛나는 시선으로 정일이의 얼굴을 바라보다가 다시 눈을 감으며 입김 같은 말소리로, 염려 마세요, 하고 다무는 입술에는 엷은 웃음이 비치었다. 그 엷은 웃음이 사라져 가는 문주의 입술을 바라보고 있는 자기 눈에 알 수 없는 눈물이 솟는 것을 깨닫고 정일이는 돌아앉아 물줄기가 스쳐 내리는 유리창 밖을 내다보았다. 잠든 듯한 시가를 내리덮는 비안개 속에 가등만이 눈을 떠서 인적이 끊인 거리에 비에 씻긴 전차 궤도를 길게 비출 뿐이었다.

　문주의 하숙방으로 들어온 정일이는 심상치 않은 기침을 깃는 문주가 또 발작을 하지 않을까 하는 염려로 자리를 펴주고, 곤할 터이니 곧 자라고 하였으나, 기침은 좀 나지만 괜찮다고 하며, 비 오는 밤인 까닭인지 혼자 있기가 싫으니 더 같이 있어 달라고 하는 문주의 말에 다시 앉은 정일이는, 가위 가져와요 내 손톱 깎아 줄게, 하였다. 빗소리만 요란한 밤에 마주 앉은 두 사람의 침묵이 괴로웠던 것이다. 문주는 자기에게 무슨 가위가 있겠느냐고 하며 찾는 손톱 집게가 없어졌다고 뒤

기치다
돋우어내다.

적이는 서랍에서 면도를 가지고 왔다. 어린애같이 문주를 껴안고 열에 떨리는 손끝에 여문 문주의 손톱을 다스리기 시작하였다. 아직 그렇게 자라지 않은 문주의 손톱을 숨죽이리만큼 조심히 도려내고 있는 정일이는 안은 문주의 허리와 잡은 문주의 손에서 감각할 수 있는 문주의 심장의 고동 소리가 들리도록 조용한 자기들의 침묵이 무섭게 생각되었다. 정일이는 짐짓 문 밖의 빗소리에 귀를 기울이려 의식하며 뛰어나는 손톱을 집으려고 눈을 들었을 때 자기 가슴에 묻힌 듯이 의지하고 있는 문주의 얼굴을 거울 속으로 보았다. 거울 속에서 웃고 있는 문주의 눈은 지금까지 자기를 바라보고 있었으려니 생각한 정일이는 역시 거울에 비친 자기의 얼굴이 붉어지는 것을 보며, 지금껏 내 얼굴에서 무얼 보았어? 하며 손으로 문주의 눈을 가리었다. 문주는 가린 정일의 손을 피하려는 듯이 정일이의 품에 얼굴을 부비며, 아까 차 안에서 본 당신의 눈은 참 좋았어, 이렇게 말하는 문주는 언제나 얼굴을 들 것 같지 않았다. 정일이는 이렇게 시작된 침묵이 더 무거울 것을 꺼리는 마음으로 문주의 어깨를 흔들며, 문주가 조르면 역시 같이 죽어 줄 눈이었나? 하고 짐짓 크게 웃었다. 문주는 말이 없이 여전히 정일이의 품에 묻은 얼굴을 끄덕이었을 뿐이었다. 또 침묵이 왔다. 전등가로 엷은 *짓치 소리를 내며 날던 수놈을 업은 파리 한 쌍이 자기들을 비추는 거울 한편에 붙는다. 의식적으로 귀를 기울인 때마다 그렇게 크게 들을 수 있는 빗소리도 어느덧 안 들리게 되는 침묵에 또다시 잠기게 되는 것을 느낀 정일이는 잠든 듯이 숨을 죽이고 있는 문주를 자리에 뉘고, 어서 자요, 하고 일어서 나왔다.

 그날따라 문주와 자기의 그러한 침묵을 느끼게 된 정일이는 비를 맞으며 어느 선술집으로 들어갔다. 어떤 무서운 강박관념에서 풀려난 듯

짓치
날갯짓

한 잠재의식이 나타난 황홀한 꿈을 깨친 듯한 자기로서는 갈피를 잡을 수 없으리만큼 자기가 무슨 생각을 어떻게 생각하고 있는지 알 수 없는 정일이는 도리어 머리가 텅 빈 사람같이 눈을 껌벅이며 자꾸 술을 마시고 있는 자기를 보았다. 취하여 감을 따라 자기가 취하면 자연히 어느 편으로 치우친 행동을 하게 될 것 같고 그렇게 되면 자기의 생각이 어떤 것이라는 것이 증명될 것도 같은 생각에 정일이는 더욱 술을 마시었다. 마침내 술집을 나선 정일이는 결국 이 길을 가는가고 중얼거리며 옷깃을 추어올리고 급히 걸어가는 자기의 꼴을 보면서 걸었다. 비는 여전히 오고 있다. 비에 젖어서 축 내리덮인 모자에서 흐르는 물이 추어올린 옷깃 속으로 스며들었다.

　그저 방향만을 짐작하고 큰길 좁은 골목을 가리지 않고 걸어가는 정일이의 구두에는 물이 철벅거렸다. 전신이 속옷까지 함빡 젖은 그는 입과 코에서 뜨거운 숨길이 훅훅 나오면서도 부들부들 떨리었다. 그리고 몸은 무거웠다. 술집에서 나오던 그때의 기분, 무엇에 아마 자기에게 역정을 내어 반역하려는 복수욕과 같은 충동과 심열은 벌써 식고 가라앉지 않았는가. 술도 깨었다. 집으로 돌아가는 것이 좋지 않은가, 이렇게 생각하는 정일이는 그때 '만일' 자기 반대편으로 가는 빈 차를 만나면 두말없이 돌아가리라고 생각하며 걸었다. 몇 번인가 지나가는 차가 있었다. 빈 차는 아니다. 또 차가 온다. 이번에는 빈 차다. 그 빈 차를 마주 보는 눈에는 벌써 자기가 찾아오는 곳에 다 온 것이 보였다. 그 동안에 빈 차는 지나가고 말았다.

　마침내 정일이는 어느 집 문으로 들어가서 가장 살진 육체를 골라 샀다.

　방 안에 쓰러진 듯이 몸을 던진 정일이는 자기의 신음 소리를 들었다. 그는 몇 번 더 그 신음 소리를 내어 보았다. 어디 편찮으세요? 하는 계집의 말에 '음' 하고 눈을 감았다. 눈을 감은 정일이는 문주의 약한 몸을 아끼는가? 혹시 문주의 병독 있는 입김을 꺼리는가? 이렇게 중얼거리듯이 생각하는 그는 찬비에 내장으로 쫓겨들었던 술기운이 다시 전신으로 퍼지는 듯 흥분을 느끼었다. 문주의 손톱을 다스려 줄 때에 자기 뺨에 서린 그 병독 있는 호흡이 아니면 문주의 눈이 그렇게 낭랑할 리 없고 조개인 그 입술이 그렇게 애연할 리 없고 그 마음이 그렇게 맑고 그 감정의 흐름이 그렇게 선율적일 리가 없고 그 직감력이 그렇게 예민할 리 없고…… 이렇게 연달아 중얼거리는 자기 생각에 눈앞에 나타나는 문주를 보는 정일이는 사람다운 체온이 있을 것 같지 않은 문주의 몸에서 결핵균의 *시독(屍毒)인 신열일지도 모를, 오히려 뜨거운 정열을 느끼었던 것을 생각하며 옆에 누운 그 살진 육체를 만지고 있는 사이에 그 춘화의 히로인은 코를 골기 시작하였다. 그 콧소리에 오히려 마음이 놓이는 듯하여 정일이는 노파를 불러서 짧은 시간을 긴 밤으로 늘이는 돈을 더 치르고 그 살진 육체 옆에 가지런히 자기 몸을 뉘었다. 정일이는 문주! 하고 부르는 문주의 이름에서 어떤 미각을 맛보듯이 입 속으로 부르며 이름 모를 육체 위에 걸친 자기 팔이 탄력 있는 그 폐의 파동을 따라 오르내리는 것을 보고 있는 눈에 한없이 풍만하여 보이는 그 젖가슴은 육의 광장이라는 생각을 일으키었다. 여기에는 프리즘으로 비추어 보듯이 자기 마음을 분석하는 문주의 그것 같은 눈도 육감도 없는 곳이라는 생각에 안심되는 듯한 정일이는 어느덧 잠이 들었던 것이다.

정일이가 고향에 다녀온 후로 문주의 건강은 확실히 점점 더 기울어져 갔다. 매일 찾아가는 정일이가 곁에 있어도 실심한 사람같이 혼자

시독
동물의 시체가 박테리아의 작용으로 분해될 때 생기는 독소.

생각에 잠겨 있는 때가 많았다. 정일이가 제때마다 약을 권하여도 창백한 웃음을 웃고 머리를 흔들거나 히스테릭하게 느껴 울면서 인제는 전연 생명에 자신을 잃고 말았다고 하며 약을 먹으려고 하지 않았. 마침내 정일이의 아버지가 자리에 눕게 되었으니 속히 오라는 편지를 받은 날 밤 문주는 이번에 가면 짐스러운 자기를 영 버릴 것이 아니냐고 하며 울기 시작하였다. 설혹 정일이가 다시 온다 하더라도 자기는 기다리지 못하고 죽을 것이라고 하였다. 또 발작이 시작하는구나 하는 민망한 생각에 정일이는 자기가 곧 돌아올 것을 말하고, 그때는 어디든지 마음 가는 곳으로 같이 전지할 작정이니 그런 *사위스러운 생각은 하지 말고 같이 힘 있게 살아 보자고 달래었다. 그렇게 위로하는 정일이를 물끄러미 쳐다보던 문주는 이제 와서 이 지경이 된 나에게 그런 말을 하면 내가 위로될 줄 아느냐고 몸부림을 하고 울면서, 나의 사촌 오빠가 당신과 교제를 끊으라고 한 것은 당신의 부탁을 받고 하는 말인 줄 다 알고 있는 나에게 지금 무슨 거짓말을 하느냐고 악을 쓰던 끝에 기침을 따라 피를 토하자, 이 거짓말쟁이, 하고 정일이에게 달려들어 손수건에 받은 피를 그의 얼굴에 문질렀다. 얼굴에 피투성이가 된 정일이는 문주를 어르고 달래서 자리에 눕히고 머리 가슴을 식혀 주었다. 겨우 진정된 문주는 눈이 시다고 전등을 끄라고 하였다. 창을 적신 듯한 늦은 봄 하얀 달빛에 푸르도록 창백한 문주는 정일이의 손을 자기 가슴 위에 얹고 두 손으로 만지다가 조개인 입술이 떨리며, 우리 죽어요, 하고 속삭이듯이 말하였다. 이렇게 말하는 그의 눈을 들여다보던 정일이는 말없이 머리를 끄덕이고 눈물에 젖은 문주의 얼굴을 가슴에 안았다. 그들은 다시 아무런 말도 할 수 없었다. 꿈꾸는 어린애같이 이따금 느끼는 문주의 몸은 그때마다 떨리었다. 아직 잠들지 않

사위스럽다
마음에 불길한 느낌이 들고 꺼림칙하다.

은 문주는 숨소리도 없이 무엇을 생각하는 모양이다. 죽음을 생각하고 있을 문주! 밤중에 일어나서 전날 손톱을 깎던 면도를 들고 나를 흔들어 깨우거나 자는 그대로…… 아무렇게나 마음대로…… 마음속으로 이렇게 중얼거리는 정일이는 오히려 흥분이 가라앉아 신열에서 놓여난 병인같이 잠 속으로 잦아져 들어감을 깨달았다. 얼마나 지났을까 문주의 포옹과 느끼는 울음소리에 정일이가 눈을 떴을 때에는 이미 창이 푸르고 맑은 새벽 기운이 싸늘하게 스며드는 머리맡에는 이슬방울이 흐르는 듯한 면도날이 파아랗게 빛나고 있었다.

 차는 중도에서 지나치지 않고 머무르는 마지막 역을 떠났다. 정일이는 담배를 붙이고 발 앞에 던진 성냥개비가 점점 허리를 꼬부리며 끝까지 다 타서 재가 되자 마지막 연기를 뿜고 다시 허리를 펴고 쓰러지는 것을 바라보았다. 그의 생각은 다시 임종이 가까운 아버지의 명상으로 돌아갔다. 칠순이 가까운 노인! 더욱이 오랜 병으로 살이 빠지고 피가 마른 아버지의 임종은 탈 대로 다 탄 저 성냥개비의 불꽃이 꺼지듯이 눈을 감고 마지막 연기같이 숨지는 조용한 운명이 아닐까? 그가 스물이 넘도록 데릴사위 겸 머슴살이를 하다가 장인 장모가 죽고 지금은 늙은 마누라이지만 그때는 아직 십여 살밖에 안 된 코흘리는 계집애만을 데리고는 농사를 지을 수가 없어서 부득이 소작하던 농토를 떠나서 지금 사는 도시로 떠들어올 때 농촌을 떠나게 된 그들에게는 다만 지게와 너덧 마리 씨암탉이 남았을 뿐이었고, 먼 길이었으므로 동구 밖까지 닭의 *가리를 짊어졌던 지게에 대신 장래의 처를 짊어지고 닭의 가리는 손에 들고 와서 성 밖 빈민굴 토막에 몸을 붙이고 지게벌이로 시작하여 사십여 년이 지난 지금에는 몇 십만으로 평가되는 재산을 모았다는 것이 그의 내력이다. 말하자면 그의 일생은 오직 돈을 위

가리
고기잡는 기구로 통발과 같은 것. 여기서는 닭을 넣는 통.

하여 분망한 일생을 살아온 사람이다. 인생을 반성하기에는 너무도 교양이 없었고 죽음을 생각하기에는 과인하게 정력적이었더니만큼 갑자기 닥쳐온 죽음을 대할 때 *창황망조하지 않을까? 이렇게 생각할 때 정일이의 눈에는 고통과 절망으로 울부짖는 아버지가 보이는 듯도 하였다. 그러나 돌이켜 생각하면 어떤 사업이든 자기가 스스로 택한 목표와 스스로 부여한 책임을 다한 사람만이 누릴 수 있는 안식과 같은 죽음인지도 모를 것이다. 그렇지는 못하더라도 오랜 병이라 육체의 쇠약을 따라 조용히 죽음을 기다리는 사람이 되었을는지도 모를 것이다. 사람이 죽음을 보기가 얼마나 힘들다는 것을 들었을 뿐인 정일이는 처음으로 죽음을 견학한다는 호기심도 없지 않지만 아버지의 죽음을 보아야 한다는 의무감에 마음이 어둡고 무거운 그는 아버지의 죽음이 어떤 원인으로든지 조용하기를 바랐던 것이다.

　그렇게 어둡고 무거운 마음으로 아버지의 병실에 들어서자 장정일이는 콱 얼굴에 끼어얹는 듯한 더러운 공기의 감촉에 전신이 떨림을 느꼈다. 그것은 주검의 냄새였다. 여름에 상여가 지나갈 때 무더운 바람결에 풍겨 오는 듯한 냄새였다. 병상에 누워 있는 아버지가 방금 잠이 들었다고 말하는 어머니는 뼈만 걸린 얼굴의 눈물을 씻고 있었다. 들어오는 정일이를 보자 기계적으로 일어섰던 처는 두련두련하다가 아직 그럴 필요도 없는 요강을 집어 들고 창황히 나가고 말았다. 지축지축 자신 없이 걸어가는 처의 뒷모양을 바라보는 정일이는 자연히 찌푸려지는 얼굴을 어쩔 수 없었고 들어설 때 느낀 공기 속에 앉아 있거니 생각하면 구역이 날 듯하였다. 방금 잠이 들었다던 아버지는 눈을 떴다. 잠에서 깬 그 눈은 어둠만이 차 있는 빈방 안이 들여다보이는 들창 구멍같이 무엇을 보는 눈도 아니요 무슨 생각이나 감정을 비친 눈

창황망조
너무 급하여 어찌할 바를 모름.

도 아니었다. 병인은 얼굴을 찌푸리고 말라 붙은 입술을 우물거려서 겨우 떨어진 듯한 혀로 '물'을 찾았다. 가는 고무관이 달린 유리 주전자로 쳐뜨리는 한 모금 물에 심한 구역을 하고 나서 겨우 정신을 차린 그의 눈은 비로소 초점이 맞은 모양으로 정일이를 바라보고, 너 집에서 오래서 왔니? 하고 물었다. '네' 간단히 대답하는 정일이의 말을 듣자, 전보 쳤더냐? 이렇게 다시 묻는 그의 눈은 정일이의 모자의 얼굴을 번갈아 보았다. 그때 무슨 말을 할 듯이 주저하는 듯한 어머니의 태도를 눈결에 보면서도 정일이는 무심하게 또 '네' 대답하자 만수 노인은 그 엷은 눈꺼풀 속으로 시선을 감추며, 설마 내가 죽기야 하겠니, 죽구 싶지 않다고 분명히 말하였다. 그 말을 들은 정일이는 자연히 놀라운 얼굴로 어머니를 쳐다볼밖에 없었다.

월여 전에 *담적을 푼다는 한방의에게 배에다 침을 맞고부터 암종이 궤양되고 암세포가 급속으로 전신에 전이되어 지금은 말기의 중상으로 진중된 환자였다. 벌써 온 장부가 유착(癒着)되어 굳어지고 다리의 근육까지 *가다들어서 바로 누울 수도 없었다. 모로만 누웠기가 지난하여 하루에도 몇 번씩 남의 손을 빌려서 바로 누워 보기도 하였다. 그러나 바로 누우면 단 일 분도 못 가서 복막과 유착된 내장은 돌 뭉치같이 뱃가죽을 잡아다리고 척수를 눌러서 견딜 수가 없었다. 그 고통을 못 이기어 몸을 뒤틀면 가다든 다리의 세운 무릎이 중심을 잃고 모로 쓰러지는 것이었다. 그러면 뼈만 걸린 상반신도 무릎을 따라 모로 쓰러지는 것이었다. 하루에도 이 모에서 저 모로 바꾸어 누일 때마다 자리에 닿았던 곳은 단독인 것같이 빨개졌다가 차차 검푸르게 멍이 들기 시작하였다. 핏기 없는 이마와 코와 인중만을 남기고 자리에 닿았던 좌우편 얼굴이 더욱 검푸러질수록 흰 곳은 더 희고 검푸른 데는 더 거멓게 보였다. 그리고 그 흰 이마 아래 흰 콧마루를 사이에 두고 흡뜬 두 눈은 눈꼬리가 검은 관자놀이에 잠기어서 더욱 크고 무섭게 빛나 보였다. 그 빛나는 눈을 주검의 검은 그림자가 좌우로 엄습하듯이 몸의 검은 면은 점점 넓어 갔다. 그러한 만수 노인은 멍든 자기의 어깨와 팔을 볼 때마다 대낮에도 왜 전기가 오지 않는가고 성화하였다. 밝은 전등불에 비치는 자기의 몸이 여전히 검은 것을 볼 때에는 무슨 그림자가 이러냐고 그 그림자를 물리치듯이 손을 뿌리치며 애가 탔다. 혼수상태에서 깨어난 때마다 그는 언제나 물을 달라고 하였다. 음식물을 입으로 받을 수 없게 된 그는 영양으로는 항문으로 부어 넣는 유동체와 정맥으로 링게르와 포도당을 주사할 뿐 먹는 것이라고는 물밖에 없었다. 그러나 그도 얼마 못 가서 한 방울씩 쳐뜨리는 물도 넘기지 못하

담적
한의학용어. 담이 가슴에 몰려 생긴 적(積). 끈끈한 가래가 많고 가슴이 답답하며 머리가 어지럽다.

가다들다
쫄아들다.

였다. 마침내 탈지면에 물을 축여 가지고 입 안에 달라붙은 꺼멓게 탄 혓바닥을 축일 뿐이었다. 그나마도 굳어진 창자를 찢어 내는 듯한 구역을 하고 구역이 진정만 되면 언제나 겨우 하는 말로 죽고 싶지 않다고 부르짖는 것이었다. 정신을 차리고 눈을 뜬 때나 감은 때나 신음 소리와 같이 잠꼬대와 같이 죽고 싶지 않다고 부르짖는 아버지의 말을 들을 때마다 정일이는 자연히 찌푸려지는 얼굴을 어쩔 수 없었다. 더욱이 밖에 나갔다가 병실에 들어설 때마다 얼굴에 칵 끼얹는 듯한 주검의 냄새를 깨달으며 아버지의 베갯머리에서 그 말을 들을 때에는 말할 수 없이 불쾌하여지고, 사람은 이다지도 동물적인가? 하고 고함을 지르고 싶은 발작적 충동을 느낄 밖에 없었다.

그러나 정일이가 자기의 이러한 생각이 얼마나 천박한 것을 깨닫게 되는 일이 생겼다. 정일이가 돌아온 지 며칠 후인 어느 날 아침이었다. 하루에도 몇 번씩 만수 노인의 병실로 찾아오던 용팔이는 그날 따로 정일이를 밖사랑으로 불러내었다. 정일이와 마주 앉은 용팔이는, 그새 만 해도 상하셨구먼요, 하고 단 며칠만 못 자도 그 꼴이냐 하는 눈으로 바라보면서 큰 봉투에서 새로 꾸민 듯한 서류를 내놓으며, 누구의 명의로 소유권을 내겠느냐고 물었다. 그것이 무슨 말인지 못 알아듣겠다는 듯한 정일이의 얼굴을 쳐다본 용팔이는 아직 앉아 계신 이를 두고 이런 말씀을 하기는 황송하지만, 하고 정일이의 아버지의 병이 병이니만큼 오래지 않아서 모든 재산이 정일이에게로 상속될 것이므로 지금 등기 수속을 하여야 할 토지는 정일이의 아버지의 명의로 할 것 없이 바로 정일이의 명의로 소유권을 내는 것이 간편하고 비용도 적게 들겠으므로 아예 서류를 그렇게 만들어 왔노라고 설명하며 서류를 뒤적여서 정일이의 이름을 여러 개 찾아내 보였다. 그러한 용팔이의 기다란 설명을 듣고 있는 정일이는 무엇보다도 지금의 아버지가 한 달 전에 투기적으로 토지를 샀다는 것이 놀라웠다. 그래서, 아버지가 한 달 전에 토지를 샀어요? 하고 혼잣말같이 중얼거리는 정일이의 말이 도리어 이상하다는 듯이 용팔이는 그 토지가 얼마나 유망하다는 것과 토지 브로커는 누구나 그 토지를 탐내었다는 것과 그러니만큼 병석에 누워 있는 정일이의 아버지가 여러 경쟁자를 물리치고 그 토지를 사기까지에는 여간 애를 쓰지 않았고 자기도 한몫 중요한 책동을 하였다는 것을 말끝마다 비추었다. 이렇게 설명하는 자기의 말을 멍하니 듣고만 있는 정일이가 보기에 답답하다는 듯이 용팔이는 조끼주머니에서 작은 *산판을 꺼내 가지고 짝 그어서 조심히 방바닥에 놓고 그 토지 소유권에 대한 인지대와 취득세를 따져 놓고 이 비용만도 적지 않은데다 오래지 않아서 상속세까지

산판
주판. 셈을 할 때 쓰던 도구.

물게 되면 그야말로 공연한 비용이 아니냐고 사법서사인 용팔이는 그의 전문적 용어 끝에 달리는 숫자를 또 산판 위에 늘어놓기 시작하였다. 정일이는 자기가 놀라서 묻는 말에 동문서답격으로 주워섬기는 용팔이의 설명을 듣고 있는 자기 마음속에 알 수 없는 *심열(心熱)이 떠오름을 깨달았다. 자연히 긴장되고 상기된 정일이의 얼굴을 식히듯이 살기 웃음을 웃고 난 용팔이는, 형님은 아마 저만큼은 모르실걸요, 이제 형님이 상속하실 재산 중에 큰 토지만도, 하고 그는 또 수판알을 벌리기 시작하였다. 그러한 용팔이의 모양을 내려다보고 있는 정일이는 안방에서 신음하고 있는 아버지의 무서운 모양이 보이고 그러한 아버지가 아직도 지키고 있는 그의 재산을 넘겨다보는 듯한 용팔이가 따지는 산판알이 거침없이 한 자리씩 올라가는 것을 유심히 바라보고 있는 자신을 의식하며 보고 있을 때, 이렇게 대강만 놓아도, 하고 산판을 밀

심열
한의학 용어로 울화 때문에 생기는 열을 말한다.

어 놓으며 쳐다보는 용팔의 눈과 마주치게 되자 정일이는 흠칫 놀라게 되는 자신의 얼굴이 붉어지는 것을 깨달았다. 여기 대한 상속세만 해도 큰 돈인데 안 물고 할 수 있는 이것은 제 말씀대로 하시지요. 이렇게 결정적으로 말하는 용팔이는 정일이의 앞에 위임장을 내놓으며 도장을 치라고 하였다. 정일이는 더욱 불쾌하여졌다. 잠이 부족한 신경 탓도 있겠지만 자기의 눈을 기탄없이 바라보는 용팔이의 얼굴에 발라 놓은 듯한 그 웃음이 말할 수 없이 미웠다. 이 소인놈! 하는 의분 같은 심열이 떠오르며, 언제 내가 이런 음모를 하자고 너와 공모를 하였던가? 하고 그의 뺨을 갈기고 싶은 충동을 느끼었다. 그러나 정일이는 금시에 미끄러지는 듯한 웃음이 자기 얼굴에 흐름을 깨달았다. 이러한 심열은 신경쇠약의 탓이 아닐까? 의분이랄 것도 없고 결벽성도 아니고 그런 것을 공연히 이같이 한순간에 뒤집히는 자기 마음 한 모퉁이에 상식을 놓쳐 뿌린 결과가 어떤가? 해보자 하는 놓치기 쉬운 어떤 힌트같이 번쩍이는 생각을 보자 정일이는 조급히 도장을 뒤져내며, 자 칠 대로 치우, 나는 어디다 치는 것도 모르니까 하였다. 이렇게 지껄이듯이 말하는 정일이는 자기가 실없이 웃기까지 하는 것을 들을 때 내가 지금 더 심한 심열에 떠 있지 않은가? 하는 생각에 갑자기 말과 웃음과 표정까지 없어지고 말았다. 도장을 치고 난 용팔이는 공손히 정일이에게 돌리며, 잔금은 제가 장인께 말씀드리겠습니다, 하고 일어선다. 중문으로 들어가는 용팔이의 뒷모양을 바라보던 정일이는 갑자기 불러내고 싶었다. 궁둥이를 들먹 하고 부르는 손짓까지 하였으나 탄력 없이 벌어진 입에서는 말이 나오지 않았다. 창졸간에 용팔이를 어떻게 불러야 할지 몰라서 주저되는 것같이도 생각되었다. 중문 안으로 들어가는 용팔이의 뒷모양은 마치 심한 장난을 꾸미다가 용기를 못 내는 자기를 남겨 두고 그걸 못 해? 내 하마 하고 나서는 동무의 모양같이 아슬아슬한 것이었다. 종시 용팔이가 중문 안으로 사라져서 불러 낼 기회를 놓치고 말았다고 후회하면서도 내가 정말 후회하는 것이라면 지금이라도 따라가서 붙들 수도 있지 않은가? 이렇게 생각하는 정일이는 용팔이가 이 말을 시작하였을 때부터 자기는 육감으로 벌써 예기하였던지도 모를 일이 지금 일어나리라는 기대가 앞서는 것을 느끼며 정일이는 실험의 결과를 기다리는 듯이 숨을 죽이고 귀를 기울이고 있었다. 예사로운 말소리는 들리지 않는 거리이므로 긴장한 정일이의 귀에도 한참 동안은 아무런 말도 들리지 않았다. 아버지도 종시 죽음에 굴복하고 마는가? 이렇게 생각되어 정일이는 긴장하였더니만큼 허전한 실망에 담배를 붙이려고 성냥을 그었을 때 자기의 귀를 때리는 듯한 아버지의 격분한 고함 소리를 들었다. 무슨 말인지 알아들을 수는 없으나 한 번 더 큰 소리가 나고 이어서 노인의 울음소리가 들리었다. 예감 이상으로 놀라운 울음소리에 멍하니 앉아 있는 정일이는 창황한 신발 소리를 듣자 튕겨진 용수철같이 일어나서 샛문 뒤로 들어갔다. 서류를 구겨 쥔 용팔이가 창황한 걸음을 잠깐 멈추고 잠시도 자리잡지 못하는 그 눈동자를 더욱 불안하게 굴려서 빈 사랑 안을 살피다가 눈을 흘기고 나갔다. 대문 밖으로 나가는 용팔이를 샛문 틈으로 엿보고 있는 정일이는 자기가 긴 한숨을 뿜어내는 것을 들었다. 그리고 아직도 샛대문 뒤에 발을 모으고 붙어 섰는 자기의 창피한 꼴을 훑어보며 용팔이가 흘기는 눈을 이렇게 미리 피하게 된 것은 용팔이를 충동한 것은 '나'였다고 자백하는 셈이라고 생각되고 지금 누가 부르지 않으면 혼자서는 나갈 것 같지도 못한 듯하였다. (그 후에 들은 말이지만) 발끝이 땅에 닿았기에 말이지 발장을 뜨고 딱 붙인 두 발이 꼭 목매고 늘어진 사람같이 보이었다고 용팔이가 말했다는 것을 정일이의 누이동생이 자기 남편을 욕보인 것은 오빠라고 원망하듯이 비웃듯이 말했던 것이다. 샛문 뒤에 서 있는 정일이는 자기가 어릴 적에 동무들과 숨기내기를 하였을 때의 일이 생각났다. 그때 다른 애들은 모두 잡힌 모양으로 찾는 애와 잡힌 동무들이 지껄이며 자기가 숨어 있는 곳을 지나가고는 영 찾으러 오지를 않아서, 동무들은 숨어 있는 자기를 잊어버리고 벌써 딴 장난을 시작한 것이나 아닐까 하면서도 그렇다고 싱겁게 나갈 수도 없어서 울상을 하고 지금같이 박혀 있었던 것이다. 지금도 내가 울상을 하고 있지나 않은가 생각하여 정일이는 아버지의 심한 구역 소리에 귀를 기울이고 있을 때 어머니가 찾는 소리에 놀라서 비로소 샛문 뒤에서 나올 수가 있었다. 아버지가 찾으신다고 하며 아들의 얼굴을 바로 보기를 꺼리는 듯이 외면하고 걸어가는 어머니는, 네 잘못만은 아니겠지만, 아버지의 성미를 잘 알면서 왜 그렇게 일을 경솔히 하느냐고 하였다. 이 경솔이라는 말이 정일이에게는 입이 벌어지도록 의외로 들리었다. 경솔! 내가 경솔하였을까? 이렇게 속으로 중얼거리며 안뜰에 들어선 정일이는 그의 처가 빨랫줄에 널고 있는 요가 검붉은 피에 더럽힌 것을 보았다. 이같이 더럽게 젖은 넝마가 첩첩이 걸린 가느다란 빨랫줄같이 자기 마음에 견딜 수 없는 압박감을 느끼는 정일이는 또 툇마루에 놓인 손대야에 아직도 엷은 김이 떠오르는 검붉은 유동체가 반이나 괴어 있는 것을 보았다. 처음 보는 것은 아니지만 이번만은 자기에게 보이려고 놓아 둔 것같이 생각되기도 하였다. 이런 경우에 이렇게 생각되면 반드시 반드시 생기는 것이지만 하고 생각하는 정일이는 그러나 이번만은 아버지의 책망을 *감심으로 들을 수 있는 것같이도 생각되었다.

감심(甘心)
괴로움이나 책망 따위를 기꺼이 받아들임. 또는 그런 마음.

늦은 봄 창밖의 양기도 주검의 냄새가 풍기는 병실에는 인연이 없이 방 안을 더욱 어두운 듯하였다. 정일이는 여전히 불쾌한 공기를 느끼며 베갯머리에 앉아서 바라보는 아버지의 모양에 얼굴을 찌푸리지 않을 수 없었다. 붉게 빛나는 그 머릿밑과 벗어진 이마는 구겨 놓은 *유지*자박지같이 누우렇게 마르고 높고 살쪘던 코는 살이 말라서 재불린 콧구멍만이 크게 보였다. 검푸르게 멍든 관자놀이와 뺨이 꺼져서 흰 머리털 가운데 늘어선 듯한 귓바퀴는 박쥐의 날개같이 검고 커 보였다. 그리고 그 검은 귓속의 오목오목한 곳이 아직도 희게 남아서 썩은 시체에 드러난 백골같이도 보였다. 그러한 아버지의 얼굴을 들여다보고 있던 정일이는 흠칫 얼굴을 돌릴밖에 없었다. 아버지의 인중에는 실과 껍질의 썩은 '점' 같은 것이 보였다. *인중의 표피가 *미란된 것이 분명하였다. 인중의 수염이 전보다 성긴 것은 털뿌리가 들떠서 조금만 건드려도 떨어지는 탓일 것이다. 그리고 병실에서 풍기는 주검의 냄새는 이런 데서 날 것이다. 의사가 와서 링게르와 포도당을 시든 정맥에 주사하고 앙상한 갈빗대 사이로 강심제를 놓았다. 혼수상태에서 깨어난 병인은 돌지 않는 혀로 물을 청하였다. 그러나 의사는 지금 물을 먹이면 또 구역을 할 것이므로 손가락에 탈지면을 감아서 약간 물을 축여 가지고 혀와 입 안을 닦아 주라고 하였다. 그리고 이 앞으로는 물을 먹을 수 없으리라고 말하였다.

비로소 정신 차린 병인은 시선의 초점을 맞추려고 애쓰듯이 한참이나 정일이의 얼굴을 바라보다가 그 구겨진 유지 같은 이마에 푸른 정맥이 튀어오르고 눈알이 빠질 듯이 빛나며, 이놈 이 역적을 할 놈, 이렇게 큰 소리로 울부짖고 세운 무릎으로 이불을 차 던졌다. 그리고는

유지
기름종이.

자박지
'자배기'의 방언. 둥글 넓적하고 아가리가 넓게 벌어진 질그릇.

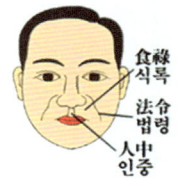
자배기

인중
코와 윗입술 사이에 오목하게 골이 진 곳.

미란
썩거나 헐어서 문드러짐.

드러난 가슴의 갈빗대가 밀어 올리는 듯이 목이 메이게 느껴 울기 시작하였다. 눈물까지 마른 울음에 느끼는 사이마다 한 마디씩 쉬어가며 하는 말로, 제 애비 고쳐 줄 생각은 없고, 이놈들 재물을 흥정해? 못 하는 법이다. 이러한 말을 간신히 마치고 난 병인은 기진하여 눈을 감고도 한참이나 느끼었다. 마침내 허탈하여 죽은 듯이 다물어지고 말았다. 다만 크게 벌어진 콧구멍 밖으로 나온 누런 코털이 떨리는 것으로 겨우 숨이 끊이지 않은 것을 짐작할 수 있었다. 정일이는 그 동안 숨을 죽이고 병인을 바라보고만 있던 그들의 무거운 침묵에 긴장한 마음 줄이 끊어지는 듯한 한숨 소리를 들었다. 한숨 끝에, 그렇게 죽기가 힘들어서야…… 하기야 한창 재미 보게 된 세상이야 아닌가! 하고 정일이의 어머니는 치마끈으로 눈시울을 닦으며 일어서 나갔다. 혼자서 무릎을 꿇고 앉아 있는 정일이는 병인의 미란된 인중을 핥으며 돌아가는 파리를 바라보면서 운학의 편지로 전해 온 문주의 말을 생각하였다.

　나날이 쇠약하여 간다는 문주는 자기의 죽음이 정일이의 인생의 길을 터주는 보람이 되기를 바란다고, 이러한 자기의 말을 주제넘은 말이라고 정일이가 비웃어 주기를 바란다고, 문주 너 때문에 내 일생을 그르칠 정일인 줄 알았더냐고 자기의 말을 비웃고, 문주 너와의 관계는 한때 침패한 내 생활의 희련(戲戀)이었을 뿐이라고 웃을 수 있는 뱃심이 정일이에게 생기기를 바란다고, 만일 그렇지 못하다면 자기가 죽은 후에 제2 문주가 정일이의 앞에 나타나게 되면 그들은 또 사랑하게 될 것이 아니냐고, 이렇게 걱정하는 문주는 자기의 죽음이 정일이의 길을 트는 보람이 되기를 바라는 바에야 정일이가 오기 전에 죽기를 바라고 그렇게 죽더라도 정일이가 자기의 시체를 찾아오지 않도록 부탁한다고 하였다. 이러한 문주의 말을 생각하는 정일이는 그날 밤의 문주가 자기를 죽이려고 빼어 놓았던 면도날을 지금은 조심히 접어서 주며, 이것으로 얼굴을 다스리고 나서자는 양처(良妻)의 태(態)와 같이 변하여서, 하는 문주의 말을 자기는 그대로 실행할 수 있는 위인인가 고 생각하였다. 사실 이렇게 되어서까지도 죽기가 싫은가 하고 아버지를 눈 찌푸리고 바라보는 자기는 죽음의 공포를 해탈한 무슨 수양이 있는 것이 아니라 단지 애써 살려는 의지력이 없는 것뿐이다. 아버지는 한 번도 자기의 생활을 회의하거나 죽음을 생각할 필요가 없었던 사람이므로 이같이 죽음과 싸울 수 있는 것이 아닐까 생각하였다. 그래서 정일이는 어떤 위대한 의지력을 우러러보는 듯한 마음으로 아버지의 고통을 바라보고 있는 자기를 발견하는 때가 있었다.

 그때 심한 구토를 한 후부터 한 방울 물도 먹지 못하고 혓바닥을 축이는 것만으로도 심한 구역을 하게 된 만수 노인은 물을 보기라도 하겠다고 하였다. 정일이는 요를 둑여서 병상을 돋우고 아버지가 바라보기 편한 곳에 큰 물그릇을 놓아 드렸다. 그러나 그 물그릇을 바라보기에 피곤한 병인은 어디나 눈 가는 곳에는 물이 보이기를 원하였다. 그래서 큰 어항을 병실에 가득 늘어놓고 물을 채워 놓았다. 병인은 이 어항에서 저 어항으로 서늘한 감각을 시선으로 핥듯이 돌려보다가 그도 만족하지 못하여 시원히 흐르는 물이 보고 싶다고 하였다. 정일이는 아버지가 보기 편한 곳에 큰 물그릇을 놓고 대접으로 물을 떠서는 작은 폭포같이 들이 쏟고 또 떠서는 들이 쏟기를 계속하였다. 만수 노인은 꺼멓게 탄 혀를 벌린 입 밖에 내놓고 황홀한 눈으로 드리우는 물줄기를 바라보고 있었다. 그 눈을 볼 때 정일이는 걷잡을 사이도 없이 자기 눈에 눈물이 솟아오름을 참을 수가 없었다. 정일이는 일찍이 그러한 눈을 본 기억이 없다고 생각하였다. 더욱이 아버지의 얼굴에서! 자기 아버지에게서 저러한 동경에 사무친 황홀한 눈을 보게 되는 것은 의외라고 할밖에 없었다. 혹시 아버지가 돌아앉아서 돈을 셀 때에 저러한 눈으로 돈을 보았을는지는 모를 것이다. 눈물을 숨기기 위하여 얼굴을 돌린 정일이는 언제부터인가 그것은 *수전노다운 짓이라고 보아 오던 돈 세는 아버지의 뒷모양을 생각하였다. 만수 노인은 혼자서나 여러 사람이 있는 데서나 돈을 셀 때만은 반드시 담을 향하고 돌아앉는 것이 예외 없는 버릇이었다. 여러 사람이 있을 때에는 창피하였고 혼자서는 경멸의 눈으로 바라보던 돈 세는 아버지의 뒷모양이 다시 보이는 듯하였다. 자기 손에 들어온 돈을 보는 때의 눈도 저러한 눈이 아니었을까—고 생각하며 정일이는 다시 얼굴을 돌리었다. 그의 아버지는 여전히 그러한 눈으로 드리우는 물을 바라보며 마른 혀로 마른 입술을 핥고 입맛을 다시다가, 죽다니 나 좀 더 살겠다—이렇게 부르짖고 이를 갈았다.

정일이는 이러한 아버지의 시선을 따라다니면서 밤을 새워 가며 물을 드리웠다. 어떤 때는 항문으로 부어 넣은 영양물이 조금도 흡수되지 않고 도로 나오는 것을 치르고 더러운 자리를 갈아 내기 위하여 아버지를 들어서 옮겨 누이기도 하였다. 그때마다 힘주었던 팔이 허전하

수전노
돈을 모을 줄만 알아 한번 손에 들어간 것은 도무지 쓰지 않는 사람을 낮잡아 이르는 말이다.

도록 그 몸은 가벼웠다. 건강한 때에는 마치 돌갓[石冠]을 벗긴 *은진 미륵같이 장대한 몸이었다고 생각하면 더욱 가벼웠다. 이 몸에는 벌써 육체적인 생의 본능욕 같은 것은 남아 있을 것 같지도 않다고 정일이는 생각하였다. 이렇게 생의 기능을 완전히 잃었다고 할밖에 없는 이 몸이 아직 살려고 하고 아직도 살아 있는 것은 육체적인 생의 본능욕 이상의 의지력이 있는 탓이 아닌가? 자기가 만든 세상에 대한 애착을 버리지 않으려는 끝없는 의지력이 이 파멸된 육체의 생명을 이같이 끌어 나가는 것이 아닐까? 이렇게 정일이는 아버지의 황홀한 눈과 죽고 싶지 않다고 부르짖는 말에 솟아오르는 자기의 감격과 눈물을 해석하였던 것이다. 의지력이라는 보이지 않는 에네르기로 살아서 움직이는 기계같이도 생각되는 만수 노인의 몸은 더욱 가벼웠고 졸아들었다. 항문으로 넣은 유동체는 내장이 스러져 나오는 듯한 멍울멍울한 것이 섞여서 도리어 많아져 나왔다. 어느 날 정일이가 그러한 뒤를 치를 때 문병 왔다가 툇마루로 쫓겨 나간 여인들은 죽고 싶지 않다고 부르짖는 병인의 말을 듣고 서로 얼굴을 쳐다보며 말을 끊었던 모양이었다. 그때 정일이가 더러운 것을 문 밖에 내놓는 것을 보자 한 여인이 어색한 침묵을 깨뜨릴 좋은 기회라는 듯이—그러믄요 저런 효자를 두시구 안 그러시겠소? 하고 정일이의 어머니를 쳐다보았다. 그때부터 정일이는 아버지가 시선을 가다듬어서 자기를 바라볼 때마다 얼굴을 돌리고 자기 손으로 축여 드린 아버지의 입에서 어떤 애정의 말이 나올까 겁나서 바삐 문 밖으로 몸을 피할밖에 없었다.

　문주가 죽었다는 운학의 전보를 받은 날 저녁에 만수 노인은 죽었다. 죽은 사람은 죽은 사람으로 하여금 장사케 하라는 말대로 하자면,

은진미륵(恩津彌勒)
충청남도 논산시 은진면 관촉사에 있는 석조 미륵보살 입상. 동양 최대의 석불로, 고려 광종 18년(967)에 혜명 대사가 건립하였다. 높이는 24.5미터.

자기는 문주를 장사하러 가는 것이 당연하리라고 생각하면서도 정일이는 아버지의 관을 맡았다.

「장삼이사」, 을유문화사, 1947.

최명익 단편소설

심문(心紋)

시속 오십 몇 킬로라는 특급 차창 밖에는, 다리쉼을 할 만한 정거장도 역시 흘러갈 뿐이었다. 산, 들, 강, 작은 동리, 전선주, 꽤 길게 평행한 신작로의 행인과 소와 말. 그렇게 빨리 흘러가는 푼수로는, 우리가 지나친 공간과 시간 저편 뒤에 가로막힌 어떤 장벽이 있다면, 그것들은 캔버스 위의 한 터치, 또 한 터치의 오일같이 거기 부딪혀서 농후한 한 폭 그림이 될 것이나 아닐까? 고 나는 그러한 망상의 그림을 눈앞에 그리며 흘러갔다. 간혹 맞은편 폼에, 부풀듯이 사람을 가득 실은 열차가 서 있기도 하였다. 그러나 무시하고 걸핏걸핏 지나치고 마는 이 창밖의 그것들은, 비질 자국 새로운 폼이나 정연히 빛나는 궤도나 다 흐트러진 폐허 같고, 방금 브레이크되고 남은 관성과 새 정력으로 피스톤이 들먹거리는 차체도 폐물 같고, 그러한 차체에 빈틈없이 나붙은 얼굴까지도 어중이떠중이 뭉친 조난자같이 보이는 것이고, 그 역시 내가 지나친 공간 시간 저편 뒤에 가로막힌 캔버스 위에 한 터치로 붙어 버릴 것같이 생각되었다.

이런 생각은 무슨 대단하다거나 신기로운 관찰은 물론 아니요, 멀리 또는 오래 고향을 떠나는 길도 아니라 슬픈 착각이랄 것도 없는 것이다. 그렇다고 내가 *영진이 되었거나, 무슨 사업열에 들떴거나 어떤 희망에 팽창하여 호기와 우월감으로 모든 것을 연민시하려 드는 것도 아니다. 정말 그도 저도 될 턱이 없는 내 위인이요 처지의 생각이라 창연하다기에는 너무 실없고 그렇다고 그리 유쾌하달 것도 없는 이런 망상을 무엇이라 명목을 지을 수 없어, 혹시 스피드가 간질여 주는 스릴이라는 것인가고 생각하면 그럴 듯도 한 것이다.

결코 이 열차의 성능을 못 믿는 것은 아니지만 이렇게 무도(?)하게 돌진 맹진하는 차 안에 앉았거니 하면 일종의 모험이라는 착각을 느낄

> 영진(榮進)
> 벼슬이나 지위가 높아짐.

수 있고, 그것이 착각인 바에야 안심하고 그런 스릴을 향락할 수 있는 것이다. 이렇듯 거진 십분의 *안전율이 보장하는 모험이라 스릴을 향락하는 일종의 관능 유희다. 명수의 바이올린 소리가 한껏 길고 높게 치달아 금시에 숨이 넘어갈 듯한 것을 들을 때, 그 멜로디의 도취와는 달리 '이 순간! 다음 순간!' 이렇게, 땅 하니 줄이 튀지나 않을까? 하는 소연감(疏然感)을 아실아실 느껴 보는 것도, 일종의 관능 유희로 그리 경멸할 수 없는 음악 감상술의 하나일 것이다. 그처럼 내가 탄 특급의 속력을 '무모(無謀)'로 느끼고, 뒤로 뒤로 달아나는 풍경이 더 물러갈 수 없는 장벽에 부딪혀 한 폭 그림이 되고, 폐허에 버려 둔 듯한 열차의 사람들도 한 터치의 오일이 되고 말리라고 망상하는 것은 한 번도 가본 적이 없는 곳으로 달려가는 이 여행의 스릴로서 내게는 다행일지언정 그리 경멸한 착각만은 아닌 듯싶었다.

안전율
안전도.

그러나 나 역시 이렇게 빨리 달아나는 푼수로는 어느 때 어느 장벽에 부딪혀서 어떤 풍속화나 혹은 어떤 인정극 배경의 한 터치의 오일이 되고 마는지 예측할 수는 없을 것이다.

어느덧 국경이 가까워, 이동 경찰이 차표와 명함을 요구한다. '金明一'이라는 단 석 자만 박힌 내 명함을 받

아 든 경찰은 우선 이런 무의미한 명함을 내놓는 나를 경멸할밖에 없다는 눈치로 직업과 주소와 하얼빈은 왜 가느냐고 물으며 수첩을 꺼내 들었다. 그리고 나의 무직업을 염려하고 또 일정한 주소가 없다니 체면에 그럴 법이 있느냐는 듯이 뒤캐어 묻는 바람에, 나는 미술학교를 졸업했으니 화가랄밖에 없고, 재작년에 상처하고 하나뿐인 딸이 지난봄에 여학교 기숙사로 입사하자 살림을 헤치고는 이리저리 여관생활을 하는 중이라고, 그러나 지금 가는 하얼빈에는 옛 친구 이군이 착실한 실업가로 성공하였으므로 나도 그를 배워 일정한 직업과 주소를 갖게 될지 모른다고 무슨 큰 포부를 지닌 듯이 그 자리를 꿰맬밖에 없었다. 그러나 이런 내 말이 전연 거짓이랄 수도 없는 것이다. 사실 나는 일정한 직업과 주소도 없는 지금의 생활이 주체스러워 견딜 수가 없는 것이다.

삼 년 전에 처 혜숙이 죽자 나는 어느 중학교의 도화선생이라는 직업을 그만둔 후에는, 팔리지 않는 그림을 몇 폭 그렸을 뿐인 화가라는 무직업자였다. 그리고 지난봄에 딸 경옥이를 기숙사에 들여보내고는, 혜숙이와 신혼 당시에 신축하여 십여 년 살던 집을 팔아 버리었으므로 일정한 주소가 없었다.

내가 늘 집에 있는 것도 아니요, 있더라도 아침이면 경옥이가 학교에 간 후에야 일어나게 되고 밤이면 경옥이가 잠든 후에야 들어오게 되는 불규칙한 내 생활이라, 나와 한집에 있더라도 어미 없는 경옥이는 언제나 쓸쓸하고 늘 외로울밖에 없는 애였다. 그뿐 아니라 차차 자라서 감수성이 예민해 가는 그 애에게 나 같은 아비의 생활이 좋은 영향을 줄 리도 없을 것이었다. 그래 내 누님은 경옥이를 자기 집에 맡기라고도 하는 것이었으나, 마침 경옥이와 같이 소학교를 졸업하고 한 여학교에 입학하여 입사하게 된 친한 동무가 있었으므로 경옥이는 즐겨 기숙사로 들어간 것이었다. 그러고 보니 늙은 어멈만이 지키게 되는 집을 그저 둘 필요는 없었다.

내가 상처한 후에 늘 재취를 권하던 누님은, 정식 결혼을 할 의사가 없으면, 첩살림이라도 차려서 그 집을 팔지 말라고 하였지만, 십여 년 혜숙이의 손때로 길든 옛 집에 새 처나 첩이 어색할 것 같고, 그 집에서는 내가 무심히 '여보' 하고 부르는 것이 자연 혜숙일밖에 없을 것이나 '네' 하고 나타나는 것이 딴 여자라면 나의 그 우울은 어찌할 도리가 없을 것이다. 또한 어린 경옥이 역시 한 성 안에 제가 나서 자란 옛 집이 있으면서 기숙생활을 하거니 생각하면 더 외로워질 것이요, 혹시 외출하는 날 별러서 찾아온 옛 집에 제가 닮지 않은 새 어미의 얼굴을 보게 될 때마다, 제 어머니의 생각이 더한층 새로울 것이다.

이런 심정으로 내가 재취를 않는다면 나는 경옥이와 같이 옛 집을 지키면서 좀 더 그 애 곁을 떠나지 않아야 할 것이었다. 생각만은 그러리라고 애를 써가면서도, 그런 생각으로 학교를 사직까지 하고도, 오히려 그 모든 시간을 여행이라기보다—방랑, 그리고 방탕—술과 계집과 늦잠으로 경옥이를 더욱 외롭게 해온 것이다.

이러한 생활에서도 나는—팔리지 않는—그림을 간혹 그리었고, 그린 혜숙의 초상으로 경옥이의 방을 치장하는 것으로 그 애를 위로하는 보람을 삼아 온 것이다. 그러한 내 생활이다. 이번에도 역시 방랑이나 다름없이 떠난 여행이지만, 근 십 년 전에 만주로 표랑하여 지금은 실업가로 일가를 이루었다는 이군을 만나서 혹시 생활의 새 자극과 충동을 얻게 된다면 다행일 것이다.

무사히 세관을 치르고 국경을 넘은 나는 식당으로 갔다. 대만원인

「문장」에 발표된 '심문'

식당에 겨우 자리를 얻은 나는 첫눈에도 근엄하달 수밖에 없는 어떤 중년 여자와 마주 앉게 되었다. 가수 미우라의 체격에 수녀 비슷한 양장을 한 그 중년 여자는 국방색 안경알 위로, 연방 기울이는 나의 맥주잔을 이따금 넘겨다보는 것이었다.

그런 중년 여자가 뒤적이는 작은 신약전서로 나는 방인시되는 나를 느낄밖에 없었고, 그런 불쾌한 우연을 저주하며 마시는 동안에 창밖의 풍경은 오룡배(五龍背)로 가까워 갔다. 익어 가는 가을의 논과 밭으로 *문채 돋친 들 한가운데는 역시 들이면서도 사람의 의도로 표정이 변해 가다, 차차 더 매스러운 손길로 들의 성격이 정원으로 비약하는 초점 위에 온천 호텔 양관이 솟아 있고, 그 주위에는 넘쳐흐르는 온천물로, 청등한 가을 하늘 아래 아지랑이같이 김이 떠오르는 것이었다.

들이닿은 폼에는 유랑에 *곤비한 발걸음이나 분망에 긴장한 얼굴이나 찌든 생활의 보따리는 볼 수 없이, 오직 꽃다발 같은 하오리(일본 옷의 겉에 입는 짧은 겉옷)의 부녀와 빛나는 얼굴의 신사 몇 쌍이 오르고 내릴 뿐이었다. 구십 퍼센트의 분망과 유랑과 전쟁과 혹은 위독 사망 등 생활의 음영으로 배를 불리고 무모하게 달아나던 이 시커먼 열차도 이러한 유한에 소홀하지 않은 풍류적인 성격의 일면이 있었던 것이다. 그러한 이 열차의 성격을 이용하여 나도 이 오룡배에 소홀하지 않은 인연의 기억을 남긴 것이다.

지난봄에 나는 여옥이를 데리고, 그때도 이 열차로 여기 와서 오래간만에 모델을 두고 (여옥이를) 그려 본 것이었다. 여옥이는 동경 유학 시대에 흔히 있는 문학소녀로 그 당시의 어떤 청년 투사의 연인이었다는 염문을 지닌 여자였다.

그때 나는 간혹 출입하던 어느 다방의 새 마담으로 여옥이를 알았고

문채(文彩)
아름다운 광채.

곤비하다
아무 것도 할 기력이 없을 만큼 지쳐 몹시 고단하다.

방종한 내 생활면을 오고 간 그런 종류의 한 여자라는 흥미로 여기까지 데리고 온 것이었다.

 여옥이는 건강한 육체미의 모델이라기보다도 어떤 성격미랄까, 그러나 그때처럼 나는 그 모델의 성격을 마스터하지 못하여 애쓴 적은 없었다.

 전연 처음 대하는 모델인 때에는 직감적으로 느껴지는 성격의 힘에 이끌려서 저절로 운필이 되거나, 그렇지 않으면 그 모델의 어떤 특징을 고조하여 자유롭게 성격을 창조할 충동과 용기가 나는 것이다. 그래서 제작자의 해석과 의도로 뚜렷이 산 인물이 그려지는 것이지만 그러나 그때의 여옥이는 그렇지가 못하였다. 아마 뚜렷하게 통일된 인상을 주기에는 나와의 관계가 너무도 산문적이었던 탓일 것이다. 이 산문적이라는 말은 그때 우리 사이의 권태를 의미하는 말은 아니다. 우리는 권태를 느꼈다기보다 내 흥미가 사라지기 전에 헤어지고 말았던 것이다. 권태라기에는 오히려 그때 여옥이를 보는 내 눈이 때로는 너무도 주관적으로 도취되었고 때로는 객관적으로 여옥이의 정열을 관찰하게 되는 것이었으므로 그림이 되기에는 여옥이의 인상이 너무 산란하였다는 말이다.

침실의 여옥이는 전신 불덩어리의 정열과 그러면서도 난숙한 기교를 갖춘 창부였고, 낮에는 교양인인 듯 영롱한 그 눈이 차게 빛나고 현숙한 주부인 양 단정한 입술은 늘 침묵하였다. 그리고 무엇을 주고받을 때 무심히 닫힌 그의 손가락은 새삼스럽게 그 얼굴을 쳐다보게 되도록 싸늘한 것이었다. 그렇게 산뜩한 손은 이지적이랄까, 두 사람만이 거닐던 호젓한 봄동산에서도 애무를 주저하게 하는 것이었다. 그뿐 아니라, 그 영롱한 눈과 침묵한 입술, 그 사이에 오연히 높은 코까지 어울려, 어젯밤은 언제더라 하는 듯한 그 표정은 나를 당황케 하였고 마침내는 그 뺨을 갈겨 보고 싶도록 냉랭한 여옥이었다.

"혹시 나는 여옥이를 정말 사랑하게 될까 봐!"

나는 내 손바닥 위에 가지런히 놓인 여옥이의 그 싸늘한 손끝의 감촉을 만지며 이렇게 말하는 것이었으나 자기는 알 바 아니라는 듯이 여옥이는 금시에 하품이라도 할 듯한 무료한 표정이었다.

나는 간혹 여옥이의 얼굴에서 죽은 내 처의 모습을 발견하게 되는 것이 반갑고도 슬픈 것이었다. 여옥이의 *중정(中正)과 *인당(印堂)은 이십여 년 평생에 한 번도 찌푸려 본 적이 없는 듯한 것이다. 혜숙이 역시 죽은 그 얼굴까지도 가는 주름살 작은 티 한 점 없이 맑고 너그러운 중정과 인당이었다. 나는 그 생전에, 어머니의 젖가슴같이 너그러우면서도 이지적으로 맑은 아내의 인당에 마음 붙이고 응석인 양 방종을 부려 본 적이 한두 번이 아니었다. 그러나 그러한 남편을 둔 혜숙이는 한 번도 그 얼굴의 윤곽이 이그러져 보인 적이 없었다. 나는 그러한 아내의 온후한 심정을 그의 귀 탓이거니 생각하기도 하였다.

영롱한 구슬같이 맑고 도타운 그 *수주(垂珠)는 마음의 어떠한 물결이든 이모저모를 눌러서 침정하는 모양으로 그의 예절이 더욱 영롱할

중정
얼굴을 상중하로 나누었을때 코를 중심으로 한가운뎃 부분.

인당
양쪽 눈썹 사이.

수주
귓불.

뿐 아니라, 방종에 거친 나의 마음도 온후한 보살상의 귀를 우러러보는 때처럼 가라앉는 것이었다.

나는 그때도, 혜숙이의 귀보다 좀 작고 작기는 하나 같은 모양으로 영롱한 여옥이의 귀를 바라볼 때 침실의 여옥이의 열정을 의아히 생각하리만큼 이 낮의 여옥이는 귀엽도록 단아하였다. 여옥이의 그 귀뿐 아니라 전체로 가냘픈 몸 매무새와 작은 얼굴 도래에, 소복단장을 하여 상덕스러우리만큼 소탈한 한 가지의 백합으로 그릴까? 진한 녹의홍상으로 한 묶음의 장미 꽃다발로 그릴까? 이렇게 그 초상화의 성격을 궁리하면서,

백합

"안 그래? 내가 여옥이를 정말 사랑하게 될 것 같잖아?"
고 다시 물었을 때,

"글쎄요, 그럼, 낮에요? 밤에요?"

여옥이는 이렇게 반문하였다. 그렇게 묻는 여옥이를, 나만이 밤의 여옥이와 낮의 여옥이가 딴사람이라고 보아 왔지만 여옥이 역시 나를 밤과 낮으로 구별하여 보는 것이 분명하였다. 그렇다면 본시부터 모호하던 두 사람의 심정의 초점이 더욱 모호해진다기보다도 밤과 낮으로 다른 두 여옥이와 두 '나'로 분열하고 무너져 가는 마음의 풍경을 멀거니 바라볼 밖에는 별도리가 없는 듯하였다.

장미

그러한 모델을 대하는 제작자인 나라, 이중의 관찰과 이중의 인상으로 갈피를 잡을 수 없는 몽타주가 현황히 떠오르는 캔버스 위에 애써 초점을 맞추어 한붓 한붓 붙여 가노라면, 나타나는 것은 눈앞의 여옥이라기보다, 내 머릿속의 혜숙이에 가까워지므로 나는 화필을 떨어뜨리거나 던질밖에 없었다.

처음 그런 때 여옥이는,

"어디가 편찮으세요?"

물었고, 그 다음에는 내가 흰 칠로 화면 얼굴을 뭉갤 때마다 모델로서 자기가 마음에 안 드는가 물었다. 한번은 내가 채 지워 버리지 못한 그림을 보자,

"그것은 누구야……? 아마 선생님의 옛 꿈인 게죠?"

하였던 것이다. 그 다음부터 모델대에 서는 여옥이의 눈은 한순간도 초점을 맞추지 않았고 그 입 가장자리에는 *인광(燐光)같이 새파란 미소가 흘렀다. 그러한 여옥이는 비록 그 얼굴은 내 붓 끝 앞에 정면하고 있지만 그 마음은 늘 내 눈앞에서 외면하는 것이 분명하므로 나는 더욱 갈팡질팡하게 되어 마침내는 화를 내서 찢어지라고 화폭을 뭉갤밖에 없었다. 그런 때면 여옥이는 치맛자락이 제 다리를 휘감으리만큼 돌아서 방으로 들어가고 말았다. 나는 미안한 생각에 따라 들어가면 여옥이는 침대에 엎드려 작은 팔목시계의 뒤딱지를 떼들고 속을 들여다보고 있는 것이다. 시계의 고장으로 그러는 것이 아니라 여옥이는 혼자 심심하거나 나와 말다툼이라도 하여 화가 나는 때면 언제나 시계 속을 들여다보거나 귀에 붙이고 소리를 듣거나 하는 버릇이 있었다. 여옥이의 그러한 버릇에 나는 한껏 요망스러운 잔인성을 느끼기도 하였다. 그러나 때로는 어린애 장난같이 귀엽기도 하여 들여다보고, 그 산뜩한 손끝으로 귀에 대주는 시계 소리를 번갈아 들어 가며 한나절을 보내는 때도 있었다. 그런 때 혹시 여옥이는 마음이 싸라서 하는 말로, 언젠가는 사내 가슴에 귀를 붙이고 밤새도록 심장의 고동을 듣고 나서, 머리가 욱신거려 사흘이나 앓은 적이 있었다고 하였다.

그런 말에 시계 속을 들여다보는 여옥이의 취미가, 혹 여러 개 보석

인광
복사선에 노출된 물질이 자극하는 복사 에너지가 사라진 후에도 계속하여 내는 발광.

으로 찬란한 시계 속에서 *사물거리는 산 기계를 작은 생명같이 사랑하는 연인다운 심정이거나, 시간이라는 추상적 관념을 걸어가는 치차(톱니바퀴)에 신비를 느끼려는 것이 아니라, 밤새도록 심장을 들을 사내의 가슴속이나 머릿속을 들여다보고 싶은 요망스러운 잔인성이거니도 생각되는 것이었다. 사실 그렇다면 여옥이의 그런 상징적 행동이 궁금하여, 지금 그 시계 속에서 여옥이는 누구의 마음 속을 엿보고, 시계 소리에서 누구의 심장을 듣는 것인가고도 생각되었다.

그때 여옥이를 따라 들어온 나는 넓은 더블베드 요 속에 잠기고 남은 여옥이의 잔등이와 허리와 다리의 매끄러운 선을 그리고 그 손에 든 것을 시계 대신에, 소프트 쓴 인형을 크게 그려 만화를 만들까 망설이면서,

"여옥인 시계 속을 보면서 무슨 생각을 하나?"
하고 중얼거리듯이 물어 보았던 것이다. 그 말에 여옥이는,

"선생님은 나를 모델로 세워 놓고 누굴 그리세요?"
하는 것이었다.

"……."
"부인을 그리시지요? 아마."
"여옥인 옛날 애인을 생각하나? 그럼."
"그렇다면 뉘 탓일까요?"
"내 탓일까?"
"그럼 내 탓인가요?"
"……."
"흥! 미안하게 된걸요. 그렇게 못 잊으시는 부인의 꿈을 도와 드리진 못 하구 훼방을 놓아서……."

사물거리다
살갗에 작은 벌레가 자꾸 기어가는 것처럼 간질간질하다.

이렇게 말하자 여옥이는 시계를 방바닥에 팽개치고 엎드려서 느껴 울기를 시작하였다.

그때 나는 말로 여옥이를 위로하려고는 않았으나 끝없이 미안하였다. 이지적으로 명철하다기보다 요기롭도록 예민한 여옥이의 신경을 내 향락의 한 자극제로만 여겨 온 것이 미안하고 죄송스럽기도 하였다. 낮과 밤이 다른 여옥이는 여옥이가 그런 것이 아니라, 맹목적이어야 할 사랑과 순정을 못 가지는 나의 태도에 여옥이도 할 수 없이 그런 것이 아닐까? 여옥이와 나는 열정과 순정이 없다면 피차의 인격과 자존심을 서로 모욕하고 마는 관계가 아닐까? 그런 관계이므로 낮에 냉랭한 여옥이의 태도는 밤의 정열의 육체적 반동이 아니라 여옥이의 열정을 순정으로 받아 주지 않는 나에게 대한 반항일 것이다. 그러므로 나는 그 히스테릭한 여옥이의 열정을 순정으로 존중하여야 할 것이요, 낮에 보는 여옥이의 인당과 귀에 혜숙이의 그것을 이중 노출로 보는 환상을 버리고 여옥이 그대로 사랑해야 할 것이다. 여옥이도 나의 처지와 심정을 이해하므로 결혼을 전제로 하는 사이는 물론 아니지만, 그러니만큼 나는 더욱 인격적으로 여옥이의 열정을 받아들이고 사랑하여야 할 것이었다.

그래서 나는 새로운 눈으로 여옥이를 그리려고 부족한 화구를 사러 그 이튿날 안동으로 갔던 것이다. 그러나 그날 저녁에 돌아온즉 여옥이는 낮에 북행차로 혼자 떠나고 말았던 것이었다. 여옥에게 맡겼던 지갑과 같이 호텔 지배인이 내주는 편지에는,

이렇게 돌연히 떠나고 싶은 생각이 스스로 놀랍기도 하였사오나 돌이켜 생각하오면 본시 그런 신세로 그렇게 지내 온 몸이라

갈 길을 가는 듯도 하올시다. 저로서도 무엇을 구하여 가는지 전혀 지향 없는 길이오니 애써 찾아 주지 마시옵소서. 얼마의 여비를 가져갑니다. 그리고 주신 반지도 가지고 갑니다.

여옥 배(拜)

하였을 뿐이었다. 그때 여옥이는 이 차를 탔을 것이다. 찾지 말아 달라는 여옥이의 편지가 아니더라도 나는 그럴 염치조차 없는 듯하였고, 오히려 무거운 짐이나 부린 듯이 마음이 가벼워졌다. 그렇게 헤어진 여옥이라 그 후에 무슨 소식이 있을 리 없었다.

그러나 한 월여 후에, 하얼빈 이군의 편지 끝에, 어느 카바레의 댄서인 여옥이라는 미인이 군과 소홀하지 않은 사이던 모양이니 멀리서나마 군의 만년 염복을 위하여 축배를 드네, 한 의외의 문구로 여옥이의 거취를 짐작하였을 뿐이다.

그러나 이번 내 여행이 결코 여옥이를 만나러 가는 길은 아니다. 연래로 이군이 편지마다 오라는 것이요 나 역 가고 싶던 하얼빈이라 가는 것이지만, 일부러 여옥이를 만날 욕심도 흥미도 없는 것이다. 그러나 우연히 만나게 된다면 애써 피하지도 않을 것이다.

나는 이렇게 담담히 생각하기는 하면서도, 그러나 담담히 생각하려는 노력같이도 느껴지는 것이었다. 그렇다고 여옥이에 대한 내 생각이 담담하지 못하여 그런 것은 아닐 것이다. 단순히 나를 반겨 맞아줄 이군만이 기다리는 '하얼빈'이 아니라—애욕 때문이랄까! 복잡한 심리적 암투를 하다가 달아난 여옥이가 있는 곳이라 생각하면, 이국적 호기심을 만족할 수 있고, 옛 친구를 만나는 기쁨만이 기다리는 하얼빈이 아니요, 혹시 어떤 음울한 숙명까지도 나를 노리고 있을 것같이 생각되는 것이다. 숙명이란 이렇다 할 원인이 없는 결과만을 우리에게 던져 주는 것이다. 원인이 있다더라도, 지금 마주 앉은 중년 여사의 신약전서에 있을 '죄는 죽음을 낳고'라는 '죄'와 같이 추상적인 것으로, 그런 추상적 원인 '죽음'이라는 사실적 결과를 맺게 하는 것이 숙명이라면 우리는 그런 숙명 앞에 그저 전율할밖에 없을 것이다.

그런 무서운 숙명이 나를 기다리는지도 모를 하얼빈이라고 생각하면 그곳으로 이렇게 달아나는 이 열차는 그런 숙명과 같이 음모한 괴물일는지도 모른다고 나는 좀 취한 머릿속에 또 한 가지 이런 스릴을 느끼었다. 그러면서 큰 고래 입 속으로 양양히 헤엄쳐 들어가는 물고기들을 상상하며 그런 물고기의 어느 한 부분인지도 모르는 피시 프라이의 한 조각을 입에 넣고 씹으며 마주 볼 때, 나보다 한 접시 앞선 중년 여사는 소위 어느 한 부분인지도 모를 스테이크의 마지막 조각을 입에 넣고 입술에 맺힌 핏물을 찍어 내는 것이었다.

*하얼빈—

내 이번 여행은, 앞서도 한 말이지만 역시 전과 다름없는 방랑이라 어떤 기대를 가졌던 것은 아니지만 그러나 이같이 우울한 여행일 줄은 몰랐다. 가는 차 중에서 일종의 모험이니 무서운 숙명과의 음모니 하여 즐겨 꾸민 망상이, 단순한 망상이 아니었고, 어김없이 들어맞는 예감이었던 것이다.

물론 하얼빈서 이군을 만났고, 그의 십 년 풍상과 지금의 성공과 사업과 장차의 경륜을 듣고 보아 의지의 인 이군을 탄복하고 축하하는 바이지만, 나의 이 여행기는, 그런 건전하고 명랑한 기록은 아니다.

하얼빈
중국 헤이룽장성[黑龍江省]의 성도(省都). 면적 1만 8466㎢, 인구 257만 명(1998)이다. 19세기 무렵까지는 불과 몇 채의 어민 가구가 사는 한촌에 지나지 않았으나 제정 러시아의 둥칭[東淸] 철도의 철도기지가 된 이래 상업·교통도시로서 발전하였다. 제유(製油)·제분 등의 경공업도 이루어져, 1932년에는 인구 38만 명이 되었다. 1954년 성도가 되었다.

하얼빈의 쑹화강
(현재의 모습)

내가 치우쳐 침울한 이야기만을 즐겨 한다거나 이야기로서의 소설적 흥미와 효과만을 탐내 그런 것은 물론 아니다.
　'이군의 성공담'은 이야기의 주인공격인 '나'라는 나와는 별개의 것이 되고 말았으리만큼 이 하얼빈서 나는 나와 너무나 관련이 깊은 사건에 붙들리고 말았으므로 우선 그 이야기를 할밖에 없는 것이다. 그것은 물론 여옥이의 이야기다.
　이군의 안내로 하얼빈 구경을 나섰다—천생 소비자인 자네라, 하얼빈의 소비면부터 안내하세—하는 이군을 따라 이름난 카바레, 레스토랑, 댄스 홀, 그리고 우리가 '하얼빈'으로 연상하는 소위 *에로 그로를 구경하는 동안에 밤이 되고 두 사람은 좀 취하였던 것이다.

에로 그로
에로틱하고 그로테스크한 것.

　"······누구라던가? 그 미인 말일세. 자네 만나 봐야지 않나!"
　"여옥이 말인가? 글쎄······."
　"글쎄라니······."
　이렇게 시작된 이야기로,
　"타향에 *봉고인이라고 이런 데서 만나면 다아 반갑다네. 자, 가세." 하고 이군은 나를 끌었다. 그러나 금시에,

봉고인
옛사람을 만남.

　"내가 어디서 만났더라?"
　여옥이가 어디 있는지 분명하지 않은 모양으로 중얼거리던 이군은 언젠가 그때도 역시 구경 온 손님을 데리고 갔던 어느 카바레에서, 그리 흔치 않은 조선 댄서라, 이야기를 붙인 것이 여옥이었다는 것이다. 더욱이 고향에서 온 여자라기에 자연 이야기가 벌어져 마침내 나와의 관계도 짐작하게 되었다는 것이다. 그러나 이군은 나와 여옥이가 어떻게 헤어지게 된 것까지는 모르는 모양이다. 여옥이가 지내는 형편이 어떤가고 묻는 내 말에 그때 만나 본 것뿐이라 알 수 없지만 그런 삼류

파트롱
보호자, 후원자.

사류 카바레의 댄서라 물론 수입은 많을 리 없고, 혹 *파트롱이 있다면 몰라도 겨우 먹고 지내는 정도일 것이라고 하였다. 그러면서―만나면 반가울 사이니, 내일은 하루 여옥이를 앞세우고 그 방면의 생활 내막을 엿보아 두라고 하였다.

―아마 여긴 듯하다―고 하면서 뒷골목 보도 밑에서 음악이 들리는 지하실 카바레를 헛들어갔다. 서너 집 만에야 여옥이를 발견하였다.

높은 천장 찬란한 샹들리에, 거울 같은 마룻바닥, 휘황한 파노라마, 그 속에서 음악의 물결을 헤엄치는 무희들, 이렇게 내 눈이 어느덧 높아진 탓인지, 여옥이가

있는 카바레는 너무도 초라한 것이었다. 사오 명밖에 안 되는 밴드의 소란한 재즈와 구두 바닥에 즈벅거리는 술 냄새로 머리가 아팠다. 이 구석 저 구석에 서너 패 손님이 있을 뿐, 텅 빈 듯한 홀 저편 모퉁이에는 십여 명 댄서들이 뭉켜 있었다. 그 중에는 호복을 입은 것도 있고, 기모노를 걸친 백인 계집애도 있었다. 전갈하는 만주인 보이를 따라 우리 테이블에 가까이 온 여옥이는 나를 바라보자 눈을 크게 뜨고 한순간 걸음을 멈추었다.

"내가 반가운 손님 모셔 왔죠? 자, 앉으시우."

이러한 이군의 말에, 그를 알아보고 비로소 자기 앞에 나타난 나를 이해할 수 있는 모양으로 여옥이는 다시 침착한 태도를 회복하여 우리 앞에 와 앉으며,

"오래간만에 뵙겠습니다."
하고 숙인 머리를 한참이나 들지 않았다.

이군은 또 술을 청하였다. 이군은, 나와 여옥이의 관계를 자세히 모를 뿐 아니라, 만주 십 년에 체득한 대륙적 신경으로 그러한 여옥이의 태도나 나의 어색한 표정 같은 것은 개의하지도 않는 모양이었다. 그저 쾌하게 웃고 쾌하게 마시면서, 내일은 내가 영시로부터 한시까지 여옥이를 찾아갈 것과 여옥이는 여옥이로서 내게 보이고 싶은 곳을 안내할 것과, 자기는 세시나 네 시까지 전화를 기다릴 터이니 만나서 같이 저녁을 먹기로 하자고 이군은 작정하고 말았다. 그 작정에 여옥이는 특별히 안내할 곳은 없지만 내가 간다면 그 시간에 기다리겠다고 하며 내 여관에서 자기 아파트까지의 지도를 그리고 주소를 적어 주는 것이었다.

그래서 나 역시 정한 시간에 여옥이를 찾아가기로 하였다. (독자 중에는 이 '그래서 나 역시……'라는 말에 불쾌를 느끼고, 그만 것을 동기나 이유로 행동하는 나를 경멸하는 이가 있을는지 모를 것이다. 사실은 나는 그러한 독자를 상대로 이 여행기를 쓰는 것이다.) 그때 내게는 굳이 여옥이를 찾지 않고 말 이유가 없었던 것이다. 오히려 나는, 어젯밤에 주저하는 기색도 없이 나를 기다린다고 한 여옥이가 인사성으로만 그런 것이 아니라 혹시 조용한 기회를 지어 지난 봄의 자기 소행을 사과하려는 것이나 아닐까고도 생각되었던 것이다. 물론 사과하고 말고가 없을 일이나, 그도 아니라면, 피차에 긴한 이야기도 없을 처지에 여옥이의 자존심으로 일부러 구차한 자기 생활면을 보이려고 나를 집으로 오라고 할 리도 없을 것이다. 사실 어젯밤에 본 여옥이는 반년이 되나마나 한동안에 생활에 퍽 시달린 사람같이 초췌하고 차가운 하늘빛 양장도 *파뜻한 맛이 없이 고운 때가 오른 것이었다. 그리고 그 빨갛게 손톱을 물들인 손가락에 그런 직업 여자에게는 큰 장식일 것이건만, 내가 주었던 반지가 없는 것만으로 미루어 보아도 그의 생활이 구차하게 상상될밖에 없는 것이다.

들어선 여옥이의 살림은 사실 거친 것이었다. 방 한가운데는 사기 재떨이만을 올려놓은 둥근 탁자와 서너 개 나무의자가 벌리어 있고, 거리 편으로 잇대어 난 단 두 폭의 벼락닫이 창 밑에는 *유난이 닳아 모서리에는 소가 비죽이 나온 장의자가 길게 누운 듯이 놓여 있었다. 그것은 사실 길게 누운 듯이라 할밖에 없이 그 작은 방에는 어울리지 않게 큰 것이었고, 진한 자줏빛 유단이나 육중한 나무다리의 미츠러운 결태와 은은한 조각이 장중하고 호화스럽던 가구였다. 그리고 화문이 다 낡은 맞은편 담과 방 윗목을 병풍 치듯 건너막은 판장 담 모퉁이에

파뜻하다
산뜻하다.

유단
유단. 비로드와 같이 두터운 천

는 역시 낡은 삼면 경대가 *비슷이 서 있었다. *체두리 나무의 칠이 벗고 조각의 획이 긁히고 거울면 한복판에는 *고두터운 유리가 *국살진 듯이 수은이 들뜨고 밀린 것이나, 본체재만은 역시 호화롭고 장중한 것이었다. 그런 경대나 장의자가 여옥이의 손때로 그렇게 낡았을 리는 없을 것이다. 당초에 여옥이같이 가냘픈 몸집, 가볍게 떠도는 생활에 맞추어 만들어진 것부터가 아닐 것이었다.

방 윗목을 가로막고, 그런 장중한 가구가 차지하고 남은 좁은 방이라, 더욱 길길이 높아 보이는 침침한 천장을 쳐다보는 나는, 하얼빈의 여옥이는 이다지도 황폐한 생활자던가 느껴지는 것이다. 그뿐 아니라 이런 가구를 주워들인 것이 여옥이의 취미였다면 그 역 하잘것없는 위인이라고도 생각하였다.

여옥이는 내가 기억하는 그 몸매의 선을 그대로 내비치듯이 달라붙은 초록빛 *호복을 입고 붉은 장의자에 파묻히듯이 앉아서 열어 놓은 창틀 위에 팔굽이를 세운 손끝에 담배를 피워 들었다. 짧은 호복 소매 밖의 그 손목은 가늘고 시들어서 한 가닥 황촉을 세운 듯하고 그 손끝의 물들인 손톱은 *홍옥같이 빛나는 것이다. 그런 손끝에서 피어오르는 담배 연기를 바라볼 뿐 나는 별로 할 말이 없이 묵묵히 앉아 있었다.

여옥이도 무슨 생각에 잠기는 모양이었다. 본시 그런 여옥인 줄 아는 나라 실례랄 것도 없이 나는 나대로 창밖을 내다보고 있었다. 거리 맞은 집 유리창은 좀 기운 햇볕에 눈부시었다. 고기비늘 무늬로 깔아 놓은 화강석 보도에 메마른 구둣발 소리가 소란하고 불리는 먼지조차 금싸라기같이 반짝이는 *째인 햇볕 속을 붉고 파란 원색 옷의 양녀들이 오고 간다. 높은 건축의 골짜구니라 그런지, *걸싼 양녀들은 헤엄치

비슷
비스듬히.

체두리
경대 유리를 감싼 나무.

고두터운
여기서 '고'는 '股' 즉 두 거울의 두 변을 가리키는 듯.

국살진
주름지다.

호복
만주인의 옷.

홍옥
루비(ruby). 붉은빛을 띤 단단한 보석.

째인
꽉 찬.

걸싸다
걸차다.

심문 251

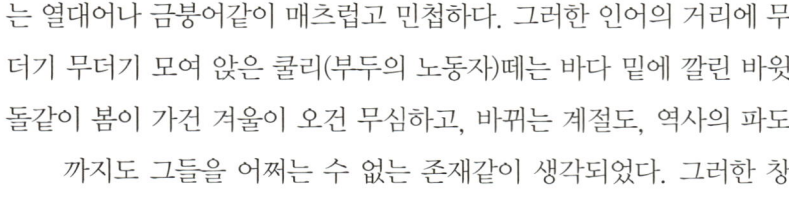

설피다
짜거나 엮은 것이 거칠고 성기다.

는 열대어나 금붕어같이 매끄럽고 민첩하다. 그러한 언어의 거리에 무더기 무더기 모여 앉은 쿨리(부두의 노동자)떼는 바다 밑에 깔린 바윗돌같이 봄이 가건 겨울이 오건 무심하고, 바뀌는 계절도, 역사의 파도까지도 그들을 어찌는 수 없는 존재같이 생각되었다. 그러한 창밖에 눈이 팔려 있을 때 들창 위에 달아 놓은 조롱에서 새가 울었다. 쳐다보는 조롱의 *설핀 댓살을 격하여 맑은 하늘의 한 폭이 멀리 바라보였다. 종달새도 발돋움을 하듯이 맨 윗가름대에 올라서서 쫑쫑쫑—쪼르르릉 쫑쫑—을 연달아 울어 가며 목을 세우고 관을 세우고 가름대 위를 초조히 오고 간다. 금시에 날아 보고 싶어서, 날갯죽지가 미미적거리는 모양이나, 그저 혀를 차고 말듯, 쫑 쫑— 외마디 소리를 해가며 가름대 층계를 오르내릴 뿐이다. 나는 그러한 종달새 소리에 알 수 없이 초조해지는 듯하고 이야기 실마리조차 골라 낼 수 없이 무료한 동안이 길었다. 여옥이는 간간이 손수건을 내어 콧물을 씻어 가며 초록빛 호복자락으로 손톱을 닦고 있었다. 나는, 그의 직업 탓이려니도 생각하지만, 그러나 천한 취미로 물들여진 여옥이의 손톱이 닦을수록 더 영롱해지는 것을 보던 눈에 종달새의 며느리발톱이 띄자 깜짝 놀랄밖에 없었다. 그것은 병신스럽게 한 치가 긴 것이었다. 나는 길게 드리운 호복 소매 속에 언제나 감추어 두는 왕(王)이나 진(陳)이라는 대인(大人)들의 손톱을 연상하였으므로,

"이건 만주 종달샌가?"
물었다.

"글쎄요, 예서 산 거라니까, 아마 만주 칠걸요."

"……."

"뒷발톱이 어지간히 길죠?"

"병신스럽구 징그러운걸."

"병신이라면 병신이지만, 그래두 배 안엣병신은 아니래요. 제 손톱두 그렇구요."

여옥이는 빨간 손톱을 가지런히 들어 보이며 웃었다. 그리고는 종달새의 발톱은 왕대인이나 진대인같이 치레로 기른 것은 아니지만 누가 깎아 주지도 않고 조롱 속에서 닳지도 않아서 자랄 대로 자랄밖에 없는 것이고 또 길면 길수록 오래 사람의 손에 태운 표적이 되어 값이 나가는 것이라고 설명하였다.

"저 발톱만치 길이 들었다면 들었고, 사람의 손에서 병신이 된 게라면 병신이구…… 환경이나 처지의 힘이랄까요!"

여옥이는 이러한 자기 말에 소름이 끼치는 듯이 오싹 몸짓을 하고는 또 콧물을 씻어 가며 조롱을 쳐다본다.

나는 그 종달새 역시 여옥이의 손에서 뒷발톱이 그렇게 길었을 리는 없다고 생각되어, 혹시 이 방에는 또 다른 누가 있지나 않은가고 새삼스럽게 방 안을 둘러보았다. 그러자 여옥이는 재채기를 연거푸 하며 눈물과 콧물을 씻는 것이었다.

"감기가 든 모양인데, 추운가?"

"아뇨."

하는 여옥이는 새삼스럽게 나의 얼굴을 쳐다보고, 수줍은 듯이 *인작 내리까는 그 눈에는, 그리고 그 입술에는 알 수 없는 미소가 떠오르기 시작하였다.

인작
곧.

그 알 수 없는 미소는 오룡배에서 '꿈을 그려요?' 하던 때의 웃음 같기도 하였으나 지금의 여옥이가 새삼스럽게 예전의 그 웃음으로 나를 빈정거릴 리는 없을 것이다. 다시 보아도 그 웃음은 사라지지 않는다.

'혹시!' 지금 여옥이는 밤과 낮을 혼동하는 것이나 아닌가? 그것은 여옥이의 밤의 웃음 비슷한 것이므로 나는 이렇게까지도 생각하였다. 이렇게 쌀쌀하다리만큼 청등한 낮에는 볼 수 없던 웃음이므로 혹시 여옥이는 제 말대로, 이 하얼빈, 그리고 지금 그의 처지의 힘으로 홱 변하여 이런 때도 무절제한 충동을 느끼게 되고, 또 충동하려 드는 요망한 웃음이나 아닐까? 이렇게 '혹시! 설마' 하는 눈으로 바라볼 때, 여옥이는 역시 같은 웃음을 띤, 그리고 좀더 가늘게 뜬 눈으로 나를 바라보면서 몸을 차차 기울여 마침내 장의자 팔걸이에 어깨를 기대고 반쯤 누워 버리고는 눈을 감았다.

나는 더 의심할 여지가 없었다. 오직 그 퇴폐적 작태를 경멸하면 그만이라고 생각되어 짐짓 그의 얼굴을 빤히 들여다볼 때, 눈동자가 내비칠 듯이 엷은 여옥이의 눈꺼풀이 떨리며 한 방울 눈물이 쏙 비어 져 눈썹 끝에 맺히자 하하 하하 하는 웃음소리가 그 엷은 어깨를 흔들며 새어 나오는 것이었다.

나는 오싹 등골에 소름이 끼쳐서 머리를 싸쥐고 눈을 감았을 때, 머리 위의 *조롱이 푸득거리며 찍찍 하는 쥐소리 같은 것이 크게 들리었다. 놀라 쳐다본즉, 종달새가 가름대에서 떨어져 조롱 바닥에서 몸부림을 하는 것이었다. 새는 다시 날려고 애써 몸을 솟구다가는 또 떨어지고 그때마다 그 긴 발톱과 모지라진 날개로 헤적이면서 쥐소리 같은 암담한 비명을 지르는 것이다. 새는 몇 번인가 조롱이 흔들리도록 몸을 솟구다 못하여 그만 제 똥 위에 다리를 뻗고 눈을 감아 버린다. 아

조롱
새장.

직도 들먹거리는 새의 가슴을—나는 그 암담한 광경을 그저 멍히 보고만 있을 때,

"그 조롱 이리 내려 주세요, 네, 어서 좀."

하며 여옥이는 내 팔을 잡아 흔드는 것이다.

한 손에 그 조롱을 든 여옥이는 한 손으로 쓸어 더듬듯이 담을 의지하고 방 윗목에 쳐놓은 *판장 병풍 속으로 들어갔다. 들어가자, 침실인 듯한 그 안에서는 판장 위로 담배 연기가 무럭무럭 떠오르기 시작하고, 무슨 동물성 기름을 타치는 듯한 냄새가 풍기었다. 그러자 푸드득거리는 날개 소리가 나고 쫑쫑 하는 맑은 소리가 들리었다.

판장
널빤지로 친 울타리.

다시 살아난 조롱을 들고 나와 제자리에 걸어 놓고 앉은 여옥이는,

"지금 제가 웃지요?"

하고 어색한 듯이 빨개진 얼굴의 웃음을 더욱 뚜렷이 지어 보이며,

"……웃잖아요? 이렇게 뻔뻔스럽게."

하고는 웃음 소리까지 내었다.

"……."

사실 나는 무엇이라 대답할 말을 몰랐다.

"웃잖으면 어떡해요?"

하고 여옥이는 조롱을 툭 쳐서 빙그르 돌리며,

"너나 내나 그새를 못 참아서 이 망신이냐?"

하였다.

거리에 나선 나는 여옥이가 안내하는 대로 카바레나 레스토랑에서 센 워커와 진한 커피를 조금씩 맛볼 뿐이었다. 나 역시 너무 강한 자극물이 싫고 으리으리할 뿐 아니라 마주 앉은 여옥이는 그런 것에 입술을 적실 뿐으로도 기침을 하므로 더욱 마실 생각이 없었다. 그리고 여

옥이는 몇 번 코를 풀고 나서 핸드백에 든 흰 약(모르핀)을 내어 담배에 찍어 피우며, 그때마다—웃긴 왜 싱겁게—하고 싶도록 외면을 하고 싱글거리는 것이다.

지나가던 길에 들러 본 박물관에서는 나 역시 여옥이에 덩달아 재채기만을 하고 나왔다. 우중충한 집 속에 연대순으로 진열된 도자기나 불상이나 맘모스의 해골이나가 지니고 있는 오랜 시간이 휘잉한 찬바람으로 느껴질 뿐이었다. 차근차근히 보고 싶은 이 역사를 이렇게 설질러 놓으면 또다시 와볼 용기가 있을까고도 염려되었다. 이 박물관뿐

송화강

아니라 여옥이를 앞세우고 다닌다면 나의 하얼빈 구경은 모두가 이 모양일 것이라고 염려하였다. 대체 나는 여옥이와 아직 어떤 인연이 남았을까고 속으로 중얼거리며,

"이번엔 송화강엘 가세요."

하고 앞서는 여옥이를 또 따라갈밖에 없었다.

아직도 노서아 사람과 유태인이 많이 살 뿐 아니라 하얼빈으로 연상하는 에로 그로의 이국적 향락과 소비기관이 집중되었다는 기다이스카야를 거쳐 송화강 부두로 나갔다. 여옥이의 퍼머넌트 한편에 붙인 모자의 새 것이 내 뺨을 스치도록 나란히 걸으면서도,

"대동강의 한 삼 배? 한 오 배? 혹시 한 십 배 될지 몰라요."

"글쎄, 장히 넓군요."

이런 삭막한 이야기를 주고받을 뿐이었다. 그뿐 아니라 나는 내 키보다도, 마음눈을 더 높이 쳐들고 내려다보며 이 계집애의 운명은 장차 어찌 될 것인가?고, 여옥이를 동정하기보다 오히려 여옥이를 멀찍이 떠밀어 세워 놓고 왼 공론을 하는 듯한 내 마음씨였다. 무료한 침묵이 주체스러워 그저 걷기만 한다.

　부두의 *쿨리들이 욱 몰려와서는 오리떼같이 뜬 경묘한 배를 가리키고, 강 건너 수영장을 손질하며 선유를 강권한다. 그들의 생활에 흔히 있을 것 같지 않은 웃음을 지어 보이며 우리 깐에 이렇게 웃을 젠 얼마나 좋겠느냐는 듯이 손짓을 해가며 알 수 없는 말로 우리를 유혹하는 것이다. 그러나 여옥이는 배 타보세요? 하는 기색도 없이 손을 내젓고 그대로 따라오면 '부요' 소리를 지르고 발을 구르기까지 하였다.

　"곤하시죠?"

　"머, 괜찮소."

　이렇게 대답은 하고도 여옥이가 자주 손수건을 꺼내는 것을 생각하자,

　"참, 이군이 기다리겠군요."

하고 마차를 불렀다.

쿨리
노동자를 뜻함.

아파트 현관에 닿았을 때는 네 시가 퍽 지났다. 여옥이가 전차를 탈 동안 자기 방에서 기다리라고 하며 같이 층계를 올라갔다. 컴컴한 복도를 서너 칸 걸어 방문 앞에 선 여옥이가 핸드백에서 열쇠를 뒤질 때, 그 문은 우리 앞에 저절로 풀썩 열리었다. 불의의 일이라 나는 놀랄밖에 없었다. 한걸음 앞섰던 여옥이도 깜짝 놀라는 모양이었다.

"어서 이리 들어오시죠."

무겁게 울리는 듯한 녹슨 음성이 들리었다. 짧은 가을 해가 높은 건축 저편으로 완전히 기울어 굴 속같이 음침한 방 한가운데, 길고 해쓱한 유령 같은 얼굴이 나를 바라보는 것이었다.

"자아, 들어가세요."

여옥이의 또렷한 음성에 한순간 잊었던 나를 발견하고 나는 비로소 걸음을 옮겨 방 안에 들어섰다.

"인사하시죠. 이이는……."

이렇게 소개하려던 여옥이의 말을 앞질러서 그 남자는,

"머어 소개 않아두 김명일씬 줄 짐작하지…… 자아, 앉으시우."

하고 자기가 먼저 의자에 털썩 주저앉았다.

여옥이는 기가 질린 듯이 더 말이 없고 그 남자는 자기 소개를 하려는 기색도 없이 담배를 붙이는 것이었다. 그가 그런 인사를, 미처 생각 못 했거나, 또는 짐짓 않더라도 나 역 그 남자가 혹시 여옥이의 옛 애인이던 현모(玄某)가 아닐까고 짐작되었다.

이런 때 담배란 참 요긴한 것이었다. 자기소개도 않고 인사말도 없이 담배만 피우고 있는 그 남자의 거만하다기보다 모욕적 태도에 (그렇다고 단박 싸움을 걸 계제도 아니라) 나도 담배를 붙여서 그의 얼굴 편으로 길게 뿜는 것으로 이 무언극의 상대역을 할밖에 없었다. 그러나 그 남자는 팔꿈치를 테이블에 세운 손끝에서 타 들어가는 담배를 별로 빨지도 않고 무슨 생각으로 차차 골똘히 잠겨 들어가는 얼굴이었다. 생면 손님을 눈앞에 앉혀 놓고 혼자 생각에 정신을 팔고 있는 것은 더욱 나를 무시하는 배짱이라고 생각하면 내가 느끼는 모욕감은 더할밖에 없었다. 그러나 단순히 나를 모욕하는 수단으로 그런다기보다도, 이 남자가 내 짐작에 틀리지 않은 현모라면 이 삼각관계(?)의 한 점이 되는 그로서 자연 어떤 생각에 잠기는 것도 무리한 일이 아니라고도 생각되었다. 사실 그렇다면 모욕감으로 혼자 흥분하고 있는 나보다 그는 퍽 침착한 사람이라고도 생각되었다.

그 남자는 꽤 벗어진 이마로 더욱 길고 여위어 보이는 창백한 얼굴이 석고상같이 굳어져 있다가 다 탄 담배를 비벼 끄고 일어나 좁은 방 안을 거닐기 시작했다. 검푸른 무명 호복이 파리한 어깨에서 발뒤꿈치까지 일직선으로 흘러서 더 수척하고 길어만 보이는 그 체격은, 더욱 더 짙어 가는 방 안의 어둠을 한몸에 휘감은 듯하였다. 그보다도 어둠이 길게 엉기고 뭉치어서 내 눈앞에 흐느적거리는 것같이도 생각되는 것이다.

불은 왜 안 켜나? 나는 어둠이 주는 그런 착각이 싫고 그 남자의 길고 빠른 백골 같은 손끝이 비수로 변하지나 않을까도 생각하며, 그저 연달아 담배를 피울밖에 도리가 없었다.

"혹시 여옥군한테 들어 짐작하실는지 모르지만 나는 현일영이라고 합니다."

갑자기 내 앞에 발을 멈추고 이렇게 말을 시작한 그는 다시 걸으며,

"아주 보잘것없는 낙오자지요. 낙오자라기보다 지금은 어쩔 수 없는 아편 중독자지요…… 그러나 한때 나는 젊은 투사로 지도 이론분자로

혁혁한 적이 있었더랍니다."

여기까지 하던 말을 그친 현은 문 옆의 스위치를 눌러 전등을 켰다. 켰더라도, 천장 한가운데 드리운 줄에 갓도 없이 매달린 작은 전구의 불빛은 여간 희미하지 않았다. 현은 장의자에 털썩 주저앉아 호복 안섶 자락에서 뒤져 낸 흰 약을 궐련에 찍어서 빨기 시작하였다. 그 누르지근한 냄새를 풍기는 연기가 판장 병풍 뒤에서도 떠오르는 것이었다. 여옥이가 거기에 들어가기 전에 삼면 경대 위에 들여다 놓았던 조롱에서는 은방울을 굴리는 듯이 종달새가 반겨 울었다.

"아마 방면은 달랐어도 현혁이라면 짐작하실걸요. 한때 좌익 이론의 *헤게모니를 잡았던 유명한 현혁이 말입니다. 현혁이 하면 그때 지식계급으로는 모르는 이가 없을 만치 유명한 현혁이었으니까요. 언제나 현혁이 신변에는 현혁이를 숭배하는 청년들이 현혁이를 따라다녔지요."

이러한 현의 말에 하도 자주 나오는 '현혁' 이를 나도 신문이나 잡지에서 간혹 본 기억이 있다. 나는 한 번도 유명해본 경험이 없어 그런지는 모르나, 그렇게 씹고 씹듯이 불러 보고 싶도록 매력이 있는 '현혁' 일까고 이상스럽게 들리었다. 혹 현이 취한 탓일까? *모르핀도 취하면 술과 같이 흥분하는가 하여 침침한 전등 빛에 유심히 바라보았으나 현의 얼굴은 더욱 해쓱하게 쪼들어지고 눈은 더 가늘어진 듯하였다.

"여옥이도 그렇게 유명한 현혁이를 숭배하던 학생 중의 하나였답니다. 그때 패기만만한 현혁이는 연애에도 패자였지요. 연애도 정치입니다. 정치는 투쟁, 극복입니다. 여자란 남자의 투쟁력과 극복력이 강하면 강할수록 숭배하고 열복하는 것입니다. 결혼이니 부부니 하는 형식은 문제가 아니지요. 여옥이는 오륙 년이나 현혁이가 감옥으로 방랑으

헤게모니(Hegemonie)
주도권. 우두머리의 자리에서 전체를 이끌거나 주동할 수 있는 권력.

모르핀(morphine)
아편의 주성분이 되는 알칼로이드. 마취제나 진통제로 쓰는데, 많이 사용하면 중독 증상이 일어난다.

로 떠돌아다니는 동안에 떨어져 있었지만 종시 현혁이를 잊지 못하고 이렇게 따라온 것입니다. 따라와서는 여급으로 댄서로 나를 벌어 먹이지요. 지금의 현일영이는 계집이 벌어 주는 돈으로 이렇게 *아편까지 먹습니다. 왜 아편을 먹는가 하겠지만 지금은 이것이 밥보다도 소중하고, 없으면 반나절도 살 수 없으니까, 계집이 벌어 준 돈이니 어떠니 하는 체면이나 의리 문제는 벌써 지나친 일입니다. 그럼 왜 당초에 아편을 시작했는가고 대들겠지요……."

그때 판장 병풍 뒤에서 흐득흐득 느끼는 여옥이의 울음소리가 들리었다. 말을 멈춘 현은 약을 피우던 담배 꽁다리를 던져 버리고 일어나서 뒷짐을 지고 다시 거닐며 말을 계속한다.

양귀비

> **아편**
> 덜 익은 양귀비 열매에 상처를 내어 흘러나온 진(津)을 굳혀 말린 고무 모양의 흑갈색 물질. 모르핀을 비롯하여 30가지 이상의 알칼로이드가 들어 있다.

"……김선생도 으레 그렇게 물으실 겝니다. 지금은 다 나를 버렸지만 옛날 친구나 동지들이 그랬고 다시 만난 여옥이도 그렇게 묻고 대들고, 울고 야단을 치고 이제라도 끊으라고 애걸을 했지요. 간혹 제 정신이 든 때마다 나 역시 내게 묻고 대들고 울고 야단을 치는 때도 있었습니다.

물론 아편을 먹는 이유랄 것도 없는 것은 아닙니다. 신병, 빈곤, 고독, 절망, 자포자기, 이런 이유랄까, 핑계랄까. 아마 그 중에 제일 큰 이유나 동기랄 것은 '자포자기' 겠지요. 신병, 빈곤, 고독, 절망, 이런 순서로 꼽아 내려가다가 흔히들 '자포자기' 하는 것이지만, 반드시 그런 것은 아니라고 나는 생각합니다.

신병이나 빈곤은 그리 쉽게 마음대로 안 되는 것이지만, 자포자기를 하고 않는 것은 각자 그 사람에게 달렸다고 생각합니다. 나와 못지않은 역경에서도 칠전팔기란 말 그대로 자기의 운명을 개척해 나가는 친구도 많았습니다. 백팔십도의 재주넘기를 해서라도 새 길을 찾은 옛 동지도 있습니다. 이 말은 결코 야유가 아닙니다.

그런데 나만은 자포자기를 하였습니다. 비록 신병이 있고 빈곤하더라도, 시작을 않았으면 그만일 아편을 자포자기로 시작했지요. 그래서 지금은 아주 건질 수 없는 말기 중독자가 되고 말았죠.

말하자면 아무런 시대나 환경이라도, 사람을 타락시킬 힘은 없다고 봅니다. 그 반대로 타락하는 사람은 어떤 시대나 환경에서든지 저 스스로 타락하고야 말, 성격적 결함이 있는 것입니다.

그래서 나는 내 환경을 저주하거나 주제넘게 시대를 원망할 이유도 용기도 없습니다. 오직 내 약한, 자포자기하게 된 내 성격을 저주하는 것뿐입니다.

그러나 지금에는 그런 반성을 하는 것도 지난스러워지고 말았습니다. 사실 그런 반성이 지금 내게 무슨 소용이 있습니까? 이런 말을 내가 하고 보면 도리어 우스운 말이 되고 마는군요.

내가 지금 초면인 김선생 앞에서 이같이 장황히 지껄인 것은 혹시 옛날의 내 교양의 찌꺼기나마 자랑하고 싶은 허영이었을는지도 모릅니다. 그보다도 이런 과거의 교양이랄까 지식을 씹으려 즐기는 수단이겠지요."

현은 더 말할 수도, 거닐 수도 없이 피곤한 모양으로 장의자에 몸을 던지듯이 주저앉아서 두 손으로 이마를 받들어 짚고, 아직도 그치지 않은 여옥이의 느껴 우는 소리를 한참 동안 듣고 있다가 또 흰 약 담배를 피워 물었다.

"사실, 나는 지금 이렇게 모르핀 연기와 추억의 꿈을 먹고 사는 사람입니다. 반성에는 지쳤고, 자책에는 양심이랄 게, 이성이 마비되고 말았지만, 옛날 현혁의 명성을 더 히로익하게 꾸미고, 그리 풍부하달 수도 없는 로맨스를 연문학적으로 과장해서 씹어 가며, 호수 같은 시간 위에 떠도는 것입니다. 그러는 내게도, 여옥이가 김선생을 버리고 내 품속으로 돌아온 것입니다. 여옥이로서는 제 첫사랑의 추억으로 그랬겠지만, 나는 옛날의 혁혁하고 유명하던 현혁이, 즉 나의 패기와 극복력에 이끌린 것이라고 생각하지요. 지금 여옥이에게 물어 보아도 알 것입니다. 그래서 내 과거의 기억은 더 찬란해지고 내 꿈의 양식은 더 풍부해진 것입니다. 그러므로 나는 이 처지에도 행복을 느낄 수 있습니다. 내 곁에 여옥이만 있어 주면 나는 죽는 날까지 행복일 것입니다. 여옥이도 내가 죽는 날까지는 내 옆을 떠나지 않겠지요. 꼭 그래야 할 것입니다.

그런데 이미 여옥이를 놓쳐 버렸던 김선생이 돌연히 우리 앞에 나타난 것은 무슨 까닭입니까? 지금 와서 김선생이 아무리 금력으로 유혹한댔자, 사내다운 매력이 없는 김선생을 따라갈 여옥이가 아닙니다. 그뿐 아니라, 결코 내가······."

현은 벌떡 일어나서 내 앞에 다가선다.

"이 이 내가 만만히 놓아 주질 않는단 말이오, 네? 이 내가 말이오. 알아듣겠소?"

이렇게, 흥분으로 떨리는 높은 음성으로 말하는 현은 두 팔로 탁자를 짚고 들이댄 얼굴에 살기등등한 눈으로 나를 노리며,

"네? 알아듣느냐 말요. 이 내가 만만히 놓아 주질 않는단 말요."

이렇게 버럭 고함을 지르며 현은 주먹으로 제 가슴과 탁자를 두들기었다.

　좀전의 예감이 종내 이렇게 실현되고야 마는 것을 눈앞에 보고 있는 나는 그저 난처할 뿐이었다. 이렇게 발작된 현의 병적 흥분과 오해를 풀려면 장황한 이야기가 필요할 것이나, 그럴 시간의 여유가 없으므로 나는 할 수 없이 의자에서 일어나 모로 서며, 나도 주먹을 부르쥐고 노리는 현의 눈을 마주 노려볼밖에 없었다. 짧은 동안이었다.

　금시에 현은 파리한 어깨가 들먹거리고 숨이 가빠지는 것이었다. 그때, 어느 결에 튀어나온 여옥이가 두 사람 사이에 막아서며 허전허전한 현의 허리를 붙안아 의자에 주저앉히고 그 무릎에 쓰러져 느껴 울기 시작하였다.

　테이블 위에 놓인 모자를 집으려다가 현의 코언저리에 번쩍번쩍 흐르는 눈물을 보게 되자 나는 웬 까닭인지 그 자리에 멍하니 섰을 밖에 없었다. 그러한 그들을 그 자리에 그대로 차마 버려두고 나올 수 없었음인지, 혹은 더덮인 영마같이 뭉켜 앉은 그들의 눈물에 냉담한 호기심을 느낀 탓인지는 아직도 모르지만, 그때 나는 그들 앞에 의자를 당겨 놓고 다시 앉았던 것이다.

　입때껏 나는 현의 장황한 독백을 들을 뿐, 그의 착잡한 심리적 독백의 결론이라 할 수 있는 오해를 풀려고도 않고 훌쩍 일어서 가버리면 너무 심한 모욕이 아닐까 하여, 간명하게 변명할 이야기의 실마리를 찾아보려고도 하였다. 내가 여옥이를 유혹하러 왔다는 현의 오해를 풀려면, 다른 말보다도, 지금 나는 결코 여옥이를 사랑하지 않는다고 해야 할 것이다. 그뿐 아니라, 사랑 여부가 없이 아무런 호기심까지도 느끼지 않는다고 해야 할 것이다. 현의 흥분이 단순한 오해가 아니요, 영락한 자신과 나와의 대조로 인한 *자굴적 질투이기도 할 것이므로, 변명하려면 이렇게까지도 말해야 할 것이다. 그런 내 말이 현의 흥분과 오해를 풀기에는 효과적이겠지만, 그러나 본인 여옥이 앞에서는 그런 말은 삼가야 할 것이다. 여옥이의 여자로서의 자존심을 위해서만도 그러려니와, 그러한 솔직한 내 말이, 어떻게 되면 현의 자존심까지도 상할 염려가 없지 않을 것이다.

자굴
남에게 스스로 굽힘.

이런 주저로 미처 할 말이 없이 그저 담배만 피우며, 이따금 종종거리는 새소리를 듣고 있을 때 눈물 젖은 여옥이의 음성으로,

"지금 이런 나를 가지구, 누가 유혹을 하느니 질투를 하느니, 모두 우스운 일이 아니야요? 김선생님은 어서 돌아가세요."
하고 여옥이는 마침 자리를 일어 옷자락을 터는 것이다.

나는 더 주저할 것도 없이 되었으므로 모자를 집어 들고 나왔다.

내가 현의 오해를 풀자면 더듬고, 에둘러 중언부언 늘어놓아야 할 말을 단 한마디로 포개 놓고 마는 여옥이의 그 총명이 다시금 놀라웠다. 그러나 여옥이의 그런 말에 내 마음이 경쾌하다기보다, 그 총명과 직감력으로 여옥이는 더욱더 불행한 여자가 되는 것이라고 오히려 우울할밖에 없었다.

그날 밤에 만난 이군은, 일이 끝나서 네 시까지 내 전화를 기다리다 못해, 아파트 사무실에 전화로 여옥이를 찾았더니 웬 남자의 음성으로 여옥이가 들어오면 전할 터이니 무슨 말이냐고 묻기에, 무심히 내 이름을 일러 주고, 지금 여옥씨와 같이 나갔을 모양이니 돌아오면 이라는 사람이 기다린다는 말을 전해 달라고 부탁했던 것이라고 한다.

일이 그렇게 된 것이라면, 현이 첫눈에 나를 알아본 것이 조금도 신

비로울 것은 없었다. 시초가 그렇다면 갑자기 우리 앞에 열린 문이나, 홀연히 나타난 그러한 인물의 괴이한 독백이나 흥분이나, 그리고 활극 일순 전에 *수탄(愁嘆)으로 끝난 그 일막극은 모두가 몰락한 정치 청년이 꾸며 놓은 가소로운 *멜로 드라마였던 것이 아닐까? 사실 그렇다면 그때 일종의 괴기와 압박감을 느끼고 마침내는 슬픈 인생의 매력에 감동(?)했던 나는, 그들이 피운 마약에 오히려 내가 취하였던 것이라고도 할 것이다.

이런 생각에, 본시 나의 버릇인 급성 신경쇠약으로 또 판단력을 잃고 만 나는 마주 앉은 이군이 미처 권할 사이도 없이 연방 잔을 기울이면서 그때의 여옥이의 '눈물'과 '총명한 말' 까지도? 이렇게 속에 걸리는 것을 느끼면서도 그것은 모두가 다 현이 *자작자연한 엉터리 희극이었다고만 치우쳐 설명하는 것으로 그때 흔들린 내 마음을 위로하였다. 그래서 나는, 언제나 제 권모술수에 빠져서 솔직한 말과 행동을 하지 못하는 소위 정치가 타입의 인물을 싫어하는 것이라고 현을 조소하는 것이었으나, 그러한 내 조소에 천박한 여운을 들을밖에 없었고, 그럴수록 나는 그런 여운을 안 들으려고 더욱 크게 웃을밖에 없었다. 그래서 눈이 둥그래진 이군이,

"봉변은 하구두, 옛 애인을 만나 대단히 유쾌한 모양일세."

하도록 나는 유쾌한 듯이 웃었던 모양이다.

그 이튿날 늦잠을 자고 일어나자, 보이가, 벌써부터 로비에서 기다린 손님이라고 안내한 것은 여옥이었다.

정오의 양기가 가득 찬 방 안에 들어선 여옥이는 분홍 저고리에 초록 치마가 오룡배 적 차림이요, 풍기는 향료까지도 새로운 추억이었

수탄
근심하고 한탄함.

멜로 드라마 (melodrama)
사건의 변화가 심하고 통속적인 흥미와 선정성이 있는 대중극.

자작자연(自作自演)
자기가 지은 소설이나 희곡 따위를 스스로 연출하거나 거기에 출연함.

다. 오직 그 눈만이 정기를 잃었을 뿐이다.

"어제는 나 때문에 두 분을 괴롭혀서 미안하외다."
하는 내 말은 어색하도록 경어로 나왔다.

"천만에요."

역시 어색하도록 공손히 시작된 여옥이의 말은 이러하였다.

그러한 제 생활을 애써 숨기려고 한 것만도 아니지만, 잠시 다녀가는 나에게 알릴 필요도 없던 일이, 그만 공교롭게 그 모양으로 알려져서 도리어 미안하다고 하였다. 이미 탄로된 일이라 더 숨길 필요도 없으므로 저간 지내 온 이야기를 다 하고, 또 부탁도 있으니 들어달라고 하는 여옥이는,

"중독자에게서 흔히 볼 수 있는 몰염치한 생각인지는 모르지만……."

내가 잠시 손을 내밀어 준다면 여옥이는 내 손을 붙잡아 의지하고 지금의 생활에서 자기를 건져 내고 싶다는 것이었다.

"제가 중독자의 몰염치로 이런 말씀을 하게 되는 것인지는 모르지만……."

여옥이는 또 이런 말을 앞세우고, 아직 자기의 몰염치를 자각할 수 있고, 애써 자기를 건져야겠다는 의지가 남아 있는 이때를 놓치면 영 자기는 폐인이 되고 말 것이라고 말하는 그의 눈에는 눈물이 괸다.

그러한 여옥이의 말을 듣고 눈물을 보는 나는, 언제나 나의 의식을 분열시키고야 말던, 그 역시 분열된 의식으로 갈피를 잡을 수 없던 여옥이의 표정이 갱생에 대한 열정과 동경을 초점으로 통일된 것을 발견하고, 지금의 여옥이면 역력히 그럴 수 있다고 생각하였다. 어제 장의자에서도 여옥이의 눈물을 보았지만 그것은 역시 병적 권태에 물들고 *니힐한 웃음에 떨리는 눈물이었다.

니힐하다
허무적이다.

지금 한 초점으로 통일된 의식과 순화한 정서로 맺힌 맑은 눈물을 바라보는 나는 여옥이가 잠시 내밀어 달라는 손을 어떻게, 얼마나 잠시 내밀어야 하는 것이며 현과의 관계는 어떻게 되는 것이며를 전혀 알 수 없지만 당장 그런 조건을 묻는 것은 너무 타산적으로, 혹시 여옥이의 자존심을 건드려 존중해야 할 그 결심을 비누 풍선같이 깨치게 될지도 모르므로 나는 우선,

"참 좋은 결심입니다. 그래야지요. 내가 할 수 있는 일이면 해야지요."

할밖에 없었다. 그러한 내 말에 눈물어린 눈으로 나를 쳐다보던 여옥이는 자기 무릎에 얼굴을 묻고 느끼어 우는 것이다. 나는 한참이나 떨리는 그의 어깨를 바라보다,

"자아 이젠, 어떻게 할 방도를 의논해야지 않소?"

하였다.

"……네, 감사합니다."

눈물을 씻고 난 여옥이는 창밖을 내다보며,

"무엇보다 저는 이곳을 떠나야 해요. 할 수만 있으면 저를 데리시구 조선으로 나가 주셨으면 합니다."

그러한 여옥이의 말에,

"?"

나는 그저 잠잠히 귀를 기울일 뿐이었다.

"……전같이, 결코, 그런 염치없는 생각으로 말씀드리는 것은 아닙니다. 단지 병인을—사실 병인이니까요. 한 정신병자를 감시하시는 셈치시구 저를 조선까지 데려다만 주세요. 저 혼자서는 무섭기는 하면서도, 그 마약의 매력과, 또…… 그런 것을 저버리고 이겨 나갈 자신이

없을 듯해요."

마약의 매력과 또…… 이렇게 여옥이가 주저하다 흐려 버리고 만 '그런 것'이란 무엇일까? 현? 현에 대한 애착일까? 나는 이런 의문에 어젯저녁에 현의 무릎에 쓰러져 울던 여옥이의 모양을 다시 눈앞에 그릴밖에 없었다. 그때—아무리 내가 더덮인 영마 무더기라고 경멸의 눈으로 보면서도, *낙척, 패부, 그리고 절망과 눈물에 젖은 슬픈 인생에도 황홀한 매력과 감격한 인정을 은연중 느끼는 듯하고 그들 중에 나만이 그런 감격과 인정의 문 밖에 호젓이 서 있는 듯한 고독감을 느끼기도 하였던 것이다. 나의 그런 느낌이 혹시 여옥이에 대한 미련의 질투나 아닐까?고 생각되자 '천만에' 하고 떨어 버렸던 생각이다.

낙척
불우한 환경에 처함.

"어제 보신 바와 같이, 현은 한 과대망상광일 뿐 아니라, 제게는 무서운 악마같이 보이는 때도 있습니다. 제가 모르핀을 시작하게 된 것도 현이 강제로 그런 것이죠."

이렇게 다시 시작된 여옥이의 이야기는,

사실 현혁이라면, 조선은 물론 일본의 동지 간에도 주목되던 이론 분자였고, 심각한 지하운동에도 민활히 활동한 사람이었다. 그때 여옥이는 현의 애인이었지만, 현은 감옥으로, 출옥 후에는 정처 없는 방랑으로 오륙 년간의 소식을 몰랐다. 그 동안 본시 고아인 여옥이는 여급으로, 티룸 마담으로 전전하다가 평양까지 와서 나를 알게 되었다. 그 얼마 후에 우연히 만난, 동경시대의 현의 친구에게 현이 하얼빈 있다는 소식을 들었다. 그러나 그때는, 오륙 년이라는 세월을 격하여 현을 따라갈 몸도 처지도 못 되므로 용기는 내지 못하였던 것이다. 그러나,

"오룡배가 얼마 멀지는 않아도, 아마 국경을 넘었다는 생각만으로도 하얼빈이 지척같이 생각되었던 게죠…… 그러구 또, 그때는 그럴 만도

하게 되잖았어요!"

하는 여옥이는 얼굴을 붉히며 웃었다. 나 역시 따라 웃을밖에 없었다. 서로 어이없는 일이었다는 듯이 웃고 나서,

"지금 이런 말을 한대서 부질없는 말이지만, 그때 일은 전연 내 잘못이지요. 너무 진실성이 없었으니까요. 그때 여옥 씨가, 그런 내 태도에 모욕감을 느끼셨을 것도, 그래서 달아나신 것도 여옥 씨다운 총명한 행동이었지요."

이런 내 말에 여옥이는 금시에 또 솟는 눈물을 씻었다.

"……그때 선생님의 심정도 당연히 그랬을 게죠. 만일 그 반대로, 그때 선생님이 진정으로 저를 사랑하셨다면, 저는 도리어 감당할 수 없어서 더 송구스러웠을 게죠."

잠시 말을 끊고 주저하던 여옥이는,

"……또, 참을 수가 없구면요."

하고 핸드백에서 마약을 내어 피워 물고 외면한 얼굴에 눈물이 어린다.

여옥이는 그만큼이라도 내 앞에 터놓은 마음이라 부끄러움을 싱글싱글한 웃음으로 가릴 처지가 아니므로, 그만 눈물이 나는 모양이었다.

"지금 제 말씀같이 그렇게는 생각하면서도, 그때 선생님이 저를 사랑하시려는 노력이 아니라, 그림을 위해서만이라도 옛 환상을 버리시려고 애쓰시면서도 못 하시는 것을 볼 때 저는 저대로 자존심은 상하고, 그러니 자연 반발적으로 저도 옛날 꿈을 그리게 될밖에 없었어……."

그래서 달려와 이곳에서 만난 현은, 명색 어느 변호사의 사무원이지만, 정한 수입도 없고 하는 일도 없는 하잘것없는 중독자였다는 것이다. 현은 다년간 혹사한 신경과 불규칙한 생활로 언제나 아픈 안면 신

경통과 자주 발작하는 위경련으로, 없는 돈에 가장 수월하고 즉효적인 약으로 시작한 마약에 중독되기 시작하였다는 것이다.

그래서 여옥이는 현을 애걸하다시피 달래고 얼러서 모르핀 환자 수용소까지 데리고 갔으나, 한 번은 문 앞까지 가서 현이 뿌리치고 달아났고 한 번은 여옥이가 현에게 설복되어 그저 돌아오고 말았던 것이다.

"이편이 도리어 설복되다니요?"

내가 묻는 말에,

"참 괴상한 일 같지만, 거역할 수 없는 사정이었어요."

그 사정이란 것은 지금 마약에 눌리어 있는 현의 신경통과 위경련은 마약의 힘이 사라지기가 무섭게 전보다 몇 배의 고통과 발작을 일으켜서 그 병만으로도 지금이나 다름없는 폐인이 될밖에 없고, 따라서 생명도 중독으로 죽으나 다름없이 짧을 것이라는 것이다. 그럴 바에는 죽는 날까지 고통이나 없이 살겠다는 것이요, 그뿐 아니라 적극적으로 현재의 자기 생활을 혼자서나마 합리화하고 살자는 것이다.

그것은 역사적 결론의 예측이나 이상은 언제나 역사적으로 그 오류가 증명되어 왔고, 진리는 오직 과거로만 입증되는 것이므로, 현재나 더욱이 미래에는 있을 수 없다는 것이다. 그러므로 사람의 생활은 그런 이상을 목표로 한다거나, 그런 진리라는 관념의 *율제를 받아야 할 의무도 없을 것이요, 따라서 엄숙하달 것도 없다는 것이다. 그뿐 아니라 사람은 허무한 미래로 사색적 모험을 하기보다도 거짓 없는 과거로 향하는 것이 현명하다는 것이다. 그러기에는 아편 연기 속에서 지난 꿈을 전망하는 것이 얼마나 황홀하고 행복스러운지 모른다고 하며 현은 여옥이에게도 마약을 권하였다는 것이다.

그러나 여옥이가 그런 말을 들었을 리가 없었다. 오직 두 사람의 생

율제
통제.

활을 위하여 홀의 댄서로 카바레의 여급으로 피로한 밤낮을 지낼 뿐이었다. 그러한 생활에 밤 세 시 네 시까지 지친 몸으로 곤히 잠들었다가도, 혹시 심한 기침에 몸을 뒤치다 눈을 뜨게 되면 현은 그때도 일어나 앉아서 모르핀을 피우고 있었다. 그러던 중, 어느 날 밤은 얼굴에 더운 김이 훅훅 끼치는 것을 느끼며 자꾸 기침이 나면서도 가위에 눌린 듯이 목이 답답하고 움직일 수 없이 사지에 맥이 풀리어, 간신히 눈만을 떴을 때…… 깊은 안개 속으로 보이는 듯한 현의 얼굴이 막다른 담과 같이 눈앞에 크게 막히고 그 입으로 뿜어내는 마약 연기를 여옥이 코로 불어 넣고 있었다. 그런 줄 알자 여옥이는 비명을 지르고 달아나려 하였다. 그러나 현에게 붙잡힌 손목을 용이히 뿌리칠 기력도 없이, 그저 현이 무서워 떨리고, 야속한 설움에 그저 주저앉아 울밖에 없었다. 여옥이는 그때 그러한 광경을 지옥으로 느끼었다고 한다.

 그러나 현은 가장 엄숙한 음성으로,

"미안하다. 내가 죽일 놈이다. 그러나 지금 나는 너 없이는 살 수 없는 위인이 아니냐."

하면서, 그대로 두면 여옥이는 언제든지, 혹시 내일이나 모레라도 현을 버리고 달아날는지 모르므로, 현은 잠시도 불안하여 견딜 수가 없다는 것이었다. 그래서 같은 중독자가 되어 현이 죽는 날까지 자기를 버리지 말아 달라고 울며 애걸하였다는 것이다.

 그때 그러한 현의 말이, 여옥이 없이는 못 살으리만큼 여옥이를 사랑한다는 뜻인지, 여옥이가 벌어먹이지 않으면 못 산다는 말인지 분명히 알 수는 없으면서도 어느 편이건, 여옥이는 그저 현이 애처롭고 불쌍하게만 생각되었다는 것이다.

"웃지 마세요. 여자란 아마, 저 없이는 못 산다면, 몸에 휘감긴 상사 구렁이도 미워는 못 하나 봐요."

하고 여옥이는 얼굴을 붉히며 웃었다.

그래서 그때부터 여옥이는 현이 권하는 대로 무서운 중독자가 되어 가면서도, 한 남자의—더욱이 첫정을 바쳤던—사람의 마음을 아직도 완전히 붙잡고 있다는 여자의 자존심이랄까?로 만족하게 지낼 수가 있었다고 한다.

"그러시다면, 지금 조선으로 나가실 결심은? 또 현씨는 어떻게 하시구서?"

비로소 나는 아까부터 궁금하던 생각을 물을 수가 있었다.

"네에, 제 말씀을 들으세요."

하고 계속한 여옥이의 말은, 그런 생각으로 의지하는 현을 받들어 지내 가면서도 문득문득 일생의 파멸이라는 생각이 들 적마다, 여옥이는 전율에 떨고 울기도 하였다는 것이다. 혹시 그러한 여옥이를 보게 되면 현은—왜? 아직도 딴 세상에 미련이 남았나? 내가 짐스러운가? 물론 그렇겠지만 병신자식을 둔 어머니의 운명으로 알고 얼마 머지않아서 죽을 나이니까, 좀만 더 참으면 오래잖아 자유로운 몸이 될 터이니까—현은 여옥이를 위로하는 셈인지 이런 말을 하게 되었다. 그 말을 들을 때마다, 여옥이는, 여옥이 없이는 못 산다는 현의 말뜻이 어떤 것인지 짐작되어, 차차 파멸에 대한 공포가 더 커가서 울게 되는 때가 많아졌다. 이즈음에는 여옥이가 울 때마다, 현은 그렇게 내가 여옥이의 젊은 육체의 자유까지를 구속하려는 것은 아니니 자기 앞에서 그렇게 울어 보이지는 말아 달라고 성을 내는 것이다. 현의 그런 말이 본시부터의 심정인지, 나날이 쇠약해 가는 생리적 타격으로 변한 생각인지는 모르지만 여옥이에 대한 현의 생각을 너무도 분명히 알게 되어 한없이

슬픈 것이라고 한다. 그러나 여옥이는,

"선생님이 어떻게 들으시라고 하는 말씀은 결코 아니지만, 여자로서 선생님에게 업신여김을 받은 자존심을 살리기 위해서만이라도, 현이 내게 의지하는 것이 어떤 심정이건, 그 마음만은 내가 지니려는 노력을 해왔지요만."

현은 훔쳐 낼 처지가 아니고 필요도 없으련만 여옥이 모르게 돈을 뒤져내기도 하고, 심지어 여옥이가 다니는 홀이나 카바레 주인에게 선채할 수 있는 대로 돈을 취해 가지고는 겨우 지내 가는 구차한 살림이라 물론 집에 많은 돈이 있을 리 없고 선채를 한대도 중독자에게 큰돈을 취해 줄 이도 없지만 돈이 없어질 때까지는 흰 약보다 더 좋다는 아편을 빨 수 있는 비밀 여관에 틀어박혀서 집에 들어오는 법이 없었다. 그러한 현이 어제 집에 있는 것은 여옥이로서도 의외였다.

그러나 여옥이는 어젯밤까지도, 현을 버리고까지 제 몸만을 건져 보려는 생각은 없었다. 현의 말대로 병신자식을 둔 어머니의 운명으로 남은 반생을 단념하고 현이 사는 날까지 현을 지키려고 했다는 것이다.

그러나 어젯밤에 내가 나오자 김명일이가 여옥이를 따라온 것이 아니냐고, 하도 여러 번 재차 묻는 현의 말씨나 태도가 단순한 질투나 시기라고 할 수 없으므로 짐짓 여옥이는,

"아마 그런지도 모를걸요."

해보았더니 현은 으레 그럴 것이라고 자기의 추측이 어김없는 것을 자긍하듯이 만족해하며,

"그럼 여옥이도 역시 김명일이를 못 잊어하지? 아마."

"……"

"그러면 그렇다고 솔직히 말하면 아무리 내가 니힐한 에고이스트라

도 송장이 다 된 나만을 위해서 여옥이를 희생할 염치도 없으니까."
하면서 자기 앞에서 김명일이가 아직도 여옥이를 사랑한다고 언명하면 현은 두말없이 물러설 터이니 여옥이의 심정부터 솔직히 말하라고 다졌다는 것이다. 그래서 여옥이는, 그럼 당신은 내가 없어도 살 수가 있느냐? 이젠 내가 소용이 없느냐?고 되물었더니, 현은 결코 그런 것은 아니라고 하며 자기 욕심만 같아서는 죽는 날까지 여옥이가 있어 주었으면 그 이상 행복이 없지만, 아직 장래가 투철한 두 사람이 서로 사랑하는 것을 눈앞에 뻔히 보면서야 산송장인 자기 욕심만 채우잘 수도 없으므로, 두 사람이 자기 앞에서 솔직한 대답을 하라는 것이다. 그래서 여옥이는, 나에게만 솔직한 대답을 강요하지 말고, 당신부터— 당신은 나보다 돈이 필요해서 김명일 씨가 나를 사랑한다고만 하면 그 말을 빌미로 잡아 가지고 돈을 *강청할 심사가 아닌가! 좀 솔직히 말해 보라고 하였던 것이 현은 하도 의외의 말이라는 듯이 펄쩍 뛰며, 비록 지금 여지없이 타락하였지만, 아직도 '현혁'이의 자존심만은 남아서 제 계집을 팔아먹게까지는 안 되었다고 하며 여옥이의 말이 너무 야속하다는 듯이 현은 울었다고 한다. 그래서 나는,

"그건 사실 여옥 씨가 너무 현씨의 심정을 야속하게만 곡해하는 것이 아닐까요?"
하고 물었다.

"혹 그런지도 모르죠."
하는 여옥이는 곧 말머리를 돌려서,

"선생님은 지금 저와 같이 가셔서, 현이 묻는 대로 아직도 저를 사랑하신다고 말씀해 주세요. 쑥스러운 일 같지만 그 한마디 말씀으로 저는 현에게서 벗어나 갱생할 수 있을는지도 모르니까요…… 그리구 이

강청(强請)
무리하게 억지로 청함.

것 가지셨다 현이 요구하면 내주세요."

하면서 여옥이는 핸드백에서 백 원 지폐 석 장을 내 손바닥에 놓았다.

"이 돈은 선생님이 주셨던 보석을 지금 팔아 온 것입니다."

하는 여옥이는 내가 준 다이아반지를 수식물로만 아껴 지니고 있었다기보다 어느 때 닥쳐올지 모를 불행을 위하여 현도 모르게 간직해 두었던 것이라고 한다.

나는, 이 돈이 현의 *장비였구나! 그러나 지금은 여옥이의 몸값이 되는구나! 생각하면서도,

"설마…… 현씨가……."

이렇게 시작하려는 나의 말을 앞질러서,

"죄송하지만 지금 곧 가주셨으면……."

하고 여옥이는 먼저 일어선다.

이 일이 장차 어떻게 될 것인가? 속으로 중얼거리면서도 나는 여옥이의 단호한 기상에 더 주저할 여유가 없었다.

마차 위에서 여옥이의 몸은 가볍게 흔들리지만 그 마음은 호수같이 가라앉은 모양으로, 어느 한곳을, 아마 때진 결심으로 한 점 구름 같은 잡념도 없이 맑은 호수 같은 제 마음을 들여다보는 듯한 그 눈은 깜빡이지도 않았다.

그러한 여옥이 옆에 앉은 나는 그에게 미안하면서도, 아까 *중동무이된 '설마…… 현씨가…….' 하던 나의 의문을 '현이 설마 돈을 요구

장비(葬費)
장례 비용.

중동무이
하던 일이나 말을 끝내지 못하고 중간에서 흐지부지 그만두거나 끊어 버림.

할라구요? 하고 계속해 보는 것이었다. 그러나 그것은 단지 의문의 형식으로 여옥이의 자존심을 위한 인사말이었고, 오히려 의문은, 혹시—만일 현이 의외로 담박하게 돈 이야기 같은 것은 하지도 않고 만다면, 그때의 여옥이는 어떻게 할 것인가? 이것이 더 궁금한 의문이다. 물론 현이 돈을 요구할 것이라 예측하는 것이요, 그 예측이 맞는다면 여옥이를 돈으로 바꾸는 현을 여옥이도 마음 가뜬히 버리고 나를 따라 조선으로 가는 것이 정한 순서일 것이다. 그러나 천만의외에도 현이 여옥이의 행복만을 위하여 여옥이를 버린다면 그때의 여옥이는 어떻게 될 것인가? 정녕 여옥이는 다시 현을 따라가게 될 것이다. 현이 돈을 요구하든 말든, 지금의 결심대로 여옥이가 나와 같이 조선으로 간다면 이 연극은 제법 막이 닫히고 끝나는 것이지만, 만일 여옥이가 다시 현을 따라가고 만다면, 나는 중토막에서 히로인이 뛰어들어가고 만 무대에서 혼자 어떤 제스처를 해야 할 일일까?

또, 그것은 결과라 기다려 봐야 할 것이나 그 전에 그 *그로한 인물 현 앞에서, 결혼식도 아닌데 여옥이를 사랑하느냐?고 물으면 '네' 대답해야 할 것은 또 얼마나 싱거운 희극일까? 이런 생각에 자연 싱글거려지는 내 옆의 여옥이는 또 얼마나 새색시같이 얌전한가! 생각하면 본무대에 오르기 전에 하나미치(일본 연극에서 배우들이 다니는 통로)인 이 하얼빈 거리에서부터 희극은 연출된 것이라고 더욱 싱글거리자, 그렇게 싱글거리는 나를 본 집시 계집애는 부리나케 손을 벌리고 웃으며 따라온다. 나는 포켓에서 잡히는 돈 한 푼과 같이 웃음도 집어던지고, 한순간 후에 좌우될 운명으로 긴장하고 슬픈 여옥이와 같이 긴장하여, 내 생활에도 적지 않게 영향이 있을지도 모르는 이 일을 생각해 보려는 사이에 마차는 현관에 닿고 말았다. 막상 그 문 밖에 서게 되자 나

그로하다
그로테스크하다. 괴기스럽다. 극도로 부자연스럽다. 흉측하고 우스꽝스러운 것 등을 형용하는 말.

는 지나치게 긴장하여 두근거리는 가슴으로 심호흡을 할 때 여옥이는 앞서 문을 열고 들어섰다.

"어서 이리 들어오시죠."

어젯저녁과 꼭 같은 말소리가 나며 현은 문어귀까지 나와서 내 앞에 손을 내밀었다. 그림에서 본 유령의 손같이 희고 매듭이 올근볼근한 긴 손이 반가울 리 없으나 마지못하여 잡은 장바닥에 의외로 눅직한 온기가 무슨 권모술수 같아서 더욱 불쾌하였다.

"어제는 퍽 놀랐었을걸요."

사실은 사실이지만 무엇이라 대답할 말이 없는 인사이므로 묵살하고 말았다.

"자아, 앉으세요."

현은 또 이렇게 나에게 의자를 권하면서 먼저 털썩 앉았다.

묽은 구름이 엉긴 초가을 북만(北滿) 하늘은 백동색(白銅色)으로, 해 안 드는 방 안은 물 속같이 냉랭하다. 마주 앉아 낮에 보는 현의 벗어진 이마와 뺨가죽은 낡은 양피같이 윤기 없고 구겨졌다. 나는 그의 성긴 머리털 속에서 방금 날아올 듯한 비듬에서 눈을 돌리며 그저 지나는 말로,

"만주 사시는 재미가 어떠십니까?"

하고 물었다.

"저 같은 사람에게 그런 말씀을 물으시는 것은 실례죠, 허허."

"?"

"송화강을 보셨나요?"

"네에, 어제 잠깐."

"대학에서는 만주 농사 경제사를 연구한 적도 있었죠. 하나 지금

은…… 이걸 좀 보시우."

현은 담에 붙여 놓은 낡은 만주 지도 앞에 가서,

"지도를 이렇게 붙여 놓고 보면 송화강이 이렇게 동북으로 치흐른다기보다 오호츠크 바닷물이 흑룡강으로 흘러들어와서 한 갈래는 송화강이 되어 만주로 흘러내려와 이렇게 여러 줄기로 갈리고 갈려서 나중에는 지도에 그릴 수도 없을 만치 작은 도랑이 되고 만다면 어떻습니까, 재미나잖아요?"

하고는 허허 웃었다. 나도 따라 웃는 것이 인사겠으나 그만두었다. 부질없는 말을 물어서 이런 객설을 듣게 되었다고 후회하면서, 대체 이 현이라는 인물은 어디서 시작한 이야기가 어디로 번지어 어떤 결론을 낼는지 모를 자라고, 나는 이 앞으로 나올 이야기가 더욱 창망할 것을 미리부터 염려하며 무료히 담배만을 피웠다.

사할린과 오호츠크해 지도

여옥이도 무료히 장의자에 앉아서 조롱을 내려놓고 모르핀 연기를 뿜어 주고 있었다.

한동안 호신을, 닳아 처진 리놀륨 바닥에 철떡거리며 나와 여옥이 사이를 왔다갔다 거닐던 현은 역시 거닐면서,

"이렇게 두 분이 같이 오셨을 적엔, 여옥이에게 내 말을 들으시구 오신 것이니까 일부러 김선생의 말씀을 들어 보잘 것도 없겠지요. 어제 나는 김선생 앞에서 흥분하고 눈물까지 보였고, 여옥이는 아시다시피 소리내 울었습니다. 그렇게 눈물을 흘리면서 나는 왜 이렇게 슬퍼하는가고 생각하였지요. 영락, 폐인, 절망, 이런 것들은 어제도 말씀한 것같이 새삼스럽게 지금 설움이 될 리는 없고, 오직 우리 앞에 나타난 김선생의 탓이라고 할 수 있습니다."

"?"

나는 자연 머리를 들어 크게 치뜬 눈으로 그를 바라볼밖에 없었다.

"가만, 제 말씀을 들으시죠."

현은 역시 거닐면서,

"처음에는, 여옥이가 김선생을 버리고 내게로 돌아왔지만, 이 생활을 슬퍼하고 후회하는 지금의 여옥이라, 김선생이 그런 여옥이를 내게서 빼앗기는 여반장이리만치, 지금의 나는 김선생의 적수가 아니라는 생각과, 설사 여옥이가 김선생의 유혹을—어폐가 있는 말인지는 모르지만—뿌리치고 여전히 내 곁에 있어 준대도, 김선생이 나타나기 전과는 다른 여옥일 것입니다. 여옥이의 본시 슬픈 *체관은 더욱 슬픈 체관일 것이고, 내게 대한 동정은 더 의식적 노력이 될밖에 없을 것입니다. 그러한 여옥이의 강인한 희생의 신세를 지게 된다는 고통, 그리고 김선생 같으신 신사가 아직도 못 잊으시고 여기까지 따라올 만치 아담한 여옥이를 나는 아낄 줄 모르고 폐인을 만들어 놓았거니 하는 자책과, 그보다도 새삼스럽게 더욱 나를 원망하게 될 여옥이의 심정. 이러한 가지가지의 우리의 심리적 고통은 우리 앞에 나타난 김선생 탓이 아니면 누구 탓일까요? 설사 김선생이 여옥이를 찾아온 것이 아니요 단지 우리 앞에 우연히 나타난 것이라 하더래도, 우선 여옥이의 마음을 흔들어 놓고, 내가 애써 잊어버리려던 내 자존심과 반성력을 일부러 일으켜 세워 가지고 때리고 휘둘러서 비록 인간답지는 못하더라도 그런대로 평온하던 우리 두 사람의 생활을 김선생이 여지없이 흐트러 놓고 만 것입니다. 그렇잖아요? 김선생, 이렇게 생각하는 것도 역시 중독자의 착각일까요, 김선생?"

이렇게 묻는 현은 내 앞에 의자를 당겨 놓고 앉아서 대답을 기다리

체관
단념.

는 듯이 내 얼굴을 바라보는 것이다.

그러나 나는 무엇이라 대답할 바를 몰랐다. 내가 그들 앞에 나타난 것이 우연이었더라도 결과로는, 그들의 생활을 흐트러 놓은 셈이라는 현에게 사실 여옥이를 유혹—현의 말대로—하러 온 길이 아니라고 변명할 필요도 없을 것이다. 있더라도 여옥이와의 언약이 있는 나는 지금 그런 말을 할 처지가 아니었다. 그것은 그렇다 하고, 현이 당장 묻는 것은 내가 그들의 생활을 흐트러 놓은 셈이냐 아니냐가 문제일 것이다. 그래서 나는,

"아마 그렇게 생각할 수도 있겠지요. 그러나 그렇게도 생각할 수 있다는, 단지 그뿐이겠지요."
할밖에 없었다.

"그뿐?"

현은 눈을 치떠 노리듯이 한순간 나를 바라보다가,

"아마 김선생으로선 그렇게 생각하시겠지요. 우리 앞에 나타나신 것이 고의건 우연이건 간에 김선생 자신이 의식적으로 나를 모욕했다고 생각하시지는 않으실 터이니까. 단지 그뿐이라고 아무런 책임감도 안 느끼시겠지요. 그러나 내가 모욕을 당하고, 여옥이의 마음이 흔들리고, 그래서 우리 생활이 흐트러진 것은 너무나 분명한 사실입니다. 안 그럴까요?"

"……"

사실 그렇다더라도 그것이 내 책임일까고 나는 속으로 중얼거렸을 뿐이다.

"사실입니다. 김선생의 의식적 모욕이 아니라고, 우리 앞에 나타난 김선생으로 해서 이렇게 우리가 받는 모욕감과 고통을 어떻게 합니까?

김선생 때문에 받는 이 모욕감이 김선생의 책임이 아니라면 나는 어떻게 해야 합니까? 물론 김선생의 책임이라고만도 할 수 없겠지요. 이런 내 모욕감은 김선생과의 대조로서 비교도 안 되는 약자의 모욕감이라고 할 것입니다. 그렇다면, 그렇다고 지금의 내가 다시 당자가 되어 김선생에게서 받은 모욕과 박해를 설욕할 수가 있을까요? 지금 김선생은 내게 여옥이를 내놓으라고 내 앞에 버티고 앉아 있지 않습니까! 그것이 박해와 모욕이 아니고 무엇입니까? 그렇지만 나는 설욕할 만한 강자가 될 수 없습니다. 영원히 될 수 없습니다. ……그래서 나는 피로써 피를 씻는다는 격으로—그렇다고 김선생의 모욕을 모욕으로 갚을 수 없는 나는, 나 자신을 내가 철저히 모욕하는 것으로 받은 모욕감을 씻어 볼밖에 없습니다. 그러자면 김선생에게 자진하여 여옥이를 내주는 것입니다. 김선생 때문에 마음이 흔들린 여옥이를 그대로 내 옆에 두고 두고 모욕감을 느끼기보다, 내가 자굴해서 물러가는 것이 오히려 내 맘이 편하겠지요. 그렇다고 김선생을 따라가는 여옥이의 행복을 위한다거나, 김선생의 연애를 축복하자는 것도 아닙니다. 오늘 아침까지도 여옥이에게 그런 말을 했습니다. 그러나 내게 그런 인간다운 생각조차 남았을 리가 없지요. 그저 김선생과 겨룰 수 없는 폐인의 자굴입니다. ……나는 여기 더 있을 필요가 없는 사람입니다. 가겠습니다."
하며 현은 일어선다.

나는 그의 그런 장황한 이야기가 그런 결론으로 끝나는 것이 의외였다. 사실 현은 그러한 자기의 결론 그대로 행동할 것인가?고, 망연히 그를 바라볼 때, 아까부터 장의자에 엎드려 소리 없이 울던 여옥이가 일어선 현의 앞에 막아선다.

"머어 이제 더 할 말도 없을 것이고, 이렇게 김선생을 모셔 온 것만으로도 알 수 있으니까, 여옥이가 이제 무슨 말을 한다면 제 마음을 속이고 또 나를 속이는 것뿐이니까…….”

현은 이렇게 말하면서 여옥이를 비켜 서 내 앞에 다가서며,

"김선생, 스스로 나를 모욕하려는 나는 철저히 할밖에 없습니다…… 지금 김선생은 이것이 필요할 것입니다."

하고 현은 호복 안섶을 뒤져서 열쇠 하나를 꺼내어 탁자 위에 놓는다.

"이것은 여옥이와 내가 하나씩 가진 이 방의 열쇠입니다. 지금 내게는 소용없는 것이지만 김선생은 필요할 것입니다……이 열쇠를 사주시오. 천 원이고 만 원이고, 김선생에게는 필요한 것이니까 사셔야 할 것입니다."

하고 현은 내 얼굴을 바라보는 것이다. 의외리만큼 현은 너무 태연한 얼굴이었다. 하기는 그의 장황한 이야기의 결론으로 당연한 일일 것이다. 그러나 나는 한번 여옥이를 쳐다볼밖에 없었다. 그러나 쳐다본 여옥이는 두 손으로 얼굴을 감싸쥐고 있었다. 돈을 주고받는 것을 차마 못 보는 뿐일 것이다. 나는 더 주저할 필요가 없음을 깨달았다. 그래서 아까 여옥이가 준 지폐 석 장을 그 열쇠 위에 던졌다.

"고맙습니다."

현은, 많다 적다는 말도 없이, 오히려 의외로 많은 돈에 버럭 탐이 난 듯이 덥석 움켜쥐고,

"이것으로, 나 자신을 모욕할 대로 해서 만족합니다. 자아, 나는 갑니다."

하고 현은 도망이나 하듯이 문 밖으로 나가 버리었다.

철떡철떡 하는 호신 끄는 소리마저 사라지자 여옥이는 의자에 쓰러져 느껴 울기 시작하였다. 들먹거리는 여옥이의 어깨를 바라볼 뿐 나

는 위로할 말도 없어 한동안 멍하니 앉아 있을 뿐이었다.

얼마 후에 눈물을 씻고 일어나 앉은 여옥이는,

"죄송하올시다. 여기 일은 될 대로 끝난 셈입니다. 현도―현에게는 돈은 곧 아편이니까요―아편이 풍부해졌다고 만족할 것입니다. 현은 본시 지식인이던 사람이 벌써 중독자의 필연적 증상이랄 수 있는 파렴치를 애써 변호해 보려고 그같이 궤변을 늘어놓은 것입니다. 그래서 자기 말에 스스로 흥분하고 슬퍼도 했지만, 지금쯤은 멀쩡히 잊어버리고 그저 제 생활이 풍족하다고 좋아할 것입니다…… 저는 또 제 일을 생각해 봐야겠습니다."

하며 또 새로운 눈물을 씻었다.

그래서 나는 슬픔과 흥분으로 피곤한 여옥이를 우선 누워서 쉬라고 이르고 여관으로 돌아왔다. 목욕을 하고 저녁을 먹고 나니 어느덧 밤이었다. 나 역시 피곤하여 이군을 찾을 생각도 없이 반주로 좀 취한 김에 일찍이 자리에 들고 말았다. 그러나 흥분하였던 탓인지 깊이 잠들 수도 없었다. 어렴풋한 머릿속에, 당장 잘 생각하려고도 않는 생각들이 짤막짤막 뒤섞여 떠오를 뿐이다―여옥이는 장차 어떻게 되는가, 어떻게 할 셈인가, 정말 나를 따라 조선으로 나가는가, 내가 데리고 가는가, 나가면 어떻게 하나, 우선 입원시킬밖에 없다. 그래 *완인이 되면? 그 후의 여옥이는 또 어떤 길을 밟게 될까? 혹시 또 나와! 그렇게 될지도 모른다. 사람의 일이라니 알 수 있을라구―이런 뒤숭숭한 생각이 자꾸 반복되었다.

얼마나 지났을까? 잠이 풀깃 드는 듯할 때 똑똑 문 두들기는 소리가 나는 듯하여 벌떡 일어나 앉았다. 역시 누가 문을 두들기는 것이었다. 보이의 안내로 백인(白人) 애 메신저가 들어와 네모난 서양 봉투의 묵

완인(完人)
병이 완전히 나은 사람.

직한 편지를 주고 간다. 여옥이의 편지였다.

　　죄송한 말씀이오나 내일 아침 좀 일찍이 저를 찾아주시면 감사하겠습니다. 혹 제가 없이 문이 걸렸더라도, 제 방에서 잠시 기다려 주시옵소서. 열쇠를 동봉하옵니다.

이런 간단한 사연에, 아까의 그 열쇠가 들어 있었다.
무슨 일일까? 할 말이 있으면 잘 아는 길이라 자기가 오면 그만인데, 일부러 메신저를 보내고, 나를 오라고—
혹시 앓는가? 앓아서 못 올 사람이라면 이른 아침에 '혹 제가 없이……'라는 것은 웬일일까? 나는 이런 생각을 하면서도, 내일 가보면 알 일이라고 다시 자리에 들어 자고 말았다.

이튿날 아침에 일어나자 이군에게서 전화가 왔다. 어젯밤에도 전화로 나를 찾았으나 잔다기에 오지 않았다고 하며 지금 가도 좋으냐고 묻는다. 그러나 여옥이를 찾아보아야 할 것이므로 볼일을 보고 내가 찾아가마 하였더니—자네가 하얼빈서 볼일이 무엇이냐고 하며 아마 여옥 씨부터 찾아뵙는 판이냐고 껄껄대는 큰 웃음소리를 방송하는 것이었다. 나 역시, 그런가 보다고 웃었다.
상쾌하게 맑은 날씨였다. 내가 여옥이의 아파트에 가기는 아홉시였다. 방문 밖에서 기침을 하고 문을 두들기었으나 대답이 없었다. 사실 열쇠가 필요했구나…… 하고, 언제나 찬찬한 여옥이가 고마운 듯한 당치 않은 착각에 열리는 쇳소리도 경쾌하게 들으며 방 안에 들어섰다. 들어서자, 서늘한 공기가 묵직하게 가슴에 안기는 듯이 *톱톱하다. 밤 자

톱톱하다
마음이 개운하지 못하고 무겁고 단단하다.

고 난 창문을 열지 않아서 그런가 하였으나, 그 느긋한 마약 냄새도 식어 날아 버린 듯하고 사람의 온기도 느낄 수 없이 냉랭한 바람이 휘잉하면서도 가슴이 틉틉하고 불쾌하였다. 그러나 나는 여옥이를 기다려야 할 것이므로 장의자에 앉아 담배를 붙였다. 창을 열고 내다보며 이 맑은 날 잘 울 종달새를 생각하고 방 안을 둘러보았으나 조롱은 없었다. 그때였다. 침실이라고 생각되는 판장 병풍 뒤에서 푸득거리는 소리와, 이어서 찍찍 하는 소리가 들리었다. 첫날 와서 들은 그 암담한 비명이었다. 그대로 두면 또 제 똥 위에 다리를 뻗고 누워 버릴 것이다. 여옥이가 와서 마약을 뿜어 주지 않으면 그대로 죽어 버릴 것이다. 또 몸을 솟구는 모양으로 푸득거리고 쥐소리를 지른다. 여옥이는 어디를 갔나? 나는 초조한 생각에, 별도리는 없을 줄 알면서도 보기라도 할밖에 없었다.

판장문을 열었다. 그 안에 여옥이가 있었다. 비좁은 침실이라 빼곡 찬 더블베드 한가운데 그린 듯이 누운 여옥이는 잠들어 있었다. 조롱도 그 침대 위에 놓여 있었다.

내 앞에 내놓인 여옥이의 한 팔은, 그 빨간 손톱으로 찢어지도록 침대 요를 한줌 긁어쥐고 있었다. 그 손아래 침대 밑에는 겉봉에 '김명일 선생 전'이라 쓴 편지가 떨어져 있었다. 여

옥이의 손은 본시 이 편지를 쥐고 있던 모양으로 편지는 구겨졌다.
나는 조용히 장의자로 돌아와 그 편지를 뜯었다.

아무리 염치없는 저이지만 선생님에게 이런 괴로움까지는 안 끼치려고, 송화강, 철도를 생각하기도 하였으나 인적이 부절하고 경계가 엄하와 실패할 염려가 없지 않사오므로, 이런 추한 모양을 보이게 되옵니다.
혹 선생님이 떠나신 후에나, 또는 지금 멀찍이 떠나서 죽을 곳을 찾을까도 생각하였사오나, 죽음을 지니고 어디를 가거나 시기를 기다리고 있을 만한 힘도 용기도 없었습니다. 그뿐 아니라 너무 외롭고 무서웠습니다. 야속한 생각이오나, 시체나마 생전에 아무런 인연도 없는 손으로 처리된다고 생각하오면, 너무 외롭고 무서웠습니다.
선생님의 괴로우심을 만번 생각하면서도 믿고 이렇게 갑니다. 저는 갱생을 꿈꾸기도 하였습니다.
선생님을 따라 본국으로 가겠다 말씀드린 것은 본심이었습니다.
선생님이 '설마...... 현이......' 하실 때, 저 역시 그런 의문이 있었사옵고, 만일 현이 그런 만일의 태도를 갖는다면 저는 또 현을 따라갈 것이 아닐까 염려되도록 명확한 결심이 없었다면 없었고, 또 그만치 갱생을 동경하였던 것이라고 할 것입니다. 그러나 현은 제가 예상한 태도로 나갔습니다. 그것이 현의 본심이라기보다 병(고칠 수 없는)인 줄 아옵는 고로, 현에게 버림받은 것이 분해서 죽는 것은 아니외다. 그저 외롭습니다. 지금 제가 다시 현을 따라간대도, 이미 저를 사랑하기를 잊은 현은 기회만 있으면 누구에게나 '열쇠'를 팔 것이외다.

　그렇다고 저의 지금 병(중독)을 고친댔자 다시 맑아진 새 정신으로 보게 될 세상은 생소하고 광막하기만 하여 저는 더욱 외로울 것만 같습니다. 갱생을 꿈꾸던 것도 한때의 흥분인 듯하올시다. 지금 무엇을 숨기오리까. 요사한 말씀이오나 저는 선생님의 심정을 완전히 붙잡을 수 없음을 슬퍼하면서도 선생님을 잊으려고 노력할밖에 없었습니다.

　그러한 제가 이제 다시 선생님을 따라가 완인이 된댔자, 제 앞에 무슨 희망이 있을 것입니까—내내 선생님 기체 만강하시옵소서.

6일 밤 6시 여옥 상

나는 여옥이의 유서를 읽고 다시 침실로 들어갔다.

한 점의 티나 가는 한 줄기 주름살도 없는 여옥이의 인당을 들여다보면서 죽은 내 처 혜숙이의 그것을 다시 보는 듯이 반갑기도 하였다.

그 영롱한 인당에 그들의 아름다운 심문(心紋)이 비치어 보이는 것이다.

여옥이는 그러한 제 심정을 바칠 곳이 없어 죽었거니! 나는 그러한 여옥이의 심정을 받아들일 수 없었거니! 하는 생각에 자연 복받쳐 오르는 설움을 참을 수 없었다.

나는 그 싸늘한 여옥이의 손을 이불 속에 넣어 주면서 갱생을 위하여 따라 나서기보다, 이렇게 죽어 가는 것이 여옥이의 여옥이다운 운명이라고도 생각하였다.

「장삼이사」, 을유문화사, 1947.

최명익 단편소설

장삼이사
(張三李四)

장삼이사(張三李四)
장씨의 셋째 아들과 이씨의 넷째 아들이라는 뜻으로 '평범한 보통 사람'을 이르는 말. 갑남을녀. 필부필부(匹夫匹婦).

「문장」에 발표된 '장삼이사' 표지

그렇게 붐비고 법석하는 정거장 품의 혼잡을 옮겨 싣고 차는 떠났다. 그런 정거장의 거리와 기억이 멀어감을 따라 이 삼등 찻간에 가득 실린 무질서와 흥분도 차차 가라앉기 시작하였다.

앉을 수 있는 사람은 앉고 섰을 밖에 없는 사람은 선 채로나마 자리가 잡힌 셈이다.

이 찻간 한끝 바로 출입구 안짝에 자리잡은 나 역시 담배를 피워 물고 주위를 돌아볼 여유가 생겼던 것이다.

'웬 사람들이 무슨 일로 어디를 가노라 이 야단들인가.'

혼잡한 정거장이나 부두에 서게 될 때마다 이렇게 중얼거려 보는 것이 나의 버릇이지만 그러나,

'이 중에는 남모를 설움과 근심 걱정을 가지고 아득한 길을 떠나는 이도 있으려니—'

이런 감상적인 심정으로보다도, 지금은 단지 인산인해라는 사람 틈에 부대끼는 괴로운 역정일는지 모를 것이다. 그렇다고 지금도 그런 역정으로 주위를 흘겨보는 것은 아니다. 물론 또 아득한 길을 떠나는 사람의 서러운 표정을 찾아 구경하려는 호기심도 없었다. 만일 그런 것이 있다면 방심 상태인 내 눈의 요깃거리는 되겠지만.

방심 상태라면 나만도 아닌 모양이었다. 긴장에서 방심 상태로, 그래서 사람들은 각기 제 본색으로 돌아가 각각 제 버릇을 회복하게 되는 것이었다.

그런 우리들 중에 모자 대신 편물 목테(목도리)를 머리에다 감은 농촌 젊은이가 금방 회복한 제 버릇으로 그만 적잖은 실수를 저지르고 말았다. 실수라는 것은, 통로에 섰던 그 젊은이가 늘 하던 제 버릇대로 뱉은 가래침이 공교롭게도 나와 마주 앉은 중년 신사의 구두 콧등에

떨어진 것이었다. 물론 그것만도 적잖은 실수겠지만 그렇게까지 여러 사람의 눈이 둥그래서 보게쯤 큰 실수로 만든 것은 그 구두의 발작적 행동이었다.

아닌게 아니라 그 구두는 발작적으로 통로 바닥이 빠져라고 쾅쾅 뛰놀았다. 그러나 그리 매끄럽지가 못한 구두코라 용이히 떨어질 리가 없었다. 그래 더욱 화가 난 구두는 이번에는 호되게 허공을 걷어차기 시작했다. 그래 튀어나는 *비말(飛沫)의 피해를 나도 받았지만 그 서슬에 어쩔 줄을 모르고 서 있던 그 젊은이는 정면으로 튀어나는 비말을 피하여 그저 뒤로 물러서기만 했다. 그러나 그 젊은이의 동행인 듯한 노인이 제 보꾸러미에서 낡은 신문지를 한줌 찢어 젊은이를 주었다. 젊은이는, 당장 걷어차거나 쫓아 나와 물려는 맹수나 어르듯이 그 구두 콧등 앞으로 조심히 신문지 쥔 손을 내밀어 보았다. 그러나 구두는 물지도 차지도 않고 도리어 그 손을 피하듯이 움츠러들었다. 그러자 희고 부드러운 종이가 그 구두코를 닦기 시작하였다. 그런 종이는 많기도 하고 아깝지도 않은 모양이었다.

주위의 사람들은 그 구두가 그렇게 야단할 때보다도 더 의외라는 듯이 수북이 쌓이고 또 쌓이는 종이 무더기를 일삼아 보게쯤 되었다. 그렇게 씻고 또 씻고 필요 이상으로 씻는 것은 그 젊은이가 기껏 미안해하라고 일부러 그러는 것 같기도 하였다. 혹은 그것이 더러워서만 그런다기보다도 더러운 사람의 것이므로 더욱 그런다는 듯도 한 것이었다.

그래서 일삼아 보고 있던 사람들은 모두 입을 비죽이고 외면을 하고 말았다. 물론 그 젊은이는, 미안 이상의 모욕감으로 얼굴이 빨개져서 천장만을 쳐다보며 이따금 한숨을 지었다. 그 중년 신사와 통로를 격하여 나란히 앉은 당꼬 바지는 다소의 의분을 느꼈음인지 그 우뚝한

비말
안개같이 튀어 오르거나 날아 흩어지는 물방울. 튀는 물방울.

코를 벌름거리며 흰자 많은 눈으로 연방 그 신사를 곁눈질하였다. 그러나 그 신사의 눈과 마주치기만 하면 슬쩍 시선을 거두고 딩딩한 코를 천장으로 치키고 마는 것이었다. 그렇게 그 신사의 눈과 마주치기를 꺼려하는 것은 비단 당꼬 바지만이 아니었다. 오히려 코가 꽤 딩딩한 당꼬 바지도 그럴 적에야, 할 정도로 그 신사의 눈은 보기에 좀 불안스럽도록 뒤룩거리는 눈방울이었다. 일부러 점잔을 빼느라 혹은 노상 호령기를 뽐내느라 그런지, 그렇지 않으면 혹시 약간 피해망상광의 증상이 있어 저도 어쩔 수 없이 뒤룩거리게 되는 눈인지도 모를 것이었다. 어쨌든 척 마주 보기가 거북스러운 눈이라 아까 신문지를 주던 곰방대 영감은 담배를 붙이며 도적해 보던 곁눈질을 들키자, 채 불이 당기기도 전에 성냥을 불어 끄리만큼 낭패한 것이었다.

이렇게 되고 보니, 그렇지 않아도 본시부터 이렇다 할 이야깃거리가 없이 덤덤하던 우리 자리는 더욱 멋쩍게 되고 말았다. 그렇다고 누가 솔선해서 그런 침묵을 깨뜨려야 할 책임자가 있을 리 없는 자리였다.

그러나 그때 당꼬 바지 옆에 앉은 가죽 재킷 입은 젊은이가 맞은편에 캡 쓴 젊은이에게 "자네 지리가미(휴지) 가졌나" 하여, "응 있어" 하고, 일부러 꺼내까지 주는 것을 "이 사람 지리가민 나두 있네" 하고 한 뭉치 꺼내 보이며 코를 풀기 시작하였다. 그래서 캡 쓴 젊은이는 킬킬 웃으면서 맞은 코를 풀어서는 그런 종이가 수북한 통로 바닥으로 던졌다.

그러나 그 옆의 당꼬 바지가 빙그레 웃었을 뿐 아무런 반응도 없고 말았다. 내 앞의 신사는 그저 여전히 눈을 뒤룩거리며 두세 번 큰 하품을 하였을 뿐이다. 좀 실례의 말이지만 마주 앉은 내가 느끼는 그 신사의 하품은 옛말에나 괴담에, 사람을 취하게 하는 무슨 김이나 악취를 뿜는다는 두꺼비의 하품 같은 것이었다.

이런 실례의 말을 해놓고 보면 정말 그 신사는 어딘가 두꺼비 같은 인상을 주는 것이었다. 심심한 판이라, 좀 따져 본다면, 앞서도 늘 해 온 말이지만, 언제나 먼저 눈에 띄는 그 뒤룩거리는 눈, 그 담에는 떡 다물었달 밖에 없이 너부죽한 입, 그리고 언제나 굳은 침을 삼키듯이 블럭거리는 군턱, 이렇게 두드러진 특징만을 그리는 만화라면 통 안 그려도 무방일 듯한 극히 존재가 모호한 코, 아무리 두꺼비라도 코가 없을 리 없고, 있다면 으레 상판에 있게 마련이겠지만 나는 아직 두꺼비의 상판에서 코를 구경한 적은 없었다. 그렇더라도 두꺼비의 상판은 제법 상판이듯이 그 신사의 얼굴에도 그 코만은 있어 무방 없이 무방으로 극히 빈약하기보다 제 존재를 영 주장하지 않고 그저 겸손히 엎드린 코였다. 혹시 그런 것이 숨을 쉬기 위해서만 마련된 정말 코다운 코일는지도 모를 것이다. 소위 *융준(隆準)이라고, 현재 당꼬 바지의 코같이 우뚝한 코는 공연히 남에게 건방지다는 인상을 주거나 좀만 추

융준
우뚝한 코. 융비.

워도 이내 빨개지기만 하는 부질없는 것일는지도 모를 것이다.

이같이 부질없는 *용모파기를 해가면서까지 그를 흘금흘금 바라보게 되는 것은 아까의 그 실수 사건으로만 그런 것도 아니었다. 물론 그의 지나친 결벽성(?)이 우리의 주의를 끌었을 뿐 아니라 반감을 샀던 것도 사실이지만, 그렇지 않더라도 본시가 그는 우리들 중에서는 가장 두드러진 존재였던 것이다. 마치 소학생들이 저희 반 애들을 그린 그림에 제일 크게 그려 놓은 급장 모양으로 우리네 중에서는—우리라야 서로 바라볼 수 있는 통로 좌우의 앞뒤, 네 자리의 *오월동주(吳越同舟)격으로 모여 앉은 사람들이지만—가장 큰 몸뚱어리에다 가장 잘 차렸을 뿐 아니라 그 가장 뚱뚱한 배를 흐물거리는 숨소리도 가장 높았던 까닭이었다.

그같이 우리네의 주의를 끌밖에 없는 그 중년 신사는 몇 번째 하품을 하고 난 끝에 제 옆자리 창 밑에 끼여 앉은 젊은 여인의 등뒤로 손을 넣어서 *송기떡빛 종이를 바른 넓적한 고량주 병을 뒤져내었다. 찻그릇 뚜껑에 가득 따른 술잔을 무슨 쓴 약이나 벼르듯 하다가 그 번지레한 얼굴에 통 주름살을 그으며 마시었다. 떨리는 손으로 또 한잔을 연해 마시고는 낙타 외투에 댄 수달피 바늘 털에서 물방울이라도 튀어날 만큼 부르르 몸서리를 치고는 또 그 여인의 등 뒤로 손을 넣어서 궁둥이 밑에서나 빼낸 듯한 *편포를 한쪽 찢어 씹기 시작하였다. 풍기는 독한 술내에 사람들의 시선은 또다시 그에게로 모일밖에 없었다. 첩첩 입 소리를 내며 태연히 떠들고 있는 그의 벗어진 이마에는 금시에 게 알 같은 땀방울이 솟구치고 그 가운데 일어선 극히 빈약한 머리털 몇 오리가 무슨 미생물의 *첩모(捷毛)나 같이 나불거리었다. 그렇게 발산하는 그의 체온과 체취이니 하면 우리는 금방 이 후끈한 찻간에 산소

용모파기
어떠한 사람을 잡기 위하여 그 사람의 용모와 특징을 기록함. 또는 그런 기록.

오월동주
서로 적의를 품은 사람끼리 한자리나 같은 처지에 있게 된 경우, 또는 서로 미워하면서도 공통의 어려움이나 이해에 대해서는 협력하는 경우를 비유하는 말.

송기떡
송기는 소나무 어린 가지의 속껍질. 송기떡은 송기를 넣어 만든 떡.

편포
칼로 짓두드려 반대기를 지어 말린 고기 또는 마른오징어.

첩모
속눈썹.

부족을 느끼며 그를 바라보는 동안에 차차 그의 *입노릇이 떠지고 지금껏 누구를 노리듯이 굴리던 눈방울이 금시에 머무려해지고 건침이 흐를 듯이 입 가장자리가 축 처지며 그는 한 번 껀득 조는 것이었다. 좀 과장해 말하면 미륵불이 연화대에서 꼬꾸라지는 순간 같은 것이었다. 껀득, 제 김에 놀란 그 신사는 *떡돌에 치는 두꺼비 꿈에서나 놀라 깬 것처럼 그 충혈된 눈이 더욱 휘둥그래져서 옆의 여인을 돌아보고는 안심한 듯이 기지개를 켰다. 그러고는 까맣게 잊었던 일이나 생각난 듯이 분주히 일어나 외투를 벗어 놓고 지리가미를 두 손으로 맞잡아 썩썩 부비며 변소로 들어갔다.

사람들의 시선은 *허퉁하게 비어진 그 자리 저편 끝에 지금까지 그 신사의 그늘 밑에 숨어 있던 듯이 송그리고 앉은 젊은 여인에게로 쏠리었다. 그렇다고 우리가 그 여인을 지금 비로소 발견했다는 것은 아니다. 그러면 또 *화형(花形)이나 같이 아꼈다가 그럴듯한 장면이 되어 지금 비로소 등장시키는 셈도 아닌 것이다. 그 여인은 처음부터 궐녀와 마주 앉은, 즉 내 옆자리의 촌 마누라와 같이, 무슨 이야깃거리가 될 만한 아무런 말도 행동도 없이 그저 담배만을 피우고 있었던 것이다.

회색 외투를 좀 퇴폐적으로 어깨에만 걸친 그 여인은 지금 제가 여러 사람의 시선 앞에 놓여 있는 것을 아는지 모르는지 그저 제 버릇인 양 이편 손으로 퍼머넌트를 쓸어 올려 연방 귓바퀴에 걸치며 여전히 창밖만을 내다보고 있었다. 내다본다지만 창밖은 벌써 어두워 닫힌 겹유리창에는 궐녀의 진한 자줏빛 저고리 그림자가 이중으로 비치어, 헤글어 놓은 화롯불같이 도리어 이편을 반사하는 것이었다. 이런 형용은 좀 사치한 것 같지만, 그런 화롯불 위에 올려놓은 무슨 백자

입노릇
정하여진 끼니 외에 심심하지 않게 음식을 조금 먹는 것을 속되게 이르는 말.

떡돌
떡을 칠 때에 안반 대신으로 쓰는 판판하고 넓적한 돌. 떡돌에 치는 두꺼비란 '남 눈 똥에 주저앉고 애매한 두꺼비 떡돌에 치인다.'는 속담에서 가져온 듯. 남이 저지른 잘못에 죄 없는 사람이 애매하게 해를 입게 됨을 비유적으로 이르는 말이다.

연화대에 앉은 미륵불

허퉁하다
비어 있는 모양.

화형
꽃의 모양, 또는 꽃과 같은 모양.

그릇같이 비추인 궐녀의 얼굴 그림자 속에 빨갛게 켜지는 담뱃불을 불어 끄려는 듯이 그 여인은 동그랗게 모은 입술로 연기를 뿜고 있었다.

그때 이편 문이 열리며, 차표를 보여 달라는 *선문(先聞)을 놓고 여객 전무가 들어왔다. 차례가 되어 차장이 어깨를 흔들어서야 이편으로 얼굴을 돌린 여인은 "조샤켕(승차권), 짜뾰(차표)요" 하는 젊은 차장을 힐끗 쳐다보고 다시 외면하면서,

"쓰레노 히토와 못테루노요(일행이 가지고 있어요)."

하였다.

"쟈, 쓰레노 히토와(그러면, 일행은)?"

젊은 차장이 되묻는 말에 역시 외면한 대로 여인은 이편 손 엄지손가락을 들어 뒷담을 가리키며,

"하바카리(화장실)."

하였다.

여객 전무는 제 차표를 왜 제가 가지고 있지 않느냐고 나무랐다. 그 말을 받아 "그러하눙고 안데(그렇게 하는 거 안 돼)" 하고 젊은 차장이 또 퉁명스럽게 핀잔을 주었다.

그 여인은 홱 얼굴을 돌려 그들의 뒷모양을 흘기고는 눈살을 찌푸리며 돌아앉았다. 불쾌하다기보다 금방 올 듯한 얼굴이었다. 그만 일에 왜 저럴까 싶도록 히스테릭한 태도요 절박한 표정이었다. 그 후에 짐작한 것이지만, '그자가 제 돈으로 산 차표라고 제가 가지는 걸 내가 어떻게 하느냐'고 울며 푸념이라도 하고 싶은 낯빛이었던 것이다.

차표를 뒤져내고, 어감만으로도 불안한 검사가 무사히 끝나서, 다시 차표를 간직하고 난 사람들은 사소한 흥분과 긴장이나마 치르고 나서 안도하는 낯빛이었다. 그러나 그런 우리네 중에 유독 말썽거리가 되어

선문을 놓다
미리 알리다.

아직도 그 흥분을 삭이지 못하는 모양인 그 여인의 행색은 더욱 우리의 주의를 끌밖에 없었다.

그 신사의 딸일 리는 없고 혹 첩? 내가 이런 생각을 하고 있을 때,

"만주루 북지루 댕겨 보문 돈벌인 색씨 *당사가 제일인가 보둔."

	당사 장사.

당꼬 바지가 불쑥 이런 말을 시작하였다. 모두 덤덤히 앉았던 사람들은 마침으로 흥미 있는 이야깃거리가 생겼다는 듯이 시선이 그에게로 몰리자 그의 옆에 앉은 가죽 재킷이 그 말을 받았다.

"돈벌이야 작히 좋은가요, 하지만 자본이 문제거든. 색씨 하나에 소불하 돈 천 원은 들어야 한다니까."

"이것이라니 아무리 요즘 돈이구루서니, 천 원이문 만 냥이 아니오."

이렇게 놀란 것은 물론 곰방대 영감이었다. 그러자 아까 그 실수를 한 젊은이가,

"요즘 돈 천 원이 무슨 *성명 있나요, 웬만한 달구지 소 한 놈에도 천 원을 안 했게 그럽네까."

성명
이름.

하고 이번에는 조심히 제 발부리에다 침을 뱉었다.

"그랜 해두, 옛날에야 *원틀루 에미나이보단 *소끔새가 앞셌디 될 말인가."

원틀
원래.

소끔새
소금새. 곧 소값.

"녕감님, 건 촌에서 민메누릿감으루 딸 팔아먹던 옛말이구요……?"

우리들은 그의 턱을 따라 새삼스레 그 여인을 유심히 보게 되었다. 나 역시 그 여인의 정체를 짐작할 수 있었다.

여전히 담배를 피우고 창밖만을 내다보고 있던 그 여인은 그런 말과 시선으로 보이지 않는 채찍을 등골에 느끼는 듯이 한 번 어깨를 흠칫하고 외투를 치켜 올리는 것이었다. 아까부터 그 여인의 저고리 도련을 만져 보고 치맛자락을 비죽여 보던 촌 마누라는 무엇에 놀라기나

한 것같이 움츠린 손으로 자기 치마 앞을 털었다.

"사람들이 벌어먹는 꼴이 다 각각이거든."

"각각일밖에 안 있나."

"어째서."

"각각 저 생긴 대루 벌어먹게 매련이니까 다르지."

"그럼 누군 갈보 장사나 해먹게 생겼던가."

"보구두 몰라."

"어떻게."

"옆에다 색씰 척 데리구 가잖아."

"하하하."

"하하하."

가죽 재킷과 캡이 이렇게 받고 차기로 떠들고 웃었다.

그러자,

"건 웃음의 말씀이라두, 정말 사실루 사람을 척 보문 알거덩요."

당꼬 바지는 이렇게 자기가 꺼낸 갈보 타령이 맹랑하게 시작한 말이 아니었다는 것을 발명이나 하듯이 빈자리를 턱으로 가리키며,

"이잘 보소그레, 괘애니 저 혼자 점잖은 척하누라구 눈쌀이 꿋꿋해 앉았어두 상판에 개기름이 번즐번즐한 거이 어디 점잖은 데가 있소."

하였다.

"다들 그러니끼니 그런가 부다 하디, *목잔 좀 불량해두, *이대존대라구, 난 첨엔 어디 군쭈산가 했소."

하는 노인은 고무신 부리에 곰방대를 털었다. 그런 노인의 말에 당꼬 바지는,

"영감님두 의대존대나 새나요. 요즘엔 돈만 있으문 군쭈사가 아니라

목잔
목재(目) 곧 '눈은'의 뜻.

이대존대
의대존대(衣帶尊待).
갖추어 입는 옷차림으로 존경하여 받들어 대접하거나 대함.

두 누구나 그보다두 *뜸떼먹게 채릴 수 있다우."

하고 껄껄 웃었다.

"그래두 저한테 물어 보소, *메라나. 난…… 우리 겉은 건……."

이렇게 말끝을 *마물지 않고 만 것은 그 실수를 저지른 젊은이였다. 역시 천장을 쳐다보는 그는 웬 까닭인지 아까보다도 더 얼굴이 빨개지는 것이었다. 사람들은 또 웬 까닭인지 와하하 웃음을 터뜨렸다.

"아까 미섭습데까?"

실컷 웃고 난 캡이 이렇게 묻자 또들 웃었다. 그 말을 받아 당꼬 바지가 빈정거리는 투로 이런 말을 하였다.

"*왈루 미섭긴 정말 점잖은 사람이 미섭다우. 이렇게 (역시 턱으로 빈자리를 가리키며) 점잖은 테하는 사람이야 뭐 미서울 거 있소. 이제 두구 보소. 아까 보디 않았소, 고샐 못 참아서 배갈을 먹드니 피꺽피꺽 피게질(딸꾹질)을 하는 걸 보디. 그런 잔 *지뚱미루워두 사궤만 노문 사람 썩 *도쉔다."

이런 시빗거리의 그 신사가 배갈을 먹고 한 번 껀득 존 것은 사실이지만 피게질을 한 적은 없었다. 그러나 이렇게 흉을 잡자고 하는 말에는 도리어 사실 이상으로 사실에 가깝게 들리는 말이었다.

"피게질을 했다!"

이번에는 가죽 재킷이 이렇게 따지고는 또들 웃었다.

그때 변소에 갔던 신사가 돌아왔다. 제 자리에 돌아온 그는 그새만 해도 무슨 변화가 생기지 않았나 경계하듯이 이사람 저 사람의 얼굴을 둘러보며 다시 외투를 입었다. 사람들은 모두 웃음을 거두고 말을 끊고 말았다.

지금껏 이편을 유의했던 모양인 차장이 달려와 차표를 검사하며 아

뜸떼먹게
찜쩌먹게.

메라나
뭐라고 하나.

마물다
마무리 하다.

왈루
도리어, 오히려.

지뚱미루워두
미련해도

도쉔다
좋습니다.

까 한 말을 되풀이하고, "고마리마쓰네(곤란합니다)"로 나무랐다.

당황한 신사는, "헤헤 스미마셍, 도모 스미마셍(죄송합니다. 정말 죄송합니다)"을 뇌고 또 뇌며 빨개진 낯으로 겸연쩍다기보다 비굴한 웃음을 지어 보이는 것이었다. 그러고 나서 차표를 다시 속주머니에다 집어넣으며 그는 누가 들으라는 말인지, 그렇다기보다도 여러 사람이 다 들어 달라고 간청이나 하는 듯한 제법 눈웃음을 지어 보이며,

"제길, 후중증(後重症)이 나서 ××× ×××하기만 하디 원채 씨원히 나오야디오."(아무리 작자가 결벽성을 포기하고 시작한 이 작품이지만 이 ××의 의음(擬音)만은 복자(覆字)하는 것이 작자인 나의 미덕일 것이다.)

하고는 헤헤헤 웃는 것이었다. 확실히 부드러운 말씨였다. 그리고 사교적인 웃음이었다. 아닌 게 아니라 그 신사의 그런 말과 웃음은 여간만 효과적인 것이 아니었다.

"거 정말 급하웬다. 후중증이 정 심한 땐, 깜진 예펜네 첫 아이 낳기만이나 한 걸이오."

이같이 솔선하여 동정한 것은 당꼬 바지였다. 그 말에 다른 사람들도 지금껏 그 남자를 백안시하던 눈에 웃음을 띠게 되었다.

"건 뭐 병이 아니라 술탈이니낀, 메칠만 안 자시문 맬 하리오."

또 이런 급성적 우정으로 충고한 것은 캡 쓴 젊은이였다.

"그럴래니 데런 양반이야 찾아오는 손님으루 관팅 교제루 어디 뭐 술을 안 자실래 안 자실 수가 있을라구."

곰방대 노인이 이렇게 경의를 표하는 말에,

"아마 그럴 걸이오."

하고 가죽 재킷 젊은이가 동의하였다.

이런 동정과 우의를 대번에 얻게 된 그 남자는 몇 번 신트림을 하고 나서,

"물론 것두 그렇구, 한 십 년 만주루 북지루 댕기멘서 그 추운 겨울엔 호주루 살아 버릇 해서 여게 나와서두 안 먹던 못 합네다가레."

하며 옆에 놓인 고량주 병을 들어 약간 흔들어 보고 만져 보는 것이었다.

"영업하는 덴 만준가요 북진가요."

"뭐어 안 가본 데 없디요. 첨엔 한 사오 년 일선으루 따라댕기다가 너머 고생스럽드라니 그 담엔 대련서 자리잡구 하다가 신경 와선 자식놈들한테 다 밀어 맽기구 난 작년부터 나오구 말았소."

"그새 큰일났갔소고레."

당꼬바지가 또 묻는 말에,

장삼이사 301

"뭐 거저…… 그래 다른 놀음 봐서야…….”

하며 만지던 술병을 여인의 등뒤로 밀어 넣으려 할 때 지금껏 눈여겨보고 있던 곰방대 노인이,

"거어 어디 이 녕감두 한잔 먹어 볼까요.”

하며 나앉았다.

"어어 참, 미처 생각을 못해서 실렐 했구만요, 이제라두 한 잔씩들 같이 합세다.”

그래서 '이거 원 뜻밖' '그러구 보니 이 영감 덕이로군' '하하하' 이런 웃음과 농지거리로 뜻밖의 술판이 벌어졌다.

그 중에 나만은 술을 통 먹지 못하므로 돌아오는 잔을 사양할밖에 없었다. 그들이 굳이 권하려 들지 않는 것이 여간만 다행한 일이 아니었다. 그러나 그들이 술 못 먹는 나를 아껴서보다도, 아무리 사람 좋은 그들이지만 지금껏 말 한마디 참견할 기회가 없이 그저 침묵을 지킬 밖에 없는 나에게까지 그런 우정을 느낄 수는 없을 것이다. 그래서 그들은 나를 경원하게 되는 모양이었다. 또 단순한 경원이라기보다도 자칫하면 좀전의 이 신사와 같이 반감과 혐오의 대상일는지도 모를 것이었다.

이 뜻밖에 벌어진 술판의 판을 치는 이야깃거리는 물론 그 남자의 내력담과 사업 이야기였다.

"……사실 내놓구 말이디, 돈벌이루야 고만한 노릇이 없쉔다. 해두, 그 에미나이들 *송화가 오죽한가요. 거어 머어 한 이삼십 명 거느릴래문 참 별에별 꼴 다 봅네다…….”

쩍하면 앓아눕기가 일쑤요, 그래두 명색이 사람이라 앓는 데 약을 안 쓸 수 없으니 그러자면 비용은 비용대로 처들어가고 영업은 못 하

송화
성화. 애를 먹임.

고, 요행 나으면 몰라도 덜컥 죽으면 돈 천 원쯤은 어느 귀신이 물어간지 모르게 장비(葬費)까지 *보숭이 칠을 해서 없어진다는 것이었다.

보숭이
보생이. 고물. 인절미나 경단에 뿌리는 팥이나 깨 등의 가루.

 "앓다 죽는 년이야 죽고파서 죽갔소. 그래 건 또 좀 양상이디만, 이것들이 제 깐에 난봉이 나디 않소. 제법 머어 죽는다 산다 하다가는 정사합네 하디 않으문 달아나기가 일쑤구……."

 이렇게 말이 채 끝나기 전에 술잔이 돌아와 받아 든 그는,

 "이게 다숫 잔쨴가?"

하며 들여다보는 그 잔은 할 수만 있으면 면하고 싶지만 그러나 우정으로 달게 받아야 할 희생 같은 잔인 모양이었다. 그래서 마시기로 결심한 그는 일종 비장한 낯빛을 지으며 꿀꺽 들이켰다. 그러고는 부르르 몸서리를 치자 더욱 붉어진 눈방울을 더욱 크게 치뜨며,

 "사람이 기가 맥헤서, 글쎄 이 화상을 찾누라구 자식놈들은 만주 일판을 뒤지구 난 또 여기서 돈 쓰구 애먹은 생각을 하문 거저 쥑에두……."

 이런 제 말에 벌컥 격분한 그는 주먹을 번쩍 들었다. 막 그 여인의 뒷덜미에 떨어질 그 주먹을 쳐다보는 사람들은 한순간 숨을 죽일밖에 없었다. 한순간 후였다. 와하하 사람들의 웃음이 터졌다. 그 주먹이 슬며시 내려오고 그 주먹의 주인이 히히히 웃고 만 까닭이었다. 그 동안 눈을 꽉 감을밖에 없었던 나는 간신히 그 여인을 바라보았다.

 여인은 제 얼굴 그림자를 통 살라 버리도록 담배를 빨아 들이켜고 있었다. 그런 주먹의 용서를 다행하게나 고맙게 여기는 눈치는 조금도 찾아볼 수 없었다. 그런 여인의 태도에는 지금의 풍파는 있었던 것 같지도 않았다. 하기야 한순간 실로 한순간이었지만.

 터졌던 웃음소리는 아직도 허허 킬킬 하는 여운으로 계속되었다. 나

는 그런 그들의 웃음을 악의로 듣지는 않았다. 오히려 폭력의 중지에 안심하고 학대 일순 전에 놓치는 요술 같은 신사의 관용을 경탄하는 호인들의 웃음이라고도 할 것이다. 그러나 그런 웃음이 주먹보다도 그 여인의 혼을 더욱 학대하는 것 같은 건 웬 까닭일까.

그때 차는 어느 작은 역에 멎었다. 아까 실수한 젊은이와 곰방대 노인이 내렸다. 그들은 그런 웃음을 채 웃지 못한 채 총총히 내리고 만 것이다. 밤중의 작은 역이라 그 자리에 대신 오르는 사람도 없이 차는 또 떠났다.

"좌우간 무던하겠쉐다. 저이 집 식구가 많아두 씩둑깍둑 말썽인데 그것들이 어떻게 돌아먹은 년들이라구."

당꼬 바지는 코멘소리로 또 말을 시작하였다.

그러나 그 신사는 어느새 껀득 졸다가는 눈을 뜨고 눈을 떴다가는 또 졸고 할 뿐 대답이 없었다. 아직도 좀 남은 술병은 마주 앉은 세 사람 사이로 돌아갔다.

"이왕이문 데 색씨 오샤쿠(따라 주는 술)루 한 잔 먹었으문 도오캈는데."

"말 말게, 이제 하든 말 못 들었나."

"뭴."

"남 정든 님 따라 강남 갔다 붙들레서 생이별하구 오는 판인데 무슨 경황에 자네 오샤쿠하겠나."

"*오샤쿠할 경황두 없이 쓰라이 시쓰렝(가슴 아픈 실연)이문 발쎄 죽었지 죽어."

"사람이 그렇게 죽기가 쉬운 줄 아나."

"나아니 와케 나이요(뭐라구 어림도 없어요). 정말 말이야 도망을 하

오샤쿠
작부. 서방으로 삼음.

지 아니치 못하리만큼 말이야 알겠나? 도망을 해서라두 말이야, 잇쇼니 나루(함께 살다) 하지 않으문 못살 고이비토(연인)문 말이야, 붙들렸다구 죽어 주소 하구 따라올 리가 없거든 말이야, 응 안 그래? 소랴 기미(그렇다면 너) 혀라두 깨물고 죽을 것이지 뭐야, 응 안 그래."

이런 말이 나오자 그 여인은 무엇에 질린 듯이 해쓱해진 얼굴을 그편으로 돌리었다. 그편에서 지껄이는 사람들을 바라보는 그 눈은 지금 그런 말을 누가 했느냐고 묻기라도 할 듯한 눈이었다. 그러나 취한 그들은 그런 여인의 눈과 마주쳐도 조금도 주춤하는 기색도 없었다. 도리어 당꼬 바지는,

"거 사실 옳은 말이야, 정말 앗사리한(깨끗한) 계집이문 비우쌀 좋게 도망두 안 할걸."

이렇게 그 여인의 얼굴을 보이지 않는 말의 채찍으로 후려갈기었다.

"자, 어서 술이나 마저 먹지. 거 왜 아무 상관없는 걸 가지구 그럴 거 있나."

가장 덜 취한 모양인 가죽 재킷이 중재나 하듯 말하며 잔을 건네었다. 잔을 받아 든 젊은이는 비척 몸을 가누지 못하면서 또 지껄이었다.

"가노죠(그 여자) 말이야, 뎅카노 가루보쟈 나이카(천하의 갈보 아니야). 왜 우리한테 상관이 없어."

그때 차창 밖에 전등의 행렬이 보이자 차가 멎었다. 금시에 정신이 든 듯한 두 젊은이는,

"우린 여기서 만츰 실례합니다."

"한참 심심치 않게 잘 놀았는데요."

"사요나라(잘 가요)."

이런 인사를 던지듯 지껄이며 분주히 나가고 말았다.

장삼이사 305

새 사람들로 그 자리를 메우고 차는 다시 떠났다.

한참 동안 코를 골며 잠이 들었던 그 신사는 떠들썩한 통에 깨기는 했으나 아직도 채 정신이 안 나는 모양이었다.

당꼬 바지는 이야기 동무를 한꺼번에 잃고 갑갑한 듯이 하품을 하다가 다음 역에서 내리고 말았다. 내 옆의 촌 마누라도 내려서 나는 그 자리로 옮겨 젊은 여인과 마주 앉게 되었다.

그 신사는 시렁에서 손가방과 모자를 내리었다. 다음 S역에서 내릴 모양이다. 끌러 놓았던 구두끈을 다시 매고 난 신사는 손수건으로 입과 눈을 닦으며,

"그래 그만하문 너 잘못 간 줄 알디."

"……"

"내가 없다구 무서운 줄 모르구들…… 어디 실컷들 그래 봐라."

"……"

이렇게 혼잣말같이 중얼거리었다. 여자는 역시 담배만 피우고 있었다. 새로 들어온 사람들은 지금까지의 사정을 모르므로 이런 말에 뛰어들어 한때 무료를 잊을 이야깃거리를 삼을 수는 없었다. 이 이상 더 그 여인을 치고 차는 말이나 눈초리도 없이 S역에 닿았다.

여자를 데리고 내릴 줄 알았던 신사는 차창을 열고 거의 쏟아질 듯이 상반신을 내밀었다. 혼잡한 플랫폼에서 누구를 찾는지 두리번거리던 그는 고함을 치기 시작하였다. 몇 번 부르자 차창 앞에 달려온 젊은이에게 물었다.

"네 형이 온대드니 어떻게 네가 왔니."

"형님은 또 ×××에 가게 됐어……"

"겐 또 왜?"

그 젊은이는 털모자를 벗어 쥔 손가락으로 머리를 긁적거리며 난처한 대답을 하는 것이다.

"그 새 옥주년이 또 달아나서……."

"뭐야."

"옥주년이 또……."

"이 새끼."

창틀을 짚었던 손이 번쩍 하고 젊은이의 뺨을 갈겼다. 겁결에 비켜서는 젊은이가,

"그래두 니여 잽혀서 지금 찾으레……."

하는 것을,

"듣기 싫다."

하며 또 한 번 뺨을 철썩 후려쳤다.

"정말 찾긴 찾았단 말인가? 어서 이리 들어나 오날."

들어온 젊은이는, 빨리 손쓴 보람이 있어 ××에서 붙들었다는 기별을 받고 찾으러 갔다고 설명하였다. 비로소 성이 좀 풀린 모양, 신사는 여기 일이 바빠서 제가 갈 수 없는 것을 걱정하고 여인의 차표와 자리를 내주고 내렸다.

또 차가 떠났다. 차창 밖의 그 신사는 뒤로 흘러가고 말았다.

앉으려던 젊은이는 제 얼굴을 쳐다보는 그 여인의 눈과 마주치자 아무런 말도 없이 그 뺨을 후려쳤다. 여인은 머리가 휘청 하며 얼굴에 흐트러지는 머리카락을 늘 하던 버릇대로 귓바퀴 위에 거두어 올리었다. 또 한 번 철썩 소리가 났다. 이번에는 여인의 저편 손가락 끝에서 담배가 떨어졌다. 세 번째 또 손질이 났다. 여인은 떨리는 아랫입술을 악물었다. 연기로 흐릿한 불빛에도 분명히 보이리만큼 손자국이 붉게 튀어

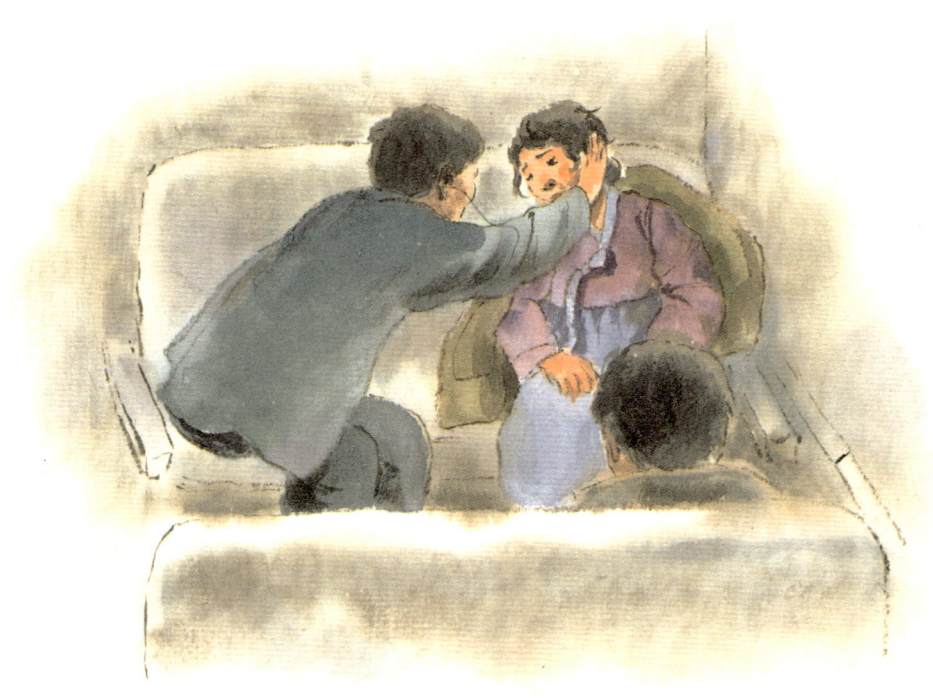

오르기 시작하는 뺨이 푸들푸들 경련을 일으키는 것이었다. 하얗게 드러난 앞니로 악물은 입 가장자리가 떨리는 것은 복받치는 울음을 참는 모양이었다. 그러나 마주 보는 내 눈과 마주친 그 눈은 분명히 웃고 있었다. 그리고 보면 경련하는 그 뺨이나 악문 입술도 참을 수 없는 웃음을 억제하는 것같이 보이기도 하였다. 나는 나를 잊어버리고 그러한 여인의 얼굴을 바라볼밖에 없었다. 종시 여인의 눈에는 눈물이 어리기 시작하였다. 한 번만 깜빡 하면 쭈르르 쏟아지게 가득 눈물이 괴었다. 나는 그 눈을 더 마주 볼 수는 없어서 얼굴을 돌릴밖에 없었다.

"어데 가?"

조금 후에 이런 젊은이의 고함 소리가 났다.

"……"

여인은 대답이 없이 눈물에 젖은 얼굴을 수건으로 가리며 턱으로 변소 쪽을 가리켰다. 여인이 가는 곳을 바라보고 변소문 여닫는 소리를 듣고 또 지금 차가 전속력으로 달리고 있다는 것을 몸으로 짐작한 그는 비로소 안심한 듯이 담배를 꺼내 물고,

"실례합니다."

하고 문턱에 놓인 성냥을 집어 갔다. 여인의 성냥이 아까 창으로 내다보던 그 남자의 팔꿈치에 밀려서 내 편으로 치우쳤던 것이다.

"고맙습네다. 참 이젠 너무 실례해서……."

성냥을 도로 갖다 놓으며 수작을 붙이려 드는 것이었다.

그 젊은이가 이같이 추근추근 말을 붙이는 데 대꾸할 말도 없지만 그보다도 나는 어쩐지 현기가 나고 몹시 불안하였다. 잠시 다녀올 길이지만 지금까지 퍽 지리한 여행을 한 것 같고 앞으로도 또 그래야 할 길손같이 심신이 퍽 피로한 듯하였다.

그런 신경의 착각일까, 웬 까닭인지 내 머릿속에는 금방 변기 속에 머리를 처박고 입에서 선지피를 철철 흘리는 그 여자의 환상이 선히 떠오르는 것이다. 따져 보면 웬 까닭이랄 것도 없이 아까 심심치 않게 잘 놀았다는 그들의 하잘것없는 주정의 암시로 그렇겠지만 또 그리고 나야 남의 일이라 잔인한 호기심으로 즐겨 이런 환상도 꾸미게 되는 것이겠지만, 설마 그 여인이야 제 목숨인데 그만 암시로 혀를 끊을 리가 있나 하면서도 웬 까닭인지 머릿속에 선한 그 환상은 지워지지가 않는 것이었다. 더욱이나 아까 입술을 악물고도 웃어 보이던 그 눈을 생각하면 역력히 죽을 수 있는 때진 결심을 보여 준 것만 같아서 더욱 마음이 초조해지고 금시에 뛰어가서 열어 보고 안 열리면 문을 깨뜨리고라도 보고 싶은 충동에 몸까지 들먹거리기도 하는 것이었다.

지나간 사정을 알 리 없는 새로 들어온 사람들은 물론이요, 그 젊은

이까지도 이런 절박한 사정(?)은 모를 터인데 나까지 이렇게 궁싯거리기만 하는 동안에 사람 하나를 죽이고 마는 것이 아닐까―이렇게까지 초조해하면서도 그런 내 걱정이 어느 정도까지 망상이요 어느 정도까지가 이성적인지 갈피를 잡을 수 없어 더욱더 초조할밖에만 없었다.

이런 절박한 사태(?)를 짐작도 할 리 없는 사람들은, 단순히 때리고 맞는 그 이유만이 궁금한 모양이었다.

"그 왜들 그럽네까."

궁금한 축 중의 한 사람이 나 대신 말을 받아 묻는 것이었다.

"거어 머 우서운 일이디요."

하고 그 젊은이는 싱글싱글 웃으면서,

"가따나 그 에미나이들 송화에 화가 나는데, 집의 아바지까지 그러니…… 아바지한테 얻어맞은 억울한 화풀이 그것들한테나 하디 어데다 하갔소. 그래서 거저……."

하고는 히들히들 웃는 것이었다. 묻던 사람도 따라 웃었다.

듣고 보면 더 캐어물을 것도 없이 명백한 대답이었다. 때릴 수 있어 때리고 맞을 처지니 맞는 것뿐이다.

이런 명백한 현실을 듣고 보는 동안에도 나의 망상은(?) 저대로 그냥 시간적으로까지 진행하여, 지금 아무리 서둘러도 벌써 일은 저지르고 만 것이었다. 싸늘하게 굳어진 여인의 시체가 흔들리는 마룻바닥에서 무슨 짐짝이나 같이 퉁기고 뒹구는 양이 눈감은 내 머릿속에서도 굴러다니는 것이었다.

아아, 그러나 이런 나의 악몽은 요행 짧게 끊어지고 말았다. 그 여인이 내 무릎을 스치며 제 자리로 돌아왔다. 무사히 돌아올 뿐 아니라, 어느새 화장을 고쳤던지 그 뺨에는 손가락 자국도 눈물 흔적도 없이 부우옇게 분이 발려 있는 것이었다. 그리고 당장이라도 직업의식적인 추파로 내게 호의를 표할 듯도 한 눈이었다. 어쨌든 나는 그 여인이 그렇게 태연히 살아 돌아온 것이 퍽 반가웠다.

"옥주년도 잽혔어요?"

내가 비로소 듣는 그 여인의 말소리였다.

"그래, 너이년들 둘이 *트리했던 거로구나."

하는 젊은이의 말도, 지난 일이라 뭐 탄할 것도 없다는 농조였다.

"트리야 뭘 했댔갔소. 해두 이제 가 만나문 더 반갑갔게 말이웨다."

이런 여인의 말에 나는 웬 까닭인지 껄껄 웃어 보고 싶은 충동을 겨우 억제하였다.

장삼이사 내지

트리
공모. 평안도 방언

「장삼이사」, 을유문화사, 1947.

작가연보 | 이상

1910년_1세 9월 23일 서울 통인동 154번지 출생. 김연창과 박세창의 2남 1녀 중 장남. 본명 김해경(金海卿).

1917년_8세 신명학교 입학.

1921년_12세 신명학교 4년 졸업. 동광학교 입학.

1922년_13세 보성고보 4학년 편입.

1924년_15세 교내 미술전람회에서 그림 '풍경'이 우등상 받음.

1926년_17세 보성고보 5년 졸업. 경성고등공업학교 건축과 입학.

1929년_20세 경성고등보통학교 건축과 졸업. 총독부 내무국 건축과 기수로 근무. 조선건축회지 ≪조선의 건축≫의 표지도안 현상모집에 1등과 3등으로 당선.

1930년_21세 ≪조선≫에 2월 15일부터 9회에 걸쳐 장편소설 『12월 12일』을 '이상'이란 필명으로 연재.

1931년_22세 「이상한 가역반응」을 ≪조선의 건축≫에 일어로 발표. 단편 「휴업과 사정」을 ≪조선≫에 발표. 조선전람회에 서양화 '자화상'이 입선됨.

1932년_23세 단편 「지도의 암실」을 ≪조선의 건축≫에 발표.

1933년_24세 각혈로 총독부 기수직 사직. 배천 온천으로 요양 감. 박태원, 이태준, 정지용, 김기림 등과 교유. 시 「1933」, 「6」, 「1」, 「꽃나무」, 「이런 시」, 「거울」 발표.

1934년_25세 구인회에 참여. 시 「오감도」를 ≪조선중앙일보≫에 연재, 단편 「지팽이 역사」를 ≪월간 매신≫에 발표.

1936년_27세 구인회 동인지 ≪시와 소설≫ 편집. 변동림과 결혼. 9월 3일 동경으로 건너감. 단편 「날개」를 ≪조광≫에, 「지주회시」를 ≪중앙≫에 발표.

1937년_28세 단편 「동해」와 「종생기」를 ≪조광≫에 발표. 단편 「황소와 도깨비」를 ≪매일신보≫에 발표. 사상 혐의로 일경에 피검. 폐결핵 등 건강이 악화되어 보석으로 나옴. 일본 동경 제대 부속병원에서 28세의 일기로 요절. 화장된 뒤 미아리 공동묘지에 안장됨.

| 작가연보 | 최명익 |

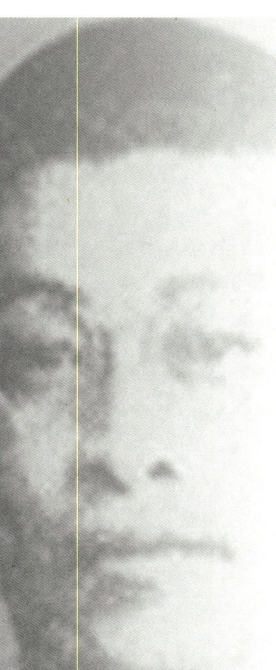

1903년 _ 1세 7월 14일 평북 평양 출생.
1916년 _ 14세 평양고보 입학.
1928년 _ 26세 홍종인, 김재광, 한수철 등과 동인지 『백치』를 만들어 소설 「희련시대」, 「처의 화장」 등 발표.
1930년 _ 28세 ≪중외일보≫에 「붉은 코」 발표.
1931년 _ 29세 ≪비판≫(9월)에 「이광수 씨의 작가적 태도를 논함」을 발표.
1933년 _ 31세 ≪조선일보≫에 「목사」 발표.
1936년 _ 34세 ≪조광≫에 「비 오는 길」 발표.
1937년 _ 35세 최정익, 유항림, 김이석 등과 동인지 『단층』에 관계함. ≪조광≫에 「무성격자」 발표.
1938년 _ 36세 ≪여성≫에 「역설」 발표.
1939년 _ 37세 ≪조광≫에 소설 「봄과 신작로」, ≪조선일보≫에 「폐어인」, ≪문장≫에 「심문」 발표.
1940년 _ 38세 ≪조광≫에 「명모의 독사」, 「숨은 인과율」, 「장마비와 보드레르」, 「궁금한 그들의 소식」, ≪문장≫에 「수형과 원고기일」 등의

　　　　　　　수필 발표.
1941년_39세 《문장》에 소설 「장삼이사」, 《춘추》에 수필 「여름의 대동강」 발표.
1942년_40세 해방기까지 연초공장 운영에 전념함.
1945년_43세 '평양예술문화협회' 결성.
1946년_44세 북조선문학예술총동맹 중앙상임위원.
1947년_45세 소설집 『장삼이사』(을유문화사) 간행.
1956년_54세 장편 『서산대사』 발표, 북한 최고의 소설가로 인정받음.

| 작품해설 |

식민지 근대 사회에 대한 내면적 성찰
— 이상과 최명익의 소설들

장 수 익 (한남대학교)

1

한국의 소설사에서 이상 김해경과 유방 최명익은 구보 박태원과 함께 1930년대 모더니즘 소설을 이끌고 간 대표적인 작가들이다. 박태원의 소설들이 식민지 수도인 경성을 중심으로 형성되었던 근대 도시의 일상성을 예리하게 포착하는 데 치중하고 있다면, 이상의 소설은 근대적 예술가의 절망적 내면을 결핵과 연애라는 소재를 통해 깊숙이 드러내고 있으며, 최명익의 소설은 근대적 지식인의 도피적 심리와 고통을 섬세하게 표현하고 있다. 모더니즘 예술이 근대 자본주의 사회에 대한 예술적인 반성과 성찰을 시도했다고 할 수 있다면, 이상과 최명익의 소설들도 그러한 모더니즘 예술의 정신을 잘 드러낸 대표적인 경우로 꼽을 수 있을 것이다. 여기에서는 이상과 최명익, 이 두 작가의 예술 세계를 이 책에 실린 소설들을 중심으로 살펴보기로 한다.

2

　우리 문학사에서 이상의 문학만큼 난해하기로 유명한 것은 없다. 수수께끼 같은 그의 시는 물론이고 소설이나 수필도 이해하기가 매우 어렵게 씌어져 있다. 그렇지만 그의 문학을 이해하는 길이 없지는 않은데, 그 한 방법은 이상 자신의 생애와 작품을 연관지어 이해하는 것이다. 자신의 생애를 문학 속에 반영하는 것은 다른 작가의 경우도 마찬가지 겠지만, 이상의 경우에는 특히 더 그러하다. 이상은 자신의 삶의 문제를 다양한 기교와 방법을 동원해서 문학 속에 풀어놓았던 것이다.
　이상의 소설은 다음의 세 계열로 나누어서 살필 수 있다.
　1)「12월 12일」: 유일한 장편으로 백부 X에 대한 조카 업의 자해적인 복수담
　2)「휴업과 사정」,「지도의 암실」등 : 결핵으로 인한 자아분열을 다룬 작품들
　3)「단발」,「동해」,「환시기」,「지주회시」,「날개」,「봉별기」,「실화」,「종생기」: 여인과의 사랑으로 인한 분열적 심리를 드러낸 작품들
　이 가운데 1)은 처녀작으로써 1930년에 발표되었다. 이 작품은 이상 자신의 서글픈 인생사가 스며들어 있는데, 그것은 부유했던 큰아버지 김연필이 어린 이상을 가난한 부모에게서 떼어내어 양자로 맞아들였던 것을 가리킨다. 이 작품의 핵심은 복수하는 주체인 조카 업의 시각을 빌지 않고 복수의 대상인 백부 X의 시각으로 서술된다는 데 있다. 곧 자기 목숨을 끊으면서까지 잔인하게 진행되는 복수가 복수 당하는 이의 시각에서 그려짐으로써 복수의 효과를 더 강렬하게 만드는 것이다. 그렇다면 자신을 양육한 백부에 대해

왜 그렇게 이상은 잔인한 복수로 되갚으려 했을까. 그 이유는 다음 인용에서 짐작할 수 있다.

> 나는 얼마 동안 자그마한 광명을 다시금 볼 수 있었다. 그러나 그것도 전연 얼마 동안에 지나지 아니하였다. 그러나 또 한번 나에게 자살이 찾아왔을 때에 나는 내가 여전히 죽을 수 없는 것을 잘 알면서도 참으로 죽을 것을 몇 번이나 생각하였다. 그만큼 이번에 나를 찾아온 자살은 나에게 있어 **본질적이요, 치명적이었기 때문**이다.(이상, 「12월 12일」, 『이상문학전집』 2, 문학사상사, 1991, 68쪽)

위의 인용에서 '본질적이요 치명적인 자살'은 결핵을 뜻한다. 이상은 이 소설을 쓸 무렵에 당시로는 불치병이었던 결핵에 걸렸던 것이다. 피를 토하는 충격적인 경험 속에서 이상은 자신이 그런 끔찍한 병에 걸린 것을 누군가의 탓으로 돌리려 하였고, 결국 복수의 대상으로 백부가 선택되었다. 백부에게 복수하는 것이란 결핵에게 복수하는 것과 같았고, 나아가 결핵에 걸리게끔 한 세상에게 복수하는 것과도 같았다.

그러나 그러한 복수로도 결핵은 해결되지 않았다. 여전히 결핵은 그의 몸을 갉아먹고 있었던 것이다. 그럴 때 이상이 택한 방법은 수많은 '나'를 만들어서 결핵이 가지고 온 죽음의 공포로부터 탈출하려는 것이었다. 그것이 단적으로 나타난 것이 「오감도 시 제1호」이다.

13인의 兒孩가도로로질주하오.
(길은 막다른 골목이적당하오)

제1의아해가무섭다고그리오.
제2의아해도무섭다고그리오.
제3의아해도무섭다고그리오.(이상, 「오감도 시 제1호」에서)

이 시에서는 열세 명의 '나'(아해)가 등장하여 각기 도로를 질주한다. 그러나 그 도로는 사실 죽음의 '막다른 골목'이어서, 파국을 벗어날 방법은 없다. 그렇지만 그렇게라도 수많은 '나'를 만들지 않고서는 죽음의 공포를 견딜 방법도 없는데, 이 딜레마적인 방법(기교)을 이상은 '공포의 번신술'(「종생기」)이라 불렀다. 이상 문학의 가장 주요한 특징으로 꼽히는 자아분열이 나타난 것이다.

그렇지만 이와 같은 무한적인 자아분열은 2)계열의 소설에서 크게 세 가지의 자아로 다시 정리된다. 그것은 ①결핵에 무관한 '나' ②결핵에 걸린 '나' ③글을 쓰는 '나'이다. 이는 「휴업과 사정」에서 단적으로 나타난다. 곧 ①은 '보산'이라는 인물에, ②는 SS라는 인물에, ③은 두 인물 사이에 끼어들어 관찰하고 소설을 쓰는 서술자에 각각 해당된다. 이 소설에서 보산은 잠을 자고 밥을 먹고 변소에 가며 책도 읽고 생각에 잠기기도 하는데, 이는 결핵과 상관없이 하는 일상적 행위에 해당한다. 그런 보산이 사는 집 마당에 SS가 가래침을 시시때때로 뱉으며 침범해 들어온다(이 가래침은 결핵을 상징하는 것이다).

그렇지만 보산은 SS의 침범을 막지 못한다. 그가 할 수 있는 일이라고는 복수를 꿈꾸면서 형편없는 저주의 글이나 쓰는 것뿐이다. 그런데 놀랍게도 SS는 보산이 할 수 없는 두 가지 행위를 한다. 그 하나는 과연 SS의 목소리일까 의심될 정도로 고운 목소리로 노래하는 것이며, 다른 하나는 여인과 결혼하여 아이를 낳는 것이다.

결핵을 부정하고 복수하고픈 마음으로는 형편없는 글을 쓸 뿐이지만, 결핵을 인정하고 받아들였을 때 고운 노래와 아이를 생산할 수 있다는 것의 의미는 무엇일까. 그것은 결핵이라는 저주 받은 운명을 창조의 힘으로 역전시켜 내었다는 것을 뜻한다. 달리 말해 SS가 낳은 아이야말로 ③의 글쓰는 '나'인 것이며, 그렇게 창조적인 글을 씀으로써 결핵이 가져온 죽음의 공포를 극복할 수 있다는 것이다.

그러나 글을 쓰지 않을 때는 어떠했을까. 실제 생활의 공간에서 이상은 여전히 결핵이 가져온 죽음의 공포와, 또 연이은 사업의 실패로 인한 생활의 공포에 시달리고 있었다. 거기에 더하여 결핵에 걸린 몸을 요양하러 갔던 곳에서 만난 금홍이라는 여성 또한 사랑하는 존재면서도 자기 마음대로 가출을 밥먹듯이 하는 골치덩이였다. 곧 금홍과의 사랑은 이상에게 결핵처럼 긍정할 수도 부정할 수도 없는 곤란한 문제로 다가왔던 것이고, 이는 그 이후 만난 여성도 마찬가지였다.

그렇지만 이와 같은 여성과의 사랑 문제에 있어서도 이상은 위에서 살펴보았던 자아분열을 변형한 방법으로 대응한다. 그러한 자아분열이란, ①사랑과 무관한 '나' ②사랑에 빠진 '나' ③글을 쓰는 '나'이다. 이 세 자아를 전제할 때 「날개」 서두의 유명한 에피그램의 숨은 의미가 드러난다.

'박제(剝製)가 되어 버린 천재'를 아시오? 나는 유쾌하오. 이런 때 연애까지가 유쾌하오.

육신이 흐느적흐느적하도록 피로했을 때만 정신이 은화(銀貨)처럼 맑소. 니코틴이 내 횟배 앓는 뱃속으로 스미면 머리 속에 으레히 백지가 준비되는 법이오. 그 위에다 나는 위트와 파라독스를 바둑 포석처럼 늘어놓소. 가증할 상식의 병이오.
나는 또 여인과 생활을 설계하오. 연애 기법에마저 서먹서먹해진 지성의 극치를 흘깃 좀 들여다 본 일이 있는, 말하자면 일종의 정신분일자(精神奔逸者) 말이오. **이런 여인의 반(半)—그것은 온갖 것의 반이오—만을 영수(領受)하는 생활**을 설계한다는 말이오. 그런 생활 속에 한 발만 들여놓고 흡사 두 개의 태양처럼 마주 쳐다보면서 낄낄거리는 것이오. 나는 아마 어지간히 인생의 제행(諸行)이 싱거워서 견딜 수가 없게 되고 그만둔 모양이오. 굿빠이. (「날개」, 10쪽)

위의 인용에서 '박제가 되어버린 천재'란 곯아서 말라버린 이상 자신을 가리키는 말이다. 그렇다면 왜 박제가 되었을까. 그것은 결핵('횟배 앓는 뱃속')과 사랑('여인과 생활') 때문이다. 그러나 이상은 박제가 된 상황을 인정한다. '연애까지가 유쾌하오'라는 말은 그 뜻이다. 그렇다면 결핵에 대한 인정은 무엇을 낳았는가. '위트와 파라독스'로 가득찬 글쓰기, 곧 「오감도」와 같은 시 쓰기가 바로 그것이다. 그러나 그것에 지금의 이상은 어느 정도 싫증이 나 있다. '가증할 상식의 병'이 그것이다(「날개」를 발표할 무렵 이상은 시에서 소설과 수필로 글쓰기의 영역을 옮겼다). 이러한 상황에서 이상의 관심은 '여인과의 생활'로 기울어진다.

　이 여인은 이 작품 속에서는 '아내'이며, 이상의 실제 삶에서는 금홍을 가리킨다. 그러나 이상은 그러한 여인의 전부와 살고 있는 것이 아니다. '이런 여인의 반만 같이 사는 것이다. 하지만 이는 이상 역시 마찬가지다. 그 역시 '그런 생활 속에 한 발만 들여놓고' '흡사 두 개의 태양처럼 낄낄거리면서' 사는 것이다. 둘 모두 자신의 전부를 사랑에 들여놓지 않고 반씩만 들여놓는 상황, 이것이 「날개」의 본 이야기를 엮어내는 기본 틀이 된다. 달리 말해 두 사람 모두 분열된 자아 가운데 한쪽씩만 내놓고 같이 사는 것이다.

　그렇다면 자신의 반 가운데 어떤 부분을 이 두 사람은 내놓았을까. 본 이야기를 본다면, '나'(이상)는 아내를 사랑하는 '나'이다. 그러하기에 이 '나'는 일종의 백치이다. 아내가 외간 남자를 끌어들이는 것이나, 아내가 주는 돈의 의미를 전연 깨닫지 못한다. 아무 것도 모르고 사랑만 하는 '어린아이' 같은 '나'를 이상은 처음으로 소설에 등장시키고 있다. 그 다른 편에는 어른으로, 그리고 아내의 '정신분일'을 도저히 인정할 수 없는 '나'가 있다. 그리고 이 두 '나'로 이접적으로 구성된 실제의 '나'(이상)가 작품 서두의 에피그램을 말하고 있다.

　한편 아내는 자신의 반 가운데 어떤 부분을 내놓았을까. 아내는 욕망과 생활에 매진하는 자신을 내놓는다. 그녀의 매음 행위는 욕망과 생활 모두를 결합시키는 행위이다. 이러한 아내의 반쪽에게 어린아이 같은 '나'는 한편으로 다루기 쉬운 존재지만 그럼에도 불구하고 갈수록 욕망과 생활에 걸리적거리는 존재가 된다. 그 반대편에는 욕망과 생활이 아닌, 이상을 사랑해주는 아내가 있지만 이 작품에는 등장하지 못한다.

그러나 여기에 트릭이 있다. 어린아이 같은 '나'는 놀랍게도 자신을 사랑해주는 아내를 사랑하지 않는다. 그가 사랑하는 것은 욕망과 생활에 매진하는 아내이다. 이는, 아내가 욕망과 생활에 매진하기 위해 갖춘 장비들인 화려한 옷과 화장품, 그리고 무엇보다 욕망과 생활의 장소인 윗방을 '나'가 사랑하는 데서 단적으로 드러난다. 그런 점에서 아내는 세상을 향하는 통로이자 세상 그 자체(세상의 속성으로서의 욕망과 생활)를 은유하는 인물이다.

「날개」에서 사랑의 의미가 드러나는 것도 이 지점이다. '나'를 사랑하는 아내를 사랑하지 않고, '나'를 사랑하지 않는 아내를 사랑하는 것, 그것은 바로 아내를 바꾸기 위한, 달리 말해 아내를 부정하기 위한 도전이며, 그런 점에서 세상을 향한 도전인 것이다. 이는 어른으로서의 '나'가 할 수 있는 행위는 결코 아니다. 어린아이처럼 눈멀고 귀먹지 않으면 안 되는 것이다.

> 우리들은 서로 오해하고 있느니라. 설마 아내가 아스피린 대신에 아달린의 정량을 나에게 먹여 왔을까? 나는 그것을 믿을 수가 없다. 아내가 대체 그럴 까닭이 없을 것이니 그러면 나는 날밤을 새면서 도적질을, 계집질을 하였나? 정말이지 아니다.
> 우리 부부는 숙명적으로 발이 맞지 않는 절름발이인 것이다. 내가 아내나 제 거동에 로직(논리)을 붙일 필요는 없다. 변해(辯解)할 필요도 없다. 사실은 사실대로

오해는 오해대로 그저 끝없이 발을 절뚝거리면서 세상을 걸어가면 되는 것이다. 그
렇지 않을까? (이상, 「날개」, 41쪽)

그러나 「날개」에서 이상은 끝까지 어린아이의 시각을 유지하지는 못한다. 「날개」의 결말 부분인 위의 인용은, 아이로서의 '나'의 목소리가 뒤로 물러나고 어른으로서 이것저것 이성적으로 따지는 목소리가 다시금 등장하는 장면이다. 한편으로는 결핵에 걸린 나를 인정할 때처럼 아내의 그 행위를 '로직'이나 '변해'를 붙이지 않고 있는 그대로 인정하고서 '절름발이인 대로 세상을 걸어가'고자 하지만, 다른 한편으로는 그러한 기만 행위를 도저히 용납하지 못하겠다는 고통과 고민을 벗어날 수 없는 것이다. "날개여 돋아라."라는 유명한 구절은 바로 그러한 어른의 고심 어린 목소리이다.

그렇다면 어떻게 어린아이의 글쓰기를 유지할 것인가. 「봉별기」, 「동해」, 「종생기」, 「실화」, 「단발」은 일관되게 여인과의 사랑을 다루고 있거니와, 그 중점은 「날개」에서 다룬 여인의 바람피우기를 어떻게 어린아이의 시각으로 철저히 그려낼 것인가에 있다. 이상은 곧 그 답을 찾아내었는데, 그것은 사랑 자체를 어린아이의 놀이로 그려내는 것이었다.

"몇 번?"
"한 번."
"정말?"
"꼭."

이래도 안 되겠고 간발(間髮)을 놓지 말고 다른 방법으로 고문을 하는 수밖에 없다.

"그럼 윤 이외에?"

"하나."

"에이!"

"정말 하나예요."

"말 마라."

"둘."

"잘 헌다."

"셋."

"잘 헌다, 잘 헌다."

"넷."

"잘 헌다, 잘 헌다, 잘 헌다."

"다섯."

속았다. 속아 넘어갔다. 밤은 왔다. 촛불을 켰다. 껐다. 즉 이런 가짜 반지는 탄로가 나기 쉬우니까 감춰야 하겠기에 꺼도 얼른 켰다. 밤이 오래 걸려서 밤이었다.
(이상, 「동해」, 59쪽)

「날개」에서 제시되었던 아내의 기만 행위는 「동해」에 와서도 중심적인 소재가 된다. 그러나 그것을 서술하는 방식은 이처럼 달라졌다. 아내의 잘못을 아이의 시각으로 따지고 '고문'한다. 일종의 처벌이자 놀이로서 제시되는 것이다. 그래서 처벌은 니체가 말한 것과 같은 망각을 위한 '하나의 진정한 축제'가 된다(이 에피소드는 「실화」에서도 반복된다).

그러나 여기서도 여인(세상)은 마지막 위협을 가한다. 축제 자체를 이용하는 것이다. 다시 「동해」를 보면, 앞의 인용에서 본 놀이로서의 처벌 이후, 임이는 아무런 죄책감 없이 다시금 윤을 만난다. 이번에는 사정이 더욱 지독한데, 이전처럼 숨기지도 않고 아예 대놓고 만나는 것이다. 그럴 때 또다른 친구 T는 이상의 손에 칼을 쥐어준다. 이때 이상은 윤을 찌를 것인가, 임이를 찌를 것인가, 아니면 자신을 찌를 것인가 고민한다. 그러나 복수도 안 되고 자살도 안 된다. 결핵을 인정했듯이, 그것도 인정해야 하는 것이다. 축제와 놀이로서의 처벌까지 이용하는 여인(세상)으로 인해 이상은 바싹 말라 해골이 된다.

'복수하라는 말이렷다.'
'윤을 찔러야 하나? 내 결정적 패배가 아닐까? 윤은 찌르기 싫다.'
'임이를 찔러야 하지? 나는 그 독화 핀 눈초리를 망막에 영상한 채 왕생하다니.'
내 심장이 꽁꽁 얼어 들어온다. 빠드득빠드득 이가 갈린다.
'아하 그럼 자살을 권하는 모양이로군, 어려운데―어려워, 어려워, 어려워.'
내 비겁(卑怯)을 조소하듯이 다음 순간 내 손에 무엇인가 뭉클 뜨뜻한 덩어리가 쥐어졌다. 그것은 서먹서먹한 표정의 나쓰미캉, 어느 틈에 T군은 이것을 제 주머니에다 넣고 왔던구.

입에 침이 좌르르 돌기 전에 내 눈에는 식은 컵에 어리는 이슬처럼 방울지지 않는 눈물이 핑 돌기 시작하였다. (이상,「동해」, 82~83쪽)

이 부분은 어린아이의 글쓰기가 절정에 달한 부분이자, 동시에 해골이 되고 만 어른의 시각이 그 뒷면에서 공명하고 있는 부분이다. '꽁꽁', '빼드득'이라는 상황과 어울리지 않는 귀여운 느낌의 부사어가 그렇고, 칼을 어떤 도구로 쓸 것인가에 대한 고민이 갑자기 과일 깎는 칼로 둔갑하는 내용이 그렇다. 그럴 때 마지막 문장은 어린 아이의 글쓰기와 뒤에 숨어 있던 어른의 시각이 겹쳐져 공명이 절정에 달한 문장이다. 한편으로는 과일을 앞에 두고 입에 침이 돌지만, 다른 한편으로 사랑의 실상을 깨달은 어른, 곧 박제가 된 어른(해골)의 눈물이 겹쳐지는 것이다. 그것이 바로 '童骸(어린아이 + 해골)이다.

결국「동해」에 제시된 분열된 자아의 양상은, ①어린아이처럼 사랑을 유지하는 '나', ②사랑이 깨어졌음을 인정할 수밖에 없는 어른으로서의 '나', ③글을 쓰는 '나'로 정리할 수 있다(「환시기」,「실화」,「단발」도 같은 양상을 보여준다).「날개」와 함께 이상 소설의 대표작으로 꼽히는「종생기」역시 이와 같은 분열된 자아의 양상으로 전개된다. 그렇지만 다른 점도 있는데, 그것은 ③글을 쓰는 '나'가 좀더 전면에 나선다는 점이다.

「종생기」는 제목 그대로 생을 마감하는 기록 곧 유서이다. 이 소설을 좀더 잘 이해하기 위해서는 줄거리를 알 필요가 있다. '천하 눈 있는 선비들의 간담을 서늘하게' 할 이름난 유서를 쓰기 위해 고심하던 이상에게 정희가 보낸 편지가 온다. 이상은 자신을 '전적으로 선생님의 것으로 만들어달라'는 그 편지가 실상 거짓말임을 알지만, 미련 때문에 또 속아

보기로 하고 갖은 차림새를 꾸미고 기대에 부풀어 정희를 만나러 간다. 그러나 그리하여 만난 정희는 또 다른 애인 S와 만날 약속을 하는 편지를 가지고 있었고, 그것을 알아챈 이상이 혼절하지만 그에 아랑곳하지 않고 정희는 S를 만나러 가버린다는 내용이다. 이러한 사건 중간중간에 종생기를 길이 남게 만들기 위해 고심하는 이상의 내면이 삽입되어 있다.

> 극유산호(郤遺珊瑚)—요 다섯 자 동안에 나는 두 자 이상의 오자를 범했는가 싶다. 이것은 나 스스로 하늘을 우러러 부끄러워 할 일이겠으니 인지(人智)가 발달해 가는 면목이 실로 약여(躍如)하다.
> **죽는 한이 있더라도 이 산호 채찍을랑 꽉 쥐고 죽으리라.** 내 폐포파립(廢袍破笠) 위에 퇴색한 망해(亡骸) 위에 봉황이 와 앉으리라. (이상, 「종생기」, 85쪽)

그럴 때 먼저 고려할 것은 소설 서두에 제시된 '극유산호' 곧 산호 채찍의 문제이다. 최국보의 「소년행」에 제시된 산호 채찍의 의미를 감안할 때, 이 산호 채찍은 바로 문학을 뜻한다. 비록 이 소설뿐만 아니라 「동해」, 「실화」 등의 작품에서 본 것처럼 여성들과의 사랑에 생을 탕진한다 하더라도 문학과의 관련을 끊지 않고, 오히려 그것을 문학으로 끌어들이겠다는 것, 그리하여 엄청난 걸작을 남기겠다는 것이 '산호 채찍을랑 꽉 쥐고 죽으리라'는 구절의 숨은 뜻인 것이다(참고로, 봉황이 와 앉는다는 것은 이태백의 「옥호음」을 비틀어 만든 구절로서, 이백이 동방삭의 문학적 가치를 알아준 것처럼 자신의 문학적 가치도 누군가가 알아줄 것이라는 뜻이다).

이 소설에서 인생의 탕진은 정희와의 사랑 놀이로 나타난다. 알면서도 속고 또 알면서도 속고 그리하여 또또 속는 것, 그것은 결핵으로 죽을 줄 알면서도 삶에의 희망을 버리지 못하는 것과 같은 궤에 놓이는 것이다. 달리 말해 이상의 삶을 탕진하게 만든 두 가지 요소가 바로 결핵과 사랑이었던 것인데, 여기서 이상은 그러한 탕진의 과정을 문학 속에 끌어들임으로써 단순한 탕진이 아닌 진정한 '산호 채찍'의 재료로 만들고자 했던 것이다. 앞에서 본 분열된 자아 가운데 ①과 ②라는 대립하는 자아들이 삶의 탕진 과정에서 만들어진 것들이라면, ③은 그것을 문학으로 옮기는 '나'인 것이고, 그러한 ③의 '나'가 전면에 나서서 소설 쓰기의 과정 자체를 보여주고 있는 것이 바로 「종생기」인 것이다.

> 즉 나는 시체다. 시체는 생존하여 계신 만물의 영장을 향하여 질투할 자격도 능력도 없는 것이라는 것을 나는 깨닫는다.
> 정희, 간혹 정희의 후틋한 호흡이 내 묘비와 슬쩍 부딪는 수가 있다. **그런 때 내 시체는 홍당무처럼 화끈 달으면서 구천을 꿰뚫어 슬피 호곡한다.** (이상, 「종생기」, 109쪽)

결핵으로 인해 죽음의 공포에 시달려야 했던 이상이, 여인과의 사랑이라는 인생의 탕진을 거쳐 얻어낸 성과가 위의 인용에서 단적으로 드러난다. 그것은 육체적인 죽음 대신 남긴 '산호 채찍'과 관련된다. 그런 산호 채찍은 그것을 알아보는 사람을 만날 때 '구천을 꿰뚫고 슬피 호곡'하는 소리를 이승에 전해주는 명작으로 바뀐다. 곧 예술을 통해서 이상은 육체의 죽음을 극복하고 영생을 얻으려 시도했던 것이다. 이와 같은 노련한 계획을 실천한 이상이 '만 26세 3개월'이라는 육체의 젊은 나이임에도 불구하고 '노옹'이요 '무릎이 귀를 넘는 해골'인 것은 당연한 일이다.

3

최명익은 일제 시대 동안 단편이나 습작을 제외하고 일곱 편의 단편 소설을 썼지만, 그 일곱 편만으로도 당시 높은 이름을 날린 작가이다(「비 오는 길」, 「무성격자」, 「역설」, 「봄과 신작로」, 「폐어인」, 「심문」, 「장삼이사」). 최명익의 소설들은 1930년대 식민지 조선 사회에서 어떤 긍정적인 희망도 발견하지 못하는 지식인의 우울과 고뇌를 섬세하고도 충격적으로 그려내는 데서 출발하여, 차츰 민중적 삶을 발견하는 쪽으로 나아간다. 그럴 때 최명익 소설에서 더욱 주목할 것은, 일본 제국주의에 의해 기형적으로 근대화가 되고 있던 당시의 우리 사회에 형성되고 있었던 근대 문명의 일상성을 잘 포착하고 있다는 점이다. 「비 오는 길」의 출퇴근길, 「무성격자」의 기차 승차, 「심문」의 기차 속도와 마약, 「장삼이사」의 기차 동승자 같은 사항이 그것인데, 이제 이를 중심으로 최명익 소설을 살펴보기로 한다.

최명익의 처녀작인 「비 오는 길」은 우리 소설사에서 근대 도시에서 직장을 가진 사람들의 행동 방식과 내면을 처음으로 포착한 소설로 생각된다. 이 소설의 주인공 병일은 평양 외곽에 새로 개발된 공장지대에 있는 공장에서 소사와 급사와 서사의 일을 맡아보고 있다. 그러나 그는 직장 생활에 큰 의미를 두지 못하며 그냥 생계를 해결하는 데 필요한 돈을 벌기 위해서 직장을 다닐 뿐이다. 그가 삶에서 진정한 의미를 두는 것은, 좁지만 자기만의 공간인 하숙방에서 도스토예프스키와 니체의 책들을 읽는 것이다. 그 공간에서 병일은 누구에게도 방해 받지 않고 다만 자신이 원하는 일('독서')을 할 수 있다. 이와 같은 병일의 모습은 일과 여가가 분리되고 일 자체에서 의미를 찾을 수 없이 자신만의 세계에서만 겨우 의미를 찾을 수 있게 된 현대인의 상황을 그대로 드러낸 것이라 할만하다.

> 대개가 어두운 때이었으므로 신작로에도 사람의 내왕이 드물었다. 설혹 매일 같이 길을 어기는 사람이 있어도 언제나 그들은 노방의 타인이었다.
> **외짝 거리 점포의 유리창 안에 앉아 있는 노인의 얼굴이나 그 곁에 쌓여 있는 능금알이나 병일이에게는 다를 것이 없었다.** (최명익,「비 오는 길」, 166쪽)

그럴 때 이 소설의 주요한 사건은 병일의 출퇴근길에서 벌어진다(아직 대중 교통은 없기에 걸어다닌다). 그러한 출퇴근길이란 평양의 변두리 지역을 관통하는 새로 난 큰 길로, 이제 겨우 누추하고 빈약하나마 상가가 형성되고 있는 길이다. 그 길을 오가는 동안 병일은 그 어떤 것에도 관심을 기울이지 않는다. 그러한 병일에게는 사람의 얼굴이나 상품의 모습이나 모두 자신과 상관없는 것, 따라서 무관심해야 하는 것에 지나지 않는다.

이는 오로지 앞만 보면서 갈 길을 얼른얼른 가야만, 도시 생활의 효율성을 확보할 수 있다는 점에서 도시에서의 일상성을 단적으로 드러내 주는 것이기도 하다. 도시의 거리에서 만나는 모든 사람은 '노방의 타인'일 수밖에 없는 것이다.

그러나 이와 같은 출퇴근길에 작은 하나의 사건이 생겨난다. 그는 비를 피하려다 누추한 사진관 쇼윈도우를 잠시 들여다 본 것을 계기로 사진사 이칠성과 친교를 나누게 된다. 곧 이칠성은 모두가 '노방의 타인(무관심해야 하는 사람)'일 뿐인 도시의 거리에서 '노방의 타인'이 아닌 사람으로 병일에게 다가온 것이다.

여기서 주목할 것은 이칠성과의 대화 끝에 병일이 보이는 양가적인 반응이다. 한편으로는 그를 경멸하면서도 다른 한편으로는 그의 '청개구리 뱃가죽 같은 탄력'을 지닌 강렬한 생활력에 부러움도 같이 느끼게 되는 것이다. 이는 하숙집 근처에 사는 어린 기생을 대하는 마음에서도 드러난다. 그 동안 무관심했던 기생을, 이칠성과의 교분 이후 관심을 가지고 보게 되면서, 생활 전선에 나서서 집안을 먹여 살리는 그 기생이, 연약하지만 손가락을 벨 수 있는 풀잎의 날카로움을 가지고 있다고 생각하는 것이다. 그리고 그런 적극성으로 일상적 세계에 능동적으로 뛰어들지 못하는 자신에 대한 회의에 빠지게 되는 것이다.

그럼에도 불구하고 병일이 완전히 이칠성에게 긍정적인 태도를 가지는 것은 아니다. 이는 병일이 '산문적 현실 속을 일관하여 흐르는 어떤 힘찬 리듬'을 보면서도, 그것에 완전히 수긍하지는 않고 오히려 '엄숙한 비관의 힘'을 느끼는 데서 단적으로 드러난다. 병일은 이칠성이나 어린 기생이 발휘하고 있는 가열찬 생의 의지와 힘찬 리듬이란 그 자체로는 긍정적일지도 모르지만, 사실은 속악한 현실을 낳은 일상성 자체를 벗어날 수도 없을 뿐더러 그것을 더욱 강고하게 만든다는 것도 깨닫고 있다. 간단히 말해 병일은 그들이 그렇게 열심히 산다 해도 근대 도시의 일상성 속에서 실상 별다른 희망을 발견할 수 없을 것이라고 생각하는 것이다.

> 어느덧 장질부사의 흉스럽던 소식도 가라앉고 말았다. (중략) 병일이는 혹시 늦은 장맛비를 맞게 되는 때가 있어도 어느 집 처마로 들어가서 비를 그으려고 하지 않았다. 노방의 타인은 언제까지나 노방의 타인이기를 바랐다.
> 그리고 지금부터는 더욱 독서에 강행군을 하리라고 계획하며 그 길을 걸었다.
> (최명익, 「비 오는 길」, 195쪽)

「비 오는 길」의 결말 부분에서 병일은 자신이 느꼈던 '엄숙한 비관'이 현실화되는 것을 본다. 비록 속물적이기는 하지만 그렇게도 열심히 살려고 노력하던 이칠성은 도시의 전염병에 걸려 어이없이 죽고 만다. 그것을 보면서 병일은 이제 다시는 출퇴근길에 타인을 깊이 사귀는 일을 하지 않을 것이며, 무언가 속물적으로 잘 살려고 노력하는 것보다는 기왕에 자신이 의미를 부여하고 있던 독서에 매진할 것을 결심한다. 이와 같은 병일의 태도는 누구나 잘 살 수 있다는 근대 사회의 약속이 실제로는 거짓말에 지나지 않고, 희망을 실현하는 길은 아예 막혀 있다는 절망적인 인식을 드러내는 것이라고 하겠다.

이와 같은 절망적인 인식은 「무성격자」에서도 그대로 드러난다. 이 소설의 주인공 정일은 암 말기 환자인 아버지의 위독을 알리는 전보를 받고 그동안 '모든 고통과 괴로움의 연원이 되었던 애연의 도시'를 떠나 고향으로 간다. 그러나 정일의 고향은 보통 문학에서 제시되는 고향처럼 자연 상태의 공동체적 삶이 존재하는 곳이 아니다. 그곳 역시 속물적 욕망과 돈이 지배하는 근대 자본주의의 도시처럼, 금전제일주의가 판을 치는 곳이다. 곧 고향은 정일 아버지의 속물적인 치부가 이루어진 곳이자, 이제는 그 후계자로서 사위인 용팔이가 모든 것을 관장하고 있는 곳이었던 것이다. 그럴 때 정일은 아버지를 간호하면서 어쩔 수 없이 속물주의 내지 금전제일주의와 맞부딪히게 된다.

> 정일이는 아버지가 보기 편한 곳에 큰 물그릇을 놓고 대접으로 물을 떠서는 작은 폭포 같이 들이 쏟고 또 떠서는 들이 쏟기를 계속하였다. **만수 노인은 꺼멓게 탄 혀를 벌린 입 밖에 내놓고 황홀한 눈으로 들이우는 물줄기를 바라보고 있었다.** (중략) 정일이는 일찍이 그러한 눈을 본 기억이 없다고 생각하였다. 더욱이 아버지의 얼굴에서! (중략) 혹시 아버지가 돌아앉아서 돈을 셀 때에 저러한 눈으로 돈을 보았을는지는 모를 것이다. (최명익, 「무성격자」, 230쪽)

그러나 정일은 그러한 금전제일주의를 내세우는 아버지나 용팔이도 결국에는 허무하게 꺾여 버릴 것임도 예감한다. 위의 인용에서 정일은 쏟아지는 물을 바라보면서 아버지인 만수 노인이 드러내는 황홀한 눈빛에서 '어떤 힘찬 리듬'을 감지한다. 그렇지만 그런 힘찬 리듬에도 불구하고 곧 다가올 죽음을 생각하면서 정일은 「비 오는 길」의 병일이 느겼던 '엄숙한 비관'을 느끼는 것이다.

그렇지만 「비 오는 길」의 병일과 「무성격자」의 정일이 다른 점은 무엇일까. 그것은 병일에게는 '독서'라는, 삶의 의미를 찾을 수 있는 자신만의 세계가 있었던 반면, 정일에게는 그런 세계가 없다는 점이다. 단지 정일에게는 결핵으로 피를 토하면서 말라 죽어가는 히스테릭한 연인 문주가 있을 뿐이다. 정일은 도시에서의 일상 생활에 의미를 잃어버리고 허무주의적인 무력감에 빠져 아무 것도 하지 않고 살았던 것인데, 문주는 그러한 정일에게서 비록 자신과 같은 육체적 질병은 없지만 그만큼 심각하게 죽음의 냄새를 풍기는 정신적 질병의 냄새를 맡고 동류 의식을 느꼈던 것이다. 이는 문주가 정일을 사귀는 이유가 '같이 죽어달라고 하면 언제든지 같이 죽어줄 것' 같기 때문이라는 말에서도 잘 드러난다.

결국 최명익은 어떤 희망도 발견할 수 없이 허무주의적이고 비관주의적인 무력감에 빠진 정일과, 생에 대한 가열찬 의지를 가지고 있음에도 허무하게 죽어가는 만수 노인을 연결하면서, 근대 도시의 자본주의적 일상성 속에서 어떤 삶의 경로를 취하든 진정한 삶의 의미를 찾을 수 없다는 것을 「무성격자」에서 드러내고 있다고 하겠다.

이제 「심문」을 살펴보기로 하자. 먼저 고려할 것은, 일제 시대 최명익의 소설에서 두드러진 특징이 바로 근대 교통 수단, 특히 기차가 일정한 의미를 지니고 제시된다는 점이다. 위에 살펴본 「무성격자」의 경우에도 기차가 등장하지만, 그 작품에서 기차 승차는 정일이 고향으로 가기 위해 타는 수단으로 제시될 뿐, 기차 승차 자체의 성격이나 의미를 깊이 고려한 것은 아니었다. 그러나 이후 최명익은 근대 교통수단 자체의 의미를 기반으로 그것을 소설의 미학에 맞게 활용하는 쪽으로 나아간다. 그것을 잘 보여주는 작품이 최명익의 대표작인 「심문」이다.

> 결코 이 열차의 성능을 못 믿는 것은 아니지만 이렇게 무도(?)하게 돌진 맹진하는 차 안에 앉았거니 하면 일종의 모험이라는 착각을 느낄 수 있고, 그것이 착각인 바에야 안심하고 그런 스릴을 향락할 수 있는 것이다. 이렇듯 거진 십분의 안전율이 보장하는 모험이라 스릴을 향락하는 일종의 관능 유희다. (중략) 그처럼 내가 탄 특급의 속력을 '무모(無謀)'로 느끼고, 뒤로 뒤로 달아나는 풍경이 더 물러갈 수 없는 장벽에 부딪혀 한 폭 그림이 되고, 폐허에 버려 둔 듯한 열차의 사람들도 한 터치의 오일이 되고 말리라고 망상하는 것은 (중략) 그리 경멸한 착각만은 아닌 듯싶었다.
> 그러나 나 역시 이렇게 빨리 달아나는 푼수로는 어느 때 어느 장벽에 부딪혀서 **어떤 풍속화나 혹은 어떤 인정극 배경의 한 터치의 오일이 되고 말는지 예측할 수는 없을 것이다.** (최명익, 「심문」, 234~235쪽)

「심문」의 첫 부분은 기차의 속도에 대한 생각으로 채워져 있다. 그러한 생각은, 기차로 표시되는 근대 문명의 교통 수단은 '거진 십분의 안전율'(거의 100% 안전하다는 뜻)을 보장하는 것 같지만 실제로는 '무모'하게 돌진 맹진하다가 꽝 하고 부딪힐 수도 있다는 것이 핵심이다. 그런데 여기서 작가는 이러한 속도를 단순히 기차라는 교통수단의 속도로만 보는 것이 아니라, 그것을 '어떤 풍속화'나 '인정극'과 연결시킨다. 곧 교통수단의 속도를 근대인들의 삶의 속도에 유추하고 있는 것이다(이것이 「심문」의 미학적 성과이다). 여기서 '삶의 속도'란, 삶을 살아가는 배경과 양상이 바뀌는 속도를 가리키는데, 모든 것이 급속도로 바뀌어가는 근대 사회에서 삶의 속도 역시 매우 빠른 것이라고 할 수 있다.

그렇다면 어떤 면에서 기차의 속도와 근대인의 삶의 속도가 유사할까. 여기서 생각할 것은 근대의 교통수단이 100%의 안전을 보장한다고 내걸고 있는 것처럼, 근대문명 역시 근대인들에게 행복하고 바람직한 삶을 줄 것이라고 선전한다는 점이다. 그렇지만 최명익은 과연 교통수단은 안전한 것이고, 근대문명은 행복을 가져다 줄 것인가에 대해 회의를 품는다. 곧 근대 사회에서 인간들은 처음에는 행복하고 바람직한 삶을 살 수 있을 것이라고 믿고 매우 빠르게 삶을 변화시켜가지만, 결국에는 충격적이고 암울한 삶으로 급격하게 몰락하는 삶을 살 수밖에 없지 않은가 하는 비관적인 전제를 깔고 이 소설을 진행시키고 있는 것이다.

「심문」에서 최명익이 근대가 강요한 '무모'한 삶의 속도로 인해 충격적이고 암울한 삶으로 급격하게 몰락한 예로 들고 있는 것은 왕년의 사회주의자 현혁과 그의 애인 여옥이다. 곧 명일이 하얼빈에서 만난 이들의 절망적인 운명은 그들의 자의에 의해 선택된 것이 아니라 "속도의 음모"에 의해 강요된 어쩔 수 없는 몰락이었다고 할 수 있다. 한때 현실과 맞서 싸우면서 혁혁한 이론투쟁을 펼쳤던 현혁이 전향 선언을 하고 풀려난 뒤 이제는 아편중독자가 되어 여옥의 피를 빨아먹고 사는 지경이 된 것이나, 현혁을 추종하는 여학생이었지만 그가 검거된 후 술집 마담이 되었던 여옥이 이제는 삼류 카바레의 댄서가 되어 현혁을 먹여살리고 있는 것은 바로 속도가 강요한 근대적 삶의 본질적 모습인 것이다.

그러나 여기서 최명익은 이와 같은 '무모'한 삶의 속도를 거스르려는 지향이 근대인들에게 남아 있고, 비록 그러한 지향이 실패한다 해도 그러한 지향 자체에 큰 의미가 있음을 주장하고자 한다. 그것이 바로 이 소설의 제목인 「심문」(은은하게 비치는 진정한 마음의 무늬라는 뜻)의 숨은 뜻이라 할 수 있다. 그것을 잘 보여주는 인물은 주인공인 여옥이다.

그렇다면 여옥은 어떤 진정한 마음을 가졌는가. 이를 위해 아편중독자가 된 현혁에게 여옥이 기대하는 것이 무엇인지 알 필요가 있다. 그것은 현혁이 아편중독을 고치고 옛날 현실과 맞서 싸우던 때의 패기와 투쟁력을 회복하는 것이다. 이를 위해 여옥은 현혁이 어떻게 되든 현혁을 되살리려는 기대와 사랑을 애써 간직하고자 한다. 그러나 이에 대해 현혁은, 마약을 끊으면 고문으로 인한 지병인 신경통과 위경련의 고통이 되살아나서 결국 폐인이 되는 것은 마찬가지인 만큼 지금대로 고통 없이 사는 것이 더 좋다고 하면서 거부한다.

이런 논리는 결국 '새로운 시도를 해 보아도 결과가 나쁠 것이 분명하므로 아무 것도 하지 않겠다'는 태도를 드러낸 것이라 할 것인데, 이는 논리적으로 볼 때 결과론적인 오류에 빠진 것이라고 할 수 있다. 그럴 때 여옥은 명일의 협조를 빌려 과연 현혁에 대해 마지막으로 시험해 보고자 한다. 곧 그가 자신을 사랑해서 같이 지내는지 아니면 아편값을 뺏기 위해 같이 지내는지 알아보고, 그 결과가 전자라면 앞으로도 의심 없이 같이 지낼 수 있고, 후자라면 미련없이 그 곁을 떠날 수 있겠다고 하는 것이다.

이러한 여옥의 시험에 현혁은 '여옥을 사랑하기는 하지만 앞으로도 영원히 강자가 될 수 없으니 스스로 굴욕을 택하겠다'는 식으로 합리화하고서는 돈만 가져가 버린다. 곧 이 장면에서 현혁은 결과론적인 오류를 저지르면서, 앞으로도 계속 아편중독자로 지내겠으며 여옥이 바라는 대로 다시금 패기와 극복력을 가지는 것은 불가능하다는 것을 드러낸 것이다. 이에 절망한 여옥은 자살하고 만다. 이제 더 이상 자신의 진정한 마음을 실현할 길이 없다고 생각했기 때문이다. 명일이 싸늘하게 식은 그녀의 얼굴에 영롱하게 비치는 '심문'을 보면서, 그 진정한 마음을 '바칠 곳이 없어 죽었거니!' (288쪽)라는 생각을 한 것도 그 때문이다.

결국 「심문」에서 최명익은 근대가 약속하는 행복하고 바람직한 삶 대신 급격하게 몰락하는 실제의 삶을 제시하면서, 그럼에도 불구하고 그러한 근대 속에서 인간이 지켜야 할 것이 무엇인지를 '심문'이라는 상징으로 드러내었다고 할 수 있다. 곧 여옥이 드러낸 진정한 마음을 통해, 근대의 속도를 거슬러 올라가는 것, 달리 말해 비록 비관적인 결말을 맞이한다 해도 부정적인 현실을 극복하고자 하는 태도를 잃지 않는 것이 중요하다는 생각을 이 소설에서 드러내었던 것이다.

이제 마지막으로 「장삼이사」를 살펴보기로 한다. 이 소설은 한편으로는 최명익이 「심문」, 「봄과 신작로」 등에서 보여주었던, 근대 교통수단이 지니는 미학적 의미를 탐구하는 연장선에 있으면서, 다른 한편으로는 그동안 주력했던 지식인의 섬세하고도 절망적인 심리를 떠나 군중 또는 민중들의 삶과 심리에 다가가는 과정을 보여주는 작품이다.

이 소설에서 가장 특징적인 것은, 소설의 이야기가 [서술자의 군중에 대한 예단→어긋남→예단→어긋남]이 반복되는 구조로 전개된다는 점이다. 이전 작품에서는 이런 구조가 거의 드러나지 않았다. 오히려 병일이나 정일 같은 지식인들은 군중의 이기적이고 무지한 속성을 너무나도 잘 아는 것으로 제시되었다. 그들이 칠성이나 용팔이, 만수 노인과 같은 군중에 대해 예단한 것은 모두 맞아떨어졌으며, 그들에게 무슨 새로운 것을 발견하는 경우는 없었던 것이다. 그러나 이 작품에서 지식인 1인칭 서술자의 예단은 한 번도 맞아떨어지지 않는다.

먼저 서술자는 '가장 두드러지게 차려 입은' 신사가 결벽증을 부리며 주위의 동승자들을 모욕하는 것을 본다. 그러나 서술자에게는 의외로 그 신사는 부드럽게 다른 동승자들에게 말을 걸고, '나'의 예상과는 달리 주위에서도 순순히 그 말을 받아들여 같이 술을 마신다. 그 과정에서 화자는 또 예상하지 못한 것이기는 하지만, 이미 다른 동승자들은 그 신사가 실상은 포주이고, 그 옆에 앉은 여자는 창녀라는 것을 알고 있었음도 드러난다.

> 그런 신경의 착각일까, 웬 까닭인지 내 머릿속에는 금방 변기 속에 머리를 처박고 입에서 선지피를 철철 흘리는 그 여자의 환상이 선히 떠오르는 것이다. (중략) 더욱이나 아까 입술을 옥물고도 웃어 보이던 그 눈을 생각하면서 역력히 죽을 수 있는 때진 결심을 보여준 것만 같아서 (중략) 문을 깨뜨리고라도 보고 싶은 충동에 몸까지 들먹거리기도 하는 것이었다. (중략) 아아, 그러나 이런 나의 악몽은 요행 짧게 끊어지고 말았다. 그 여인이 내 무릎을 스치며 제 자리로 돌아왔다. **무사히 돌아올 뿐 아니라, 어느새 화장을 고쳤던지 그 뺨에는 손가락 자국도 눈물 흔적도 없이 부우옇게 분이 발려 있는 것이었다.** (최명익, 『장삼이사』, 309~311쪽)

그러나 무엇보다도 서술자의 예상이 빗나간 것은 포주에게 여자를 넘겨받은 젊은이가 그 여자에게 여러 동승자들이 보는 앞에서 심한 손찌검을 한 다음에 일어난 일이다. 위의 인용에서 보듯이 서술자는 그 여자가 분함과 모욕감을 못 견디고 화장실에서 자살을 하고야 말 것이라고 예단하지만, 정작 그 여자는 아무 일 없는 듯이 눈물과 손자국을 화장으로 가리고서 돌아왔던 것이다. 더군다나 서술자를 제외한 다른 동승자들은 그 여자가 그런 모습으로 돌아올 줄 뻔히 알고 있었다는 듯이, 그 여자가 화장실에 갈 때부터 돌아올 때까지 여자의 움직임에 대해 아무런 신경도 쓰지 않는다.

　이처럼 서술자의 예단이 빗나간 것은 그가 여인에게서 현실 부정의 움직임을 기대했던 때문이라고 할 수 있다. 요컨대 그는 자신의 현실 부정 욕구를 그녀에게 투사하고 있었기 때문에 그런 상상을 하게 되었던 것이다. 그러나 실제 상황을 본다면 그녀를 때렸던 젊은이나 맞은 여자, 그리고 그것을 심상하게 바라보는 다른 동승자들은 서술자의 현실 부정 욕구와는 아무런 관련이 없다. 이는 젊은이나 다른 동승자들이 여인이 화장실에 가건 말건 신경 쓰지 않고 여인을 때린 이유에 관한 대화만 나누고 있는 데서도 잘 드러난다. 그럴 때 여인 예사롭게 돌아온 것이라면, 결국 서술자만이 군중들과 다른 엉뚱한 생각을 하고 있었던 셈이다.

　결국 「장삼이사」는 [서술자의 군중에 대한 예단→어긋남→예단→어긋남]이 반복되는 서사 구조 위에 놓여 있다고 할 것인데, 그렇게 예단이 어긋난 만큼 현실의 실제적인 움직임―화자의 욕망이 투사된 예단과는 아무 관련 없이 그 스스로 존재하는―을 경험할 수 있는 것이다. 이 소설에서 군중(동승자)는 서술자의 선험적인 관념과는 다른 독자적인 존재로 나타나며, 그 때문에 서술자는 쉽사리 '엄숙한 비관' 같은 판단을 할 수 없다. 그런 점에서 이 작품은 최명익이 해방 이후 민중을 주인공으로 내세운 소설로 나아가는 전환기적 양상을 잘 보여주고 있다고 하겠다.